O Tigre de
SHARPE

Obras do autor publicadas pela Editora Record

1356
Azincourt
O condenado
Stonehenge
O forte
Tolos e mortais

Trilogia *As Crônicas de Artur*

O rei do inverno
O inimigo de Deus
Excalibur

Trilogia *A Busca do Graal*

O arqueiro
O andarilho
O herege

Série *As Aventuras de um Soldado nas Guerras Napoleônicas*

O tigre de Sharpe (Índia, 1799)
O triunfo de Sharpe (Índia, setembro de 1803)
A fortaleza de Sharpe (Índia, dezembro de 1803)
Sharpe em Trafalgar (Espanha, 1805)
A presa de Sharpe (Dinamarca, 1807)
Os fuzileiros de Sharpe (Espanha, janeiro de 1809)
A devastação de Sharpe (Portugal, maio de 1809)
A águia de Sharpe (Espanha, julho de 1809)
O ouro de Sharpe (Portugal, agosto de 1810)
A fuga de Sharpe (Portugal, setembro de 1810)
A fúria de Sharpe (Espanha, março de 1811)
A batalha de Sharpe (Espanha, maio de 1811)
A companhia de Sharpe (janeiro a abril de 1812)
A espada de Sharpe (Espanha, junho e julho de 1812)

Série *Crônicas Saxônicas*

O último reino
O cavaleiro da morte
Os senhores do norte
A canção da espada
Terra em chamas
Morte dos reis
O guerreiro pagão
O trono vazio
Guerreiros da tempestade
O portador do fogo
A guerra do lobo
A espada dos reis
O senhor da guerra

Série *As Crônicas de Starbuck*

Rebelde
Traidor
Inimigo
Herói

BERNARD CORNWELL

O Tigre de
SHARPE

Tradução de
SYLVIO GONÇALVES

13ª edição

Editora Record
RIO DE JANEIRO • SÃO PAULO

2021

CIP-Brasil. Catalogação na fonte
Sindicato Nacional dos Editores de Livros, RJ.

C834t Cornwell, Bernard, 1944-
13ª ed.   O tigre de Sharpe / Bernard Cornwell; tradução de Sylvio
       Gonçalves. – 13ª ed. – Rio de Janeiro: Record, 2021.
          404p. – (As aventuras de um soldado nas Guerras
       Napoleônicas; v. 1)

       Tradução de: Sharpe's tiger
       ISBN 978-85-01-07050-0

       1. Ficção inglesa. I. Gonçalves, Sylvio. II. Título. III. Série.

                        CDD – 823
05-1206   CDU – 821.111-3

Título original inglês:
SHARPE'S TIGER

VOLUME I: SHARPE'S TIGER
Copyright © Bernard Cornwell, 1997

Projeto gráfico: Marcelo Martinez

Todos os direitos reservados. Proibida a reprodução, no todo
ou em parte, através de quaisquer meios.

Texto revisado segundo o novo Acordo Ortográfico da Língua Portuguesa.

Direitos exclusivos de publicação em língua portuguesa somente para o
Brasil adquiridos pela
EDITORA RECORD LTDA.
Rua Argentina, 171 – Rio de Janeiro, RJ – 20921-380 – Tel.: (21) 2585-2000
que se reserva a propriedade literária desta tradução

Impresso no Brasil

ISBN 978-85-01-07050-0

Seja um leitor preferencial Record.
Cadastre-se no site www.record.com.br
e receba informações sobre nossos
lançamentos e nossas promoções.

Atendimento e venda direta ao leitor:
sac@record.com.br

Dedico O tigre de Sharpe *a Muir Sutherland e Malcolm Craddock, a quem agradeço de todo o coração.*

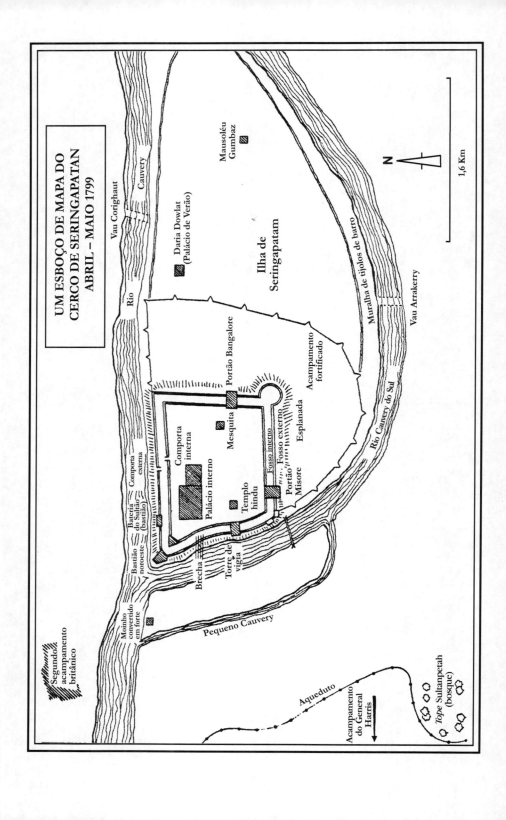

CAPÍTULO I

É curioso como não existem abutres na Inglaterra, pensou Richard Sharpe. Pelo menos nenhum que ele tivesse visto. Pássaros abomináveis. Ratos com asas. Sharpe pensava muito em abutres e, sendo um soldado, um recruta, tinha tempo de sobra para pensar, porque o exército insistia em pensar por ele. O exército decidia quando Sharpe devia acordar, dormir, comer, marchar e ficar sentado de braços cruzados, que era sua atividade principal. Essa era a rotina de um recruta do exército, e Sharpe estava farto dela. Estava entediado e pensando em fugir.

Ele e Mary. Fugirem. Desertarem. A ideia não saía de sua cabeça, embora fosse estranho preocupar-se com isso agora, quando o exército estava prestes a presenteá-lo com sua primeira batalha decente. Sharpe já estivera num combate, mas fora havia cinco anos, e não passara de uma escaramuça no meio do nevoeiro. Na época, ninguém sabia por que o 33º Regimento estava em Flandres ou qual seria sua função ali. No fim das contas, Sharpe não fez nada além de disparar alguns tiros em franceses acobertados pela névoa. O conflito mal começara e de repente chegou ao fim. Contudo, Sharpe viu alguns homens serem abatidos. A morte de que lembrava melhor era a do sargento Hawthorne, que, atingido por uma bala de mosquete, teve uma costela empurrada para fora da casaca vermelha. Sharpe não viu uma única gota de sangue, apenas a costela imaculadamente branca projetando-se do tecido vermelho desbotado. "Dá para pendurar meu chapéu aqui", disse Hawthorne num tom maravilhado, antes de soluçar, vomitar sangue e cair no chão. Sharpe recarregou sua arma e disparou, e então, quando começava a se divertir, o batalhão recebeu ordens para recuar e navegar de volta para a Inglaterra. Uma droga de batalha.

Agora estava na Índia. Sharpe não sabia por que estava invadindo Misore nem se importava com isso. O rei George II ordenou que Richard Sharpe fosse à Índia, de modo que na Índia Richard Sharpe estava. Mas sentia-se entediado. Era jovem e acreditava que a vida tinha mais a lhe oferecer do que acordar com muita pressa para não fazer nada. Podia ganhar dinheiro. Não tinha muita certeza de como ganhar dinheiro, além de roubar, mas sabia que estava enfadado e que qualquer coisa seria melhor que ficar no fundo de uma pilha de esterco. Fugir é uma boa ideia, disse Sharpe aos seus botões. Tudo de que um homem precisava para vencer na vida era um pouco de bom senso e a capacidade de derrubar um oponente antes que o oponente pudesse derrubá-lo, e Richard Sharpe acreditava possuir uma boa dose desses talentos.

Mas fugir para onde na Índia? Metade dos nativos estava na folha de pagamento dos britânicos, e podiam entregar um desertor por um punhado de *pices*, sendo que o *pice* não valia quase nada. A outra metade dos indianos estava lutando contra os britânicos, ou se preparando para lutar, e se Sharpe esbarrasse com eles seria forçado a servir aos seus exércitos. Ganharia mais dinheiro num exército nativo, provavelmente bem mais que seu soldo de dez *pence* ao dia, mas por que trocaria um uniforme por outro? Não, ele teria de fugir para algum lugar onde o exército jamais pudesse encontrá-lo, do contrário acabaria diante de um pelotão de fuzilamento. Levaria uma saraivada de balas de mosquete, seu corpo seria jogado numa cova aberta, e no dia seguinte os ratos com asas arrancariam as tripas de sua barriga como um bando de passarinhos puxando minhocas da terra.

Era por causa disso que pensava tanto em abutres. Estava pensando que queria fugir, mas que não queria servir de comida para os abutres. Não queria ser capturado. Essa era a regra número um do exército, e a única que importava. Porque se você fosse apanhado os bastardos ou açoitavam-no até a morte ou reorganizavam suas costelas com balas de mosquete. E, de um jeito ou de outro, os abutres esbaldavam-se.

Os abutres sempre estavam por perto, às vezes circulando no ar com suas asas compridas, às vezes empoleirados em galhos. Para pássaros necrófagos, um exército em marcha era uma promessa de alimento abundante. E agora, neste último ano do século XVIII, dois exércitos aliados cruzavam esta planície fértil do sul da Índia. Um era um exército britânico, e o outro pertencia a um aliado dos ingleses, o nizam de Haiderabad, e ambos os exércitos estavam oferecendo um banquete para os abutres. Cavalos morriam, touros e vacas morriam, camelos morriam, e até dois daqueles elefantes aparentemente indestrutíveis haviam morrido. E pessoas também. Os exércitos gêmeos tinham uma retaguarda dez vezes mais comprida que eles próprios: uma procissão de seguidores de acampamentos, mercadores, pastores, prostitutas, esposas e crianças, e entre todas essas pessoas, como entre os próprios soldados, propagavam-se doenças. Homens morriam defecando sangue, tremendo de febre, ou sufocando no próprio vômito. Agonizavam fazendo força para respirar, empapados de suor, dizendo coisas desconexas ou com as peles cobertas por bolhas e chagas. Homens, mulheres e crianças pereciam, e não importava se eram enterrados ou queimados, porque os abutres os comiam de qualquer jeito. Afinal, jamais se dispunha de tempo ou madeira suficiente para se fazer uma pira funerária. Assim, os abutres catavam a carne meio assada dos ossos queimados, e se os corpos eram sepultados, nenhuma pilha de pedra impedia que as feras sarcófagas desencavassem a carne inchada e podre, e que os bicos curvos dos abutres aproveitassem tudo aquilo que os dentes dos animais deixavam para trás.

E este dia quente de março prometia comida farta. Os abutres sentiam isso; ao passo que a tarde avançava, um número crescente de pássaros circulava o céu acima dos soldados. Os pássaros não batiam suas asas; simplesmente pairavam no ar, aguardando pacientemente, como se soubessem que em breve iriam se refestelar com os mortos.

— Pássaros abomináveis — disse Sharpe. — Ratos com asas.

Mas nenhum de seus colegas da Companhia Ligeira do 33º Regimento do rei respondeu ao comentário. Ninguém tinha fôlego para dizer qualquer coisa. Os homens em marcha na testa levantavam uma grande quantidade de poeira, e as fileiras da retaguarda precisavam avançar por uma nuvem densa que sufocava pulmões e ardia olhos. A maioria dos homens não tinha ciência dos abutres, enquanto outros estavam tão cansados que não haviam notado a tropa de cavalaria que aparecera 800 metros ao norte. Os cavaleiros passaram trotando por um bosque salpicado com flores vermelhas e então aceleraram. Desembainharam sabres que reluziram ao sol enquanto se distanciavam dos soldados de infantaria; e tão inexplicavelmente quanto haviam acelerado e se afastado, pararam. Sharpe foi um dos soldados que viu os cavaleiros. Eram da cavalaria britânica. Almofadinhas que tinham ido ver como soldados de verdade lutavam.

Adiante, do outeiro onde se viam, contra a vastidão esbranquiçada do céu, as silhuetas de um segundo grupo de cavaleiros, um canhão foi disparado. O estouro ecoou pela planície. A fumaça do canhão subiu ao céu numa coluna branca coleante e a bola pesada arremeteu-se ao solo, estilhaçando folhas e flores, levantando terra do chão duro e derramando detritos sobre o tronco contorcido de uma árvore tombada. O tiro havia errado a infantaria de casacas vermelhas por uns bons duzentos passos, mas o fragor do canhão acordou os sonolentos.

— Meu Deus! — exclamou um soldado da retaguarda. — Que foi isso?

— Um peido de camelo — retorquiu um cabo. — Ora, diabos, o que você acha que foi?

— Foi um péssimo tiro — comentou Sharpe. — Minha mãe maneja um canhão melhor que essa gente.

— Não acho que você tenha tido mãe — provocou o recruta Garrard.

— Tom, todo mundo teve mãe.

— Não o sargento Hakeswill — disse Garrard, cuspindo uma mistura de poeira e saliva.

A tropa parara momentaneamente, não em obediência a uma ordem, mas porque o tiro de canhão assustara o oficial que liderava o batalhão, e agora ele não tinha mais certeza de para onde conduzi-lo.

— Hakeswill não nasceu de uma mãe — continuou Garrard. Despiu a barretina e usou a manga da casaca para limpar a poeira e o suor do rosto. O tecido lanoso deixou um rastro avermelhado na fronte do recruta. — Hakeswill foi desovado por um demônio — declarou, colocando a barretina de volta sobre os cabelos cobertos de pó branco.

Sharpe tentou adivinhar se Tom Garrard desertaria junto com ele. Dois homens tinham mais chances de sobreviver que um. E quanto a Mary? Viria com eles? Sharpe pensava muito em Mary. A situação deles era complicada. Viúva do sargento Bickerstaff, Mary era meio indiana, meio inglesa e tinha a mesma idade de Sharpe, ou pelo menos ele achava isso. Era possível que Sharpe tivesse não 22, mas 21 ou 23 anos; não tinha certeza porque nunca tivera uma mãe para lhe dizer quando havia nascido. Claro que tivera mãe, todo mundo nasceu de uma mãe, mas nem todo mundo nasceu de uma prostituta de Cat Lane que desapareceu logo depois de parir. O bebê foi batizado em homenagem ao patrono rico do orfanato que o acolheu, mas o nome não brindou Richard Sharpe com nenhuma herança e o deixou no fundo da pilha de esterco do exército. Ainda assim, pensou Sharpe, ele podia ter um futuro, e Mary falava uma ou duas línguas indianas que poderiam ser úteis caso ele e Tom realmente desertassem.

A cavalaria à direita de Sharpe voltou a trotar e desapareceu entre as árvores floridas, deixando para trás apenas uma efêmera nuvem de poeira. Duas carretas de canhões leves, com balas de seis libras, acompanharam a cavalaria, sacolejando perigosamente pelo terreno acidentado atrás de suas parelhas de cavalos. Todos os outros canhões do exército eram levados em carroças de bois, mas as carretas de canhões eram puxadas por cavalos, que eram três vezes mais rápidos. O canhão solitário do inimigo disparou de novo, o som brutal golpeando o ar quente com um impacto quase palpável. Sharpe viu mais canhões inimigos ao longo do despenhadeiro, mas eram menores que aquele que acabara de disparar, e possivelmente não possuíam tanto alcance quanto ele. De repente, Sharpe viu um risco cinzento subir no ar, como se um lápis invisível estivesse traçando uma linha vertical no céu azul pálido, e percebeu que o disparo do canhão grande vinha direto contra ele. Sharpe sabia que não havia vento para empurrar a bala pesada gentilmente para o lado, e pensou tudo isso no segundo em que o projétil esteve no ar, um espaço de tempo curto demais para um homem reagir, suficiente apenas para reconhecer a aproximação da morte. Mas a bala atingiu o solo a uma dúzia de passos de Sharpe, quicou, zuniu por cima de sua cabeça e pousou ruidosamente num canavial.

— Dick, acho que sua mãe está manejando o canhão agora — disse Garrard.

— Calados! — gritou de repente o sargento Hakeswill. — Poupem o fôlego para a luta. Era você falando, Garrard?

— Não, sargento. Não tenho mais fôlego nem para isso.

— Não tem mais fôlego? — O sargento Hakeswill aproximou-se de Garrard até praticamente colar seu rosto no dele. — Não tem mais fôlego? Isso significa que está morto, recruta Garrard! Morto! E morto não tem nenhuma utilidade para o rei ou o país. E, embora vivo, você também não serve para nada! — Os olhos malévolos do sargento correram para Sharpe. — Era você falando, Sharpezinho?

— Não, sargento.

— Vocês não receberam ordens de falar. Se o rei quisesse que conversassem, eu teria lhes dito. Sharpezinho, dê-me seu mosquete. Agora!

Sharpe entregou-o ao sargento. A chegada de Hakeswill à companhia fora a gota d'água, o fator determinante na decisão de Sharpe de fugir do exército. Sharpe já estava entediado antes, mas Hakeswill somou injustiça ao tédio. Não que Sharpe se importasse com injustiça, afinal apenas os ricos desfrutavam de justiça neste mundo, mas a injustiça de Hakeswill era carregada com tanta maldade que era raro o homem na companhia que não estivesse pronto para se rebelar. Tudo que impedia os soldados de se amotinarem era o conhecimento de que Hakeswill torcia para que se rebelassem para então poder puni-los. Hakeswill era um homem que sabia provocar insolência e depois administrar o castigo. Estava sempre dois passos adiante de seus subordinados, aguardando atrás de uma árvore com um tacape na mão. Era um demônio, era Hakeswill, um monstro numa bela casaca vermelha decorada com divisas de sargento.

Mesmo assim, se você quisesse ver o soldado perfeito, tudo o que tinha a fazer era olhar para Hakeswill. Era verdade que seu rosto encaroçado estremecia a intervalos de poucos segundos, como se um espírito maligno se contorcesse logo abaixo da pele avermelhada pelo sol; mas seus olhos eram azuis, os cabelos salpicados de fios brancos como a neve que jamais caía nesta terra, e o uniforme tão bem-cuidado quanto se ele fosse um guarda do Palácio de Windsor. Hakeswill apresentava armas como um militar prussiano, cada movimento tão rápido e preciso que dava gosto de ver. Nos tempos em que era sargento de recrutamento, Hakeswill tivera o cuidado de não deixar sua maldade transparecer, e fora assim que Sharpe o conhecera. Mas agora, quando não mais precisava convencer nenhum jovem tolo a se alistar, o sargento não se importava de exibir seus demônios.

Sharpe manteve-se imóvel enquanto o sargento retirava o trapo velho que Sharpe usava para embrulhar o mosquete, protegendo seu fecho da insidiosa poeira vermelha. Hakeswill olhou a trava, não achou nada errado e deu as costas para Sharpe enquanto expunha a arma completamente ao sol. Examinou-a novamente, engatilhou-a, disparou-a a seco e, finalmente, pareceu perder interesse no mosquete quando um grupo de oficiais esporeou seus cavalos rumo à testa da tropa.

— Companhia! Sentido!

Os homens empertigaram-se e juntaram os pés enquanto os três oficiais passavam a galope. Hakeswill empertigou-se numa pose grotesca: bota direita enganchada atrás da esquerda, pernas retas, cabeça e ombros jogados para trás, barriga empurrada para a frente e cotovelos curvados esforçando-se para se encontrar na concavidade acima do quadril. Nenhuma das outras companhias do 33º Regimento Real prestara homenagem aos oficiais de passagem, mas ainda assim o gesto de Hakeswill foi solenemente ignorado. O desprezo com que foi tratado surtiu efeito no sargento; depois que o trio havia se afastado, Hakeswill gritou para que a companhia ficasse à vontade e tornou a espiar o cano do mosquete de Sharpe.

— Não vai encontrar nada errado nele, sargento — garantiu Sharpe.

Hakeswill, ainda em posição de sentido, fez uma virada complicada, a bota direita golpeando pesadamente o chão.

— Por acaso lhe dei permissão para falar, Sharpezinho?

— Não, sargento.

— Não, sargento. Não, você não recebeu permissão para falar. Uma ofensa digna da chibata. — A bochecha direita de Hakeswill estremeceu com o espasmo involuntário que desfigurava seu rosto a intervalos de poucos segundos, e a maldade em seu rosto de repente pareceu tão intensa que toda a Companhia Ligeira prendeu a respiração, antecipando a prisão de Sharpe. Então mais um estampido do canhão inimigo propagou-se pelo campo e a bola pesada caiu, quicou e deixou um rastro de devastação no arrozal. A violência do míssil inofensivo serviu para distrair Hakeswill, que se virou para assistir à bola continuar rolando até parar.

— Que merda de disparo — comentou Hakeswill, sua voz gotejando desprezo. — Ou os pagãos não sabem atirar, ou estão brincando conosco. Brincando! — E com esse pensamento, Hakeswill soltou uma gargalhada.

Sharpe suspeitava que não era por antecipar a excitação da batalha que Hakeswill estava nessa condição de quase jovialidade, e sim a certeza de que a batalha provocaria baixas e sofrimento, e ver os outros sofrerem era seu maior prazer. O terror deixava os soldados dóceis como carneirinhos, e o sargento Hakeswill ficava mais feliz quando tinha sob seu controle homens infelizes.

Os três oficiais haviam parado seus cavalos na testa da coluna e agora usavam telescópios para inspecionar a ribanceira distante e enevoada pela fumaça deixada pelo último disparo do canhão inimigo.

— Aquele é o nosso coronel, rapazes — anunciou Hakeswill à Companhia Ligeira do 33º Regimento. — O coronel Arthur Wellesley em pessoa. Ali, sim, está um cavalheiro, coisa que vocês não são nem jamais vão ser. Ele veio ver vocês lutarem, portanto não me façam passar vergonha. Lutem como ingleses que são.

— Eu sou escocês — manifestou-se uma voz amarga na retaguarda da formatura.

— Eu ouvi! Quem disse isso?

Hakeswill correu um olhar furioso pela companhia, o rosto contorcendo-se sem controle. Normalmente o sargento teria procurado, achado e punido o soldado por sua insolência, mas estava tão empolgado com a proximidade da batalha que não esquentou a cabeça.

— Um escocês! — disse, sarcástico. — Qual foi a coisa mais bonita que um escocês já viu? Respondam! — Ninguém ousou. — A estrada para a Inglaterra! Está na Bíblia, de modo que deve ser verdade.

Hakeswill pesou o mosquete de Sharpe enquanto olhava para as fileiras de soldados.

— Estou de olho em vocês, ouviram? Nunca estiveram numa batalha, não em uma batalha de verdade, mas saibam que do outro lado desta colina tem uma horda de pagãos de cara escura. E eles estão loucos, sabem para quê? Para botar as mãos imundas nas nossas mulheres. Assim, se um único subordinado meu fugir da luta, juro que arranco o couro de todos vocês! Vou reduzir vocês a ossos e sangue! Mas se cumprirem seu dever e obedecerem às ordens, tudo sairá bem. E quem dá as ordens?

O sargento esperou por uma resposta. Foi o recruta Mallinson quem acabou se arriscando:

— Os oficiais, sargento!

— Os oficiais! Os oficiais! — Hakeswill cuspiu em sinal de desprezo. — Os oficiais estão aqui para mostrar contra o que estamos lutando. Eles são cavalheiros. Cavalheiros de verdade! Homens de berço e posses e não lacaios e bandidos vestidos em casacas vermelhas, como vocês. Mas quem dá as ordens são os sargentos. Os sargentos são o exército. Não esqueçam disso, rapazes! Vocês estão prestes a entrar numa batalha contra pagãos e, se ignorarem minhas ordens, serão homens mortos!

O rosto contorceu-se grotescamente, a mandíbula subitamente inclinada para o lado. Sharpe, observando o rosto do sargento, perguntou-se se Hakeswill estaria com medo.

— Façam o que eu digo e estarão seguros. E sabem por quê? — Gritou essa última frase num tom altamente dramático, enquanto caminhava a passos largos diante da testa da formatura da companhia. — Sabem por quê? — repetiu, agora falando como um pastor à sua congregação. — Porque não posso morrer, meninos! Não posso morrer!

O Tigre de Sharpe

Hakeswill subitamente pareceu muito intenso, voz rouca e carregada de fervor. Esse era um discurso que toda a Companhia Ligeira ouvira muitas vezes antes, mas chamou a atenção de Sharpe o fato de o sargento Green, que era subordinado a Hakeswill, ter feito cara de nojo e virado para o outro lado. Hakeswill fulminou Green com o olhar, e então afrouxou o nó da tira de couro que envolvia seu pescoço e a abaixou, expondo uma cicatriz velha e escura em sua garganta.

— A marca da forca, rapazes! — gritou ele. — É isto que trago no pescoço, a marca da forca! Estão vendo? Estão vendo? Mas estou vivo, rapazes, vivo e sobre meus dois pés, em vez de enterrado debaixo da terra. E esta é a prova de que não posso morrer! — Hakeswill contorceu novamente o rosto enquanto recolocava a tira de couro no lugar. — Marcado por Deus! — terminou, voz enrouquecida pela emoção. — Deus fez isso comigo, Ele me marcou!

— Louco de pedra — murmurou Tom Garrard.

— Disse alguma coisa, Sharpezinho? — perguntou Hakeswill, girando nos calcanhares para fitar Sharpe. Mas Sharpe estava tão imóvel e mudo que sua inocência era indiscutível. Hakeswill pôs-se a caminhar de um lado para o outro pela Companhia Ligeira. — Já vi homens morrerem. Homens melhores que qualquer um de vocês, seus merdas. Mas Deus me poupou! Portanto, façam o que eu mandar, se não quiserem virar carniça!

Hakeswill abruptamente empurrou o mosquete de volta para as mãos de Sharpe.

— Arma limpa, Sharpezinho. Muito bem, rapaz.

Enquanto Hakeswill afastava-se, Sharpe, para sua surpresa, viu que o trapo estava novamente em torno do fecho da arma, amarrado com esmero.

O elogio a Sharpe deixou todos os soldados de queixo caído.

— Nunca vi o sargento tão bem-humorado — comentou Garrard.

— Escutei isso, recruta Garrard! — gritou Hakeswill sobre o ombro. — Tenho ouvido de tuberculoso, sabia? Agora, calem-se. Não quero que a horda inimiga pense que vocês são umas velhas fofoqueiras! Não esqueçam de que são homens brancos, descorados pelo sangue purificador da ovelha!

Portanto, se comportem. Fiquem calmos e calados, como freiras que não abrem a boca para não ter as línguas cortadas!

Hakeswill subitamente se colocou em posição de sentido e fez uma saudação cruzando sua alabarda diante do peito.

— Companhia apresentando-se, senhor! — gritou numa voz que provavelmente foi ouvida na ribanceira dominada pelo inimigo. — Todos presentes e silenciosos, senhor! Serão açoitados, se abrirem a boca, senhor!

O tenente William Lawford sofreou seu cavalo e meneou a cabeça para o sargento Hakeswill. Lawford era o segundo oficial da Companhia Ligeira, subordinado ao capitão Morris e superior aos alferes, mas era recém-chegado ao batalhão e tinha tanto medo de Hakeswill quanto os soldados.

— Os homens podem falar, sargento — observou Lawford em tom sereno. — As outras companhias não estão silenciosas.

— Não, senhor. Eles devem poupar seu fôlego. Está quente demais para conversar. Além disso, eles têm pagãos para matar. Não devem desperdiçar saliva com conversa fiada, não quando há caras escuras para matar. É o que diz a Bíblia, senhor.

— Se assim garante, eu acredito, sargento — disse Lawford, não querendo provocar um confronto.

E então Lawford, percebendo que não tinha mais nada a dizer e sentindo que os 76 homens da Companhia Ligeira fitavam-no atentamente, olhou para a ribanceira tomada pelos inimigos. Mas também estava constrangido por ter-se dobrado à vontade do sargento Hakeswill, o que o fez corar enquanto olhava para oeste. Lawford era popular, mas considerado fraco, embora Sharpe não tivesse certeza se concordava com esse julgamento. Achava que o tenente ainda estava buscando seu caminho em meio à corrente humana estranha, e ocasionalmente aterrorizante, que compunha o 33º Regimento, e que, no devido tempo, provaria seu valor como oficial. Mas, por enquanto, William Lawford tinha 24 anos e só recentemente adquirira sua patente, o que o deixava inseguro de sua autoridade.

O alferes Fitzgerald, que tinha apenas 18 anos, chegou a passos largos da cabeceira da tropa. Enquanto caminhava, assobiava e desferia golpes de sabre no mato alto.

— Partiremos num instante, senhor — disse alegremente a Lawford, e então pareceu notar que a Companhia Ligeira estava mergulhada num silêncio profundo. — Vocês não estão assustados, estão?

— Eles estão poupando o fôlego, sr. Fitzgerald — retrucou Hakeswill.

— Eles têm fôlego suficiente para cantar uma dúzia de músicas e ainda assim esmagar o inimigo — disse Fitzgerald, com escárnio. — Não é verdade, rapazes?

— Vamos acabar com os desgraçados, senhor — disse Tom Garrard.

— Então me deixem ouvir vocês cantarem — exigiu Fitzgerald. — Não suporto silêncio. Teremos muito tempo para ficarmos silenciosos em nossas tumbas. Portanto, façamos barulho agora!

Fitzgerald tinha uma bela voz de tenor e usou-a para começar a canção sobre a leiteira e o padre, e quando alcançou o verso que contava como o padre, pelado e vendado pela leiteira e acreditando que estava prestes a satisfazer seu desejo, era conduzido em direção à vaca Bessie, a companhia inteira entoava, entusiasmada, a canção.

Eles nunca acabaram de cantar a música. O capitão Morris, comandante da Companhia Ligeira, chegou a todo galope da testa do batalhão e interrompeu a cantoria.

— Meias-companhias! — gritou para Hakeswill.

— E meias-companhias o senhor terá! Companhia ligeira! — berrou Hakeswill. — Parem com esse barulho infernal! Vocês ouviram o oficial! Sargento Green! Assuma comando das fileiras de retaguarda. Sr. Fitzgerald! Peço que assuma sua posição apropriada à esquerda, senhor. Fileiras de vante! Ombro armas! Vinte passos à frente, marchem! Acelerado! Acelerado!

O rosto de Hakeswill estremeceu enquanto as dez fileiras de soldados da companhia marchavam vinte passos e paravam, deixando outras nove para trás. Por todas as colunas do batalhão as companhias dividiam-se dessa forma, com a mesma perícia demonstrada durante o treinamento no quartel em Yorkshire. Quatrocentos metros à esquerda do 33º Regimento, mais seis batalhões realizavam essa manobra com precisão idêntica. Esses batalhões eram compostos por soldados nativos a serviço da Companhia das Índias Orientais, embora usassem casacas vermelhas iguais às dos homens do rei. Os seis batalhões de sipaios exibiram suas insígnias. Ao ver as bandeiras de cores berrantes, Sharpe olhou para a frente, onde duas grandes flâmulas regimentais tremulavam à luz do inclemente sol indiano. A primeira, a Insígnia do Rei, era uma bandeira britânica na qual haviam sido bordadas as honras de batalha do regimento. A segunda era a Insígnia do Regimento e possuía o emblema do 33º Regimento do Rei sobre um campo escarlate, o mesmo escarlate das casacas dos soldados. As flâmulas de seda resplandeciam, e sua visão provocou o exército na ribanceira a desferir uma canhonada súbita. Até agora o exército inimigo disparara um único canhão, porém, abruptamente, mais seis peças de artilharia juntaram-se ao combate. Os novos canhões eram menores, e suas balas arredondadas caíram bem perto dos sete batalhões.

Major Shee — o irlandês que comandava o 33º enquanto seu coronel, Arthur Wellesley, detinha o controle da brigada inteira — cavalgou até o capitão Morris, com quem dialogou brevemente, e depois seguiu até a testa da coluna.

— Vamos empurrar os bastardos para fora da ribanceira! — gritou Morris para a Companhia Ligeira. Abaixou a cabeça para acender um charuto com um isqueiro. Quando o fumo estava em brasa, levantou a cabeça e disse: — Sargento, qualquer bastardo que recuar deverá ser fuzilado. Você me ouviu?

— Alto e claro, senhor! — berrou Hakeswill. — Fuzilado, senhor! Como o covarde que é. — Virou-se e lançou um olhar fulminante para as duas meias-companhias. — Fuzilado! E seu nome será colocado no portão de sua igreja, para que todos saibam que grande covarde ele é. Portanto, lutem como ingleses!

— Escoceses — resmungou uma voz atrás de Sharpe, embora baixo demais para que Hakeswill a ouvisse.

— Irlandeses — disse outro homem.

— Não há covardes entre nós! — disse Garrard em tom mais alto.

Sargento Green, um homem decente, fez sinal pedindo silêncio.

O Tigre de Sharpe

— Calados, rapazes. Sei que cumprirão seu dever.

A testa da coluna estava marchando, mas as companhias mais de ré foram mantidas em espera para o batalhão avançar com intervalos amplos entre suas vinte meias-companhias. Sharpe deduziu que o exército fora espalhado com o objetivo de reduzir quaisquer baixas que viessem a ser causadas pelos canhões inimigos que, como estavam sendo disparados a longo alcance, ainda não causavam danos. Atrás dele, bem atrás dele, o restante dos exércitos aliados aguardava que a ribanceira fosse esvaziada. A massa parecia uma horda formidável, mas Sharpe sabia que a maior parte do que via era a retaguarda civil dos dois exércitos: o caos de mercadores, esposas, vivandeiros e pastores que mantinham os soldados vivos e cujos suprimentos possibilitariam a tomada da capital inimiga. Era preciso mais de seis mil cabeças de gado apenas para transportar as balas da artilharia de sítio, e todas essas cabeças de gado precisavam ser pastoreadas e alimentadas, e todos os pastores viajavam com suas famílias que, por sua vez, precisavam de mais gado para transportar seus próprios suprimentos. Certa vez, o tenente Lawford comentara que a expedição não parecia um exército em marcha, mas uma grande tribo migratória. A vasta horda de civis e animais estava envolvida por uma crosta fina de soldados de infantaria de casacas vermelhas, em sua maioria sipaios indianos, cuja função era proteger mercadores, munição, e animais de carga contra a cavalaria ligeira do sultão Tipu.

O sultão Tipu. O inimigo. O tirano de Misore era o homem que, presumivelmente, estava ordenando os disparos na ribanceira. Tipu regia Misore e era o inimigo, mas Sharpe não fazia a menor ideia do que era ou por que era um inimigo ou se era tirano, monstro ou semideus. Sharpe era um soldado e como tal bastava-lhe saber que o sultão Tipu era o inimigo. E assim aqui estava ele, aguardando pacientemente debaixo do sol indiano que deixa seu corpo esguio empapado de suor.

O capitão Morris inclinou-se no arção de sua sela. Tirou o chapéu tricorne e, com um lenço que fora encharcado em água-de-colônia, enxugou o suor da testa. Bebera na noite anterior e seu estômago ainda estava revirado. Se o batalhão não estivesse entrando na batalha, Morris teria galopado para longe e procurado um matinho onde esvaziar as tripas. Mas como seus homens tomariam isso como um sinal de fraqueza, não lhe restou opção senão levantar o cantil e engolir um pouco de araca, na esperança de que a bebida forte acalmasse seu estômago.

— Agora, sargento! — gritou Morris quando a companhia de vante havia avançado o bastante.

— Avante, meia-companhia! — berrou Hakeswill. — Marchem! Acelerado!

O tenente Lawford, a quem cabia a supervisão da última meia-companhia do batalhão, aguardou até os homens de Hakeswill terem marchado vinte passos, e então fez sinal para o sargento Green.

— Avante, sargento.

Os casacas vermelhas marcharam com mosquetes descarregados, porque o inimigo ainda estava muito longe, e não havia sinal da infantaria do sultão Tipu, nem de sua temida cavalaria. Havia apenas os canhões inimigos e, altos no céu, os abutres em sua ronda circular. Sharpe estava na linha de frente da última meia-companhia. O tenente Lawford, olhando para o recruta, mais uma vez disse aos seus botões que homem de aspecto impressionante era esse Sharpe. O queixo, o rosto queimado de sol e os olhos azuis e inteligentes transpiravam autoconfiança. E esse aspecto era um conforto para um tenente jovem e nervoso avançando para sua primeira batalha. Com homens como Sharpe, como poderemos perder?, pensou Lawford.

Sharpe estava alheio ao olhar do tenente e teria rolado de rir se tivesse ouvido que parecia autoconfiante. Sharpe não tinha qualquer noção de como se parecia, pois raramente via um espelho, e quando o fazia a imagem refletida não lhe dizia nada, embora soubesse que as damas gostavam dele e que ele gostava das damas. Também sabia que era o homem mais alto da Companhia Ligeira. De fato, era tão alto que estaria na Companhia de Granadeiros que liderava o avanço do batalhão, caso o comandante da Companhia Ligeira não tivesse insistido em tê-lo em suas fileiras quando se alistara, seis anos antes. O capitão Hughes havia se orgulhado em ter os homens mais rápidos e argutos em sua companhia, homens em quem podia confiar para lutar sozinhos na linha de combate. Hughes agora estava morto, vítima de uma diarreia fatal em Calcutá, e a grande ironia era que tinha visto seus homens escolhidos a dedo lutarem contra o inimigo apenas uma vez, e essa vez foi a malfadada expedição à ilha enevoada na costa de Flandres, onde a argúcia dos soldados jamais poderia compensar a estupidez dos oficiais. Agora, cinco anos depois, o 33º Regimento mais uma vez marchava contra um inimigo, embora em vez do entusiástico e generoso capitão Hughes, a Companhia Ligeira fosse agora comandada pelo capitão Morris, que não se importava se seus homens eram inteligentes ou rápidos, apenas se eles não lhe causavam problemas. E esse era o motivo que trouxera o sargento Hakeswill para a companhia. E o motivo para o recruta Richard Sharpe, com seu rosto bonito e olhos azuis inteligentes, estar pensando em fugir.

Só que não iria fugir hoje. Hoje haveria um combate, e Sharpe estava feliz com essa perspectiva. Um combate vitorioso permitia a um soldado saquear, e um homem pensando em fugir e iniciar uma vida nova não podia ignorar uma oportunidade de ganhar algum dinheiro.

Os sete batalhões marcharam rumo à ribanceira. Estavam todos dispostos em colunas de meias-companhias, de modo que, do ponto de vista de um abutre, teriam parecido 140 pequenos retângulos escarlates espalhados por quase dois quilômetros quadrados de campo verde, avançando rumo à fileira de canhões que pontuava a ribanceira tomada pelo inimigo. Os sargentos marchavam ao lado das meias-companhias enquanto os oficiais cavalgavam ou caminhavam à frente das formaturas. De longe, os quadrados vermelhos pareciam elegantes, porque as casacas dos homens eram de cor viva, cruzadas por bandoleiras brancas. A verdade era que os soldados estavam sujos e suados. Os casacos eram de fazenda de lã, projetados para campos de batalha em Flandres, não na Índia, e o vermelho desbotara nas chuvas pesadas, de modo que as casacas agora eram rosadas ou arroxeadas, e estavam manchadas de branco devido ao suor ressecado. Cada homem do 33º Regimento usava uma gargalheira de couro — um colar alto que afundava na pele do pescoço — e seus cabelos longos tinham sido puxados para trás, besuntados com cera de vela e torcidos numa bolsa pequena recheada com areia. A bolsa, segura por uma faixa de couro preto, pendia como um cassetete sobre a nuca do indivíduo. O cabelo em seguida tinha sido polvilhado com farinha. Embora endurecido e esbranquiçado parecesse bonito e bem-arrumado, o cabelo era um paraíso para piolhos e moscas. Os sipaios nativos, da Companhia das Índias Orientais, tinham mais sorte. Não polvilhavam seus cabelos com farinha, nem usavam as calças grossas dos soldados ingleses. Marchavam de pernas de fora e não usavam gargalheiras de couro. Porém, o mais surpreendente era a inexistência de açoitamentos nos batalhões indianos.

Uma bala de canhão inimiga finalmente encontrou um alvo, e Sharpe viu uma meia-companhia do 33º Regimento ser rompida quando a esfera de ferro varou as fileiras. Por um instante, Sharpe pensou ter vislumbrado uma névoa vermelha no ar acima da formação, enquanto a bola a atravessava, mas talvez tenha sido apenas uma ilusão. Dois homens permaneceram caídos enquanto um sargento recompunha as fileiras. Mais dois soldados capengavam, e um deles cambaleou e girou nos calcanhares antes de cair no chão. Os tamborileiros, vindo logo atrás das insígnias desfraldadas, marcavam o ritmo da marcha com batidas estáveis entremeadas por floreios mais rápidos. Mas quando passaram pelos dois amontoados de carniça que segundos antes tinham sido soldados da Companhia dos Granadeiros, os rapazes aceleraram suas baquetas, de modo que apertaram o passo do regimento, até o major Shee virar-se em sua sela e xingá-los por sua pressa.

— Quando vamos disparar? — indagou o recruta Mallinson ao sargento Green.

— Quando vocês receberem a ordem para fazer isso. Não antes. Deus misericordioso!

Essa última exclamação do sargento Green foi causada pelo estampido ensurdecedor de um canhão disparado da ribanceira. Mais uma dúzia de canhões menores haviam aberto fogo e a borda da ribanceira agora estava embaçada por uma nuvem de fumaça cinza-esbranquiçada. As duas carretas de canhões britânicas à direita tinham sido preparadas e começado a responder aos disparos. Porém, os canhões inimigos estavam escondidos por sua própria fumaça, e essa tela espessa obscurecia todos os danos que as carretas de canhão menores podiam estar infligindo. Mais soldados da cavalaria passaram trotando à direita do 33º Regimento. Esses recém-chegados eram soldados indianos trajados em turbantes escarlates e empunhando lanças compridas com pontas contorcidas.

— Afinal de contas, o que devemos fazer? — queixou-se Mallinson. — Apenas marchar direto até a maldita ribanceira com mosquetes vazios?

— Se vocês receberam ordens de fazer isso, é isso que farão — asseverou o sargento Green. — Agora fique de bico fechado.

— Silêncio aí atrás! — gritou Hakeswill da meia-companhia na frente. — Isto não é uma excursão de igreja! É uma batalha, seus bastardos!

Querendo estar preparado, Sharpe desembrulhou seu mosquete e enfiou o trapo no bolso onde guardava o anel que ganhara de Mary. O anel, uma aliança simples de prata bastante gasta, pertencera ao sargento Bickerstaff, marido de Mary, mas o sargento agora estava morto e Green herdara suas divisas de sargento, e Sharpe, o seu leito. Mary era de Calcutá. Eles não podiam fugir para lá, porque o lugar estava cheio de casacas vermelhas.

E então Sharpe esqueceu seus planos de deserção, porque o campo à frente deles subitamente estava infestado de soldados inimigos. Uma massa de infantaria estava cruzando a extremidade norte da ribanceira baixa e descendo em marcha até a planície. Seus uniformes eram de um púrpura claro, tinham chapéus vermelhos largos e, como os soldados indo-britânicos, usavam calças curtas. As bandeiras acima dos homens em marcha eram vermelhas e amarelas, mas o vento era tão fraco que elas pendiam retas, obscurecendo os elementos que deveriam ressaltar. Mais e mais soldados apareceram até Sharpe não poder mais estimar seu número.

— Trigésimo terceiro! — berrou uma voz de algum lugar adiante. — Formar linha de batalha à esquerda!

— Linha de batalha à esquerda! — ecoou o capitão Morris.

— Vocês ouviram o oficial! — berrou o sargento Hakeswill. — Linha de batalha à esquerda! Rápido!

— Coluna por dois! — ordenou o capitão Morris.

A meia-companhia à testa do 33º Regimento parara, e cada outra meia-companhia angulou para sua esquerda e apertou o passo, com a meia-companhia final, na qual Sharpe marchava, tendo a maior distância a percorrer. Os homens começaram a correr, sacolejando mochilas, bolsas e bainhas de baionetas enquanto pisoteavam um pequeno campo de cultivo. Como uma porta de vaivém, a coluna, que estivera marchando diretamente até a ribanceira, agora transformava-se numa linha de batalha. O propósito dos oficiais era dispor a linha paralela à ribanceira, de modo a barrar o avanço da infantaria inimiga.

— Duas fileiras! — berrou uma voz.

— Duas fileiras! — ecoou o capitão Morris.

— Vocês ouviram o oficial! — esgoelou-se Hakeswill. — Duas fileiras! À direita! Acelerado!

Correndo, cada meia-companhia dividiu-se em duas unidades menores, cada uma com duas fileiras e cada qual se alinhando com a unidade à sua direita de modo que o batalhão inteiro assumiu uma formação de batalha com duas fileiras de profundidade. Enquanto corria, Sharpe olhou para a direita e viu os tamborileiros assumirem postos atrás das bandeiras do regimento, que eram protegidas por um esquadrão de sargentos armados com lanças compridas com cabeças de machado.

A Companhia Ligeira foi a última a assumir posição. Houve alguns segundos de organização enquanto os homens olhavam para a direita a fim de checar seu alinhamento, e então todos ficaram imóveis e silenciosos, exceto pelos cabos passando em revista as fileiras. Em menos de um minuto, numa demonstração maravilhosa de adestramento, o 33º Regimento do Rei transformara-se de coluna de marcha em linha de batalha. Assim, 700 homens, dispostos em duas extensas fileiras, fitavam o inimigo.

— Major Shee, vocês podem carregar!

Era a voz do coronel Wellesley. Ele galopara seu cavalo até onde o major Shee aguardava ordens debaixo das bandeiras gêmeas do regimento. Os seis batalhões indianos ainda estavam avançando à esquerda, mas a infantaria inimiga aparecera na extremidade norte da cordilheira, e isso significava que o 33º Regimento era a unidade mais próxima e a mais provável de sofrer o ataque do sultão Tipu.

— Carregar! — gritou o capitão Morris para Hakeswill.

Sharpe sentiu-se repentinamente nervoso enquanto baixava o mosquete do ombro para abraçá-lo contra o corpo. Mexeu no cão do mosquete enquanto colocava-o de volta em meia-trava. Suor caiu nos seus olhos. Ouviu os tambores inimigos.

— Manejar carga! — gritou o sargento Hakeswill.

Cada homem da Companhia Ligeira puxou um cartucho do cinto e rasgou com os dentes o papel duro encerado. Seguraram as balas em suas bocas, sentindo o gosto amargo da pólvora salgada.

— Escorvar! — Os 76 homens derramaram uma pequena quantidade de pólvora dos cartuchos abertos para as caçoletas dos mosquetes, e em seguida fecharam os ferrolhos de modo a enclausurar a escorva.

— Descansar armas! — bradou Hakeswill, e 76 mãos direitas largaram as coronhas dos mosquetes, de modo que as coronhas das armas caíssem ao chão. — E estou de olho em vocês! — acrescentou Hakeswill. — Se algum poltrão não usar a pólvora inteira, açoito todos vocês até ficarem em carne viva, e depois esfrego sal nos ferimentos. Façam um serviço decente!

Alguns soldados veteranos aconselhavam a usar apenas metade da pólvora de um cartucho, deixando o resto cair no chão; assim, o recuo violento da arma era minimizado. Porém, diante do avanço inexorável do inimigo, ninguém cogitava usar esse truque hoje. Os soldados derramaram o restante da pólvora de seus cartuchos pelos canos dos mosquetes, enfiaram o papel de carga depois da pólvora, e por fim empurraram as balas pelas bocas das armas. A infantaria inimiga estava a 180 metros e avançando numa velocidade constante ao rufar dos tambores e ao soar dos clarins. Os canhões do sultão ainda disparavam, mas haviam desviado suas miras para longe do 33º Regimento para não acertar sua própria infantaria. Assim, desfechavam suas balas contra os seis regimentos indianos que corriam para reduzir a lacuna entre eles e o 33º Regimento.

— Retirar a vareta do mosquete! — ordenou Hakeswill.

Sharpe desprendeu a vareta das três braçadeiras de bronze que mantinham-na debaixo do cano de um metro. Sentia na boca o gosto salgado da pólvora. Ainda estava nervoso, não porque o inimigo estivesse cada vez mais próximo, mas porque lhe ocorreu a ideia idiota de que poderia ter esquecido como se carrega um mosquete. Virou a vareta no ar e posicionou sua ponta larga no cano da arma.

— Socar carga! — bradou Hakeswill.

Os 76 homens empurraram suas varetas, forçando a bala e a carga para o fundo dos canos.

— Recolocar vareta!

Sharpe puxou a vareta, ouvindo-a roçar contra a parede interna do cano. Em seguida, inverteu-a no ar e fez a extremidade estreita deslizar pelas braçadeiras de bronze.

— Apresentar armas! — bradou o capitão Morris.

Os soldados da Companhia Ligeira, agora com mosquetes carregados, assumiram posição de sentido segurando as armas contra o flanco direito. O inimigo ainda estava longe demais para que um mosquete fosse preciso ou letal, e a linha de batalha dupla e comprida, composta por 700 casacas vermelhas, teria de aguardar mais um pouco para que sua descarga inicial pudesse causar danos reais.

— Batalhão! — bradou o primeiro-sargento Bywaters, do centro da linha. — Calar baionetas!

Sharpe retirou a lâmina de 43 centímetros da bainha que pendia do lado direito de seu quadril. Encaixou a lâmina sobre o cano do mosquete e prendeu-a, torcendo a ranhura no ferrolho. Agora nenhum inimigo conseguiria arrancar a baioneta do mosquete. Estar com a lâmina montada dificultava imensamente recarregar o mosquete, mas Sharpe presumiu que o coronel Wellesley decidira ordenar aos soldados que disparassem uma saraivada de balas e em seguida investissem contra o inimigo.

— Vai ser um corpo a corpo daqueles bem asquerosos — disse Sharpe a Tom Garrard.

— Eles são mais numerosos — murmurou Garrard, olhando para o exército inimigo. — E esses desgraçados parecem estar bem preparados.

O inimigo realmente parecia bem preparado. Os soldados que vinham na frente haviam parado por um momento para permitir que os homens da retaguarda os alcançassem, mas agora, reorganizado numa coluna sólida, o inimigo preparava-se para avançar novamente. Suas colunas e fileiras continuavam se aproximando. Os oficiais usavam faixas em torno das cinturas e portavam sabres curvados. Uma das bandeiras estava sendo brandida tão rápido que Sharpe só conseguia ver que ela ostentava um sol dourado contra um céu escarlate. Os abutres começaram a voar mais baixo. As carretas de canhões, incapazes de resistir ao alvo da grande coluna da infantaria, dispararam contra seu flanco, mas os soldados de Tipu resistiram estoicos à punição, enquanto os oficiais certificavam-se de que a coluna estava íntegra e preparada para desfechar um golpe esmagador contra a linha de soldados britânicos.

Sharpe correu a língua pelos lábios ressequidos. Então estes são os homens de Tipu, pensou. Bem elegantes, esses desgraçados.

O exército inimigo estava tão próximo, que Sharpe podia ver que suas túnicas não eram simplesmente de um púrpura claro, mas confeccionadas com um tecido creme decorado com faixas lilases. As bandoleiras eram pretas; os turbantes e as faixas, vermelhos. Esses soldados podiam ser pagãos, mas sua competência não devia ser subestimada. Fazia apenas 15 anos que esses mesmos soldados exóticos tinham destroçado um exército britânico e forçado seus sobreviventes à rendição. Esses eram os famosos tigres de Misore, os guerreiros do sultão Tipu que dominaram todo o sul da Índia até os britânicos terem a ideia de escalar as montanhas Ghats a partir da planície costeira e descerem até Misore. Os franceses eram aliados desses homens e alguns serviam nas forças de Tipu, mas Sharpe não conseguia divisar rostos brancos na coluna maciça que finalmente estava preparada e que, ao baque grave de um único tambor, arremeteu contra os britânicos. Os soldados vestidos em túnicas com listras de tigre marchavam diretamente contra o 33º Regimento do rei, e Sharpe, olhando para a esquerda, viu que os sipaios da Companhia das Índias Orientais ainda estavam distantes demais para oferecer ajuda. O 33º Regimento teria de lidar com a coluna de Tipu sozinho.

— Recruta Sharpe! — A exclamação repentina de Hakeswill foi alta o bastante para sufocar os gritos de guerra do exército de Tipu. — Recruta Sharpe! — repetiu Hakeswill.

Ele estava caminhando a passos largos ao longo da retaguarda da Companhia Ligeira, e o capitão Morris, momentaneamente desmontado, o acompanhava.

— Dê-me seu mosquete, recruta Sharpe! — berrou Hakeswill.

— Não há nada errado com ele — protestou Sharpe.

Ele estava na linha de frente e teve de se virar e passar entre Garrard e Mallinson para entregar a arma.

Hakeswill tomou o mosquete das mãos de Sharpe. Todo sorridente, entregou a arma ao capitão Morris.

— Veja, senhor! — disse o sargento. — Exatamente como pensei, senhor! O bastardo vendeu sua pederneira, senhor! Vendeu-a para um pagão de cara escura. — O rosto de Hakeswill estremeceu enquanto dirigia um olhar triunfal a Sharpe. O sargento, que havia desaparafusado o gatilho e extraído a pederneira em seu retalho de couro dobrado, ofereceu a lasca de pedra ao capitão Morris.

— Um pedaço de rocha comum, senhor. Completamente inútil. Ele deve ter trocado sua pederneira, senhor. Trocado por uma prostituta pagã, arriscaria dizer. Ele não vale o ar que respira, senhor.

Morris fitou a pedra.

— Vendeu a pederneira, recruta? — perguntou numa voz que combinava desprezo, prazer e amargura.

— Não, senhor.

— Silêncio! — gritou Hakeswill contra o rosto de Sharpe, borrifando-o com saliva. — Mentir a um oficial! Uma ofensa que pede a chibata, senhor! Vender a pederneira? Outra ofensa digna da chibata, senhor. Está na Bíblia, senhor.

— Realmente, é uma ofensa digna de punição severa — disse Morris com um tom de satisfação. Ele era tão alto e magro quanto Sharpe, com cabelos claros e rosto de traços elegantes que começava a transparecer os malefícios causados pela bebida com a qual o capitão afogava seu tédio. Os olhos traíam seu cinismo e uma coisa bem pior: que ele desprezava seus homens. Hakeswill e Morris: um par perfeito, pensou Sharpe enquanto os observava.

— Não há nada errado com a pederneira, senhor — insistiu Sharpe.

Morris segurou a pederneira na palma da mão direita.

— Para mim, parece uma lasca de pedra.

— Uma pedra comum, senhor — garantiu Hakeswill. — Simples cascalho, e não uma pedra de fogo. Não serve para nada.

— Posso? — disse uma nova voz.

O tenente William Lawford apeara para se juntar a Morris. Sem esperar pela permissão de seu capitão, esticou a mão para tomar a pedra da mão de Morris. Lawford estava enrubescendo de novo, estarrecido por sua própria coragem de intervir daquele jeito.

— Há uma forma muito simples de conferir isso, senhor — disse Lawford, a voz denotando nervosismo.

Lawford sacou sua pistola, travou-a e golpeou a pederneira solta com o aço da arma. Mesmo à luz do dia foi possível ver a fagulha.

— Parece-me uma pedra de fogo perfeitamente boa, senhor — disse Lawford.

O alferes Fitzgerald, parado atrás de Lawford, exibiu um sorriso cúmplice para Sharpe.

— Uma pedra de fogo perfeitamente boa — insistiu Lawford, com menos audácia na voz.

Morris fulminou Hakeswill com um olhar, girou nos calcanhares, e marchou de volta até seu cavalo. Lawford jogou a pedra para Sharpe.

— Deixe sua arma bem preparada, Sharpe — aconselhou Hakeswill.

— Sim, senhor. Obrigado, senhor.

Lawford e Fitzgerald se afastaram enquanto Hakeswill, humilhado, empurrou o mosquete de volta para Sharpe.

— Você é um bastardo esperto, Sharpezinho.

— Sargento, também vou precisar do retalho de couro de volta — disse Sharpe.

Depois que tinha a pederneira novamente em seu lugar, Sharpe chamou Hakeswill, que tinha começado a se afastar.

— Sargento!

Hakeswill virou-se.

— Quer isto, sargento? — perguntou Sharpe, tirando uma lasca de pedra do bolso. Ele a havia encontrado ao retirar o pano que embrulhava a trava do mosquete, constatando que Hakeswill trocara a pederneira pela pedra enquanto fingia inspecionar o mosquete de Sharpe. — Tome.

Ele jogou a pedra para Hakeswill, que a ignorou. Em vez disso, Hakeswill cuspiu no chão, deu as costas para o recruta e se afastou.

— Obrigado, Tom — disse Sharpe a Garrard. Afinal, tinha sido ele quem lhe dera uma pederneira sobressalente.

— Valeu a pena estar no exército para ver uma cena como essa — disse Garrard.

Ao redor deles, os homens riram de alegria por terem visto Hakeswill e Morris serem derrotados.

— Olhando para a frente, rapazes! — gritou o alferes Fitzgerald. O alferes irlandês podia ser o oficial mais jovem da companhia, mas tinha a confiança de um homem bem mais velho. — Temos alguns tiros para dar.

Sharpe voltou para sua posição. Pegou o mosquete, embrulhou a pederneira com o retalho de couro, alojou-a no cão da arma e levantou os olhos para ver que a massa de inimigos agora estava a poucas centenas de passos. Eles estavam gritando ritmicamente e parando de vez em quando para emitir um brado de triunfo. Porém o som mais alto era a batida de seus pés na terra seca. Sharpe tentou contar a linha de frente da tropa várias vezes, mas se perdia sempre que os oficiais inimigos marchavam obliquamente diante da tropa. Devia haver milhares de tigres de Misore, todos marchando como um grande aríete para arremeter contra a linha de batalha com duas fileiras de casacas vermelhas.

— Estamos em menor número — queixou-se um homem.

— Aguardem, rapazes — disse, com muita calma, o sargento Green. — Aguardem.

O inimigo agora preenchia a paisagem à frente deles. Veio numa coluna formada por 60 fileiras de 50 homens, 3.000 ao todo, embora aos olhos inexperientes de Sharpe parecessem estar num número dez vezes maior. Nenhum dos homens de Tipu disparou enquanto avançavam; seguravam seu fogo tanto quanto os soldados do 33º Regimento seguravam o deles. Os mosquetes dos soldados inimigos eram equipados com baionetas, enquanto seus oficiais portavam sabres curvos. Continuavam se aproximando. Para Sharpe — que observava a coluna de sua posição na esquerda da linha, de modo que podia ver seu flanco tão bem quanto sua linha frontal — a formação inimiga parecia implacável como uma carroça desgovernada, descendo uma ladeira rumo a uma frágil cerca de tábuas.

Agora Sharpe podia ver os rostos dos inimigos. Eram morenos, com bigodes negros e dentes estranhamente brancos. Os tigres de Misore estavam perto, perto demais, e o coro de vozes começou a se dissolver em gritos de guerra individuais.

A qualquer momento a coluna vai investir com suas baionetas apontadas contra nós, pensou Sharpe.

— Trigésimo terceiro! — A voz do coronel Wellesley gritou aguda por trás das bandeiras do regimento. — Preparar!

Sharpe colocou o pé direito atrás do esquerdo, de modo que seu corpo fez meia-volta para a direita. Em seguida, trouxe o mosquete até a altura do quadril e puxou o cão da arma para trás, engatilhando-o. O cão fez um clique alto ao encaixar em sua posição, e de algum modo a pressão total da mola real do mosquete acalmou os nervos de Sharpe. Aos olhos do inimigo em aproximação, toda a linha de batalha britânica fez meia-volta, e o movimento repentino, vindo de homens que até agora haviam esperado em silêncio, por um instante refreou seu ânimo. Acima dos tigres de Misore, por trás de um bando de bandeiras na ribanceira na qual estavam os canhões, um grupo de cavaleiros observava a coluna. Estaria entre eles Tipu em pessoa? E estaria o sultão sonhando com aquele dia, tanto tempo atrás, quando derrotou 3.500 soldados britânicos e indianos e levou-os em marcha até o cativeiro em sua capital em Seringapatam? Os gritos dos atacantes enchiam o céu, mas a voz do coronel Wellesley estava audível sobre o tumulto.

— Apontar!

Setecentos mosquetes subiram até 700 ombros. Setecentos mosquetes com pontas de aço, apontados para a frente da coluna e prestes a disparar vinte quilos de chumbo nos soldados frontais daquela massa veloz e confiante, que investia direto contra o par de bandeiras britânicas sob as quais o coronel Arthur Wellesley aguardava. Os tigres de Misore estavam apertando o passo, os que vinham na frente quebravam a formação enquanto começavam a correr. A carroça estava prestes a bater na cerca.

Arthur Wellesley esperara seis anos por este momento. Aos 29 anos, começava a temer que jamais veria uma batalha. Mas agora, finalmente, Wellesley descobriria se ele e seu regimento podiam lutar. Assim, encheu os pulmões para bradar a ordem que daria início à carnificina.

O coronel Jean Gudin suspirou e, pela milésima vez na última hora, abanou o rosto para afugentar as moscas. Gostava da Índia, mas detestava moscas. E considerando que esse país era infestado por moscas, ele realmente gostava muito da Índia. Não tanto quanto gostava de sua terra natal, Provença, mas que lugar no mundo era tão adorável quanto a Provença?

— Vossa Majestade? — arriscou-se a dizer, e então aguardou enquanto seu intérprete tentava obter a atenção de Tipu.

O intérprete estava traduzindo o francês de Gudin para a língua persa de Tipu. O sultão entendia um pouco de francês e falava bastante bem o dialeto local, o canarês, mas preferia o persa porque o lembrava que sua linhagem remontava às grandes dinastias persas. Tipu considerava-se superior aos nativos de pele escura de Misore. Era muçulmano, era persa e era um regente, enquanto eles eram na maioria hindus, e todos eles, fossem ricos, pobres, importantes ou ordinários, eram seus súditos obedientes.

— Majestade? — tentou novamente o coronel Gudin.

— Coronel? — respondeu o soberano.

Tipu era um homem baixo com tendência a engordar. Tinha bigode, olhos grandes, nariz proeminente. Não era um homem impressionante, mas Gudin sabia que a aparência discreta de Tipu disfarçava uma inteligência afiada e um coração valente. Embora tivesse respondido a Gudin, Tipu não se virou para fitar o coronel. Em vez disso, inclinou-se à frente em sua sela, a mão fechada sobre o punho em forma de tigre do sabre, enquanto observava sua infantaria marchar contra os ingleses infiéis. A espada estava pendurada na cinta lustrosa que contornava o casaco de seda amarela que usava acima das calças de chintz. No turbante de seda vermelha estava espetado um broche de ouro em forma de cabeça de tigre. Cada ornamento possível de Tipu era decorado com o símbolo do tigre, animal que era sua mascote e sua inspiração. Mas o broche no turbante também incorporava sua reverência por Alá, visto que o rosto feroz do tigre tinha a forma de uma cifra que citava um verso do Alcorão: "O Leão de Deus é o Conquistador." Acima dele, pregado na pluma curta e branca, reluzia um rubi do tamanho de um ovo de pomba.

— Coronel? — repetiu Tipu.

Gudin sugeriu, titubeante:

— Majestade, pode ser aconselhável avançarmos os canhões e a cavalaria contra o flanco britânico.

Gudin gesticulou até onde o 33º Regimento aguardava em sua linha de batalha fina e vermelha para sofrer a investida da coluna de Tipu. Se Tipu ameaçasse um flanco daquela linha frágil com a cavalaria, o regimento britânico seria forçado a se encolher num quadrado, desta forma negando a 3/4 de seus mosquetes uma chance de disparar contra a coluna.

Tipu fez que não com a cabeça.

— Gudin, devemos varrer essa escória com nossa infantaria. Depois enviaremos a cavalaria contra a equipagem deles. — Ele largou o punho do sabre para tocar os dedos de uma das mãos nos dedos da outra. — Por favor, Alá.

— E se isso não agradar a Alá? — indagou Gudin, e suspeitou que seu intérprete iria mudar a insolência da pergunta para alguma coisa que Tipu julgasse mais aceitável.

— Então lutaremos contra eles da muralha de Seringapatam — respondeu Tipu, desviando momentaneamente os olhos da batalha iminente para oferecer um sorriso rápido ao coronel Gudin. Entretanto, não foi um sorriso amistoso, mas um esgar de antecipação feroz. — Coronel, nós vamos destruí-los com canhões, estraçalhá-los com foguetes, e em algumas semanas a monção vai afogar os sobreviventes. Depois disso, se for a vontade de Alá, caçaremos ingleses fugitivos daqui até o mar.

— Se for a vontade de Alá — disse Gudin, resignado.

Oficialmente, Gudin era consultor de Tipu, enviado pelo Diretório em Paris para ajudar Misore a derrotar os britânicos. Gudin acabara de oferecer um conselho brilhante, e ninguém poderia culpá-lo por Tipu tê-lo ignorado. Afugentou moscas do rosto para observar o 33º Regimento levar os mosquetes aos ombros. Quando esses mosquetes disparassem, pensou o francês, a frente da coluna de Tipu ruiria como um favo de mel atingido por um martelo. Bem, ao menos o massacre ensinaria a Tipu que batalhas não podiam ser vencidas contra soldados disciplinados, a não ser que cada arma fosse usada contra eles: cavalaria para forçá-los a se ajuntar para se proteger, depois artilharia e infantaria para alvejar os soldados desorganizados. Tipu certamente sabia disso, mas mesmo assim insistira em mandar que sua infantaria de 3.000 homens avançasse sem suporte de cavalaria, e Gudin podia supor apenas que ou Tipu acreditava que Alá lutaria ao seu lado esta tarde ou estava tão assoberbado por sua famosa vitória contra os britânicos, 15 anos atrás, que acreditava que sempre poderia derrotá-los num conflito aberto.

É hora de voltar para casa, pensou Gudin enquanto mais uma vez espantava as moscas. Por mais que gostasse da Índia, sentia-se frustrado. Suspeitava de que o governo em Paris esquecera de sua existência e estava ciente de que Tipu não era receptivo aos seus conselhos. Não culpava Tipu por isso. Paris fizera muitas promessas, mas nenhum exército francês viera lutar por Misore. Gudin sentia a decepção de Tipu e até simpatizava com ela, porque ele próprio sentia-se inútil e abandonado. Alguns de seus contemporâneos já eram generais. Até mesmo aquele baixinho do Bonaparte, um corso que Gudin conhecera superficialmente em Toulon, agora comandava seu próprio exército, enquanto Jean Gudin estava encalhado na distante Misore. O que aumentava ainda mais a importância de uma vitória. Se os britânicos não fossem derrotados aqui, então teriam de ser abatidos pela artilharia e pelos foguetes que os aguardavam na muralha de Seringapatam. Também era em Seringapatam que o pequeno batalhão de soldados europeus de Gudin estava esperando. Gudin suspeitava que no fim das contas esta campanha seria decidida em Seringapatam. E se houvesse uma vitória e os britânicos fossem expulsos do sul da Índia, então a recompensa de Gudin certamente seria seu retorno à França. De volta para casa, onde as moscas não se juntavam como ratos.

O regimento inimigo esperou com seus mosquetes apontados. Os homens de Tipu bradaram gritos de guerra e investiram impetuosos. Tipu inclinou-se à frente, inconscientemente mordendo o lábio inferior enquanto aguardava o impacto.

Gudin se perguntou se sua mulher em Seringapatam iria gostar de Provença, ou se Provença iria gostar dela. Ou talvez fosse hora de arrumar outra mulher. Suspirou, espantou as moscas e, involuntariamente, estremeceu.

Porque, abaixo dele, a matança havia começado.

— Fogo! — bradou o coronel Wellesley.

Setecentos homens apertaram gatilhos, empurrando 700 pedras de pederneira contra 700 fuzis de aço. Fagulhas inflamaram a pólvora nas cápsulas de percussão, fez-se uma pausa enquanto o fogo subia pelos 700 ouvidos dos mosquetes, e então, num estampido quase uníssono, 700 tiros foram disparados.

A coronha de bronze do mosquete escoiceou o ombro de Sharpe. Ele apontara contra o oficial liderando a coluna inimiga, embora um mosquete fosse uma arma tão imprecisa que mesmo a uma distância de pouco mais de 60 metros quase não valia a pena fazer mira. Porém, a não ser que o mosqueteiro disparasse para o alto, sempre havia a chance de a bala acertar alguém. Sharpe não pôde precisar quanto dano a saraivada causara, porque no instante em que a coronha bateu em seu ombro, sua visão foi obscurecida pela nuvem fedorenta de fumaça que se elevou dos canos dos 700 mosquetes. Sharpe também não conseguia ouvir praticamente nada; o som dos mosquetes da linha da retaguarda, disparando perto de sua cabeça, deixou seus ouvidos zumbindo. A mão direita do recruta automaticamente se moveu para pegar um novo cartucho na algibeira, mas então, acima do zumbido em seus ouvidos, ele escutou a voz rouca do coronel:

— Avançar! Trigésimo terceiro, avançar!

— Vamos, rapazes! — vociferou o sargento Green. — Firmes agora! Não corram, caminhem!

— Contenham sua ansiedade! — gritou o alferes Fitzgerald para a companhia. — Mantenham suas posições! Isto não é uma corrida!

O regimento marchou através da fumaça dos mosquetes, que fedia como ovos podres. O tenente Lawford subitamente se lembrou de desembainhar sua espada. Não conseguia ver nada por trás da nuvem de fumaça, mas imaginou um inimigo terrível esperando-os com mosquetes ao ombro. Tocou o bolso do casaco, no qual guardava a Bíblia que ganhara da mãe.

A linha de frente passou pela fumaça fedorenta e se deparou com um cenário de caos e carnificina.

As 700 balas de chumbo tinham convergido contra a frente da coluna inimiga para acertar seus alvos com eficácia brutal. Onde antes houvera soldados precisamente ordenados, havia agora apenas homens mortos e moribundos contorcendo-se no chão. Os soldados da retaguarda inimiga não podiam avançar sobre a barreira de mortos e feridos, de modo que permaneceram imóveis quando 700 baionetas emergiram da fumaça.

— Acelerado! Acelerado! — bradou o coronel Wellesley. — Não os deixem de pé!

— Mostrem a eles do que vocês são feitos, rapazes! — gritou o sargento Green. — Peguem eles! Matem os sodomitas!

Neste momento nenhum pensamento sobre deserção passava pela mente do recruta Sharpe. Agora ele ia lutar. Se havia um bom motivo para juntar-se ao exército, era para lutar. Não acordar com pressa para não fazer nada, mas lutar contra os inimigos do rei. E estes inimigos estavam chocados pela violência da saraivada de balas à queima-roupa, e agora fitavam horrorizados os casacas vermelhas gritando e correndo contra eles. O 33º Regimento, liberado da disciplina rígida das posições de batalha, investiu contra o inimigo. Adiante havia objetos valiosos e comida para saquear. Adiante havia inimigos aterrorizados para chacinar, e poucos homens do 33º Regimento não gostavam de uma boa luta. Poucos haviam se juntado às fileiras por patriotismo. Como Sharpe, a maioria estava a serviço do rei porque a fome ou o desespero forçara-os a vestir aquele uniforme, mas ainda assim eram bons soldados. Emergiram das sarjetas da Grã-Bretanha onde um homem sobrevivia mais pela selvageria do que pela astúcia. Eram bandidos e bastardos, lutadores de beco sem nada a perder além de dois *pence* por dia.

Sharpe uivou enquanto corria. Os batalhões de sipaios aproximavam-se pela esquerda, mas seus mosquetes não eram necessários agora, porque a infantaria dos tigres de Misore não estava reagindo. Os soldados de Tipu estavam recuando, tentando escapar. Súbito, vinda do norte, onde estivera oculta entre as árvores salpicadas com flores vermelhas, a cavalaria britânica e indiana investiu ao som de um toque de clarim. Lanças foram niveladas e sabres empunhados enquanto os cavaleiros trovejavam contra o flanco do inimigo.

Os soldados de Tipu fugiram. Alguns — os felizardos — escalaram de volta até a ribanceira, mas quase todos foram pegos no campo aberto entre o 33º Regimento e a ladeira do outeiro, e ali a luta virou um massacre. Sharpe alcançou a pilha de mortos e pulou sobre ela. Logo além da pilha sanguinolenta um homem ferido tentava erguer seu mosquete, mas Sharpe arrojou a coronha de sua arma contra a cabeça do homem, chutou o mosquete para longe das mãos do inimigo e continuou correndo. Estava mirando num oficial, um homem corajoso que tentara reagrupar seus soldados e que agora hesitou fatalmente. O oficial brandia um sabre, mas lembrando da pistola em seu cinto, tentou sacá-la. Porém, quando viu que era tarde demais para reagir, o oficial se virou para correr atrás de seus subalternos. Sharpe foi mais rápido. Com um golpe de baioneta, atingiu o oficial indiano na lateral do pescoço. O oficial se virou, sabre zumbindo enquanto desferia um golpe contra a cabeça de Sharpe. Este aparou o golpe com a coronha de seu mosquete. Uma farpa de madeira foi arrancada da coronha enquanto Sharpe chutava o oficial entre as pernas. Sharpe estava gritando um desafio, um grito de ódio que nada tinha a ver com Misore ou o oficial inimigo, mas tudo a ver com as frustrações de sua vida. O indiano capengou para trás, dobrou-se em dois, e Sharpe golpeou seu rosto moreno com a soleira pesada do mosquete. O oficial inimigo caiu de costas, largando o sabre. Gritou alguma coisa, talvez um oferecimento de rendição, mas Sharpe não lhe deu ouvidos. Usando o pé esquerdo para pisar forte o braço que empunhava a espada, desceu a baioneta para baixo contra a garganta do oficial inimigo. A luta inteira deve ter durado três segundos.

Sharpe não avançou mais. Outros homens passaram correndo por ele, gritando enquanto perseguiam o inimigo, mas Sharpe já havia encontrado sua vítima. Ele tinha enfiado a baioneta com tanta força que a lâmina atravessara o pescoço do oficial e se fincara no chão. A baioneta não queria sair de jeito nenhum, e Sharpe foi obrigado a pisar na testa do moribundo para puxar a lâmina. Sangue jorrou do ferimento, e então diminuiu para um leve esguicho vermelho enquanto Sharpe ajoelhava ao lado do indiano. Alheio ao ruído sufocado e gorgolejante que o oficial estava fazendo enquanto morria, Sharpe pôs-se a revistar o uniforme vistoso. Rasgou a cinta de seda amarela e a jogou para o lado, junto com o sabre de cabo de prata e a pistola. A bainha do sabre era de couro fervido, sem qualquer valor para Sharpe, mas por trás dela havia uma algibeira pequena. Sharpe sacou sua faca e cortou as correias da bolsinha. Abriu a algibeira para descobrir que continha apenas arroz seco e um pedaço de alguma coisa que parecia um bolo. Cheirou o alimento e presumiu que era feito de algum tipo de cereal. Jogou a comida para longe e cuspiu um xingamento no moribundo.

— Fala, desgraçado! Onde está seu dinheiro?

O homem tossiu, o corpo estremecendo por inteiro quando o coração finalmente desistia da luta. Sharpe puxou a túnica que estava decorada com listras de tigre rosa-arroxeadas. Sentiu as costuras, procurando por moedas, mas não encontrou nenhuma. Puxou o turbante da cabeça do cadáver, que já começava a atrair moscas. Sharpe desfez o turbante empapado de sangue fresco até encontrar algumas moedas: três de prata e uma dúzia de cobre.

— Sabia que você tinha alguma coisa! — disse Sharpe ao morto, enquanto guardava as moedas em sua própria algibeira.

A cavalaria estava acabando de cuidar do restante da infantaria de Tipu. O próprio Tipu, com seu cortejo e porta-bandeiras, sumira da ribanceira do outeiro, de onde não havia mais nenhum canhão sendo disparado. O inimigo havia abandonado seus soldados de infantaria à própria sorte, para serem cortados e perfurados pelos sabres e lanças das cavalarias britânica e indiana. Os membros da cavalaria indiana — recrutados na cidade de Madras e nos estados da costa leste, que haviam sofrido ataques do exército de Tipu — gozavam de uma vingança sanguinária, rindo enquanto seus sabres lanhavam os fugitivos aterrorizados. Alguns cavaleiros, vendo-se sem alvos, já haviam desmontado e estavam vasculhando as pilhas de mortos em busca de butins. A infantaria de sipaios chegou tarde demais para juntar-se à carnificina, mas a tempo de participar da pilhagem.

Sharpe desencaixou a baioneta e a limpou na cinta do morto. Escondeu o sabre e a pistola, e se pôs a procurar mais coisas para saquear. Sorriu ao pensar na moleza que era esta vida de soldado. Alguns tiros em Flandres, uma saraivada de balas aqui; e nenhuma briga merecedora de ser chamada de batalha. Flandres tinha sido um fiasco e esta luta havia sido tão fácil quanto sacrificar ovelhas. Não era à toa que o sargento Hakeswill achava que ia viver para sempre. E Sharpe provavelmente também, porque esta vida de soldado era realmente muito fácil. Apenas alguns tirinhos e pronto: tudo estava acabado. Sharpe soltou uma gargalhada, inseriu a baioneta na bainha e se ajoelhou ao lado de outro morto. Havia trabalho a fazer e um futuro a financiar.

    O problema era que ele ainda não havia decidido se era seguro fugir.

CAPÍTULO II

O sargento Obadiah Hakeswill olhou em torno para ver o que seus homens estavam fazendo. Praticamente todos estavam saqueando, o que era perfeitamente justo. Fazer butim era um privilégio do soldado. Travar a batalha e então limpar o inimigo até seu último tostão. Os oficiais não estavam saqueando, porque nunca faziam isso, pelo menos não às claras, mas Hakeswill viu que o alferes Fitzgerald havia se apoderado de um sabre incrustado com joias, e o estava exibindo como uma prostituta barata mostra as pernas. O maldito Fitzgerald estava saindo melhor que a encomenda. Alferes eram a escória do oficialato, meros aprendizes, garotinhos mimados, e o maldito Fitzgerald não tinha o direito de contrariar as ordens de Hakeswill, de modo que precisava aprender qual era o seu lugar, mas o problema era que o maldito Fitzgerald era irlandês, e Hakeswill partilhava a opinião de que os irlandeses não eram completamente civilizados e jamais entendiam qual era o seu lugar. Pelo menos a maioria deles. O major Shee era irlandês e era civilizado, ao menos quando estava sóbrio, e o coronel Wellesley, que era de Dublin, era inteiramente civilizado, mas o coronel tinha o bom senso de tentar parecer mais inglês do que os ingleses, enquanto o maldito alferes Fitzgerald não fazia o menor esforço para esconder suas raízes.

— Está vendo isto, Hakeswill?

Fitzgerald, ignorando os pensamentos de Hakeswill, passou por cima de um cadáver para mostrar seu novo sabre ao sargento.

— Vendo o quê, senhor?

— Este sabre foi fabricado em Birmingham! Acredita nisso? Birmingham! Está escrito aqui na lâmina, vê? "Fabricado em Birmingham."

Obedientemente, Hakeswill examinou a inscrição na lâmina, e então correu os dedos pelo punho do sabre, que era elegantemente incrustado com um anel de sete pequenos rubis.

— Tenho a impressão de que são de vidro, senhor — disse em tom de desprezo, na esperança de persuadir Fitzgerald a abrir mão do sabre.

— Não diga bobagens! — exclamou alegremente Fitzgerald. — São rubis da melhor qualidade! Um pouco pequenos, talvez, mas duvido que as damas liguem para isso. Sete pedras preciosas? Isso soma uma semana de pecado, sargento. Valeu a pena matar aquele desgraçado por isto.

Se é que você o matou, pensou amargamente Hakeswill enquanto se afastava do alferes eufórico. Era mais provável que tivesse catado o sabre no chão. E Fitzgerald tinha razão; sete rubis, por menores que fossem, poderiam comprar muitas mulheres de Naig. Naig "Nefasto" era um mercador de Madras, um dos muitos que viajavam com o exército, e tinha trazido seu bordel. Era um bordel caro, aberto apenas a oficiais, ou pelo menos àqueles que podiam pagar um preço de oficial, e isso fez Hakeswill pensar em Mary Bickerstaff. A sra. Mary Bickerstaff. Ela era meio indiana e meio britânica, o que a tornava valiosa. Muito valiosa. A maioria das mulheres que seguiam o exército eram negras como a noite, e embora Obadiah Hakeswill não desgostasse de pele escura, sentia falta da maciez de uma pele branca. E como muitos oficiais também sentiam falta da mesma coisa, essa carência podia valer muito dinheiro. Naig pagaria muito bem por uma pele tão alva quanto a de Mary Bickerstaff.

Era de rara beleza, essa Mary Bickerstaff. Uma pérola em um chiqueiro de mulheres feias e malcheirosas. Hakeswill observou enquanto um grupo de esposas do batalhão corria para tomar parte na pilhagem, e sentiu um arrepio ao ver tanta feiura junta. Cerca de dois terços das esposas eram *bibbis*, indianas, e a maioria não era casada legalmente, com permissão do coronel. O restante era composto por aquelas britânicas sortudas que venceram o sorteio cruel realizado uma noite antes do embarque nos navios. As mulheres foram reunidas na sala de um quartel, puseram seus nomes em dez barretinas, uma para cada companhia, e os primeiros dez nomes retirados de cada chapéu receberam permissão para acompanhar seus esposos. O restante das mulheres teve de permanecer na Inglaterra, e só Deus sabia que fim tiveram. A maioria provavelmente procurou abrigo nas igrejas, mas as paróquias não gostavam de alimentar esposas de soldados, de modo que provavelmente foram forçadas a se prostituir. Quase todas deviam ter virado prostitutas de porta de quartel, porque eram feias demais para qualquer coisa melhor. Mas algumas dessas mulheres eram bonitas, e nenhuma delas era tão bela quanto a viúva meio indiana e meio inglesa do sargento Bickerstaff.

As mulheres espalharam-se entre os misorianos mortos e agonizantes. Se havia alguma coisa que faziam com mais eficácia que seus maridos, era saquear os mortos. Os homens, que tendiam a fazer isso com muita pressa, quase nunca encontravam os esconderijos onde os soldados guardavam seu dinheiro. Hakeswill observou Flora Placket retirar o uniforme com listras de tigre de um cadáver cuja garganta fora cortada até o osso pelo sabre de um cavaleiro. A mulher fazia seu trabalho sem a menor pressa, revistando cuidadosamente o cadáver, peça de roupa por peça de roupa, passando cada uma para um de seus dois filhos dobrar e empilhar. Hakeswill aprovava Flora Placket porque era uma mulher gorda e forte que cuidava de seu homem e não reclamava do desconforto da campanha. Também era uma boa mãe, e por isso Obadiah não se importava se Flora Placket era feia de dar dó. Mães eram sagradas. Mães não precisavam ser bonitas. Mães eram os anjos da guarda de Obadiah Hakeswill, e Flora Placket lembrava a Obadiah de sua própria mãe, que era a única pessoa em sua vida que o havia tratado com carinho. Biddy Hakeswill morrera havia muito tempo, um ano antes de seu filho Obadiah, então com 12 anos, ser condenado à forca por roubo de ovelhas. Nessa ocasião, para a diversão da multidão reunida na praça, o carrasco não deixou as vítimas do dia caírem pelo alçapão do cadafalso, segurando-as com gentileza no ar para que sufocassem lentamente, mijando nas calças enquanto balançavam as pernas em uma dança de morte. Ninguém prestou muita atenção no menininho no final da fila do cadafalso. Quando os céus se abriram e começou a chover a cântaros, a multidão se dispersou, e ninguém notou o irmão de Biddy Hakeswill cortar a corda que prendia o pescoço de Obadiah e dizer ao menino:

— Fiz isso por sua mãe. Que Deus guarde sua alma. Agora caia fora daqui, e nunca mais dê a cara por estas bandas.

Hakeswill fugiu para o sul, alistou-se no exército ainda menino, como tamborileiro, ascendeu ao posto de sargento e nunca esqueceu as palavras de sua mãe no leito de morte.

— Ninguém jamais vai dar cabo de Obadiah. Não do meu Obadiah. A morte gosta muito dele.

A forca havia provado isso. Tocado por Deus, Obadiah Hakeswill era indestrutível!

Um gemido soou perto de Hakeswill e o sargento acordou de seu devaneio para ver um indiano em uniforme de listras de tigre tentando virar de bruços. Hakeswill caminhou até o homem, forçou-o a deitar de costas de novo, e encostou em sua garganta a ponta afiada da alabarda.

— Dinheiro? — rosnou Hakeswill. Estendendo a mão esquerda, fez o gesto de quem conta moedas. — Dinheiro?

O homem piscou lentamente, e então disse alguma coisa em sua própria linguagem.

— Vou deixar você viver, seu sodomita — prometeu Hakeswill, sorrindo para o ferido. — Não que você tenha muito tempo de vida. Tomou chumbo na barriga, está vendo? — Apontou para a entrada da bala na barriga do homem. — Então, onde está seu dinheiro? Dinheiro! *Pice? Dan? Pagodas? Annas? Rupees?*

O homem deve ter entendido, porque levou sua mão titubeante em direção ao peito.

— Bom menino, agora... — disse Hakeswill, sorrindo novamente. Seu rosto tremeu em espasmos involuntários enquanto empurrava a ponta da lâmina contra a garganta do indiano, mas não rápido demais, porque gostava de apreciar a expressão de um homem no momento em que reconhecia a inevitabilidade da morte. — Além de sodomita, é burro — disse quando os espasmos mortais do homem terminaram.

Hakeswill cortou a túnica e descobriu que o homem havia amarrado algumas moedas em seu bolso com uma cinta de algodão. Ele desatou a cinta e embolsou o punhado de moedas. Não era um grande butim, mas Hakeswill não dependia de pilhar pessoalmente para encher a bolsa. Ele tinha participação em tudo o que os soldados da Companhia Ligeira achavam. Eles sabiam que teriam de pagar para não serem punidos severamente.

Hakeswill viu Sharpe ajoelhando ao lado de um cadáver e se dirigiu até onde ele estava.

— Isso aí é uma espada, Sharpezinho? — indagou Hakeswill. — Você a roubou, não foi?

— Eu matei o homem, sargento — disse Sharpe, levantando o rosto para olhar seu superior.

— Isso não importa, rapaz. Você não tem permissão de portar uma espada. Espadas são armas de oficiais. Não se esqueça de que você é um reles recruta. Se tentar dar um passo maior que a perna, juro que te mato! Portanto, ficarei com a espada.

Hakeswill estava torcendo para Sharpe resistir, mas o recruta não fez nada enquanto o sargento pegava a espada com punho de prata.

— Eu diria que esta espada vale uns bons trocados — avaliou Hakeswill enquanto encostava a ponta da espada no pescoço de Sharpe. — Que é mais do que você vale, Sharpezinho. Você é inteligente demais para o seu próprio bem.

Sharpe afastou o pescoço da espada e se levantou.

— Não temos motivos para brigar, sargento — disse Sharpe.

— Mas nós temos, rapaz, claro que temos. — Hakeswill sorriu enquanto seu rosto começava a estremecer. — E sabe qual é o motivo, não sabe?

Sharpe recuou um passo.

— Não vou brigar com o senhor, sargento — reafirmou Sharpe.

— Creio que o nosso motivo para brigar se chama sra. Bickerstaff — disse Hakeswill e sorriu quando Sharpe não respondeu nada. — Quase

O TIGRE DE SHARPE

te peguei com aquela pederneira, não foi? Se eu tivesse te açoitado, rapaz, teria morrido em uma semana. Faz muito mal para um homem ser açoitado num clima como este. Mas você tem um amigo oficial, não tem? Sr. Lawford. Ele gosta de você, não gosta? — disse Hakeswill, espetando o peito de Sharpe com a espada. — É o que parece? Você é o queridinho do oficial?

— O sr. Lawford não significa nada para mim — disse Sharpe.

— É isso que a sua boca diz, mas não o que os meus olhos veem. — Hakeswill soltou uma risadinha. — Vocês gostam um do outro, não gostam? Você e o sr. Lawford? Isso significa que você não tem muita serventia para a sra. Bickerstaff. O que ela precisa é de um homem de verdade.

— A vida dela não é da sua conta — disse Sharpe.

— Mas é claro que é! — Hakeswill sorriu, e então tornou a espetar o peito do recruta. Ele queria provocar Sharpe a resistir, para então poder acusá-lo de atacar um superior, mas o rapaz alto simplesmente se afastou da espada. — Escute bem, Sharpezinho — disse Hakeswill. — Escute muito bem. Ela é mulher de um sargento, e não a puta de um soldado ordinário como você.

— O sargento Bickerstaff está morto — protestou Sharpe.

— Portanto, ela precisa de um homem! — disse Hakeswill. — E uma viúva de sargento não devia compartilhar o leito com um merdinha como você. Não é certo. Não é natural. Isso é dar um passo maior que a perna, e não posso permitir que você faça isso. Está na Bíblia.

— Ela pode escolher quem quiser — insistiu Sharpe.

— Escolher, Sharpezinho? Escolher? — Hakeswill soltou uma gargalhada. — Mulheres não escolhem, seu sodomita. Mulheres são tomadas pelos mais fortes. É o que diz a Bíblia. — Hakeswill brandiu a espada. — Se ficar no meu caminho, juro que corto sua barriga e exponho as tripas ao sol. Uma pederneira perdida? Isso teria merecido duzentas chibatadas. Mas, da próxima vez, farei que seja punido com mil chibatadas. Mil chibatadas bem fortes! Vou te reduzir a sangue e ossos, garoto. Sangue e ossos. E quem vai cuidar da sra. Bickerstaff então? Me diga. Portanto, mantenha suas mãos sujas longe dela. Deixe ela para mim, Sharpe.

BERNARD CORNWELL

Hakeswill sorriu para Sharpe, mas como o rapaz ainda se recusava a ser provocado, o sargento finalmente desistiu.

— Esta espada vale uns bons trocados — repetiu o sargento enquanto se afastava. — Muito obrigado, Sharpezinho.

Mesmo sabendo que não adiantava nada, Sharpe xingou Hakeswill pelas costas, e então se virou quando uma mulher lhe fez um sinal. Ela estava perto da pilha de cadáveres que tinha sido a frente da coluna de Tipu. Aqueles corpos agora estavam sendo arrastados para serem revistados e Mary Bickerstaff ajudava no serviço.

Sharpe caminhou até ela e, como sempre, ficou entorpecido pela beleza da jovem. Tinha cabelos negros, rosto fino e grandes olhos escuros que podiam reluzir com sedução. Mas, neste momento, ela parecia preocupada.

— O que Hakeswill queria? — indagou.

— Você.

Mary cuspiu no chão e se agachou até o cadáver que estava revistando.

— Ele não pode tocar em você, Richard, não se você cumprir com seus deveres.

— O exército não é assim. E você sabe disso.

— Tudo que você precisa é ser inteligente — insistiu Mary.

Filha de soldado, Mary fora criada nos quartéis de Calcutá. Herdara a beleza indiana da mãe e o conhecimento da vida militar do pai, que servira como sargento-engenheiro na guarnição do Forte Velho até ser vitimado pelo cólera, juntamente com sua esposa nativa. O pai sempre afirmara que Mary era bonita o bastante para casar com um oficial e dessa forma subir na vida. Mas nenhum oficial desposaria uma mestiça, pelo menos nenhum oficial carreirista. Assim, depois da morte dos pais, Mary casara com o sargento Jem Bickerstaff do 33º Regimento. Bickerstaff era um bom homem, mas sucumbiu à febre amarela logo depois do exército deixar Madras para subir até o platô de Misore. Assim, aos 22 anos, Mary era órfã e viúva. E sabia tudo sobre a vida militar.

— Se você for promovido a sargento, Hakeswill não poderá fazer nada contra você — disse ela a Sharpe.

Sharpe riu.

— Eu? Sargento? Vai chover nesse dia. Já me promoveram a cabo uma vez, mas isso não durou muito.

— Você pode chegar a sargento — insistiu Mary. — Você merece ser sargento. E quando for, Hakeswill não poderá botar as mãos em você.

Sharpe encolheu os ombros.

— Não é em mim que ele quer botar as mãos. É em você.

Mary, que estivera cortando a túnica com listras de tigre de um morto, parou e olhou intrigada para Sharpe. Embora jamais tivesse realmente se apaixonado por Jem Bickerstaff, reconhecia que o sargento havia sido um homem bom e gentil, e via a mesma decência em Sharpe. Bem, não exatamente a mesma decência, posto que Sharpe tinha dez vezes mais energia que Jem Bickerstaff e podia ser astuto como uma cascavel quando lhe convinha. Mesmo assim, Mary confiava em Sharpe. E também sentia muita atração por ele. O corpo esguio e o rosto bem traçado tinham algo sedutor, e também perigoso, mas esse algo era muito excitante. Depois de fitá-lo por alguns segundos, Mary deu de ombros.

— Talvez ele não ouse tocar em você se nós nos casarmos — disse Mary. — Quero dizer, depois que nos casarmos legalmente, com a permissão do coronel.

— Casamento! — exclamou Sharpe, assustado com a palavra.

Mary se levantou.

— Richard, não é fácil ser viúva no exército. Todo soldado acha que você é uma coisa que pode ser saqueada.

— Sei que não é fácil — reconheceu.

Sharpe encarou-a de testa franzida, enquanto considerava a ideia de se casar. Até agora pensara apenas em desertar, mas talvez o casamento não fosse má ideia. Pelo menos isso dificultaria para Hakeswill botar as mãos em Mary. E um homem casado tinha mais chances de ser promovido. Mas de que valia subir mais um ou dois centímetros na pilha de bosta? Mesmo um sargento continuava no fundo da pilha. A melhor situação era estar fora do exército, e haveria mais chances de Mary desertar junto com ele se os dois estivessem casados de papel passado. Esse pensamento fez Sharpe menear a cabeça bem devagar.

— Reconheço que gostaria de estar casado — disse meio sem jeito.
— Eu também.

Ela sorriu. Meio sem jeito, Sharpe retribuiu o sorriso. Por um momento, nenhum dos dois teve nada a dizer, e então Mary soltou uma risadinha e enfiou a mão no bolso do avental para retirar uma joia roubada de um cadáver.

— Veja só o que achei! — Deu a Sharpe uma pedra vermelha, com metade do tamanho de um ovo de galinha. — Acha que é um rubi? — perguntou sorridente.

Sharpe jogou a pedra para cima e para baixo.

— Acho que é de vidro — disse ele da forma mais gentil que pôde.
— Apenas vidro. Mas vou conseguir um rubi para te dar como presente de casamento. Aguarde e verá.

— Vou fazer mais do que aguardar, Dick Sharpe — disse, abraçando o amante.

A uma centena de passos dali, o sargento Hakeswill viu os dois e seu rosto estremeceu.

Enquanto isso, nas extremidades do campo de batalha, onde os corpos saqueados e desnudos jaziam espalhados, os abutres pousaram e se puseram a bicar os cadáveres.

Os exércitos aliados acamparam a 400 metros do local onde jaziam os mortos. O acampamento se espalhava pela planície: uma cidade instantânea na qual cinquenta mil soldados e milhares de seguidores civis passariam a noite. Para os oficiais, foram armadas tendas bem longe de onde tinham sido colocados os vastos rebanhos de gado. Parte era gado de corte, destinado ao abate; parte eram bois que puxavam carretas abarrotadas com as balas de canhão de 18 e 24 libras necessárias para abrir um buraco na muralha de Seringapatam; o restante eram novilhos castrados que puxavam carroças e canhões. Cada um dos canhões maiores e mais pesados, destinados a artilharia de sítio, eram puxados por sessenta novilhos. Havia mais de duzentas mil cabeças de gado no exército, mas os animais agora eram pele e osso, porque a cavalaria de Tipu estava queimando o pasto à frente dos exércitos inimigos.

Os soldados comuns não tinham tendas. Dormiam no chão, perto de suas fogueiras, mas primeiro eles comiam, e esta noite o jantar foi bom, pelo menos para os homens do 33º Regimento do rei, que tinham roubado moedas dos cadáveres dos soldados inimigos para gastar com os *bhinjarries*, os mercadores que viajavam com o exército e possuíam seus guardas particulares para proteger suas mercadorias. Todos os *bhinjarries* vendiam galinhas, arroz, farinha, cereais e, o melhor de tudo, os odres de araca que queimavam na garganta e embebedavam um homem ainda mais depressa que rum. Alguns dos *bhinjarries* também forneciam prostitutas, e naquela noite o 33º Regimento encheu os bolsos desses homens.

O capitão Morris esperava visitar as famosas tendas verdes de Naig, o *bhinjarrie* que agenciava as prostitutas mais caras de Madras, mas por enquanto estava preso em sua barraca onde, à luz bruxuleante de uma vela, cuidava da burocracia da companhia. Ou pelo menos o sargento Hakeswill trabalhava nisso enquanto Morris, casaco desabotoado e camisa aberta no peito, estava esparramado numa cadeira. Suor escorria por seu rosto. Ventava um pouco, mas uma cortina de musselina pendurada na entrada da tenda impedia a circulação de ar, e se a cortina fosse retirada o recinto ficaria cheio de mariposas enormes. Morris odiava mariposas, odiava o calor, odiava a Índia.

— Escala de serviço para a guarda, senhor — disse Hakeswill, oferecendo os papéis.

— Alguma coisa que eu deva saber?

— Nada, senhor. Tudo exatamente como na semana passada. Foi o alferes Hicks quem planejou a escala, senhor. É um bom homem, o alferes Hicks. Sabe seu lugar.

— E com isso quer dizer que ele faz tudo que você manda? — perguntou secamente Morris.

— Está aprendendo seu ofício, senhor, aprendendo seu ofício, exatamente como um bom alferes deve fazer. Ao contrário de alguns que eu poderia mencionar.

Morris ignorou a referência matreira a Fitzgerald, preferindo mergulhar a ponta de sua pena na tinta e rabiscar seu nome no rodapé da escala de serviço.

— Presumo que o alferes Fitzgerald e o sargento Green tenham sido designados para todo o serviço noturno — disse Morris.

— Eles precisam de treino, senhor.

— E você precisa dormir, não é, sargento?

— Livro de punições, senhor — disse Hakeswill, fazendo que não tinha ouvido o último comentário de Morris enquanto oferecia o volume encadernado em couro e pegava de volta a escala de serviço.

Morris folheou o livro.

— Nenhum açoitamento esta semana?

— Haverá um em breve, senhor. Muito em breve.

— O recruta Sharpe escapou de você hoje, não foi? Está perdendo o jeito, Obadiah — disse Morris, sem qualquer tom amistoso no uso do nome de batismo de Hakeswill, apenas desprezo.

Mas o sargento Hakeswill não tomou isso como uma ofensa. Oficiais eram oficiais, pelo menos os que ficavam acima dos alferes, isso na opinião de Hakeswill. E esses cavalheiros tinham todo o direito de desprezar seus subalternos.

— Não estou perdendo nada, senhor — garantiu Hakeswill. — Se o rato não morrer com as primeiras mordidas, tudo que você precisa fazer é jogá-lo de volta para os cães. É o que diz a Bíblia. Relatório de enfermidades, senhor. Nada de novo, exceto que Sears contraiu a febre, de modo que não deve permanecer conosco por muito tempo. Mas não sentiremos sua falta. O alferes Sears não vale o ar que respira.

— Acabamos por hoje? — perguntou Morris depois de assinar o relatório de enfermidades.

Alguém tossiu educadamente para anunciar sua presença diante da abertura da barraca, e o tenente Lawford empurrou a cortina de musselina e entrou.

— Ocupado, Charles? — perguntou Lawford a Morris.

— Sempre é um prazer vê-lo, William — disse Morris, sarcástico. — Mas eu estava de saída para caminhar um pouco.

— Tem um soldado aqui fora para ver você — explicou Lawford. — Ele veio fazer uma requisição, senhor.

Morris suspirou como se estivesse ocupado demais para perder tempo com trivialidades, mas que faria um grande e generoso gesto oferecendo a esse homem seu tempo precioso.

— Quem é? — perguntou.

— O recruta Sharpe, senhor.

— Um arruaceiro, senhor — comentou Hakeswill.

— Ele é um bom soldado — frisou Lawford, mas decidindo que sua pequena experiência no exército não o qualificava para fazer um julgamento como esse, acrescentou que isso era apenas sua opinião. — Mas ele realmente parece bom homem, senhor.

— Mande-o entrar — disse Morris. Pegou uma caneca de latão para tomar um gole de araca enquanto Sharpe entrava na tenda e se punha em posição de sentido ao lado do mastro.

— Tire o chapéu! — vociferou Hakeswill. — Não sabe que deve tirar o chapéu na presença de um oficial?

Sharpe tirou a barretina.

— E então? — indagou Morris.

Por um segundo pareceu que Sharpe não sabia o que dizer, mas então pigarreou e, fitando a parede da tenda alguns centímetros atrás da cabeça do capitão Morris, finalmente tomou coragem para falar.

— Permissão para casar, senhor.

Morris sorriu.

— Casar! Você arrumou uma *bibbi*, foi isso? — Bebericou um pouco mais de araca, e então olhou para Hakeswill. — Quantas esposas temos agora no efetivo da companhia, sargento?

— Lotados, senhor! Não temos espaço para mais, senhor! Nem uma vaga para contar história, senhor. Devo dispensar o recruta Sharpe, senhor?

— A moça em questão já está no efetivo — interveio o tenente Lawford. — Ela é a viúva do sargento Bickerstaff.

Morris fitou Sharpe.

— Bickerstaff... — disse vagamente, como se o nome lhe fosse apenas remotamente familiar. — Bickerstaff. O sujeito que morreu de febre em março, correto?

— Sim, senhor — respondeu Hakeswill.

— Eu nem sabia que o homem era casado — disse Morris. — Então essa moça era esposa de militar.

— Exatamente, senhor — respondeu Hakeswill. — No efetivo da companhia, senhor. Casada de papel passado, senhor. Com a assinatura do coronel na certidão, senhor. Casada diante de Deus e do exército, senhor.

Morris fungou e tornou a olhar para Sharpe.

— Mas por que cargas d'água você quer casar, Sharpe?

Sharpe pareceu embaraçado.

— Apenas quero, senhor — respondeu.

— Não posso dizer que desaprovo a instituição do casamento — disse Morris. — O casamento coloca um homem nos eixos. Mas Sharpe, um jovem como você pode conseguir coisa melhor que uma viúva de militar. As viúvas dos militares são criaturas medonhas. Mercadorias de segunda mão. Gordas e pegajosas, como bolas de sebo embrulhadas em linho. Arrume uma *bibbi* jovem e bonita, homem. Uma mulher que ainda não tenha sido coberta.

— É um bom conselho, senhor — disse Hakeswill, seu rosto contorcendo-se freneticamente. — Palavras de sabedoria, senhor. Devo dispensá-lo, senhor?

— Mary Bickerstaff é uma boa mulher, senhor — argumentou o tenente Lawford. O tenente, a quem Sharpe procurara primeiro para fazer sua requisição, estava ansioso por ajudar o recruta. — Sharpe não está mal ajeitado com Mary Bickerstaff, senhor.

Morris cortou um charuto e o acendeu na vela que ardia em sua mesa de acampamento.

— Ela é branca? — indagou negligentemente.

— Meia *bibbi* e meia cristã, senhor — respondeu Hakeswill. — Mas ela teve um homem decente por marido. — Hakeswill fungou, fingindo que estava subitamente emocionado. — E Jem Bickerstaff ainda nem esfriou na cova, senhor. Ela é uma viúva recente demais para casar de novo, senhor. Isso não é direito, senhor. É o que diz a Bíblia.

Morris lançou um olhar cínico para Hakeswill.

— Não diga absurdos, sargento. A maioria das viúvas de soldados casam no dia seguinte! O exército não é exatamente o que se poderia definir como uma alta sociedade.

— Mas Jem Bickerstaff era amigo meu, senhor — disse Hakeswill, que fungou novamente e até enxugou uma lágrima invisível. — Amigo meu, senhor — repetiu com a voz rouca. — E em seu leito de morte, Jem me pediu que cuidasse de sua esposinha, senhor. Sei que Mary não é totalmente branca, Jem me disse, mas ela merece ter alguém que a proteja. Foram as últimas palavras do meu amigo, senhor.

— Ele o odiava até a raiz do cabelos! — Sharpe não conseguiu resistir às palavras.

— Silêncio na frente de um oficial! — vociferou Hakeswill. — Fale apenas quando lhe for dirigida a palavra, rapaz. Fora isso, mantenha sua boca imunda fechada, como Deus quer.

Morris fez uma careta, como se a voz estridente de Hakeswill estivesse lhe causando uma dor de cabeça. Em seguida olhou para Sharpe.

— Falarei com o major Shee a respeito, Sharpe. Se a mulher está no efetivo e quer casar com você, então creio que não podemos impedi-la. Falarei com o major. Você está dispensado.

Sharpe hesitou, perguntando-se se devia agradecer ao capitão por suas palavras lacônicas, mas antes que pudesse dizer qualquer coisa, Hakeswill estava gritando em seu ouvido:

— Direita, volver! Colocar barretina! Marche! Acelerado! Um, dois, um, dois! Cuidado com a porcaria de cortina, rapaz! Isto não é o chiqueiro no qual você cresceu, e sim um aposento de oficial!

Morris esperou até Sharpe sair para olhar para Lawford e perguntar:

— Mais alguma coisa, tenente?

Lawford concluiu que também estava dispensado. Mas decidiu que antes de sair iria pressionar Morris.

— Charles, você vai falar com o major Shee?

— Não acabo de dizer que vou? — disse Morris, com um olhar severo.

Lawford hesitou, e então fez que sim com a cabeça.

— Boa noite, senhor — disse ele e se agachou para passar sob a cortina de musselina.

Morris esperou até ter certeza de que ele e o sargento não seriam ouvidos.

— E agora, o que devemos fazer? — perguntou a Hakeswill.

— Diga ao sodomita estúpido que o major Shee recusou a permissão, senhor.

— E Willie Lawford irá conversar com o major e descobrir que ele não fez isso. Ou então irá direto até Wellesley. Aliás, você já esqueceu de que tio de Lawford está no alto comando? Use os miolos, homem!

Morris esmagou uma mariposa que tinha conseguido passar pela cortina.

— O que devemos fazer? — perguntou de novo.

Hakeswill sentou numa banqueta do outro lado da mesa de acampamento. Coçou a cabeça, olhou para a paisagem noturna, e então se virou novamente para Morris.

— Esse Sharpe é esperto. E matreiro. Mas eu vou pegá-lo. — Fez uma pausa. — E, se o senhor ajudar, farei isso ainda mais depressa. Bem mais depressa.

Morris pareceu desconfiado.

— A garota simplesmente vai buscar outro protetor — disse ele. — Acho que está desperdiçando meu tempo, sargento.

— Quem, eu? Não, senhor. Claro que não, senhor. Vou conseguir a garota, senhor. Aguarde e verá. Então o Naig Nefasto dirá que o senhor poderá fazer tudo que quiser com ela. De graça, senhor. Como o senhor merece.

Morris hesitou, pensando em Mary Bickerstaff. Ele pensava muito em Mary Bickerstaff. Como homens em campanha eram privados de beleza feminina, a de Mary Bickerstaff aumentava a cada quilômetro que o exército seguia para oeste. Morris não estava sozinho em seu desejo. Na noite em que o marido de Mary morreu, os oficiais do 33º Regimento, pelo menos aqueles que gostavam de jogar, tinham apostado qual deles iria se servir primeiro da viúva. Até agora, nenhum deles havia conseguido. Morris queria ganhar a aposta, não apenas pelos 14 guinéus que seriam conferidos ao vencedor, mas porque ele tinha sido esnobado por essa mulher. Logo depois da morte do marido de Mary, Morris pedira à mulher que lavasse sua roupa, pensando que dessa forma fomentaria a intimidade desejada, mas ela recusara seu pedido com um comentário carregado de desprezo. Morris quisera puni-la por isso, e Hakeswill, com sua intuição para as fraquezas dos outros homens, prometera que providenciaria tudo. Hakeswill prometera ao seu oficial que Naig sabia como domar garotas relutantes.

— Ainda não nasceu uma *bibbi* que o nefasto não possa domar, senhor — prometera Hakeswill a Morris. — Ele pagaria uma pequena fortuna por uma mulher branca. Sei que a sra. Bickerstaff não é branca, não como uma cristã, mas no escuro pode passar por uma.

Precisando da ajuda de Morris para tomar a sra. Bickerstaff de Richard Sharpe, o sargento oferecera-lhe o uso gratuito da tenda de Naig. Morris sabia que, em troca, Hakeswill esperaria uma proteção vitalícia. À medida que escalasse os postos militares, Morris teria de puxar Hakeswill, e a cada passo o sargento obteria mais poder e influência.

— Então, quando você tomará a sra. Bickerstaff de Sharpe? — indagou Morris, afivelando o cinto de sua espada.

— Esta noite, senhor. Com a sua ajuda. Posso presumir que estará de volta à meia-noite, senhor?

— É bem provável.

— Se o senhor estiver aqui, nós cuidaremos dele. Esta noite, senhor.

Morris vestiu seu chapéu tricorne, certificou-se de que a bolsa estava guardada no bolsinho da cauda da casaca e se agachou para passar debaixo da musselina.

— Prossiga, sargento — disse enquanto saía.

— Sim, senhor!

Depois que seu capitão havia se retirado, Hakeswill ainda permaneceu por dez segundos em posição de sentido. Então, com um sorriso matreiro no rosto caloso, seguiu Morris para a noite.

Trinta quilômetros ao sul havia um templo. Era uma construção antiga, nas profundezas do país, um dos muitos locais de adoração aos quais os camponeses afluíam nos dias santos para pedir aos deuses para a monção chegar na hora certa, as colheitas serem boas e os senhores da guerra continuarem longe. Durante o restante do ano o templo ficava abandonado, suas estátuas, altares e obeliscos infestados de escorpiões, cobras e macacos.

O templo era cercado por um muro dotado de portão, embora o muro fosse baixo e o portão jamais ficasse fechado. Os aldeões deixavam pequenas oferendas de folhas, flores e comida em nichos no muro e, ocasionalmente entravam no templo, cruzavam o pátio e subiam até o santuário interno, onde punham pequenas oferendas debaixo da imagem de um deus. Mas à noite, quando o céu indiano pairava negro sobre uma terra exaurida pelo calor, ninguém ousava perturbar os deuses.

Mas esta noite, a noite depois da batalha, um homem entrou no templo. Era alto e magro, de cabelos brancos e rosto severo e bronzeado. Embora tivesse passado dos 60, ainda tinha coluna reta e caminhava com o porte de um homem bem mais jovem. Como muitos europeus que viveram muito tempo na Índia, costumava sofrer ataques de febre debilitante, mas fora isso gozava de uma saúde invejável. O coronel Hector McCandless atribuía sua boa saúde à religião e ao regime que abjurava álcool, tabaco e carne. Sua religião era o calvinismo, porque Hector McCandless crescera na Escócia, e as lições que tinham sido enfiadas em sua alma jovem e ávida por conhecimento jamais foram esquecidas. Era um homem honesto, um homem forte, um homem sábio.

Sua alma era velha em experiência, mas mesmo assim foi ofendida pelos ídolos revelados pela luz tênue do lampião que acendera depois de passar pelo portão perpetuamente aberto. Vivendo na Índia havia mais de 16 anos, estava mais acostumado a esses santuários pagãos que às igrejas escocesas de sua infância. Ainda assim, sempre que via esses deuses estranhos com sua multiplicidade de braços, cabeças de elefante, rostos de cores grotescas e capuzes de cobra, sentia uma pontada de desaprovação. Jamais deixava essa desaprovação transparecer porque ela poria em risco seu trabalho, e para McCandless o trabalho estava apenas abaixo de Deus.

Usava a casaca vermelha e o *kilt* xadrez da Brigada Escocesa Real, um regimento das Highlands que não via o rosto embrutecido de McCandless há 15 anos. Ele servira à Brigada por mais de 30 anos, mas a carência de fundos impedira sua promoção, de modo que, com a bênção do coronel, aceitara um trabalho com o exército da Companhia das Índias Orientais que governavam as regiões da Índia ainda sob governo britânico. Em sua juventude, comandara batalhões de sipaios, mas seu primeiro amor tinha sido a cartografia. Mapeara a costa carnática e os Sundarbans de Hoogli, e percorrera a largura e o comprimento de Misore, e enquanto fazia isso aprendera meia dúzia de línguas indianas e conhecera uma variedade de príncipes, rajás e nababos. Poucos homens entendiam a Índia tão bem quanto McCandless, motivo pelo qual a Companhia promovera-o a coronel e o posicionara no exército britânico como seu chefe de inteligência. Era dever de McCandless aconselhar o general Harris a respeito do poderio e da posição do inimigo e, em particular, descobrir quais defesas esperavam pelos exércitos aliados quando eles chegassem a Seringapatam.

Era a busca por essa resposta específica que trouxera o coronel McCandless a este templo antigo. Ele havia registrado este templo sete anos antes, quando o exército de lorde Cornwallis marchara contra Misore, e naquela época McCandless admirara as gravuras extraordinárias que cobriam cada milímetro das paredes do templo. A maior parte da decoração ofendera a religião do escocês, mas ele era um homem honesto demais para negar que os escultores antigos tinham sido artesãos fabulosos, porque o trabalho em pedra deste lugar era tão ou mais sofisticado que qualquer coisa produzida na Europa medieval. A luz amarelada do lampião correu por elefantes ajaezados, deuses violentos e exércitos em marcha, todos feitos de pedra.

Galgou degraus, passou entre pilares baixos e largos e entrou no santuário central. O teto aqui, abaixo da torre alta e esculpida do templo, era decorado com entalhes de flores de lótus. De seus nichos com flores e folhas ressequindo aos seus pés, os ídolos fitavam-no com olhos cegos. O coronel pousou o lampião no soalho de pedra e sentou de pernas cruzadas. Fechou os olhos, deixando os ouvidos identificarem os ruídos da noite além das paredes do templo. McCandless viera a este templo remoto com uma escolta de seis lanceiros indianos, mas deixara-os a três quilômetros dali, para que sua presença não inibisse o homem com quem tencionava se encontrar. Dessa forma, agora simplesmente aguardava de olhos fechados e braços cruzados, e depois de algum tempo ouviu a batida de um casco de cavalo em terra seca, o tilintar de um estribo, e então, mais uma vez, silêncio. Mas continuou aguardando de olhos fechados.

— Se não estivesse com esse uniforme, eu acharia que é um dos adoradores — disse, minutos depois, uma voz.

— O uniforme não me desqualifica para a oração, não mais do que o seu — respondeu o coronel, abrindo os olhos. Ele se levantou. — Seja bem-vindo, general.

O homem que estava de frente para McCandless era mais jovem que ele, mas igualmente alto e magro. Embora fosse agora um general nas forças do sultão Tipu, Appah Rao servira, muitos anos antes, como oficial num dos batalhões de sipaios de McCandless. Esse antigo relacionamento, que roçava os limites da amizade, persuadira McCandless de que valia a pena arriscar a própria vida para falar com Appah Rao, que servira sob as ordens de McCandless até a morte de seu pai, e então, treinado como soldado, retornara para sua terra natal, Misore. Hoje estivera na ribanceira do outeiro, observando a infantaria de Tipu ser massacrada por uma única saraivada de tiros britânicos. Apesar de amargurado pela experiência, forçou um tom cortês em sua voz.

— Então você ainda está vivo, major? — disse Appah Rao em canarês, a linguagem dos misorianos nativos.

— Ainda vivo, e agora um coronel — respondeu McCandless na mesma língua. — Vamos nos sentar?

Resmungando, Appah Rao sentou de frente para McCandless. Às suas costas, no fundo do pátio do templo, ladeados pelos pilares do portão, havia dois soldados. Era a escolta de Appah Rao. McCandless sabia que deviam ser homens de confiança, porque se o sultão Tipu descobrisse a respeito desta reunião, Appah Rao seria morto, juntamente com toda sua família. A não ser, é claro, que Tipu já estivesse ciente da reunião e usando Appah Rao como peão em algum estratagema.

O general do sultão vestia a túnica com listras de tigre de seu mestre, mas por cima dela usava uma cinta da mais fina seda. Pendurada em seu ombro havia uma segunda cinta, da qual pendia uma espada com cabo de ouro. Suas botas eram de couro vermelho, e seu chapéu um turbante de seda vermelha adornado com uma joia azul que reluzia suavemente ao bruxuleio do lampião.

— Você esteve em Malavelly hoje? — perguntou ele a McCandless.
— Sim — respondeu McCandless.

Malavelly era a cidade mais próxima do campo da batalha de hoje.
— Então sabe o que aconteceu?
— Sei que Tipu sacrificou centenas de homens — disse McCandless.
— Homens do seu povo, general, não do dele.

Appah Rao fez um gesto que negou essa distinção.
— O povo o segue.
— Porque não tem escolha. O povo segue Tipu, mas o povo o ama?
— Alguns amam — respondeu Appah Rao. — Mas de que isso importa? Por que um regente deve querer o amor de seu povo? Sua obediência, sim. Mas amor? McCandless, amor é para crianças, deuses e mulheres.

McCandless sorriu, taticamente evitando uma discussão que não era importante. Não precisava persuadir Appah Rao a cometer uma traição. A simples presença do general misoriano era prova de que já estava a meio caminho de trair Tipu, mas McCandless não esperava que o general cedesse facilmente. Havia orgulho em jogo aqui, e o orgulho de Appah Rao era grande e precisava ser tratado com a gentileza que se dedica a uma pistola de duelo engatilhada. Appah Rao era assim desde sua juventude, quando fora oficial no exército da Companhia, e McCandless aprovava esse orgulho. Sempre respeitara Appah Rao e ainda respeitava e acreditava que Appah Rao retribuía esse respeito. Fora com essa crença que o coronel enviara uma mensagem para Seringapatam. A mensagem tinha sido conduzida por um dos agentes nativos da Companhia, um homem que perambulava pelo sul da Índia disfarçado de faquir. A mensagem, escondida na barba comprida e sebosa do faquir, convidava Appah Rao para uma reunião com seu antigo comandante. Uma resposta especificara este templo e esta noite para o contato. Appah Rao estava flertando com a traição, mas isso não significava que ele a considerava fácil ou agradável.

— Tenho um presente para seu rajá — disse McCandless, mudando de assunto.

— Ele está necessitado de presentes.

— Então este vem com nosso mais humilde dever e mais alto respeito. — McCandless tirou uma bolsa de couro de seu *sporran* e colocou-a ao lado do lampião. A bolsa tilintou ao pousar na mesa, ao lado do lampião, e, embora Appah Rao tenha olhado para ela, ele não a pegou.

— Diga ao seu rajá que é nosso desejo colocá-lo de volta no trono.

— E quem vai ficar atrás do trono? — inquiriu Appah Rao. — Homens de casacas vermelhas?

— Você vai ficar atrás do trono — disse McCandless — Onde a sua família sempre esteve.

— E o seu povo? — indagou o general. — O que vocês querem?

— Comércio. Essa é a atividade principal da Companhia. Por que devemos nos tornar regentes?

Appah Rao abriu um sorriso escarninho.

— Porque vocês sempre fazem isso. Chegam como mercadores, mas trazem armas e as usam para se tornar coletores de impostos, juízes e carrascos. — Ele deu de ombros — Depois trazem suas igrejas.

— Viemos negociar — insistiu McCandless sem alterar a voz. — E o que você prefere, general? Negociar com os britânicos ou ser regido pelos muçulmanos?

O Tigre de Sharpe

E isso, McCandless sabia, era a questão que trouxera Appah Rao a este templo nesta noite escura. Misore era um estado hindu, e seus regentes seculares, os membros da dinastia Wodeyar, eram hindus como seu povo. Porém, o pai de Tipu, o cruel Haidar Ali, viera do norte e conquistara o Estado, e Tipu herdara do pai o trono roubado. Para se cobrir com um manto de legalidade, Tipu, como seu pai antes dele, manteve a família regente viva, mas os Wodeyars agora estavam reduzidos à pobreza e a aparições cerimoniais. O novo rajá era pouco mais que uma criança, mas para muitos dos hindus de Misore era seu monarca por direito, embora essa fosse uma opinião que os sensatos escondiam de Tipu.

Como Appah Rao não respondeu à pergunta, McCandless formulou-a de forma diferente.

— Você é o último alto oficial hindu de alta hierarquia no exército de Tipu?

— Há outros — respondeu evasivamente Appah Rao.

— E o restante?

Appah Rao fez uma pausa antes de admitir:

— Comida para seus tigres.

— General, em breve não haverá mais oficiais hindus em Misore, mas haverá tigres bem gordos — disse McCandless. — E, mesmo se nos derrotarem, vocês não estarão seguros. Os franceses virão.

Appah Rao deu de ombros.

— Já há franceses em Seringapatam. Eles não nos fazem exigências.

— Ainda não — disse McCandless num tom agourento. — Mas deixe-me contar o que está acontecendo no resto do mundo, general. Há um novo general francês chamado Bonaparte. Neste momento, seu exército está parado às margens do Nilo, mas não há nada no Egito que seja do interesse de Bonaparte ou dos franceses. Eles estão com os olhos voltados para mais ao leste. Estão com os olhos voltados para a Índia. Bonaparte escreveu para Tipu no começo deste ano. Por acaso Tipu lhe mostrou a carta?

Appah Rao não respondeu, e McCandless presumiu que o silêncio significava que Rao não sabia nada sobre a carta do general francês. Assim, abriu seu *sporran* e pegou um pedaço de papel.

— Sabe francês, general?

— Não.

— Então permita que eu traduza. Um dos nossos agentes copiou a carta antes que ela fosse enviada. Diz o cabeçalho: *"le sept pluviôse, l'an six de la République Française."* Isso é 27 de janeiro deste ano para o resto de nós. Começa o texto: "Alcancei as margens do mar Vermelho com um exército incontável e invencível, cheio de desejo de livrar seu povo do jugo da Inglaterra." Tome. — McCandless ofereceu a carta a Appah Rao. — Há muitas coisas como essa na carta. Leve-a com você e encontre alguém que possa traduzi-la.

— Acredito em você — disse Appah Rao, ignorando a carta que lhe estava sendo estendida. — Mas por que devo temer esse general?

— Porque o aliado de Bonaparte é Tipu e a ambição de Bonaparte é de tomar os negócios da Companhia. Sua vitória fortalecerá os muçulmanos e enfraquecerá os hindus. Mas se ele vir Misore derrotada e se vir um exército hindu liderado pelo general Appah Rao, então pensará duas vezes antes de vir para cá. Bonaparte precisa de aliados nesta terra, e sem Misore ele não terá nenhum.

Appah Rao franziu a testa ao dizer:

— Esse Bonaparte, ele é muçulmano?

— Ele é amigo dos muçulmanos, mas até onde sabemos não tem religião.

— Se ele é amigo dos muçulmanos, por que não pode ser amigo dos hindus também?

— Porque é entre os muçulmanos que ele procura seus aliados. Ele irá recompensá-los.

Appah Rao mexeu-se para se acomodar no chão duro.

— Por que não devemos permitir que esse Bonaparte venha e derrote vocês?

— Porque então ele vai tornar Tipu todo-poderoso, e depois disso, general, durante quanto tempo manterá hindus ao seu serviço? E durante quanto tempo os Wodeyars viverão? Tipu mantém a família Wodeyar viva porque precisa de uma infantaria e uma cavalaria hindu, mas se não tiver mais inimigos, por que precisará de amigos relutantes?

— E vocês colocarão os Wodeyars de volta no poder?

— Você tem minha promessa.

Appah Rao olhou por cima do ombro de McCandless, focando na luz refletida na imagem serena de uma deusa hindu. O templo ainda estava aqui, como todos os templos de Misore, porque apesar de muçulmano, Tipu não havia destruído os santuários hindus. Na verdade, como seu pai, Tipu havia restaurado alguns dos templos. Embora a vida sob o governo de Tipu não fosse ruim, ele não era o regente ancestral do país de Appah Rao. Esse regente era uma menino mantido na pobreza numa casinha de Seringapatam, e a lealdade oculta de Appah Rao estava com a dinastia Wodeyar, e não com os usurpadores muçulmanos. Os olhos negros do general voltaram-se para McCandless.

— Vocês ingleses capturaram a cidade sete anos atrás. Por que não derrubaram Tipu naquela época?

— Um erro — admitiu candidamente McCandless. — Pensamos que podíamos confiar nele para manter suas promessas, mas estávamos errados. Desta vez, se Deus permitir, iremos derrubá-lo. Um homem que é picado uma vez por uma cobra não permite que a cobra viva para picá-lo uma segunda vez.

Appah Rao pensou nisso por algum tempo. Morcegos bateram asas no pátio. Os dois homens no portão mantiveram-se vigilantes enquanto McCandless permitia o silêncio se estender. McCandless sabia que não adiantaria pressionar muito o general, mas também sabia que não era preciso. Appah Rao podia não ter certeza de que uma vitória britânica seria benéfica a Misore, mas o que seria benéfico a Misore nestes tempos difíceis e confusos? A escolha de Appah Rao jazia entre os usurpadores muçulmanos e a dominação estrangeira, e McCandless estava perfeitamente ciente da desconfiança crescente entre os hindus e os muçulmanos. O intuito do escocês era alargar essa brecha de desconfiança para instigar Appah Rao à traição.

Appah Rao finalmente meneou a cabeça, ergueu um braço e fez um sinal. Um dos dois homens no portão veio correndo e ajoelhou ao lado do general. Era jovem e muito bonito, de cabelos negros e rosto longo com malares salientes e olhos audaciosos. Seguindo o exemplo de Appah Rao, usava a túnica com listras de tigre e uma espada com cabo de ouro pendurada na cintura.

— Este é Kunwar Singh — disse Appah Rao. — É filho de um primo meu. — Anunciou o relacionamento num tom vago que insinuava que ele não era muito íntimo. — E comandante de minha guarda pessoal.

Kunwar Singh sorriu. A um sinal de Appah Rao, tirou um rolo de papel de dentro da túnica. Desenrolou o papel e o prendeu no chão usando como pesos uma pistola, uma faca, um punhado de balas e o lampião.

McCandless inclinou-se à frente. O pergaminho era um mapa e mostrava a ilha grande no rio Cauvery na qual fora erguida a capital de Tipu em Seringapatam. A cidade-fortaleza ocupava a extremidade ocidental da ilha, enquanto além de sua muralha, para leste, ficavam os jardins de inverno, os subúrbios, o palácio de verão de Tipu e o mausoléu Gumbaz, onde estava sepultado o temível Haidar Ali.

Appah Rao sacou uma faca e usou-a para apontar um local na margem norte da ilha, de frente para o canal principal do rio Cauvery.

— Foi aqui que o general Cornwallis cruzou. Mas desde então a muralha foi fortalecida. Os franceses nos aconselharam como fazer isso. Agora há novos canhões na muralha, centenas. — Fitou profundamente os olhos de McCandless. — Ouviu bem, McCandless? Centenas. Isto não é um exagero. Tipu adora canhões e foguetes. Ele possui centenas de fogueteiros e arsenais subterrâneos repletos de armas. — Correu a ponta da faca pela parte da muralha que confrontava o rio. — Tudo isto foi reconstruído, refortificado e munido com canhões e foguetes.

— Também temos canhões — disse McCandless.

Appah Rao ignorou o comentário. Preferiu usar a faca para cutucar os baluartes da muralha oeste, que dava para o canal menor do rio Cauvery.

— Nesta época do ano, o rio fica mais raso aqui. Os crocodilos foram para as partes mais profundas. Um homem pode caminhar pelo rio sem molhar os joelhos. — Mais uma vez cutucou as fortificações a oeste.

— E quando seu exército alcançar Seringapatam, verá que esta parte da muralha não foi reconstruída. Esta muralha foi feita com tijolos de barro, e as chuvas desmoronaram seu baluarte. Parece um ponto fraco, e vocês ficarão tentados a atacar aqui. Não façam isso, porque é onde Tipu deseja ser atacado.

Uma abelha pousou no mapa e caminhou pela linha que marcava a seção leste da muralha. Appah Rao empurrou gentilmente o inseto para o lado.

— McCandless, há uma outra muralha ali, uma muralha nova, escondida por trás desse baluarte. Seus homens passarão pela primeira muralha e cairão numa armadilha. — Apontou para uma torre de vigia que ligava a muralha externa à interna. — Antes isto era uma comporta, mas ela foi bloqueada e entupida com centenas de quilos de pólvora. Depois que estiver com o inimigo encurralado entre as duas muralhas, o sultão explodirá a mina. — Appah Rao encolheu os ombros. — Centenas de quilos de pólvora, esperando por vocês. E quando esse ataque tiver falhado, vocês não terão tempo de desferir outro antes da chegada da monção. E, com as chuvas, o rio subirá e as estradas virarão lama, e vocês serão forçados a recuar. E cada metro do caminho de volta para Madras estará guardado pela cavalaria de Tipu. É assim que ele planeja derrotar vocês.

— Então devemos atacar qualquer seção da muralha, menos a oeste?

— Qualquer seção, menos a oeste — confirmou Appah Rao. Com a ponta da faca, indicou um local no mapa. — A nova muralha interna se estende até o norte. — Apontou os baluartes sul e oeste. — Essas seções da muralha parecem mais fortes, mas não se iluda. A parte oeste da muralha é uma armadilha, e se vocês caírem nela encontrarão a morte.

O general retirou os pesos dos cantos do mapa e deixou que ele se enrolasse sozinho. Tirou a cúpula da lanterna de McCandless e segurou uma extremidade do pergaminho diante da luz da vela. O papel inflamou, iluminando os entalhes intrincados do santuário. Os três homens assistiram o papel ser reduzido a cinzas.

— Qualquer parte, menos o oeste — repetiu Appah Rao. Depois de hesitar por um momento, pegou a bolsa de moedas de ouro que tinha sido pousada ao lado do lampião. — Tudo isto levarei para o meu rajá — garantiu. — Não ficarei com nada.

— Eu não esperava outra coisa de você — disse McCandless. — Tem minha mais profunda gratidão, general.

— Não quero sua gratidão. Quero meu rajá de volta. Foi por isso que vim. E se me decepcionar, vocês ingleses terão um novo inimigo.

— Sou escocês.

— Ainda assim seria meu inimigo — disse Appah Rao, começando a se afastar. Então parou no limiar do santuário interno e se virou. — Diga ao seu general que seus homens devem ser gentis com o povo da cidade.

— Direi isso ao general Harris.

— Então estarei à sua espera em Seringapatam — disse solenemente Appah Rao.

— Eu e milhares — disse McCandless.

— Milhares! — repetiu Appah Rao com sarcasmo. — Vocês podem ser milhares, coronel, mas Tipu tem tigres.

Appah Rao se virou e caminhou até o portão do templo, seguido por Kunwar Singh.

McCandless queimou o exemplar da carta de Bonaparte, esperou mais meia hora e então, tão silenciosamente quanto chegara, retirou-se do templo. Planejava agora reunir-se à sua escolta e dormir algumas horas, para então cavalgar com seu segredo precioso até o exército que o aguardava.

Poucos homens do 33º Regimento dormiram naquela noite, porque a empolgação da batalha e a euforia de derrotar os soldados encurralados de Tipu tinham-nos enchido com uma energia nervosa. Alguns gastaram todo seu saque bebendo araca, e esses adormeceram rapidamente, mas os outros permaneceram em torno das fogueiras, revivendo a excitação efêmera daquele dia. Para a maioria dos combatentes aquela tinha sido a primeira batalha, e sobre essa experiência tênue construíram uma imagem da guerra e de sua própria coragem.

Mary Bickerstaff ficou sentada com Sharpe, ouvindo pacientemente as narrativas. Estava acostumada a histórias de soldados e sabia discernir quais homens exageravam suas proezas e quais fingiam não ter ficado nauseados pelos horrores dos mortos e feridos. Sharpe, depois de voltar da tenda do capitão Morris com a notícia da promessa de pedir ao major Shee permissão para o casamento, ficou em silêncio. Mary sentiu que ele não estava realmente ouvindo as histórias, nem mesmo quando fingia achar graça ou se admirar.

— O que foi? — perguntou a ele depois de muito tempo.

— Nada, menina.

— Está preocupado com o capitão Morris?

— Se ele disser não, tudo que precisamos fazer é pedir ao major Shee — disse Sharpe com uma confiança que não sentia inteiramente. Morris era um canalha, mas Shee era um bêbado, e na verdade não havia muita diferença entre os dois. Sharpe tinha a noção de que o tenente-coronel Arthur Wellesley, o verdadeiro comandante do 33º Regimento, era um homem que podia ser razoável, mas depois que tinha sido designado temporariamente como um dos dois subcomandantes do exército, Wellesley tinha deixado de lado todas suas obrigações para com o regimento. — Nós vamos conseguir sua permissão.

— Então, com que está preocupado?

— Já disse. Com nada.

— Você está muito longe daqui, Richard.

Ele hesitou.

— Gostaria de estar.

Mary apertou mais a mão do amante e então abaixou a voz para um sussurro:

— Está pensando em fugir, Richard Sharpe?

Ele se inclinou para longe do fogo, tentando formar um pequeno espaço privado onde os dois pudessem conversar sem serem ouvidos.

— Tem de haver uma vida melhor que esta, meu bem — disse ele.

— Não faça isso! — asseverou Mary, mantendo a mão sobre a boca enquanto falava. Alguns dos homens no outro lado da fogueira viram o gesto terno e o saudaram com um coro de uivos e assobios. Mary os ignorou. — Eles vão te pegar, Richard. Vão te pegar e te matar.

— Não se nós fugirmos para muito longe.

— Nós? — indagou cautelosa.

— Não iria sem você, menina.

Mary pegou uma das mãos dele e a apertou.

— Escute — sibilou. — Trabalhe para se tornar sargento! Depois que for sargento, estará de cama feita. Poderá até se tornar um oficial. Não ria, Richard! O sr. Lambert, lá de Calcutá, já foi sargento e antes disso foi recruta. Eles o promoveram a alferes.

Sharpe sorriu e correu um dedo pela bochecha de Mary.

— Você é louca, Mary. Eu te amo, mas você é louca. Eu jamais chegaria a oficial! Para isso, teria de saber ler.

— Posso ensinar — disse Mary.

Sharpe fitou-a com surpresa. Nunca havia imaginado que Mary sabia ler, e esse conhecimento deixou-o um pouco constrangido.

— De qualquer modo, não gostaria de ser oficial. São todos uns bastardos metidos.

— Mas pode ser sargento — insistiu Mary. — E dos bons. Mas não fuja, meu amor. Faça o que fizer, não fuja.

— Vejam só os pombinhos! — A voz escarninha do sargento Hakeswill interrompeu a conversar. — Que bonito! Faz bem ver um casal apaixonado. Restaura a fé de um homem na natureza humana.

Sharpe e Mary empertigaram as costas e desentrelaçaram os dedos enquanto o sargento invadia o círculo de homens diante da fogueira.

— Eu quero você, Sharpezinho — disse Hakeswill quando chegou perto deles. — Tenho uma mensagem para você, tenho sim. — Ele tocou seu chapéu para cumprimentar Mary. — Não você, madame — disse Hakeswill quando ela se levantou para acompanhar Sharpe. — É assunto de homens, sra. Bickerstaff. Assunto de soldados. Não é assunto para *bibbis*. Vamos, Sharpezinho! Não temos a noite toda! Acelerado! — Ele se afastou a passos largos, golpeando o chão com a coronha de sua alabarda enquanto abria caminho entre os soldados. — Tenho notícias para você, Sharpezinho — disse Hakeswill por sobre o ombro. — Boas notícias, rapaz, boas notícias.

— Eu posso casar? — indagou ansiosamente Sharpe.

Hakeswill lançou um olhar matreiro para trás enquanto conduzia Sharpe até as fileiras de estacas às quais estavam amarrados os cavalos dos oficiais.

— Mas por que um rapaz como você gostaria de se casar? Por que depositar toda sua semente numa só *bibbi*? E logo numa que já foi usada? Sobras de outro homem, é isso que Mary Bickerstaff é, rapaz. Divirta-se enquanto ainda é jovem. — Hakeswill abriu caminho entre os cavalos para alcançar o espaço escuro entre as duas fileiras de estacas. — Boas notícias, Sharpe. Você não pode casar. A permissão foi recusada. Quer saber por quê, rapaz?

Sharpe sentiu suas esperanças esgotarem. Naquele momento odiou Hakeswill mais do que nunca, porém seu orgulho forçou-o a não demonstrar esse ódio ou sua decepção.

— Por quê?

— Vou lhe dizer por que, Sharpezinho. E fique em posição de sentido, rapaz! Quando um sargento concede em falar com você, tem de ficar em posição de sentido! Assim é melhor. Você deve demonstrar um pouco de respeito a um sargento. — O rosto de Hakeswill se contorceu enquanto ele sorria. — Quer saber por que, rapaz? Porque não quero que você case com ela, por causa disso. Não quero a pequena sra. Bickerstaff casada com ninguém. Nem com você, nem comigo, nem com o rei da Inglaterra, Deus o abençoe. — Ele estava circundando Sharpe enquanto falava. — E sabe por quê, rapaz? — O sargento parou diante de Sharpe e moveu o rosto na direção do recruta. — Porque aquela sra. Bickerstaff é uma *bibbi*. Uma *bibbi* com possibilidades. Possi*bibbi*lidades! — Sorriu de novo, e o sorriso subitamente foi estremecido por um espasmo. — Conhece Naig? Naig Nefasto? Responda, rapaz!

— Já ouvi falar dele — disse Sharpe.

— Um sodomita gordo, é isso que ele é. Gordo e rico. Cavalga um elefante e tem uma dúzia de tendas verdes. Um dos seguidores do exército e podre de rico. Esse homem tem mais dinheiro no bolso do que você terá durante toda a sua vida, e sabe por quê? Porque Naig Nefasto oferece mulheres aos oficiais. E não estou falando daquelas vagabundas fedorentas que os outros comerciantes alugam para vocês, reles soldados. Estou falando de mulheres desejáveis, Sharpezinho. Desejáveis. — Ele fez a palavra durar em sua língua. — Nefasto tem um rebanho enorme de prostitutas caras. Elas viajam naquelas carroças cobertas, aquelas com cortinas coloridas. Essas carroças estão cheias de carne para os oficiais. Putas gordas, putas magras, putas morenas, putas claras, putas sujas, putas limpas, putas altas, putas baixas, putas de todos os tipos, e todas tão bonitas que você nem consegue imaginar. Mas nenhuma delas é tão bonita quanto a pequena sra. Bickerstaff, e nenhuma delas parece tão branca quanto a pequena Mary, e se tem uma coisa que um oficial inglês no exterior deseja de vez em quando é um bom pedaço de carne branca. Essa foi a sarna que Morris pegou, Sharpe. E ela está coçando muito. E os oficiais indianos! Naig me disse que eles pagariam o soldo de um mês por uma branca. Está me acompanhando, Sharpe? Você e eu estamos marchando no mesmo ritmo?

Sharpe não disse nada. Estava precisando de todo o seu autocontrole para não bater no sargento, e Hakeswill sabia disso.

— Vamos, Sharpezinho! Bate em mim! Bate! — Hakeswill provocou-o, e como Sharpe não se moveu, o sargento riu. — Não tem coragem, não é?

— Acharei uma hora e um lugar — disse Sharpe, furioso.

— Hora e lugar! — Hakeswill soltou uma risada, e então voltou a caminhar em torno de Sharpe. — Eu e Nefasto fizemos um acordo. Eu e ele somos como irmãos. Entendemos um ao outro, exatamente como irmãos. E Nefasto está de olho na sua pequena Mary. Tem muito dinheiro nesse negócio, e vou levar uma bela comissão.

— Mary continua comigo, sargento — teimou Sharpe. — Casada ou não.

— Você não está me entendendo, Sharpezinho. Não ouviu o que eu disse? Eu e Nefasto fechamos um acordo, bebemos a ele, e não com araca, mas com conhaque, como é adequado a cavalheiros. Dou a ele a pequena sra. Bickerstaff e ele me dá metade do dinheiro que ela ganhar. Ele vai me roubar, claro que vai, mas vou ganhar tanto dinheiro que isso não fará diferença. Ela não terá escolha, Sharpezinho. Ela vai ser raptada em março e entregue a um dos homens de Nefasto. Um dos homens mais violentos dele. Ela vai ser estuprada de forma muito sádica por uma semana, vai ser chicoteada todas as noites, e no fim vai aprender a fazer o que lhe for mandado. É assim que o negócio funciona, Sharpezinho. Está na Bíblia. E como você vai impedir isso? Responda, rapaz, como vai impedir isso? Vai me pagar mais do que Nefasto? — Hakeswill parou diante de Sharpe, onde esperou por uma resposta, e quando nenhuma veio, balançou a cabeça com desprezo. — Sharpezinho, você é um menino num jogo de homens, e vai perder, a não ser que seja homem. Vai ser homem o bastante para lutar comigo aqui? Me espancar? Depois dizer que levei um coice de cavalo durante a noite? Pode tentar, Sharpezinho, mas não é homem para isso.

— Bater em você, sargento, e ser punido com o chicote? Não sou estúpido.

Hakeswill olhou para os dois lados, e então de volta para Sharpe.

— Não há ninguém aqui a não ser você e eu. Vamos, Sharpezinho. Temos toda a privacidade de que precisamos.

Sharpe resistiu ao impulso de investir contra seu algoz.

— Não sou estúpido — repetiu, permanecendo teimosamente em posição de sentido.

— Mas você é, rapaz. Estúpido como uma porta. Não entende? Estou lhe oferecendo a opção de um soldado! Esqueça a dos malditos oficiais, garoto estúpido. Você e eu, Sharpezinho, somos soldados, e soldados resolvem suas diferenças lutando. Está escrito na Bíblia, não está? Então bate em mim, rapaz. Bate em mim aqui e agora. Me derrote numa luta justa e poderá ficar com a sra. Bickerstaff todinha para você. — Fez uma pausa, sorrindo bem perto do rosto de Sharpe. — É uma promessa, Sharpezinho. Se me derrotar agora, de forma limpa e honesta, nossas diferenças acabarão aqui. Mas você não é homem para isso, é? É apenas um garoto.

— Não vou cair nos seus truques, sargento — disse Sharpe.

— Não tem truque nenhum, rapaz — disse Hakeswill numa voz rouca. Afastou-se dois passos de Sharpe, reverteu sua alabarda e fincou a ponta de aço no solo. — Posso te derrotar no muque, Sharpe. Sei disso. Sou velho de guerra, sei lutar. Você pode ser mais alto que eu, e pode ser mais forte, mas não é tão rápido quanto eu, nem tão sujo. Vou te arrancar as tripas, e depois que tiver acabado com sua raça, vou levar Mary até a tenda do Nefasto e ficar rico. Mas não se você me derrotar. Se me derrotar, vou falar com o capitão Morris e convencê-lo a deixar você casar. Tem a minha palavra de soldado. — Ele esperou por uma resposta. Não houve nenhuma. — Você não é soldado — disse com desprezo. — Não tem colhão! — Aproximou-se de Sharpe e esbofeteou seu rosto. — Você é um maricas, não é? O mariquinhas do tenente Lawford. Talvez seja por causa disso que não tem colhão para lutar pela sua Mary!

O último insulto provocou Sharpe a atacar Hakeswill. Agiu com força e rapidez. Desferiu um golpe baixo contra a barriga de Hakeswill que o fez dobrar-se em dois, e arremeteu o outro punho na direção do rosto do sargento, partindo-lhe o nariz e empurrando sua cabeça dolorosamente para trás. Sharpe desferiu uma joelhada, errou a virilha do sargento, mas segurou o cabelo de Hakeswill com a mão esquerda. Tateava com os dedos da mão direita em busca dos globos oculares de Hakeswill quando uma voz gritou atrás dele.

— Guarda! — gritou a voz. — Guarda!

— Meu Deus! — exclamou Sharpe, soltando seu inimigo.

Sharpe virou-se para ver o capitão Morris parado de pé do outro lado da fileira de estacas. O alferes Hicks estava com ele.

Hakeswill, que tinha afundado no chão, levantou-se usando o cabo de sua alabarda.

— Ele me atacou, senhor! — O sargento mal conseguia falar por causa da dor em sua barriga. — Ele enlouqueceu, senhor! Está completamente louco!

— Não se preocupe, sargento — disse Morris. — Tanto Hicks quanto eu vimos tudo. Viemos aqui ver se os cavalos estavam direito. Não foi isso, Hicks?

— Sim, senhor — disse Hicks. Ele era um jovem muito obediente, incapaz de contradizer um superior. Se Morris tivesse afirmado que as nuvens eram feitas de queijo, Hicks teria assumido posição de sentido, torcido o nariz e jurado que podia sentir cheiro de *cheddar*. — Caso evidente de agressão, senhor — disse o alferes. — O sargento foi agredido sem ter provocado.

— Guarda! — gritou Morris. — Aqui! Agora!

Embora estivesse com sangue escorrendo por seu rosto, Hakeswill conseguiu sorrir.

— Te peguei, Sharpezinho — disse baixinho. — Te peguei. Uma ofensa merecedora da chibata.

— Seu desgraçado — retrucou Sharpe, também em voz baixa.

Sharpe se perguntou se teria alguma chance se tentasse correr para a escuridão, mas o alferes Hicks havia sacado sua pistola e o som do cão sendo engatilhado refreou seu impulso de fugir.

Um ofegante sargento Green chegou com quatro homens da guarda. Morris afastou os cavalos para deixá-los passar.

— Sargento, prenda o recruta Sharpe — disse a Green. — Mantenha-o sob vigilância. Ele bateu no sargento Hakeswill, e Hicks e eu testemunhamos a agressão. O alferes Hicks cuidará da papelada.

— Com todo prazer, senhor — concordou Hicks. O alferes estava arrastando as palavras, traindo o fato de que estivera bebendo.

Morris olhou para Sharpe.

— É uma ofensa merecedora da corte marcial, Sharpe — disse o capitão. Então ele se virou para Green, que não havia se movido para obedecer às suas ordens. — Faça!

— Senhor! — disse Green, dando um passo à frente. — Venha, Sharpe.

— Eu não fiz nada, sargento — protestou Sharpe.

— Venha, rapaz. Tudo há de se resolver — disse Green em voz baixa. Ele segurou Sharpe pelo braço e se afastou com ele. Hicks os acompanhou, feliz por poder agradar Morris redigindo a acusação.

Morris esperou até o prisioneiro e sua escolta terem se afastado. Então sorriu para Hakeswill.

— O rapaz foi mais rápido do que você pensava, sargento.

— Ele é um demônio, senhor. Um demônio. Imagine, quebrou meu nariz! — Hakeswill tentou gentilmente endireitar a cartilagem e o nariz ensanguentado produziu um som horrível. — Mas a mulher dele é nossa.

— Esta noite? — Morris mal podia esconder a excitação em sua voz.

— Esta noite não, senhor — disse Hakeswill num tom que dava a entender que o capitão tinha feito uma sugestão estúpida. — A companhia estará muito agitada esta noite por causa da prisão de Sharpe, e se formos atrás da *bibbi* dele esta noite, causaremos uma confusão dos diabos. Metade desses cretinos está de cara cheia. Não, senhor. Espere até o bastardo ser açoitado até a morte. Depois disso, senhor, todos estarão dóceis como ovelhas. Dóceis como ovelhas. Um bom açoitamento causa esse efeito nos soldados. Deixa-os bem relaxados. Tudo estará resolvido numa questão de dias, senhor.

Morris sentiu um arrepio quando Hakeswill tentou endireitar o nariz de novo.

— É melhor procurar o sr. Micklewhite, Hakeswill.

— Não, senhor. Não acredito em médicos, senhor, exceto para cuidar de sífilis. Vou amarrar o nariz, senhor, e logo ele vai parecer novo. Além disso, assistir ao açoitamento daquele recruta é todo o tratamento de que preciso. Creio que acabamos com a raça dele. Tenha paciência, senhor. Não terá de esperar muito.

Considerando inaceitável o tom íntimo com que Hakeswill o estava tratando, Morris recuou um passo e disse:

— Então lhe desejo uma boa noite, sargento.

— Eu lhe desejo o mesmo, senhor. Tenha bons sonhos. — Hakeswill soltou uma gargalhada. — Os melhores sonhos que um homem pode ter, senhor.

Porque Sharpe estava fora do caminho.

CAPÍTULO III

McCandless acordou com a alvorada beijando o mundo com uma língua de fogo. A luz escarlate se refletia na base inferior de uma nuvem comprida, estendida sobre o horizonte oriental como o rastro de fumaça deixado por um tiro de mosquete. Era a única
5. nuvem no céu. O coronel enrolou seu manto xadrez e o amarrou na sela. Depois bochechou com água. Seu cavalo, amarrado a uma estaca ali perto, passara a noite selado para o caso de algum inimigo descobrir McCandless e sua escolta. Essa escolta — seis homens da 4ª Cavalaria Nativa escolhidos a dedo — não precisara de ordens para iniciar o dia. Eles sorriram ao sau-
10. dar McCandless, arrumaram os lugares em que tinham dormido, e então fizeram um desjejum que consistiu de água de cantil morna e um bolo de lentilhas e arroz já bastante duro. McCandless comeu junto com os cavaleiros. Gostava de tomar uma xícara de chá pela manhã, mas não ousava acender uma fogueira; a fumaça poderia atrair a atenção de batedores da
15. Cavalaria Ligeira de Tipu.

— Vai ser um dia quente, *sahib* — comentou o *havildar* com McCandless.

— Todos os dias são quentes — respondeu McCandless. — Não tive um dia frio desde que vim para cá.
20. Pensou durante um segundo, e concluiu que devia ser 28 de março, uma quinta-feira. Devia estar fazendo frio na Escócia, e por um momento lembrou de Lochaber e imaginou a neve se acumulando em Glen Scaddle,

e o gelo cobrindo as margens do lago. Considerou que embora pudesse formar uma imagem muito nítida daquela paisagem, não podia realmente imaginar qual era a sensação de sentir frio. Estava longe de casa fazia muito tempo e lhe ocorreu que talvez não voltasse a viver na Escócia. Certamente não viveria na Inglaterra, não em Hampshire, onde sua irmã morava com seu petulante marido inglês. Harriet vivia tentando convencê-lo a se aposentar e ir para Hampshire, argumentando que eles não tinham mais parentes na Escócia e que o marido dela possuía um chalé no qual McCandless poderia viver com conforto até seus últimos dias. Mas o coronel não tinha qualquer apreço pela paisagem macia e rechonchuda da Inglaterra, nem pela companhia de sua irmã macia e rechonchuda. O filho de Harriet, seu sobrinho William Lawford, era um jovem decente, embora tivesse esquecido de sua linhagem escocesa. O jovem William agora estava no exército, aqui mesmo em Misore, o que significava que o único parente de quem McCandless gostava estava bem perto, e essa simples circunstância bastava para fortalecer o desgosto de McCandless por aposentar-se em Hampshire. Mas e quanto à Escócia? Frequentemente sonhava em voltar, mas sempre que aparecia uma oportunidade de pegar a pensão da Companhia e navegar até sua terra natal, ele se via em meio a algum negócio inacabado na Índia. Ano que vem, o ano de nosso Senhor de 1800, será um bom ano para ir para casa, prometeu a si mesmo. Mas ele sabia que tinha prometido a mesma coisa a si mesmo a cada ano da última década.

Os sete homens soltaram os cavalos e subiram em suas selas gastas. A escolta indiana estava armada com lanças, sabres e pistolas, enquanto McCandless carregava uma espada *claymore*, uma pistola de montaria e uma carabina que estava alojada em sua sela. Olhou uma vez para o sol nascente, para checar seu azimute, e conduziu seus homens rumo ao norte. Não disse nada, porque não precisava dar ordens a esses homens. Todos eles sabiam bem que deviam ficar de olhos abertos nesta terra perigosa.

Porque este era o reino de Misore, no alto do platô indiano, e até onde a vista dos cavaleiros alcançava, a terra estava sob o domínio do sultão Tipu. Esta era a terra amada de Tipu, uma planície fértil, rica em vilarejos, campos e cisternas de água. Neste exato momento, enquanto o exército britânico avançava e Tipu recuava, o país estava sendo devastado. McCandless podia ver seis colunas de fumaça subindo do local onde a cavalaria de Tipu queimara celeiros para garantir que os britânicos não achariam comida. Todas as cisternas tinham sido envenenadas, o gado conduzido para oeste, e cada armazém esvaziado, desta forma forçando os exércitos da Inglaterra e de Haiderabad a levarem todos seus suprimentos naqueles desajeitados carros de boi. McCandless presumiu que a batalha breve e desigual do dia anterior tinha sido uma tentativa de Tipu de induzir os soldados ingleses a se aproximarem da infantaria indiana, deixando para trás sua preciosa equipagem. Depois disso, mandara seus temíveis cavaleiros atacarem as carroças de grãos, arroz e sal, mas os britânicos não tinham engolido a isca, o que significava que o avanço lento do general Harris iria continuar. Talvez em mais uma semana eles chegassem a Seringapatam. Então teriam de enfrentar dois meses de racionamento de gêneros e um clima inclemente antes da chegada da monção. Mas McCandless presumia que dois meses era tempo mais do que suficiente para terminar o serviço, especialmente porque em breve os britânicos saberiam como evitar a armadilha de Tipu na seção oeste da muralha.

Conduziu seu cavalo por um arvoredo de sobreiros, feliz com a sombra deitada pelas folhas verde-escuras. Parou na orla do bosque para observar a terra adiante, que descia gentilmente para um vale onde um grupo de pessoas trabalhava em arrozais. O vale, supôs McCandless, ficava suficientemente distante da linha do avanço britânico para ter sido poupado da destruição de seus armazéns e suprimentos de água. Uma pequena vila jazia a oeste dos arrozais, e ali McCandless viu mais uma dúzia de pessoas trabalhando em hortas em torno das casas. McCandless sabia que ele e seus homens seriam vistos assim que saíssem da cobertura do arvoredo de sobreiros, mas duvidava que algum dos aldeões se dispusesse a investigar sete estranhos a cavalo. O povo de Misore, como os aldeões de todos os estados indianos, evitava soldados misteriosos na esperança de que os soldados o evitasse. No lado mais distante dos arrozais havia mangueiras e tamareiras e, depois deles, um declive árido.

McCandless observou essa ladeira vazia durante alguns minutos; depois, satisfeito por não haver nenhum inimigo nas proximidades, esporeou sua égua para que avançasse.

Os arrozeiros imediatamente fugiram para suas casas. McCandless desviou para leste de modo a mostrar que não lhes queria fazer mal e esporeou a égua para que trotasse. Cavalgou ao lado de um bosquete de amoreiras muito bem-cuidadas, parte do plano de Tipu para transformar a tecelagem de seda numa grande indústria de Misore, e esporeou a montaria para meio galope enquanto se aproximava da base do vale. Barbelas e esporas tilintaram atrás dele, enquanto os cavalos desciam a ladeira, chapinhavam pelo córrego que escorria dos arrozais e começavam a escalar lentamente até o bosquete de amoreiras.

Foi então que McCandless viu o lampejo de luz nas mangueiras.

Instintivamente, voltou seu cavalo para o sol nascente e parou de esporeá-lo. Olhou para trás enquanto cavalgava, torcendo para que o lampejo não tivesse sido nada além de algum reflexo errante, mas então viu cavaleiros emergindo das árvores a todo galope. Portavam lanças e estavam vestidos com a túnica com listras de tigre. Era pelo menos meia dúzia de homens, mas o escocês não teve tempo de contá-los direito, porque voltou a esporear sua égua, conduzindo-a diagonalmente ladeira acima.

Um dos cavaleiros inimigos disparou um tiro que ecoou pelo vale. A bala passou longe. McCandless duvidou que o indiano tivesse tentado acertar alguma coisa; provavelmente disparara para alertar outros cavaleiros nos arredores. Por um segundo ou dois, os escoceses debateram se deveriam virar-se e investir contra seus atacantes, mas McCandless rejeitou a ideia. As chances estavam contra eles, e as notícias que levavam eram importantes demais para serem colocadas em risco numa escaramuça. Fugir era a única opção. Tirou a carabina de seu suporte na sela, engatilhou-a e golpeou seus calcanhares violentamente contra o flanco da égua. Quando alcançou o cume, McCandless deduziu que eles tinham uma boa chance de deixar seus perseguidores para trás.

Bodes fugiram de seu caminho enquanto McCandless conduzia a égua para longe da ribanceira. Um olhar para trás assegurou McCandless de que ele havia ganhado vantagem suficiente para poder virar para o norte sem tomar um tiro. Torceu as rédeas para fazer a égua correr. Um longo trecho de campo aberto, pontuado por árvores, descortinava-se à frente deles, e ao fundo havia um arvoredo onde ele e sua escolta poderiam se esconder.

— Corra, garota! — gritou para sua égua, e então olhou para trás a fim de se certificar de que sua escolta estava próxima e segura.

O suor escorria pelo rosto de McCandless, e a bainha de sua espada pulava para cima e para baixo em sua cintura, mas a égua era forte e agora corria como o vento, sua velocidade levantando o *kilt* do escocês. Não era a primeira vez que McCandless fugia de inimigos. Certa vez correra por um dia inteiro, do alvorecer ao anoitecer, para escapar de um bando de *mahrathas*, e a égua nem havia perdido o fôlego. Em toda a Índia, e isso significava que em todo o mundo, McCandless não tinha amigo maior do que esta égua.

— Corra, garota! — tornou a gritar para ela.

Olhou para trás mais uma vez, e foi então que o *havildar* gritou um aviso. McCandless virou-se para ver mais cavaleiros vindo das árvores ao norte.

Devia haver 50 ou 60 cavaleiros correndo atrás dele. Enquanto tocava a égua para o leste, McCandless compreendeu que os perseguidores originais deviam ter sido os batedores deste pelotão de cavalaria e que, ao correr para o norte, ele havia galopado em direção ao inimigo em vez de para longe dele. Agora correu mais uma vez em direção ao sol nascente, mas não havia cobertura a leste, e esses novos perseguidores já estavam perigosamente próximos. Angulou de volta para o sul, torcendo para encontrar algum abrigo no vale além da ribanceira, mas então seus perseguidores dispararam uma saraivada de balas.

Uma bala acertou a égua. Foi um tiro afortunado, disparado a galope, e 99 em 100 vezes um tiro como esse teria passado a metros do alvo, mas esta bala acertou a anca da égua e McCandless sentiu-a vacilar. Esbofeteou o traseiro do animal com a coronha da carabina. A égua tentou responder, mas a bala se alojara perto de sua espinha, de modo que a dor estava aumentando. A égua tropeçou, relinchou, mas ainda assim tentou correr outra vez. Então uma de suas pernas traseiras simplesmente perdeu os movimentos e a égua tombou numa nuvem de poeira. McCandless chutou os arreios enquanto sua escolta passava galopando por ele. O *havildar* já estava refreando sua montaria, virando o cavalo para resgatar McCandless, mas o escocês sabia que era tarde demais. Ele conseguiu se desvencilhar da égua tombada e gritou para o *havildar*:

— Vá embora, homem! Vá!

Mas o *havildar* era sua escolta, e havia jurado protegê-lo. Em vez de fugir, ele conduziu seus homens em direção ao inimigo que se aproximava rapidamente.

— Seus idiotas! — gritou McCandless para eles.

Idiotas corajosos; no entanto, idiotas. Ele estava escoriado, mas não muito ferido, embora sua égua estivesse morrendo. Ela estava relinchando, porque de algum modo conseguira levantar a parte frontal do corpo, e parecia intrigada com o fato de as patas traseiras não funcionarem. Relinchou mais uma vez, e McCandless, sabendo que ela nunca mais voltaria a correr como o vento, cumpriu seu dever de amigo. Arrastou-se até a cabeça da égua, puxou-a pelas rédeas, beijou o focinho e deu-lhe um tiro no crânio, logo acima dos olhos. A égua recuou, de olhos arregalados e jorrando sangue, e caiu. As patas frontais chutaram algumas vezes antes que ela ficasse imóvel. Moscas ajuntaram-se sobre seus ferimentos.

O pequeno grupo do *havildar* cavalgava velozmente em direção aos inimigos. Os atacantes tinham se espalhado, e os homens do *havildar* estavam aglomerados, de modo que os primeiros segundos foram de vitória fácil. Duas lanças encontraram barrigas de Misore, dois sabres verteram mais sangue, mas então o corpo principal do inimigo chegou ao local de conflito. O próprio *havildar* tinha se afastado dos soldados da frente, deixando sua lança para trás, e agora olhou sobre o ombro para ver seus homens cercados por cavaleiros inimigos e lutando desesperadamente. Desembainhou o sabre e se virou para ajudar quando ouviu o grito de McCandless.

— Vá embora, homem! Vá embora! — berrou McCandless, apontando para o norte.

O *havildar* não podia levar as notícias vitais que McCandless obtivera de Appah Rao, mas ainda assim era importante informar ao exército que o coronel fora capturado. McCandless não era um homem vaidoso, mas conhecia seu próprio valor e deixara algumas instruções cuidadosas que poderiam compensar parte do dano de sua captura. Essas instruções ofereciam uma chance para o exército resgatar McCandless, e esse expediente perigoso era agora a única esperança que o escocês tinha de comunicar a mensagem de Appah Rao.

— Vá! — rugiu McCandless o mais alto que pôde.

O *havildar* se viu dividido entre o dever para com seus homens e o dever de acatar as ordens de McCandless. Hesitou, e dois dos perseguidores viraram as montarias para investir contra ele. Isso o ajudou a se decidir. O *havildar* esporeou seu cavalo, investiu contra os perseguidores, tocou a rédea no último momento e brandiu seu sabre enquanto passava pelos dois homens. A lâmina cortou a nuca do homem mais próximo. O *havildar* tocou seu cavalo para norte, galopando livre enquanto o restante do inimigo reunia-se em torno dos sobreviventes para terminar a caçada.

McCandless largou sua pistola e sua carabina, desembainhou sua *claymore*, uma pesadíssima espada de folha larga, e caminhou em direção à peleja. Nunca a alcançou; um oficial inimigo se afastou do choque de sabres e virou seu cavalo para avançar até o escocês. O oficial misoriano embainhou seu sabre, e então, sem dizer uma palavra, estendeu a mão pedindo a espada de McCandless. Atrás dele as espadas e lanças trabalharam durante alguns instantes, e então a luta terminou, e McCandless soube que toda a sua escolta — com a exceção do *havildar* — estava morta. Fitou o cavaleiro que se avultava sobre ele.

— Esta é uma espada típica da minha terra, a Alta Escócia — disse, em inglês. — Ela pertenceu ao meu pai e ao pai do meu pai. Esta espada foi usada por Charles Stuart em Culloden.

O oficial não disse nada; simplesmente manteve a mão estendida, olhos fixos em McCandless. O escocês lentamente embainhou a espada e então a ergueu. O oficial misoriano pegou a espada e pareceu surpreso com o peso da *claymore*.

— O que você está fazendo aqui? — indagou, em canarês, o oficial.

— Você fala inglês? — indagou McCandless em sua língua, determinado a esconder seu conhecimento das línguas indianas.

O oficial deu de ombros. Ele olhou para a antiga espada escocesa e então guardou-a em sua cinta. Seus homens, com os cavalos molhados de suor, reuniram-se empolgados para ver o pagão capturado. Eles viram um velho e alguns se perguntaram se haviam capturado o general do inimigo, mas como o cativo não parecia falar nenhuma linguagem que eles conhecessem, a descoberta de sua identidade teria de esperar. Deram a McCandless um dos cavalos dos seus amigos mortos, e então, enquanto o sol ascendia lentamente rumo ao seu calor infernal diário, ele foi levado para oeste, em direção à fortaleza de Tipu.

Enquanto isso, atrás deles, os abutres circulavam o local da peleja. Quando a poeira e as moscas finalmente tivessem assentado sobre os cadáveres recém-fabricados, os pássaros desceriam para seu banquete.

Levou dois dias até a corte marcial ser convocada. O exército não podia interromper sua marcha para resolver assuntos triviais, de modo que o capitão Morris teve de esperar até a imensa horda receber uma ordem de parar por 12 horas para permitir que o gado alcançasse a legião principal. Apenas então houve tempo para reunir os oficiais e levar o recruta Sharpe até a tenda do major Shee, que tivera um de seus lados levantados para abrir mais espaço. O capitão Morris leu a acusação e o sargento Hakeswill e o alferes Hicks apresentaram seus testemunhos.

O major John Shee estava irritado. O major passava a maior parte do tempo irritado, mas a necessidade de ao menos aparentar sobriedade diminuía ainda mais o seu célebre pavio curto de irlandês. Verdade seja dita, ele não gostava de comandar o 33º Regimento. O major Shee suspeitava, quando sóbrio o bastante para suspeitar de qualquer coisa, que fazia um trabalho porco, e essa suspeita causava-lhe um medo terrível de ser vítima de um motim. E um motim, para a mente entorpecida do major Shee, era pressagiado por qualquer sinal de desrespeito pela autoridade estabelecida. O recruta Sharpe era visivelmente um homem desrespeitoso, e a ofensa pela qual era acusado era clara e o remédio igualmente óbvio, mas os procedimentos da corte foram retardados porque o tenente Lawford, que deveria falar por Sharpe, não estava presente.

— Onde diabos está Lawford? — inquiriu Shee.

O capitão Fillmore, comandante da quarta companhia, falou em nome de Lawford.

— Foi convocado à tenda do general Harris, senhor.

— Ele sabia que devia estar aqui? — perguntou com um semblante preocupado.

— Sabia, senhor. Mas o general insistiu.

— E devemos ficar aqui parados, enquanto Lawford toma chá com o general? — inquiriu Shee.

O capitão Fillmore olhou através do lado aberto da tenda como se esperasse ver Lawford aproximar-se correndo, mas lá fora havia apenas sentinelas.

— Senhor, o tenente Lawford me pediu para assegurar à corte que o recruta Sharpe é um homem extremamente confiável — disse Fillmore, temendo não estar fazendo um bom trabalho em defender o desafortunado prisioneiro. — O tenente teria falado com convicção a respeito do caráter do prisioneiro e requerido à corte que lhe concedesse o benefício da dúvida.

— Dúvida? — disse Shee. — Que dúvida? Ele agrediu um sargento, ele foi visto por dois oficiais, e você acha que existe alguma dúvida? Este julgamento é uma mera formalidade!

Fillmore encolheu os ombros.

— O alferes Fitzgerald também gostaria de dizer uma coisa.

Shee fitou Fitzgerald.

— Você não pretende falar muito, pretende?

— O tanto quanto for necessário para impedir uma injustiça, senhor. — Fitzgerald, jovem e confiante, levantou-se e sorriu para seu oficial-comandante e conterrâneo irlandês. — Senhor, duvido que já tenha havido um soldado melhor no regimento, e desconfio de que o recruta Sharpe tenha sido vítima de uma provocação.

— O capitão Morris diz que não foi — insistiu Shee. — E o alferes Hicks também.

— Não posso contradizer o capitão, senhor — disse humildemente Fitzgerald. — Mas bebi com Timothy Hicks naquela noite antes do incidente e, se os olhos dele estavam confiáveis por volta da meia-noite, então ele deve possuir um estômago de ferro.

Shee pareceu perigosamente beligerante.

— Está acusando um colega oficial de estar sob a influência de bebida?

Fitzgerald presumia que a maioria dos presentes no refeitório naquela noite tinha estado sob a influência de araca, rum ou conhaque, mas também sabia que devia segurar a língua.

— Senhor, estou apenas concordando com o capitão Fillmore, quando diz que devemos dar ao recruta Sharpe o benefício da dúvida.

— Dúvida? — vociferou Shee. — Não há dúvida. Este julgamento é uma mera formalidade! — Ele fez um gesto na direção de Sharpe que, sem chapéu, estava em pé diante de seu guarda. Moscas andavam no rosto de Sharpe, mas ele não tinha permissão para espantá-las. Shee pareceu estremecer ao pensar na vilania de Sharpe. — Ele agrediu um sargento na frente de dois oficiais, e você acha que existe qualquer dúvida quanto a esse incidente?

— Sim senhor, acho — declarou calmamente Fitzgerald. — Acho de fato.

O rosto do sargento Hakeswill se contorceu. Ele olhou para Fitzgerald com ódio. O major Shee fitou Fitzgerald durante alguns segundos e então balançou a cabeça como se questionasse a sanidade do alferes.

O capitão Fillmore decidiu tentar uma última vez. Fillmore duvidava do testemunho de Morris e Hicks e nunca havia confiado em Hakeswill, mas sabia que Shee jamais seria persuadido a aceitar a palavra de um recruta contra as de dois oficiais e um sargento. Respeitosamente, Fillmore disse:

— Gostaria de pedir à corte que suspendesse o julgamento até o tenente Lawford poder falar pelo prisioneiro.

— Pelo amor de Deus, o que Lawford pode dizer? — inquiriu Shee.

Havia uma garrafa de araca esperando por ele em sua barraca, e Shee queria findar estes procedimentos o mais depressa possível. Shee teve uma conversa rápida, à socapa, com seus dois colegas juízes, ambos oficiais superiores dos outros regimentos, e então olhou para o prisioneiro.

— Você é um rufião, Sharpe, e o exército não precisa de rufiões. Se não pode respeitar autoridades, então não pode esperar que as autoridades o respeitem. Duas mil chibatadas. — Ele ignorou as expressões de pasmo e horror de alguns espectadores e olhou para o primeiro-sargento. — Quando pode ser feito?

— Esta tarde é uma hora tão boa quanto qualquer outra — respondeu Bywaters. Ele havia esperado uma pena de açoitamento, embora não tão severa quanto esta, e já tinha tomado as providências necessárias.

Shee fez que sim com a cabeça.

— Desfile pelo batalhão daqui a duas horas. Este julgamento está encerrado.

Shee lançou um olhar ferino a Sharpe e então empurrou sua cadeira para trás. Precisaria de muita araca para ficar montado num cavalo ao sol durante duas mil chibatadas. Talvez devesse ter sentenciado Sharpe a apenas mil chibatadas, porque mil tinham tanta chance de matar quanto duas mil. Mas agora era tarde demais, o veredicto fora pronunciado, e a única esperança de Shee para escapar deste calor horrível era que o prisioneiro morresse bem antes da punição ser concluída.

Sharpe foi mantido sob vigilância. Seus sentinelas não eram homens de seu próprio batalhão, mas seis homens do 12º Regimento do rei que não o conheciam, portanto não iriam ajudá-lo a escapar. Os guardas o mantiveram numa cela improvisada atrás da tenda de Shee e ninguém falou com Sharpe até o sargento Green chegar.

— Sinto muito, Sharpe — disse Green, contornando as caixas de munição que formavam as paredes da cela.

Sharpe estava sentado encostado nas caixas. Ele deu de ombros.

— Já fui chicoteado antes, sargento.

— Não no exército, rapaz, não no exército. Tome. — Green estendeu-lhe um cantil. — É rum.

Sharpe desarrolhou o cantil e tomou um bom gole da bebida.

— Não gosto muito de rum — disse com tristeza.

— Talvez não, porém quanto mais beber, menos vai sentir. Beba até o fim, garoto.

— Tomkins disse que você não sente mais nada depois das primeiras trinta — disse Sharpe.

— Espero que ele tenha razão, rapaz. De verdade. Mesmo assim, tome esse rum.

Green tirou sua barretina e usou um pedaço de pano para enxugar o suor em sua cabeça calva.

Sharpe virou o cantil novamente.

— E onde está o sr. Lawford? — perguntou, amargo.

— Você ouviu, filho. Ele foi chamado para ver o general. — Green hesitou. — Mas de qualquer forma, o que ele poderia ter dito?

Sharpe inclinou a cabeça contra a parede de caixas.

— Poderia ter dito que Morris é um bastardo mentiroso e que Hicks diria qualquer coisa para agradá-lo.

— Não, rapaz. Você sabe muito bem que ele não poderia ter dito isso. — Green encheu um cachimbo de barro com tabaco e o acendeu. Sentou-se no chão de frente para Sharpe e viu o medo em seus olhos. Sharpe estava se esforçando ao máximo para esconder seu medo, mas ele existia, porque só um tolo não temeria duas mil chibatadas, e só um sortudo sobreviveria a elas. Nunca um homem havia se afastado de uma punição como essa sobre suas próprias pernas, mas alguns tinham conseguido recuperar-se depois de um mês na tenda de enfermagem.

— Sua Mary está bem — disse Green a Sharpe.

Sharpe abriu um sorriso triste.

— Sabe o que Hakeswill me disse? Que vai vender Mary como prostituta.

— Ele não vai, rapaz — disse Green. — Não vai, não.

— E como vocês vão impedi-lo? — perguntou Sharpe amargamente.

— A partir de agora ela vai ser vigiada — assegurou Green. — Os rapazes estão organizando isso. Todas as mulheres também estão dispostas a protegê-la.

— Mas por quanto tempo? — indagou Sharpe.

Ele bebeu mais do rum, que parecia não surtir qualquer efeito. Fechou os olhos por um momento. Sabia que havia recebido uma sentença de morte, mas sempre havia esperança. Alguns homens tinham sobrevivido àquele suplício. Suas costelas tinham sido expostas ao sol e sua pele e carne ficaram penduradas de suas costas em tiras ensanguentadas, mas eles tinham sobrevivido. Mas como ele ia cuidar de Mary enquanto estivesse todo enfaixado numa cama? Se tivesse bastante sorte para ficar numa cama em vez de numa sepultura. Sentiu lágrimas arderem em seus olhos, não pelo tormento que o aguardava, mas por Mary.

— Por quanto tempo eles poderão protegê-la? — perguntou novamente, amaldiçoando a si mesmo por estar tão perto do choro.

— Garanto que ela ficará bem — insistiu Green.

— Você não conhece Hakeswill — disse Sharpe.

— Mas eu conheço, rapaz. Conheço sim. — Green se calou por um instante antes de tornar a olhar para Sharpe. — O desgraçado não poderá tocá-la se ela estiver casada. Casada apropriadamente, com as bênçãos do coronel.

— Essa era a minha ideia.

Green deu uma baforada em seu cachimbo.

— Sharpe, se acontecer o pior... — disse ele, muito embaraçado, e então se calou novamente.

— Sim? — instigou Sharpe.

— Não que vá, é claro. — Green acrescentou apressadamente. — Billy Nixon sobreviveu a mais de mil chibatadas, mas você provavelmente não lembra dele, lembra? Um baixinho caolho. Ele sobreviveu. Nunca foi o mesmo depois, é claro, mas você é um rapaz forte, Sharpe. Mais forte do que Billy.

— Mas e se acontecer o pior? — lembrou Sharpe ao sargento.

— Bem... — começou a dizer Green, ruborizando. Mas finalmente ele reuniu a coragem para dizer o que pretendia. — Quero dizer, rapaz, se isso não o ofender, e apenas se o pior acontecer, o que tenho certeza de que não vai, rezo para que não aconteça, mas se acontecer, então eu mesmo pedirei a mão da sra. Bickerstaff.

Sharpe quase soltou uma gargalhada, mas então a lembrança das duas mil chibatadas sufocou o riso em sua garganta. Duas mil! Tinha visto homens com as costas em carne viva depois de apenas uma centena de chicotadas. Como sobreviveria com mais novecentos golpes por cima desses? Para isso realmente precisaria da ajuda do cirurgião do batalhão. Se o sr. Micklewhite pensasse que Sharpe estava morrendo depois de quinhentas ou seiscentas chibatadas, poderia interromper o castigo e dar às suas costas tempo para curarem antes do restante da pena, mas Micklewhite não era conhecido por atos de piedade. O rumor que corria no batalhão era de que, enquanto o homem não gritasse como um bebê, e desta forma perturbasse os oficiais de estômago mais fraco, o cirurgião daria continuidade aos golpes, mesmo se esses estivessem atingindo a espinha de um cadáver. Esse era o rumor, e tudo que Sharpe podia fazer era torcer para que não fosse verdadeiro.

O sargento Green interrompeu os pensamentos sombrios do recruta.

— Você me ouviu, Sharpe?

— Ouvi, sargento.

— E então, você se importaria? Se eu pedisse a ela?

— Você já pediu? — indagou acusadoramente.

— Não! — Green apressou-se em dizer. — Isso não seria justo. Não enquanto você ainda está... bem, você sabe.

— Vivo — disse amargamente Sharpe.

— Isso é apenas se acontecer o pior. — Green tentou parecer otimista. — E não vai acontecer.

— Você não vai precisar da minha permissão quando eu estiver morto, sargento.

— Não, mas se eu puder dizer a Mary que você quer que ela aceite meu pedido, isso vai ajudar. Você não gostaria de ver isso? Eu seria um bom homem para ela, Sharpe. Já fui casado, minha mulher morreu, mas nunca reclamou de mim. Pelo menos não mais do que qualquer outra mulher reclama.

— Hakeswill deve tentar impedir que você case com ela.

Green meneou a cabeça positivamente.

— Sim, ele deve. Mas não consigo ver como. Não, se amarrarmos bem o nó. Vou pedir ao major Shee, e ele sempre me tratou bem. Vou pedir a ele esta noite. Mas olha, só se acontecer o pior.

— Mas você precisa de um capelão — alertou Sharpe.

O capelão do 33º Regimento cometera suicídio na viagem para Madras e nenhum casamento no exército era considerado oficial se não tivesse a permissão do comandante regimental e a bênção de um capelão.

— Os rapazes do velho 12º me disseram que eles têm um intermediário com Deus — disse Green, gesticulando na direção dos soldados que guardavam Sharpe. — Ele pode fazer a cerimônia amanhã. É bem provável que eu tenha de molhar a mão dele, mas Mary vale a despesa.

Sharpe deu de ombros.

— Peça a ela, sargento. Peça a ela. — O que mais ele poderia dizer? E se estivesse casada oficialmente com o sargento Green, Mary estaria protegida pelos regulamentos do exército. Sharpe acrescentou: — Mas primeiro veja o que acontece comigo.

— Claro que verei, Sharpe. Torça pelo melhor, sim? Lembre-se de que a esperança é a última que morre.

Sharpe secou o cantil.

— Sargento, tenho algumas coisas na minha mochila. Uma boa pistola que peguei de um oficial indiano depois da última batalha, e algumas moedas. Pode dar essas coisas para Mary?

— Claro que sim — disse Green, cuidadosamente escondendo o fato de que Hakeswill já havia saqueado a mochila de Sharpe. — Ela vai ficar bem, Sharpe. Eu prometo.

— E, sargento, em alguma noite escura dessas, dê um bom chute no traseiro do Hakeswill por mim.

Green fez que sim.

— Será um prazer, Sharpe. Um prazer. — Ele bateu as cinzas do cachimbo contra as caixas de munição e se levantou. — Vou te trazer mais um pouco de rum. Quanto mais, melhor.

Todos os preparativos para o açoitamento de Sharpe já haviam sido feitos. Não que fossem muitos, mas levou alguns minutos para atender às especificações do primeiro-sargento. Um tripé foi montado com as alabardas de três sargentos, as pontas das lâminas voltadas para cima e amarradas de modo que a engenhoca inteira medisse 60 centímetros a mais que um homem alto. As três coronhas de alabarda estavam fincadas no solo seco, com uma quarta alabarda cruzada com firmeza sobre uma face do tripé à altura das axilas de um homem.

O sargento Hakeswill selecionou pessoalmente dois meninos tamborileiros do 33º Regimento. Como um pequeno elemento de piedade numa punição bestial, sempre eram os meninos que administravam açoitamentos. Porém, Hakeswill providenciou para que os dois meninos maiores e mais fortes fossem incumbidos da tarefa, e depois pegou emprestado os dois chicotes com o primeiro-sargento e fez os tamborileiros praticarem o açoite num tronco de árvore.

— Ponham seu corpo inteiro nisso, rapazes — disse Hakeswill aos tamborileiros. — E mantenham o braço em movimento depois que o chicote acertar a carne. Deste jeito. — Hakeswill pegou um dos chicotes e desferiu uma chibatada contra a casca da árvore. Em seguida, mostrou-lhes como manter a correia deslizando pelo alvo depois do golpe. — Fiz muito isso quando era tamborileiro — disse a eles. — E sempre fiz um trabalho decente. Era o melhor açoitador do batalhão. Ninguém chegava aos meus pés.

Depois que teve certeza de que a técnica dos rapazes era suficiente para a tarefa, Hakeswill aconselhou-os a não se cansarem muito depressa. Por fim, sacou uma navalha e lascou as pontas dos chicotes; assim a carne exposta de Sharpe seria rasgada enquanto as correias fossem arrastadas pelas costas dele.

— Façam direito, meninos, e cada um de vocês ganhará uma destas — prometeu-lhes mostrando uma das moedas de ouro que tinham sido parte do butim. — Não quero ver esse bastardo caminhando de novo. E vocês também não, porque se o Sharpezinho voltar a andar, vai dar uma bela surra em vocês. Assim, cuidem direito do safado. Desçam o chicote nele até mandá-lo para debaixo da terra, como manda a Bíblia.

Hakeswill enrolou os dois chicotes, pendurou-os na alabarda cruzada no tripé e foi procurar o cirurgião. O sr. Micklewhite estava em sua tenda, tentando fazer um laço em suas amarras de seda branca, em preparação para a parada de punição. Ao ver Hakeswill, resmungou:

— Não precisa de mais mercúrio, precisa?

— Não senhor. Curado, senhor. Graças à habilidade de cura do senhor. Estou saudável como um touro, senhor.

Micklewhite praguejou quando o laço na maldita amarra de seda afrouxou. Não gostava de Hakeswill, mas, como todas as outras pessoas no regimento, ele o temia. Havia nos olhos de Hakeswill um brilho que denotava uma alma maligna, e, embora o sargento sempre demonstrasse muito respeito para com os oficiais, Micklewhite se sentia ameaçado por ele.

— O major Shee me pediu para lhe dar um recado, senhor.

— Ele não podia falar comigo pessoalmente?

— O senhor conhece o major. Deve estar morrendo de sede. Sabe, o dia está muito quente. — O rosto de Hakeswill se contorceu numa série de espasmos. — Diz respeito ao prisioneiro, senhor.

— O que tem ele?

— Um encrenqueiro, senhor. Todo mundo sabe disso. Ladrão, mentiroso e trapaceiro.

— Então ele é um casaca vermelha. E daí?

— Daí que o major Shee não quer mais vê-lo entre os vivos, senhor, se é que está me entendendo. É isto que lhe devo pelo mercúrio, senhor?

Hakeswill estendeu uma moeda de ouro, um *haideri*, que valia por volta de dois xelins e seis *pence*. A moeda certamente não era pagamento pela cura de sua sífilis, porque esse custo já tinha sido deduzido do pagamento do sargento, de modo que Micklewhite soube que era um suborno. Não um grande suborno, mas ainda assim um bom dinheiro. Micklewhite olhou a moeda e então fez que sim com a cabeça.

— Deixe na mesa, sargento.

— Obrigado, senhor.

Micklewhite apertou bem o laço da amarra de seda e fez um gesto para dispensar Hakeswill. Vestiu seu casaco e guardou a moeda de ouro. O suborno não tinha sido necessário, porque a oposição de Micklewhite a cuidar das vítimas de açoitamentos era bem conhecida no batalhão. Micklewhite odiava tratar de homens que tinham sido chicoteados, porque sua experiência ditava que eles quase sempre morriam, e se interrompesse uma punição, a vítima apenas ocuparia espaço nas tendas de enfermagem. E se, por algum milagre, o homem tivesse sua saúde restaurada, seria novamente amarrado ao triângulo para receber o restante da punição, e essa segunda dose quase sempre era fatal. Considerando todos esses fatores, era mais prudente deixar um homem morrer no primeiro açoitamento. Isso poupava dinheiro em remédios e, na visão de Micklewhite, também era mais misericordioso. Micklewhite abotoou o casaco e se perguntou por que o sargento Hakeswill queria que este recruta em particular morresse. Não que Micklewhite realmente se importasse; tudo o que queria era ver esse assunto desagradável terminado de uma vez por todas.

O 33º Regimento desfilou debaixo do sol da tarde. Quatro companhias puseram-se de frente para o tripé, enquanto três enfileiraram-se a cada lado, de modo que as dez companhias do batalhão compuseram um oblongo oco com o tripé posando no único lado comprido e vazio. Montados em cavalos, os oficiais estavam diante de suas companhias enquanto o major Shee, seus ajudantes e o adjunto estavam logo atrás do tripé. O sr. Micklewhite, cabeça protegida do sol por um chapéu de palha de aba larga, estava a um lado do triângulo. O major Shee, fortificado pela araca e satisfeito por tudo estar a contento, fez um sinal de cabeça para Bywaters.

— Inicie a punição, primeiro-sargento.

— Sim, senhor! — gritou Bywaters.

O primeiro-sargento se virou e ordenou que o prisioneiro fosse amarrado. Visivelmente nervosos, os dois meninos tamborileiros assumiram suas posições, empunhando os chicotes. De todos os soldados no desfile, eles eram os únicos em mangas de camisa, ao passo que todos os outros estavam totalmente vestidos em seus uniformes de lã. Mulheres e crianças espiavam através das lacunas da companhia. Mary Bickerstaff não estava lá. Hakeswill tinha procurado por ela, querendo desfrutar de seu horror, mas Mary não estava por perto. As mulheres que tinham vindo assistir ao espetáculo, como seus homens, estavam caladas e sorumbáticas. Sharpe era um homem popular, e Hakeswill sabia que todo mundo aqui estava odiando-o por ter tramado este açoitamento, mas Obadiah Hakeswill não ligava para popularidade. O poder não residia em ser amado; o poder residia em ser temido.

Sharpe foi trazido para o triângulo. Estava sem chapéu e já desnudo até a cintura. A pele de seu peito e costas era branca como cabelo empoado e fazia um contraste estranho com o rosto bronzeado. Ele caminhava empertigado, porque, embora tivesse mais de uma garrafa de rum na barriga, a bebida não parecera exercer o menor efeito. Não olhou nem para Hakeswill nem para Morris enquanto caminhava até o tripé.

— Braços para cima, rapaz — disse o primeiro-sargento em voz baixa. — Fique em pé diante do triângulo. Pés afastados. Seja um bom rapaz.

Obediente, Sharpe posicionou-se diante da face triangular do tripé. Dois cabos ajoelharam-se aos seus pés e amarraram seus tornozelos às alabardas; em seguida, empurraram seus braços sobre a alabarda horizontal. Puxaram suas mãos para baixo e as amarraram às alabardas verticais, dessa forma forçando suas costas nuas a recuar e empinar. Nessa posição, Sharpe não poderia afundar entre o triângulo, de modo a dissipar o impacto de alguns golpes nas hastes das alabardas. Os cabos amarraram os nós e se afastaram.

O primeiro-sargento caminhou até a parte traseira do triângulo e retirou do bolso um pedaço dobrado de couro profundamente marcado por impressões digitais.

— Abra a boca, moço — disse, baixo. O primeiro-sargento sentiu o bafo de rum do prisioneiro e torceu para que a bebida o ajudasse a sobreviver; em seguida empurrou o couro entre os dentes do recruta. A mordaça atenderia a um duplo propósito. Abafaria os gritos da vítima e a impediria de arrancar a própria língua com os dentes. — Seja corajoso, rapaz — sussurrou Bywaters. — Não envergonhe o regimento.

Sharpe fez que sim com a cabeça.

Bywaters deu alguns passos para trás e assumiu posição de sentido.

— Prisioneiro preparado para a punição, senhor! — gritou para o major Shee.

O major olhou para o cirurgião.

— Prisioneiro está em condições físicas para ser punido, sr. Micklewhite?

Micklewhite nem olhou para Sharpe antes de responder:

— Saúde de leão, senhor.

— Muito bem, rapazes — disse o primeiro-sargento. — Cumpram seu dever! Batam com força, mas mantenham os golpes altos. Acima das calças. Tamborileiro! Comece!

Um terceiro tamborileiro estava em pé atrás dos açoitadores. Levantou as varetas, fez uma pausa e soou a primeira batida.

O menino à direita de Sharpe desferiu um golpe violento nas costas do cativo.

— Um! — gritou Bywaters.

O chicote deixara uma marca vermelha através das espáduas de Sharpe. Ele estremecera, mas a corda restringira seu movimento, e apenas as pessoas mais próximas ao triângulo viram o tremor percorrer seus músculos. Sharpe cravou os olhos no major Shee, que desviou o rosto para evitar a expressão furiosa do prisioneiro.

— Dois! — gritou Bywaters, e o tamborileiro soou uma batida enquanto o segundo menino plantava uma marca vermelha transversal à primeira.

A face de Hakeswill teve espasmos, frenética, mas ele sorria por trás do ricto. Pois a tamborilada da morte havia começado.

O coronel McCandless estava sozinho, em pé, no centro da arena interna do palácio de Tipu, em Seringapatam. O escocês ainda trajava uniforme completo: casaca vermelha, *kilt* xadrez, chapéu inclinado ornado com uma pluma. Havia seis tigres acorrentados às paredes da arena, e os animais ocasionalmente davam um bote contra o escocês, retesando as correntes de ferro que, felizmente, conseguiam contê-los. McCandless não se moveu, e depois de um ou dois ataques infrutíferos os animais passaram a se contentar em rosnar para ele. Os tratadores dos tigres, homens robustos armados com cajados compridos, observavam-no da entrada da arena. Eram esses homens que receberiam as ordens de soltar os tigres, e McCandless estava determinado a mostrar-lhes sua expressão mais calma.

A arena era coberta com areia. A parte inferior das paredes era revestida em pedra; mas a parte superior, o segundo pavimento do palácio, era uma orgia de teca revestida de estuque e pintada em vermelho, verde e amarelo. Esse segundo pavimento decorado era composto de arcos mouriscos, e McCandless conhecia árabe o bastante para deduzir que as letras cinzeladas acima de cada arcada formavam um *surah* do Alcorão. Havia duas entradas para a arena. Aquela atrás de McCandless, pela qual entrara e onde os tratadores dos tigres posicionavam-se agora, era um portão duplo simples que levava a um emaranhado de estábulos e armazéns atrás do palácio, enquanto à frente dele, e evidentemente conduzindo aos salões reais, ficava uma pequena escadaria de mármore subindo para uma porta larga feita de madeira negra e decorada com incrustações marmóreas. Acima da porta suntuosa havia um balcão que se ressaltava dos três arcos estucados. Uma grade de madeira, com um padrão intrincado lavrado a cinzel, ocultava o balcão, mas McCandless podia ver que havia homens atrás dela. Suspeitou que Tipu estivesse lá, bem como o francês que tinha sido o primeiro a interrogá-lo. McCandless torcia para que o coronel Gudin, que lhe parecera um sujeito honesto e decente, estivesse pedindo a Tipu que o mantivesse vivo, embora ele não lhe tivesse dito seu nome verdadeiro. Temera que Tipu reconhecesse seu nome e compreendesse que grande troféu sua cavalaria havia conquistado, de modo que dissera que seu nome era Ross.

McCandless tinha razão. O coronel Gudin e Tipu observavam-no através das frestas na grade.

— Esse coronel Ross disse que estava procurando por forragem? — indagou Tipu.

— Sim, senhor — respondeu Gudin, por intermédio de seu intérprete.

— Acreditou nele? — O tom de voz de Tipu deixou claro que ele estava cético.

Gudin deu de ombros.

— Os cavalos deles estavam magros.

Tipu resfolegou. Fizera de tudo para negar alimento ao exército inimigo, mas os britânicos tinham começado a empreender marchas súbitas para norte ou para sul de seu avanço, de modo a adentrar territórios onde os cavaleiros de Tipu ainda não haviam destruído os suprimentos das aldeias. Não apenas isso, como também haviam trazido uma vasta quantidade de comida. Mesmo assim, os espiões de Tipu reportavam que o inimigo passava fome. Seus cavalos e gado estavam particularmente mal-alimentados, de modo que não era improvável que este oficial britânico estivesse procurando por forragem. Mas por que um coronel teria sido enviado numa missão como essa? Tipu não conseguia achar nenhuma resposta para isso, e a pergunta alimentou suas suspeitas.

— É possível que estivesse espionando?

— Talvez agindo como batedor — respondeu Gudin. — Mas não diria que estivesse espionando. Espiões não cavalgam uniformizados, majestade.

Tipu resmungou ao ouvir a resposta traduzida em persa. Era por natureza um homem desconfiado, como um regente deveria ser, mas se consolou com a observação de que qualquer que fosse a missão deste britânico, ela havia fracassado. Tipu virou-se para seu séquito e viu o alto e moreno Appah Rao.

— General, o senhor acha que este coronel Ross estava procurando por comida?

Appah Rao sabia exatamente quem era o coronel Ross, e o que McCandless estivera procurando. E pior, Rao agora sabia que seu próprio ato de traição corria sério risco de ser descoberto, o que significava que este não era um momento para parecer fraco diante de Tipu. Porém, Appah Rao também não estava disposto a trair McCandless. Isso em parte era devido a sua amizade e em parte a sua suspeita de que teria um futuro melhor como aliado dos britânicos.

— Sabemos que eles estão com carência de alimento, e esse homem parece-me bastante magro.

— Então não acredita que ele seja espião?

— Espião ou não, ele é seu inimigo — foi a resposta fria de Appah Rao.

Tipu deu de ombros ao ouvir a resposta evasiva. Seu bom senso sugeria que o prisioneiro não era espião. Afinal de contas, estava uniformizado. Mas mesmo se fosse, isso não o preocupava muito. Ele esperava que Seringapatam estivesse infestada de espiões, assim como mantinha vinte deles marchando com os britânicos. Mas a maioria dos espiões, na experiência de Tipu, era inútil. Eles comunicavam rumores e deduções, e confundiam muito mais do que explicavam.

— Mate-o — sugeriu um dos generais muçulmanos de Tipu.

— Considerarei isso — disse Tipu e retornou por um dos arcos internos do balcão até uma sala luxuosa de pilares de mármore e paredes pintadas.

A sala era dominada por seu trono, uma plataforma coberta por toldo com 2,40m de largura e 1,52m de profundidade, mantido a 1,20m acima do soalho azulejado, sobre a estátua de um tigre rosnando que sustentava o centro da plataforma e era flanqueada por quatro pernas de tigre esculpidas. Duas escadas de prata conferiam acesso à plataforma do trono, que era feita de ébano e na qual uma lâmina de ouro, grossa como um tapete de oração, fora fixada com pregos de prata. A borda da plataforma era gravada com citações do Alcorão, as letras arábicas relevadas em ouro, enquanto acima de cada uma das oito pernas do ouro havia um remate na forma de uma cabeça de tigre. Cada uma das cabeças de tigre tinha o tamanho de um abacaxi e era forjada com ouro sólido e cravejada de rubis, esmeraldas, diamantes. O tigre central, cujo corpo comprido e esguio sustentava o meio do trono, era de madeira folheada a ouro, enquanto a cabeça era inteiramente de ouro. A boca do tigre estava aberta, expondo dentes feitos de cristal de rocha entre os quais uma língua dourada fora dotada de dobradiças de modo que pudesse ser movida para cima e para baixo. O toldo sobre a plataforma de ouro era sustentado por um mastro curvo coberto com tecido pintado a ouro; o próprio toldo era feito do mesmo tecido. As franjas do toldo eram formadas por cordões de pérolas, e em seu cume havia uma estátua de ouro do fabuloso *hummah*, o pássaro real que nascia do fogo. O *hummah*, como os remates de tigre, era incrustado com joias; suas costas eram uma única e sólida esmeralda gloriosa; sua calda de pavão pontilhada por pedras preciosas, tão próximas umas às outras, que sua base de ouro mal era visível.

    Tipu nem olhou para o trono. Ele tinha ordenado que o trono fosse feito, mas depois jurara jamais galgar seus degraus de prata nem sentar no estofado de sua plataforma dourada até ter expulsado o último britânico do sul da Índia. Apenas então tomaria seu lugar real abaixo do toldo com franjas de pérolas, e até esse dia o trono de tigre permaneceria vazio. Tipu fizera seu juramento, e o juramento significava que iria sentar no trono ou iria morrer, e os sonhos do Tipu não traziam presságios de morte. Em vez de morrer, esperava expandir as fronteiras de Misore e conduzir os britânicos infiéis para o mar ao qual pertenciam, porque não tinham nada o que fazer aqui. Tinham sua própria terra, e se esse país distante não era bom o bastante para eles, então que todos se afogassem.

BERNARD CORNWELL

Portanto, os britânicos deviam partir, e se sua destruição significava uma aliança com os franceses, então esse era o preço que Tipu devia pagar por suas ambições. Via seu império espalhando-se por todo o sul da Índia, e depois para norte, rumo aos territórios Mahrattas, que eram governados por reis fracos, reis crianças ou reis cansados, e em seu lugar ofereceria o que sua dinastia já havia dado a Misore: um governo firme e tolerante. Tipu era muçulmano e bem devoto, mas sabia que a forma mais garantida de perder seu trono era ofender seus súditos hindus. Assim, procurava demonstrar o máximo de respeito para com seus templos. Não confiava inteiramente em sua aristocracia, e há anos tentava enfraquecer essa elite, mas desejava apenas prosperidade aos seus outros súditos hindus, porque se fossem prósperos não se importariam com que deus era adorado na nova mesquita que ele construíra na cidade. Com o tempo, cada pessoa em Misore se ajoelharia para Alá, mas até esse dia feliz Tipu faria de tudo para não instigar os hindus à rebelião. Precisava deles para esmagar os casacas vermelhas diante da muralha de Seringapatam.

Porque era aqui, em sua ilha capital, que o Tipu esperava derrotar os britânicos e seus aliados de Haiderabad. Aqui, diante dos canhões com bocas de tigre, os casacas vermelhas seriam derrubados como arroz sob um cajado. Tipu esperava atraí-los para o campo de extermínio que preparara nos bastiões ocidentais, mas mesmo se não mordessem a isca e atacassem as seções sul ou leste da muralha, ainda estava preparado para eles. Tinha milhares de canhões, milhares de foguetes e milhares de homens preparados para lutar. Depois que tivesse reduzido o exército pagão a poças de sangue, Tipu iria destruir o exército de Haiderabad e caçar o nizam, que era um irmão muçulmano, e torturá-lo até uma morte lenta e merecida. E planejava assistir à tortura sentado em seu trono de ouro.

Passou pelo trono para admirar seu tigre favorito. Era um modelo em tamanho natural, feito por um artesão francês, que mostrava uma fera adulta acocorada acima da figura entalhada de um casaca vermelha britânico. No flanco da estátua havia uma maçaneta, que ao ser virada fazia a pata do tigre desferir um golpe contra o rosto do infiel. Um mecanismo oculto dentro do corpo do tigre produzia um rosnado e um som patético que imitava os gritos de um homem à morte. Um compartimento abria no flanco do tigre para revelar um teclado no qual um órgão, oculto na barriga do animal, podia ser tocado, mas Tipu raramente brincava com o instrumento, preferindo operar os dispositivos isolados que faziam o tigre rosnar e a vítima gritar. Girou a maçaneta e se deliciou com o som esganiçado do moribundo. Dentro de alguns dias, pensou, os casacas vermelhas estariam lançando aos céus gritos genuínos.

Tipu finalmente permitiu que o tigre ficasse em silêncio.

— Suspeito que o homem seja um espião — disse de repente.

— Então mate-o — disse Appah Rao.

— Um espião fracassado — avaliou Tipu. — Você disse que ele é escocês? — perguntou a Gudin.

— É sim, majestade.

— Então não é inglês?

— Não, senhor.

Tipu deu de ombros, indicando que não se importava com a diferença.

— Qualquer que seja sua tribo, ele é um velho, mas isso é motivo para tratá-lo com misericórdia?

A questão foi direcionada ao coronel Gudin, que, depois de ouvir sua tradução, sentiu o corpo enrijecer.

— Majestade, ele foi capturado de uniforme, de modo que não merece a morte.

Gudin teria gostado de acrescentar que não era civilizado nem mesmo discutir a execução de um prisioneiro como esse, mas sabendo que Tipu odiava ser censurado, manteve a boca fechada.

— Ele está aqui, não está? — inquiriu Tipu. — Isso não é um motivo justo para executá-lo? Esta não é sua terra, este não é o seu povo, e o pão e a água que ele consome não lhe pertencem.

— Mate-o, majestade, e os britânicos não terão piedade de nenhum prisioneiro que fizerem — alertou Gudin.

— Sou um homem piedoso — disse Tipu. Isso, em parte, era verdade. Havia um tempo para ser cruel e um tempo para ser piedoso, e talvez este escocês se tornasse um peão útil em caso de necessidade de manter um refém. Além disso, o sonho que Tipu tivera na noite passada prometera coisas boas, e os augúrios desta manhã tinham sido igualmente positivos, de modo que hoje podia se dar ao luxo de demonstrar um pouco de misericórdia. — Deixe-o em sua cela por enquanto.

Em algum lugar do palácio o carrilhão de um relógio de fabricação francesa anunciou a hora, lembrando a Tipu que chegara o momento de fazer suas preces. Ele dispensou seu séquito e foi até a câmara simples onde, virado para Meca, fazia suas orações diárias.

Lá fora, tendo tido sua presa negada, os tigres afundaram nas sombras da arena. Uma fera bocejou, outra dormiu. Haveria outros dias e outros homens para comer. Era para isso que os seis tigres viviam, os dias em que seu mestre não era piedoso.

E lá em cima, no Palácio Interno, de costas para o trono de ouro, o coronel Jean Gudin girou a maçaneta do tigre. O tigre rugiu, suas garras voaram contra a carne de madeira pintada em sangue, e o casaca vermelha gritou.

Sharpe não quis gritar. Antes do começo da punição ele havia jurado não demonstrar fraqueza, e chegou até mesmo a se censurar por sua reação ao primeiro golpe, porque essa dor repentina foi tão aguda que seu corpo estremeceu involuntariamente. Depois disso, fechou os olhos e mordeu com força o couro, mas em sua cabeça um grito silencioso ecoava enquanto as chicotadas se sucediam.

— Cento e vinte e três! — gritou, rouco, Bywaters.

Embora seus braços começassem a cansar, os tamborileiros sabiam que não deviam relaxar porque o sargento Hakeswill estava observando e saboreando cada golpe.

— Cento e vinte e quatro! — gritou Bywaters e foi então que, enquanto o grito silencioso enchia sua cabeça, Sharpe escutou um gemido. Então escutou outro e percebeu que era ele quem estava produzindo o som. Reunindo todas suas forças, rosnou, abriu os olhos e fitou os malditos oficiais sentados em seus cavalos apenas a alguns passos. Olhou para eles fixamente como se pudesse transferir a dor excruciante de suas costas para aqueles rostos, mas nenhum deles olhou para ele. Estavam olhando para o céu ou o chão, e todos tentavam ignorar a visão de um homem ser fustigado até a morte diante de seus olhos.

— Centro e trinta e seis! — berrou Bywaters, e o tamborileiro tocou seu instrumento novamente.

O sangue escorria pelas costas de Sharpe, manchando suas calças brancas até os joelhos. Também havia sangue salpicado em seus cabelos, besuntados e empoados, e à medida que novas chibatadas acertavam sua pele, reduzindo suas costas a uma massa de carne rasgada, mais sangue reluzente se espalhava.

— Cento e quarenta. Mantenha os golpes no alto, rapaz, no alto! Não acerte os rins! — instruiu Bywaters, e o primeiro-sargento olhou para o cirurgião e viu que Micklewhite estava olhando vagamente para o topo do tripé, seu rosto calmo como se estivesse admirando o pôr do sol.

— Quer examiná-lo, sr. Micklewhite? — sugeriu o primeiro-sargento, mas Micklewhite meneou a cabeça negativamente. — Prossigam, rapazes. — Ordenou o primeiro-sargento aos tamborileiros, sem tentar esconder a desaprovação em sua voz.

O açoite continuou. Hakeswill observava tudo com prazer, mas a maioria dos homens olhava para o céu, rezando para que Sharpe não gritasse alto. Essa seria sua vitória, mesmo se ele morresse para conquistá-la. Alguns soldados indianos haviam se reunido em torno da clareira para observar a punição. Esse tipo de penalidade não era permitida na Companhia das Índias Orientais, e a maioria dos sipaios considerava irracional que os britânicos infligissem tamanho sofrimento contra eles mesmos.

— Cento e sessenta e nove! — gritou Bywaters, e então vislumbrou uma coisa branca debaixo de uma chicotada. O lampejo foi instantaneamente obscurecido por um fio de sangue.

— Estou vendo uma costela, senhor! — gritou o sargento para o cirurgião.

Micklewhite espantou uma mosca do rosto e fitou uma nuvenzinha que estava sendo empurrada para norte. Devia ventar um pouco lá em cima, pensou, e era uma pena que não ventasse aqui para aliviar o calor. Uma gotinha de sangue caiu em seu casaco azul, e ele fez cara de nojo enquanto recuava um passo.

— Cento e setenta e quatro! — berrou Bywaters, tentando imbuir os números com um tom de desaprovação.

Sharpe estava à beira da inconsciência. A dor estava além da capacidade humana de suportá-la. Era como se ele tivesse sido queimado vivo e ao mesmo tempo estivesse sendo esfaqueado. Gemia a cada golpe, mas o som era tão baixo que só era ouvido pelos dois meninos suados cujos braços doloridos desferiam ininterruptamente os golpes. Sharpe mantinha os olhos fechados. A respiração chiava da sua boca, escapando pela mordaça, e o suor e a saliva escorriam por seu queixo e caíam na terra, onde seu sangue tinha formado manchas negras na areia.

— Duzentos e um! — gritou Bywaters, e se perguntou se devia ousar tomar um gole de seu cantil. Sua voz estava ficando rouca.

— Pare! — gritou alguém.

— Duzentos e dois.

— Pare! — A voz soou de novo, e desta vez todo o batalhão pareceu acordar de um transe. O tamborileiro desferiu um último golpe hesitante, e o primeiro-sargento Bywaters levantou a mão para impedir o golpe seguinte que já começava a se formar. Sharpe levantou a cabeça e abriu os olhos, mas tudo que via era uma mancha. A dor fez seu corpo latejar, ele deixou escapar um gemido, e sua cabeça tornou a tombar enquanto uma gota de saliva escorria de sua boca.

O coronel Arthur Wellesley tinha cavalgado até o tripé. Por um momento Shee e seus auxiliares olharam para o coronel com expressões quase culpadas, como se tivessem sido flagrados em algum passatempo ilícito. Ninguém falou enquanto o coronel aproximava o cavalo do prisioneiro. Wellesley olhou para baixo, colocou a ponta de seu chicotinho de montaria debaixo do queixo do prisioneiro e o forçou a levantar a cabeça. O coronel quase recuou ao se deparar com a expressão de ódio nos olhos da vítima. Ele recolheu o chicotinho e o esfregou em sua sela para limpar a saliva.

— O prisioneiro deve ser retirado do tripé, major Shee — disse friamente o coronel.

— Sim, senhor. — Shee estava nervoso, perguntando-se se havia cometido algum erro terrível. — Sim, senhor — acrescentou, mas sem dar nenhuma ordem.

— Não gosto de interromper uma punição bem merecida — disse em voz alta para que todos os oficiais escutassem —, mas o recruta Sharpe deve ser levado até a tenda do general Harris assim que tiver se recuperado.

— Ao general Harris, senhor? — perguntou major Shee, estarrecido.

O general Harris era o comandante desta expedição contra Tipu, e que negócio o comandante-geral poderia ter para tratar com um recruta semiaçoitado?

— Sim, senhor. Obviamente, senhor — acrescentou Shee ao ver que sua pergunta havia irritado Wellesley. — Prontamente, senhor.

— Então faça! — vociferou Wellesley.

O coronel era um homem jovem e magro, de rosto fino, olhos duros e nariz proeminente em forma de bico de pássaro. Muitos homens mais velhos desaprovavam o fato de Wellesley, em seus meros 29 anos, já ser um coronel, mas ele vinha de uma família rica e influente e seu irmão mais velho, o conde de Mornington, era governador-geral das posses britânicas na Índia para a Companhia das Índias Orientais. Assim, não era surpreendente que o coronel tivesse subido tão alto e tão depressa. Qualquer oficial com dinheiro para comprar uma promoção e sorte suficiente para possuir parentes que pudessem colocá-lo no caminho para a grandeza também ascenderia, mas até mesmo os homens menos afortunados que invejavam os privilégios de Wellesley eram forçados a admitir que o jovem coronel era uma autoridade natural e aterrorizante e que talvez, pensavam alguns, possuísse talento real que justificava seu posto. Com toda certeza, ele era muito dedicado ao seu ofício.

Wellesley tocou seu cavalo à frente e observou enquanto as amarras do prisioneiro eram cortadas.

— Recruta Sharpe? — disse ele com desprezo evidente, como se o simples ato de falar com Sharpe o maculasse.

Sharpe olhou para cima, piscou, e produziu um ruído gutural. Bywaters correu até o recruta e começou a retirar a mordaça de sua boca. Fazer isso exigiu certa habilidade, porque Sharpe havia afundado os dentes bem fundo no couro dobrado.

— Bom rapaz — disse Bywaters baixinho. — Bom rapaz. Você não gritou, não é mesmo? Estou orgulhoso de você, rapaz.

O primeiro-sargento finalmente conseguiu retirar a mordaça e Sharpe tentou cuspir.

— Recruta Sharpe? — repetiu a voz desdenhosa de Wellesley.

Sharpe forçou-se a levantar a cabeça.

— Senhor? — A voz saiu como num grasnido. — Senhor — ele tentou novamente, e desta vez soou como um gemido.

O rosto de Wellesley estremeceu com desgosto pelo que estava fazendo.

— Sua presença foi requisitada na tenda do general Harris. Está me entendendo, Sharpe?

Sharpe piscou para Wellesley. Cabeça girando, corpo latejando de dor, coração ardendo de ódio contra o exército, ele não conseguia acreditar no que estava ouvindo.

— Escutou o coronel, rapaz? — inquiriu Bywaters.

— Sim, senhor — conseguiu responder Sharpe.

Wellesley virou-se para Micklewhite.

— Administre-lhe curativos, sr. Micklewhite. Ponha um unguento nas costas do rapaz, faça o que achar melhor. Eu o quero *compos mentis* dentro de uma hora. O senhor me entendeu?

— Em uma hora! — exclamou, incrédulo, o cirurgião. Então viu a raiva estampada no rosto do jovem coronel. — Sim, senhor — apressou-se em dizer. — Uma hora, senhor.

O Tigre de Sharpe

— E dê-lhe roupas limpas — ordenou Wellesley ao primeiro-sargento antes de olhar Sharpe pela última vez e esporear seu cavalo para que ele se afastasse.

A última das cordas que prendia Sharpe ao tripé foi cortada. Shee e os outros oficiais observaram, todos se perguntando que evento extraordinário suscitara uma convocação à tenda do general Harris. Ninguém falou enquanto o primeiro-sargento soltava a corda do punho direito de Sharpe, e então oferecia-lhe sua própria mão.

— Aqui, rapaz. Apoie-se em mim. Com cuidado.

Sharpe balançou a cabeça.

— Estou bem, primeiro-sargento.

Isso era mentira, mas Sharpe preferiria morrer a demonstrar fraqueza diante de seus camaradas e preferiria ir para o inferno a demonstrar fraqueza diante do sargento Hakeswill, que observava estupefato sua vítima ser libertada do triângulo.

— Estou bem — insistiu Sharpe, que empurrou a si mesmo para longe do tripé e então, capengando um pouco, virou-se e deu três passos.

Aplausos soaram na Companhia Ligeira.

— Silêncio! — gritou o capitão Morris. — Anote nomes, sargento Hakeswill!

— Anotarei nomes, senhor! Sim, senhor!

Sharpe capengou duas vezes e quase caiu, mas se forçou a ficar ereto e então deu mais alguns passos firmes rumo ao cirurgião.

— Apresentando-me para os curativos, senhor — grasnou.

Sharpe estava com as calças empapadas de sangue, as costas em carne viva, mas agora estava pensando quase claramente, e a expressão que dirigiu ao cirurgião foi tão selvagem que Mickewhite quase tremeu de medo.

— Venha comigo, recruta — disse Micklewhite.

— Ajudem-no! Ajudem-no! — gritou Bywaters para os tamborileiros.

Os dois meninos suados largaram os chicotes e correram para apoiar Sharpe. Sharpe conseguira ficar reto, mas ao vê-lo cambalear, Bywaters temeu que estivesse prestes a desmaiar.

Sharpe meio que caminhou, meio que foi carregado. O major Shee tirou o chapéu, coçou os cabelos grisalhos, e então, incerto sobre que atitude tomar, olhou para Bywaters.

— Parece que não temos nada mais para fazer hoje, primeiro-sargento.

— Não, senhor.

Shee fez uma pausa. Tudo aquilo era irregular demais.

— Dispensar o batalhão, senhor? — sugeriu Bywaters.

Shee fez que sim, satisfeito por ter recebido alguma orientação.

— Dispense o batalhão, primeiro-sargento.

— Sim, senhor.

Sharpe havia sobrevivido.

CAPÍTULO IV

Estava abafado dentro da tenda do general Harris. Era uma barraca ampla, grande como uma nave de igreja, e embora ambas as entradas largas tivessem sido abertas, não havia vento para agitar o ar úmido aprisionado entre as paredes de lona. A lona amarelava a luz no interior da tenda, conferindo à grama uma aparência úmida, insalubre.

Quatro homens esperavam dentro da tenda. O mais jovem e mais nervoso era William Lawford. Sendo um mero tenente, e de longe o oficial menos graduado no recinto, Lawford estava sentado num canto, numa cadeira dourada de aparência tão frágil que só por milagre sobrevivera ao seu transporte nas carroças do exército. Lawford mal ousava mover-se para atrair atenção para si, de modo que se mantinha sentado, com muito desconforto, enquanto gotas de suor corriam por seu rosto e desaguavam na coroa do chapéu tricorne que repousava sobre suas coxas.

De frente para Lawford, e ignorando solenemente o homem mais jovem, estava o coronel, Arthur Wellesley. O coronel conversava sobre trivialidades, mas com muito mau humor, demonstrando irritação por estar sendo forçado a esperar. Uma ou duas vezes tirou do bolso um relógio, abriu a tampa, olhou os ponteiros e o guardou de volta sem tecer um único comentário.

O general Harris, o comandante do exército, estava sentado atrás de uma mesa longa sobre a qual haviam sido estendidos alguns mapas. O comandante dos exércitos aliados era um homem magro, de meia-idade, que possuía uma quantidade incomum de bom senso e habilidade prática, e ambas qualidades eram reconhecidas por seu suplente, o coronel Wellesley. George Harris era um homem afável, mas agora, aguardando à luz amarela da tenda, parecia distraído. Olhou os mapas, enxugou o suor do rosto com um lenço azul grande, mas quase não levantou os olhos para prestar atenção à conversa. Harris se mostrava inquieto porque, como Wellesley, não aprovava realmente o que eles estavam prestes a fazer. Não era tanto a irregularidade da ação que perturbava os dois homens, porque nenhum deles era inflexível, mas sua suspeita de que a operação proposta iria fracassar e que dois homens bons, ou pelo menos um homem bom e um homem ruim, seriam sacrificados.

O quarto homem na tenda havia se recusado a sentar; em vez disso caminhava de um lado para o outro entre as mesas e o ajuntamento de cadeiras frágeis. Era este homem quem mantinha viva a pouca conversa que conseguira sobreviver à atmosfera úmida e abafada da tenda. Ele animava seus companheiros, encorajava-os, tentava diverti-los, embora de vez em quando seus esforços fracassassem; nesses momentos ele caminhava até uma das aberturas da tenda e olhava para fora.

— A qualquer momento — dizia a cada vez que olhava pela abertura, e depois tornava a perambular de um lado para o outro.

Seu nome era general de divisão David Baird, e ele era o mais graduado e mais velho dos dois comandantes substitutos eventuais do general Harris. Ao contrário dos colegas, Baird despira a casaca e o colete do uniforme para ficar apenas com uma camisa suja e muito cerzida, e deixara as fivelas dos suspensórios soltas e pendendo à altura dos joelhos. Seus cabelos negros estavam úmidos e despenteados, e seu rosto largo tão bronzeado que, ao olhar nervoso de Lawford, Baird parecia mais um trabalhador braçal que um general. A semelhança era ainda maior porque não havia nada delicado ou refinado na aparência de David Baird. Era um escocês imenso, alto como um gigante, de ombros largos e braços musculosos como os de um carvoeiro. Fora Baird quem persuadira seus dois colegas a agir, ou melhor dizendo, quem persuadira o general Harris a agir contra seu julgamento, e Baird francamente não se importava nem um pouco se o cretino do coronel Arthur Wellesley aprovava ou não. Baird não gostava de Wellesley, e se ressentia do fato de que o homem mais jovem havia sido posicionado como o subcomandante de seu colega. Baird, que costumava dizer o que pensava, apresentara a Harris seu protesto contra a promoção de Arthur Wellesley.

— Se o irmão dele não fosse governador-geral, você jamais o teria promovido.

— Isso não é verdade, Baird — respondeu Harris. — Wellesley tem habilidade.

— Habilidade uma pinoia. Ele tem família!

— Todos nós temos famílias.

— Não famílias inglesas aristocráticas cheias de dinheiro.

— Ele nasceu na Irlanda.

— Pobrezinha da Irlanda, então. Mas ele não é irlandês, Harry, e você sabe disso. Pelo amor de Deus, o homem nem bebe! Um pouco de vinho, talvez, mas nenhuma bebida de homem. Já conheceu um irlandês tão sóbrio?

— Alguns, vários, um bom número, para dizer a verdade — respondeu Harris. — Desde quando o alcoolismo é uma característica desejável num comandante militar?

— Experiência é — resmungara Baird. — Diabos, homem, você e eu tomamos parte de ações militares! Demos nosso sangue pelo exército! E o que esse Wellesley deu? Dinheiro! Apenas dinheiro, com que ele comprou postos até alcançar o de coronel. O homem nunca esteve numa batalha!

— Apesar disso, ele vai dar um bom subcomandante, e é isso o que importa — insistira Harris.

Harris, de fato, ficara muito satisfeito com o trabalho de Wellesley. As responsabilidades do coronel eram principalmente para com o exército do nizam de Haiderabad, e ele se provara apto a persuadir esse potentado a acatar as sugestões de Harris, tarefa que Baird jamais teria realizado com a mesma eficácia, considerando como era notório o ódio que esse escocês nutria por todos os indianos.

Esse ódio remontava aos anos que Baird passara nas masmorras do sultão Tipu em Seringapatam. Dezenove anos antes, em batalha contra o pai de Tipu, o terrível Haidar Ali, o jovem David Baird fora capturado. Ele e os outros prisioneiros haviam marchado até Seringapatam e ali amargaram 44 meses de humilhação no inferno quente e úmido das celas de Haidar Ali. Alguns desses meses Baird passara acorrentado a uma parede, e agora o escocês queria vingança. Ele sonhava escalar a muralha da cidade carregando sua *claymore*, a espada escocesa, e encontrar Tipu; e então vingar-se mil vezes pelo inferno que passara em Seringapatam.

Fora a lembrança desse tormento e o conhecimento de que seu conterrâneo escocês, McCandless, estava fadado a passar pela mesma coisa, que convencera Baird de que McCandless devia ser libertado. O próprio coronel McCandless sugerira como essa libertação poderia ser efetuada. Antes de ser enviado em sua missão, McCandless deixara uma carta com David Baird. A carta, que continha instruções no envelope para ser aberta apenas caso McCandless não conseguisse retornar, sugeria que se o coronel fosse capturado — e caso o general Harris considerasse importante libertá-lo —, um homem de confiança deveria ser enviado em segredo a Seringapatam e fazer contato com um indiano chamado Ravi Shekhar.

"Se existe um homem com recursos para me libertar, esse homem é Shekhar", escrevera McCandless. "Contudo, sugiro que você e o general pesem com muito cuidado o risco de perder um informante tão importante contra a vantagem que possa advir de minha libertação."

Baird não tinha dúvidas quanto ao valor de McCandless. Apenas McCandless conhecia as identidades dos agentes britânicos a serviço de Tipu, e ninguém no exército inteiro sabia tanto sobre Tipu quanto McCandless. Baird tinha certeza de que se Tipu descobrisse quais eram as verdadeiras responsabilidades de McCandless, ele atiraria o escocês aos tigres. Fora Baird quem lembrara que o sobrinho inglês de McCandless, William Lawford, estava servindo no exército; fora Baird quem persuadira Lawford a tentar penetrar Seringapatam para libertar McCandless; e fora Baird quem, em seguida, propusera a missão ao general Harris. No começo Harris rejeitara a ideia, mas acabara cedendo o bastante para sugerir que um voluntário indiano talvez tivesse uma chance bem maior de não ser detectado na capital inimiga. Porém, Baird defendera vigorosamente sua opinião.

— Isto é importante demais para ser posto nas mãos de um mouro, Harris. Além disso, apenas McCandless sabe em quais desses bastardos podemos confiar. Pessoalmente, eu não confiaria em nenhum deles.

Harris suspirara. Ele liderava dois exércitos, cinquenta mil homens. E desses soldados, cinco mil eram indianos, e se os "mouros" eram tão indignos de confiança quanto Baird afirmava, então tudo estava perdido. Mas o general sabia que nenhum argumento seria suficiente contra o ódio de Baird contra todos os indianos.

— Eu gostaria de libertar McCandless — admitira Harris. — Mas, Baird, juro que não consigo imaginar um homem branco vivendo por muito tempo em Seringapatam.

— Não podemos enviar um mouro — insistira Baird. — Ele vai tirar nosso dinheiro, e depois ir direto até o Tipu e ganhar mais dinheiro com ele. Então poderemos dizer adeus a McCandless e a Shekhar.

— Mas por que enviar esse tal Lawford? — perguntara Harris.

— Porque McCandless é um sujeito muito desconfiado, mais do que a maioria. No entanto, ao ver Willie Lawford, saberá que nós o enviamos. Se mandarmos outro inglês, McCandless achará que é algum desertor enviado pelo Tipu para enganá-lo. Harris, jamais subestime o Tipu. Ele é esperto como uma raposa. Ele me lembra Wellesley: está sempre tramando.

Harris resfolegara. Resistira à ideia, mas admitira que ela era tentadora, porque o *havildar* que sobrevivera à expedição malfadada de McCandless retornara para o exército, e sua história sugeria que McCandless havia se encontrado com o homem que fora procurar. Embora Harris não soubesse quem era esse homem, sabia que McCandless estivera procurando pela chave para a cidade de Tipu. Apenas uma missão tão importante, uma missão que garantiria o sucesso britânico, persuadira Harris a permitir que McCandless se arriscasse. Agora McCandless fora capturado e Harris estava recebendo a oferta de uma chance para resgatá-lo, ou pelo menos recuperar as informações obtidas por ele, caso o próprio coronel não pudesse ser retirado das masmorras de Tipu. Harris não confiava tanto no sucesso britânico na campanha a ponto de abrir mão dessa oportunidade.

— Mas como, em nome de Deus, esse Lawford vai conseguir sobreviver dentro da cidade? — perguntara Harris.

— Fácil! — Baird respondera com sarcasmo. — Como sabemos, Tipu tem um apetite enorme por voluntários europeus. Assim, vestimos o jovem Lawford num uniforme de recruta e ele fingirá que é um desertor. Ele será recebido de braços abertos. Eles vão pendurar flores em seu pescoço e lhe oferecer todas as *bibbis* que quiser.

Harris lentamente permitira-se persuadir, embora Wellesley, depois de apresentado à ideia, o tivesse aconselhado contra ela. Lawford, insistira Wellesley, jamais conseguiria passar-se por um recruta. Mas Wellesley, anulado pelo entusiasmo de Baird, convocara o tenente Lawford à tenda de Harris. E ali Lawford complicara a situação ao concordar com seu coronel.

— Gostaria muito de ajudar, senhor — dissera Lawford a Harris. — Mas não tenho certeza se sou capaz de fazer esse papel.

— Bom Deus, homem! — interviera Baird. — Não é tão difícil assim! Tudo que você precisa fazer é cuspir e xingar!

— Será muito difícil — insistira Harris, fitando o tenente. Ele duvidava que Lawford dispusesse dos recursos para executar a farsa, porque o tenente, embora fosse um homem decente, parecia inocente demais.

Então Lawford complicara a situação ainda mais.

— Acho que seria mais plausível se pudéssemos levar outro homem comigo — dissera Lawford. — Desertores costumam fugir aos pares. E se o homem for um artigo genuíno, um soldado das fileiras, então nosso disfarce será muito mais convincente.

— Faz sentido, faz sentido — concordara Baird.

— Você tem alguém em mente? — perguntara Wellesley com frieza.

— Seu nome é Sharpe, senhor — dissera Lawford. — Neste momento ele provavelmente está prestes a ser açoitado.

— Então ele não será de nenhuma utilidade para você — dissera Wellesley num tom que sugeria que o assunto agora estava encerrado.

— Não irei com nenhum outro, senhor — retorquira Lawford, dirigindo-se mais ao general Harris que ao seu coronel, e Harris ficou satisfeito em ver essa prova de coragem. O tenente, aparentemente, não era tão inseguro quanto aparentava.

— Quantas chibatadas esse homem vai receber? — indagou Harris.

— Não sei, senhor. Ele está sendo julgado agora, senhor. E se eu não estivesse aqui, estaria prestando testemunho em seu benefício. Não acredito em sua culpa.

A discussão sobre convocar Sharpe ou não havia prosseguido durante uma refeição de arroz com bode cozido. Wellesley estava recusando intervir na corte marcial ou em sua subsequente punição, declarando que tal ato seria prejudicial à disciplina, mas William Lawford, teimosa e respeitosamente, recusava-se a aceitar qualquer outro homem. Precisava ser um homem em quem ele pudesse confiar, argumentava.

— Poderíamos enviar outro oficial — sugerira Wellesley, mas essa ideia acabou descartada depois que as dificuldades para encontrar um voluntário confiável foram exploradas. Havia muitos homens que poderiam ir, mas poucos eram estáveis na carreira, e os estáveis seriam suficientemente sensatos para não arriscar suas preciosas patentes numa missão que Wellesley classificava, em tom crítico, de impossível.

— Então, por que está disposto a ir? — perguntara Harris a Lawford. — Você parece um homem sensato.

— Acredito que seja, senhor. Mas meu tio me deu o dinheiro para comprar minha patente.

— Ele fez isso? Meu Deus! Isso foi muito generoso!

— E espero poder demonstrar minha gratidão, senhor.

— Você é grato o bastante para morrer por ele? — indagara amargamente Wellesley.

Lawford ruborizara, mas mantivera seu argumento.

— Suspeito que o recruta Sharpe dispõe de recursos suficientes para proteger a nós dois, senhor.

A decisão de convocar ou não Sharpe caberia ao general Harris, que secretamente concordava com Wellesley que poupar um homem de uma punição merecida era uma demonstração perigosa de condescendência, mas finalmente, persuadido de que medidas extraordinárias eram necessárias para poupar McCandless, o general rendera-se ao entusiasmo de Baird e assim, com o coração pesado, Harris ordenara que o infeliz Sharpe fosse trazido à sua presença. E foi assim que, finalmente, o recruta Richard Sharpe adentrou capengante a tenda. Estava vestido num uniforme limpo, mas todos na tenda podiam ver que ainda estava sofrendo uma dor terrível. Movia-se rigidamente, e a rigidez não era causada apenas pelas camadas de bandagens que circundavam seu torso, mas pela agonia que cada movimento causava ao seu corpo. Sharpe tentara lavar o sangue do cabelo e, ao fazer isso, tirara a maior parte do pó branco, de modo que ao despir a barretina revelou cabelos curiosamente manchados.

— Acho melhor você se sentar, recruta — sugeriu o general Baird, dirigindo a Harris um olhar que pedia sua permissão.

— Puxe essa banqueta — ordenou Harris a Sharpe e então viu que o recruta não conseguia curvar-se para pegá-la.

Baird arrastou a banqueta até o recruta.

— Dói? — perguntou com simpatia na voz.

— Sim, senhor.

— A dor é o objetivo da punição — disse secamente Wellesley. Ele se manteve de costas para Sharpe, demonstrando claramente sua desaprovação. — Não gosto de cancelar um açoitamento — comentou Wellesley a ninguém em particular. — Isso corrói a ordem. Se os soldados começarem a pensar que suas sentenças podem ser reduzidas, só Deus sabe do que eles serão capazes. — Ele subitamente se contorceu em sua cadeira e lançou um olhar frio para Sharpe. — Recruta Sharpe, pela minha vontade, eu o conduziria em marcha de volta até o triângulo e terminaria o serviço.

— Duvido que o recruta Sharpe tenha merecido a punição — ousou intervir Lawford, enrubescendo ao fazê-lo.

— O momento para esse sentimento, tenente, foi durante a corte marcial! — asseverou Wellesley, seu tom sugerindo que mesmo assim teria sido um sentimento desperdiçado. — Você tem muita sorte, recruta Sharpe — disse Wellesley com a voz carregada de asco. — Devo anunciar que você foi poupado da sua punição como uma recompensa por ter lutado bem na última batalha. Você lutou bem?

Sharpe fez que sim.

— Matei minha parcela do inimigo, senhor.

— Portanto, estou comutando a sua sentença. E esta noite, maldito seja, você irá me agradecer desertando.

Sharpe desconfiou que não tinha ouvido direito. Decidindo que era melhor não perguntar, compôs uma expressão séria e desviou o olhar do coronel para a parede da tenda.

— Sharpe, já pensou em desertar? — perguntou o general Baird.

— Quem, eu? — Sharpe conseguiu parecer surpreso. — Eu não, senhor. Não mesmo. Isso nunca me passou pela cabeça, senhor.

Baird sorriu.

— Precisamos de um bom mentiroso para este serviço. Considerando isso, talvez você seja uma escolha excelente, Sharpe. Ademais, qualquer um que veja suas costas entenderá por que você quis desertar. — Baird gostou dessa ideia e sua face traiu um entusiasmo repentino. — De fato, Sharpe, se você já não tivesse sido açoitado, talvez tivéssemos mesmo de lhe dar umas boas chibatadas! — disse com um sorriso.

Sharpe não sorriu em resposta. Em vez disso, olhou cautelosamente para cada oficial. Pôde ver que Lawford estava nervoso. Baird esforçava-se ao máximo para ser amigável. A expressão do general Harris era ilegível. E o coronel Wellesley tinha lhe dado as costas em desgosto. Mas Wellesley sempre tinha sido rabugento, e não havia sentido em tentar obter sua aprovação. Sharpe presumiu que Baird era o homem que o havia salvado, e isso condizia com sua reputação no exército. O escocês era um general de soldados, um homem corajoso e muito querido pelas tropas.

Baird tornou a sorrir, tentando colocar Sharpe à vontade.

— Deixe-me explicar por que você vai fugir. Há três dias perdemos um bom homem, o coronel McCandless. Ele foi capturado pelas forças de Tipu e, até onde sabemos, levado para Seringapatam. Queremos que você vá até essa cidade e seja capturado pelas forças de Tipu. Está me entendendo até agora?

— Sim, senhor — disse Sharpe obedientemente.

— Bom homem. Quando você chegar a Seringapatam, Tipu irá querer que você se junte ao exército dele. Como Tipu gosta de ter homens brancos entre seus soldados, você não terá problema em entrar na folha de pagamento dele. Depois que tiver conquistado a confiança do sultão, a sua missão será encontrar o coronel McCandless e o trazer de volta vivo. Ainda está me entendendo?

— Sim, senhor — disse Sharpe, impassível, e se perguntou por que eles não lhe pediam para dar uma esticadinha até Londres e roubar as joias da coroa. Mas que idiotas! Ponha uma divisa dourada no casaco de um homem e o cérebro dele vira purê! Ainda assim, eles estavam fazendo o que Sharpe queria que eles fizessem, que era expulsá-lo do exército. Assim, ele permaneceu sentado ali, bem calado, bem empertigado, não tanto por respeito, mas porque suas costas doíam como o diabo cada vez que ele se mexia.

— Você não irá sozinho — disse Baird. — O tenente Lawford ofereceu seus serviços e irá com você. Ele fingirá ser um recruta e um desertor, e o seu trabalho será cuidar dele.

— Sim, senhor — disse Sharpe, tentando esconder sua decepção.

Talvez as coisas não fossem tão fáceis, afinal de contas. Agora ele não podia mais simplesmente fugir, não com Lawford dependendo dele. Olhou para o tenente, que lhe dirigiu um sorriso encorajador.

— Sharpe, a questão é que não tenho certeza se posso passar por um recruta — disse Lawford, ainda sorrindo. — Mas eles acreditarão em você, e você poderá lhes dizer que sou um novo recruta.

Um novo recruta! Sharpe quase soltou uma gargalhada. O tenente podia se passar por um novo recruta tanto quanto Sharpe podia se passar por um oficial! Então ele teve uma ideia, e a ideia o surpreendeu, não porque fosse uma boa ideia, mas porque implicava que ele subitamente estava tentando fazer este plano idiota funcionar.

— Senhor, é melhor dizermos que é um escrevente da companhia. — disse Sharpe, baixo demais, encabulado pela presença de tantos oficiais de alta patente.

— Fale alto, homem! — rosnou Wellesley.

— Senhor, será melhor se o tenente disser que é um escrevente da companhia — disse Sharpe numa voz tão alta que beirou a insolência.

— Um escrevente? — indagou Baird. — Por quê?

— Ele tem mãos macias, senhor. Mãos limpas, senhor. Escreventes não mexem na terra como o resto de nós. E recrutas, senhor, costumam ter mãos tão calosas quanto o resto de nós. Mas não os escreventes, senhor. — Harris, que estivera escrevendo, levantou o rosto com uma leve expressão de admiração. Sharpe prosseguiu com sua sugestão a Baird: — Ponha um pouco de tinta nas mãos do tenente Lawford, e ele parecerá autêntico, senhor.

— Gosto disso, Sharpe. Sinceramente, gosto disso — disse Baird. — Parabéns.

Wellesley resmungou alguma coisa e então fez questão de demonstrar que estava olhando por uma das aberturas na tenda, como se achasse os procedimentos cansativos. O general Harris olhou para Lawford.

— Você conseguiria fazer o papel de um escrevente insatisfeito, tenente? — indagou.

— Claro que sim. Tenho certeza que sim, senhor. — Lawford finalmente falou com confiança.

— Bom — disse Harris, baixando sua caneta. O general usava uma peruca para esconder a cicatriz onde uma bala americana arrancara uma lasca de seu crânio em Bunker Hill. Agora, inconscientemente, levantou a ponta da peruca e coçou a cicatriz antiga. — E, suponho, depois que chegarem à cidade, devem fazer contato com esse mercador. Baird, como é mesmo que ele se chama?

— Ravi Shekhar, senhor.

— E se esse Shekhar não estiver lá? — indagou Harris. — Ou se não ajudar?

Houve silêncio depois da pergunta. Os sentinelas fora da tenda, movendo-se longe o bastante para não escutarem a conversa, passavam de um lado para o outro. Um cão latiu.

— Vocês precisam se preparar para eventualidades como essa — disse Harris calmamente, mais uma vez coçando debaixo da peruca.

Wellesley ofereceu uma risada sarcástica, mas nenhum comentário. Baird sugeriu:

— Se Ravi Shekhar não nos ajudar, senhor, então Lawford e Sharpe devem entrar na prisão de McCandless e descobrir uma forma de sair. — O escocês se virou para Sharpe. — Por acaso você foi ladrão antes de se alistar?

Um segundo de hesitação, e então Sharpe balançou a cabeça.

— Sim, senhor.

— Que tipo de ladrão? — indagou Wellesley num tom enojado, como se estivesse pasmo por descobrir que seu batalhão continha criminosos. Como Sharpe não respondeu, o coronel se mostrou ainda mais irritado. — Um gatuno? Um salteador?

Indignado, Sharpe meneou a cabeça, negando que algum dia tivesse sido um mero batedor de carteiras ou assaltante de estradas.

— Fui um arrombador, senhor. E muito bem treinado — acrescentou com orgulho. Na verdade, Sharpe havia trabalhado um pouco em estradas, embora quase nunca rendesse os cocheiros. Nessa época, preferira cortar as correias de couro que seguravam as bagagens dos passageiros nas traseiras dos coches. O trabalho era realizado enquanto o coche estava correndo por uma estrada, de modo que o ruído dos cascos e das rodas abafava o som da bagagem caindo. Era um trabalho para jovens ágeis, e Sharpe também fora bom nisso.

— Um arrombador é um ladrão de casas — traduziu Wellesley para os dois oficiais mais graduados, incapaz de esconder seu desprezo.

Baird ficou satisfeito com as respostas de Sharpe.

— Ainda tem uma gazua, recruta?

— Eu, senhor? Não, senhor. Mas suponho que poderia conseguir uma, se tivesse um guinéu.

Baird riu, suspeitando que o custo verdadeiro estava mais para um xelim, mesmo assim enfiou a mão no bolso do seu casaco, pendurado em um gancho em uma das estacas da tenda, e pegou um guinéu, que jogou no colo de Sharpe.

— Encontre uma antes do sol se pôr, recruta Sharpe — disse ele. — Para quem sabe usar, uma gazua pode ser bem útil. — Ele se virou para Harris. — Mas duvido que precisemos chegar a isso, senhor. Rezo para que não seja preciso chegar a isso porque não tenho certeza se algum homem, nem mesmo o recruta Sharpe, pode escapar das masmorras de Tipu. — O general alto se virou novamente para Sharpe. — Passei quase quatro anos naquelas celas, Sharpe, e durante todo esse tempo nenhum homem escapou. Nenhum. — Baird caminhou de um lado para o outro enquanto lembrava do tormento. — As celas de Tipu têm portas fechadas com travas munidas de cadeados, de modo que a sua gazua pode cuidar disso. Mas quando estive lá sempre éramos vigiados por quatro carcereiros durante o dia, e alguns dias havia até mesmo *jettis* montando guarda.

— *Jettis*, senhor? — perguntou Lawford.

— *Jettis*, tenente. Tipu herdou de seu pai uma dúzia desses bastardos. São homens fortes profissionais e sua atividade favorita é executar prisioneiros. Eles têm diversas maneiras de fazer isso, nenhuma delas agradável. Quer conhecer seus métodos?

— Não, senhor — disse apressadamente Lawford, estremecendo só de pensar. Sharpe ficou desapontado, mas não ousou pedir detalhes.

— Execuções muito desagradáveis, tenente — disse Baird com uma expressão amarga. — Ainda quer ir?

Lawford estava pálido, mas fez que sim com a cabeça.

— Acho que vale a pena tentar, senhor.

Wellesley grunhiu para a insensatez do tenente, mas Baird ignorou o coronel.

— À noite os guardas se retiram — prosseguiu. — Mas uma sentinela permanece.

— Apenas uma? — indagou Sharpe.

— Apenas uma, recruta — confirmou Baird.

— Eu posso cuidar de uma sentinela, senhor — gabou-se Sharpe.

— Não desta — disse Baird. — Porque quando estive lá essa sentinela media uns 2,40 metros de comprimento. Era um tigre, Sharpe. Um devorador de homens, e os 2,40 metros não incluem seu rabo. Ele costumava ser colocado no corredor todas as noites. Portanto, reze para vocês não acabarem numa das celas de Tipu. Reze para que Ravi Shekkar saiba como tirar McCandless de lá.

Harris interveio:

— Ou reze para que Shekhar possa ao menos descobrir o que McCandless sabe, e dessa forma, vocês possam nos trazer essas informações.

— Então é isto que queremos de você! — disse Baird a Sharpe com uma animação brusca. — Está disposto a ir, homem?

Sharpe considerava aquilo tudo pura idiotice e não gostava muito da ideia de ter um tigre por perto, mas sabia que não era bom mostrar qualquer relutância.

— Acho que três é melhor do que duas mil, senhor.

— Três? — indagou Baird, intrigado.

— Três divisas são melhores do que duas mil chibatadas, senhor. Se descobrirmos o que vocês querem saber ou se tirarmos o coronel McCandless da prisão, então posso ser promovido a sargento? — Ele fez essa pergunta a Wellesley.

Wellesley pareceu furioso com a audácia de Sharpe e por um segundo ficou claro que ele proporia recusar o pedido, mas o general Harris pigarreou e comentou calmamente que aquela lhe parecia uma sugestão razoável.

Wellesley pensou em se opor ao general, mas ao decidir que era altamente improvável que Sharpe sobrevivesse àquela missão absurda, assentiu relutante.

— Galões de sargento, Sharpe. Se você for bem-sucedido.

— Obrigado, senhor — disse Sharpe.

Baird o dispensou.

— Vá agora com o tenente Lawford, Sharpe. Ele lhe dirá o que deve fazer. E mais uma coisa... — A voz do escocês ficou tensa. — Pelo amor de Deus, Sharpe, não conte a vivalma o que vai fazer.

— Nem sonharia com isso, senhor — disse Sharpe, estremecendo de dor ao se levantar.

— Vá então — disse Baird. Ele esperou até que os dois homens se houvessem retirado e então suspirou. — Jovem brilhante, esse Sharpe — comentou com Harris.

— Um baderneiro — sentenciou Wellesley. — Eu poderia ter oferecido a vocês uma centena de homens tão desprezíveis quanto ele. Escória, é isso que todos eles são, e a disciplina é a única coisa que os impede de se revoltar.

Harris bateu na mesa para interromper a discussão de seus dois subcomandantes.

— Mas o baderneiro vai cumprir sua missão? — perguntou.

— Ele não tem a menor chance — disse Wellesley com confiança.

— Uma chance terrivelmente pequena — admitiu amargamente Baird e então acrescentou, com mais vigor: — Mas até mesmo uma pequena chance tem valor se quisermos resgatar McCandless.

— Ao risco de perdermos dois bons homens? — indagou Harris.

— Um homem que pode se tornar um oficial decente — corrigiu Wellesley. — E um homem que morto não faria falta.

— Mas McCandless pode ter a chave para entrarmos na cidade, general — recordou-lhe Baird.

— É verdade — disse Harris pesadamente e então abriu um mapa que jazia enrolado num canto da mesa.

O mapa mostrava Seringapatam. Sempre que olhava para ele, Harris se perguntava como iria cercar a cidade. Cornwallis, que havia capturado a cidade sete anos antes, atacara o lado norte da ilha e depois investira contra a seção oeste da muralha, mas Harris duvidava que conseguisse traçar essa mesma rota de novo. Tipu tinha sido alertado pelo sucesso anterior, o que significava que este novo assalto deveria vir ou do sul ou do oeste. Uma dúzia de desertores das forças inimigas tinham afirmado que a muralha oeste estava em mau estado, e isso talvez desse a Harris sua maior chance.

— Sul ou oeste — disse em voz alta, reiterando o problema que já discutira uma miríade de vezes com seus dois substitutos eventuais. — Mas qualquer que seja a nossa decisão, cavalheiros, o lugar está apinhado de canhões, foguetes e soldados. E teremos apenas uma chance antes das chuvas chegarem. Apenas uma. E então, oeste ou sul?

Ele fitou o mapa, rezando para que, contra todas as chances, McCandless pudesse ser resgatado de sua masmorra para lhes oferecer alguma orientação. Mas isso, ele admitiu para si, era uma possibilidade muito remota, o que significava que no fim ele teria de tomar a decisão às cegas. A decisão final poderia esperar até que o exército estivesse próximo da cidade, dando chance a Harris de ver as defesas de Tipu, mas depois que o exército estivesse preparado para acampar, a escolha teria de ser feita rapidamente. Caso não houvesse mudanças, Harris tinha certeza de que rota ele iria escolher. Há semanas seu instinto vinha lhe dizendo onde atacar, mas ele estava preocupado com a possibilidade de Tipu ter previsto os pontos fracos nas defesas de suas cidade. Mas não havia como saber se Tipu estava tentando enganá-lo, e era aí que residia a indecisão. Assim, Harris cutucou o mapa com sua pena.

— Cavalheiros, meus instintos me dizem para atacar aqui. — Ele estava indicando a seção oeste da muralha. — Aqui, no oeste. Passaremos por onde o rio é raso e seguiremos direto até a região mais fraca da muralha. Parece o local óbvio. — Ele cutucou o mapa novamente. — Bem aqui, bem aqui.

Bem onde Tipu montara sua armadilha.

Alá, em Sua misericórdia infinita, tinha sido bom para o sultão Tipu, porque Alá, em sua sabedoria incomensurável, revelara a existência de um mercador que enviava informações para o exército britânico. O homem negociava peças de metais ordinários, como estanho, cobre e bronze, e suas carroças frequentemente passavam por um dos dois portões principais da cidade com suas cargas pesadas. Só Deus sabia quantas dessas cargas saíram de Seringapatam nos últimos três meses, mas finalmente os guardas do portão tinham revistado a carroça certa. Aquela que levava uma carta em código que, sob interrogatório, o mercador admitiu conter um relatório sobre a estranha obra que vinha sendo realizada na velha entrada fortificada da seção oeste da muralha. Essa obra era altamente sigilosa; os únicos homens que tinham permissão para se aproximar do portão eram os soldados europeus de Gudin e um pequeno grupo de guerreiros muçulmanos que Tipu considerava de uma confiança a toda prova. Não era nenhuma surpresa que o mercador fosse um hindu, mas quando sua esposa foi trazida para a sala de interrogatório e ameaçada com as pinças em brasa, o traidor confessou o nome do soldado muçulmano que se permitira subornar por seu ouro. E tanto ouro! Uma casa-forte cheia desse metal, muito mais do que Tipu suspeitava que pudesse ser obtido com a venda de estanho, bronze e cobre. Era ouro britânico, confessou o mercador, que ele recebera para instigar rebelião dentro de Seringapatam.

    O sultão Tipu não se considerava um homem cruel, mas também não se via como um homem gentil. Era um regente, e crueldade e misericórdia eram armas usadas pelos regentes. Qualquer monarca que se poupasse de cometer atos de crueldade não governaria por muito tempo, assim como qualquer monarca que esquecesse de ser misericordioso em breve seria odiado. Assim, o sultão tentava equilibrar misericórdia e crueldade. Não queria a reputação de ser leniente, mas também não queria ser julgado como tirano, de modo que tentava usar tanto piedade quanto crueldade de forma judiciosa. O mercador hindu, tendo prestado sua confissão, implorou por misericórdia, mas Tipu sabia que este não era um momento para demonstrar fraqueza. Este era o momento para fazer um arrepio de horror correr pelas ruas e becos de Seringapatam. Era um momento para contar aos seus inimigos que o preço da traição era a morte. Assim, tanto o mercador quanto o soldado muçulmano que tinha aceitado o ouro estavam agora de pé na areia quente da arena do Palácio Interno, onde eram guardados por dois dos *jettis* favoritos de Tipu.

Os *jettis* eram hindus, e sua força, que era notável, era devotada à sua religião. Isso divertia o sultão. Alguns hindus procuravam as recompensas divinas deixando cabelos e unhas crescerem, outros se negando alimento, outros ainda renunciando a todos os prazeres mundanos. Mas os *jettis* faziam isso desenvolvendo seus músculos, e os resultados eram extraordinários. Tipu podia discordar de sua religião, mas ainda assim os encorajava, e como seu pai, ele havia contratado uma dúzia dos homens fortes de físicos mais impressionantes para diverti-lo e servi-lo. Dois desses agora estavam de pé sob o balcão da sala do trono, nus até as cinturas e com seus peitos largos oleados para que os músculos reluzissem ao sol do começo da tarde. Os seis tigres, irrequietos porque não tinham recebido seu almoço de bode recém-abatido, fitavam com olhos amarelos dos cantos da arena.

O sultão Tipu terminou suas preces e caminhou até a sacada, onde abriu as cortinas de seda para que ele e seu séquito pudessem ver a arena claramente. O coronel Gudin estava no grupo, assim como Appah Rao. Ambos tinham sido convocados dos bastiões na muralha da cidade, onde cuidavam dos preparativos finais para a chegada dos britânicos. Carroças de canhão eram reparadas, munição era guardada em trincheiras profundas o bastante para estarem protegidas das balas de canhão do inimigo, e dúzias de foguetes eram instaladas nos silos dos bastiões. Tipu gostava de passear por sua fortaleza e imaginar seus foguetes e balas caindo nos soldados inimigos, mas agora, na arena de seu palácio interno, tinha um dever ainda mais agradável para executar. Matar traidores.

— Ambos me traíram, e um deles é espião — explicou ao coronel Gudin através do intérprete. — O que faria com homens assim na França, coronel?

— Eu os mandaria para os braços de Madame Guilhotina, majestade.

O sultão riu quando a resposta foi traduzida. Ele estava curioso com a guilhotina e já havia pensado em mandar que essa máquina fosse construída na cidade. Era fascinado por todas as coisas francesas. Inclusive, quando a revolução varreu a França e destruiu o *ancien régime*, Tipu durante algum tempo abraçara as novas ideias de Liberdade, Igualdade e Fraternidade. Ele erigira uma Árvore da Liberdade em Seringapatam, ordenara aos seus guardas que usassem os chapéus vermelhos da revolução e até ordenara que declarações revolucionárias fossem pregadas nas paredes das ruas principais. Contudo, esse fascínio não durara muito. O sultão começara a temer que seu povo passasse a gostar demais da liberdade, ou até mesmo fosse infectado pela igualdade; assim, mandara remover a Árvore da Liberdade e rasgar as declarações. Ainda assim, o sultão Tipu nutria um amor pela França. Ele nunca construiu a guilhotina, não por falta de fundos, mas porque Gudin o convencera de que a máquina era um dispositivo de misericórdia, construído para findar a vida de um criminoso com tamanha rapidez que a vítima nem mesmo percebesse que estava sendo morta. Era um dispositivo engenhoso, admitiu o sultão, mas misericordioso demais. Como uma máquina como essa poderia desestimular traidores?

— Aquele homem — Tipu apontou para o soldado muçulmano que traíra os segredos do portão — será morto primeiro, e em seguida seu corpo será dado de comer aos porcos. Não posso pensar num destino pior para um muçulmano e, creia em mim, coronel, ele teme mais os porcos do que a morte. O outro homem alimentará meus tigres e seus ossos serão moídos e o pó entregue à viúva. Suas mortes serão breves, talvez não tão rápidas quanto a que seria proporcionada por sua máquina, coronel, mas ainda assim misericordiosamente curtas.

Tipu bateu palmas e os prisioneiros acorrentados foram arrastados até o centro da arena.

O soldado muçulmano foi forçado a se ajoelhar. Seu uniforme de listras de tigre tinha sido arrancado dele e agora estava apenas com um calção de algodão curto e folgado. Ele levantou o rosto para olhar para o sultão, que estava esplendoroso numa túnica de seda amarela e um turbante cravejado de joias. O homem levantou as mãos algemadas num apelo mudo por clemência que o sultão ignorou. Gudin estremeceu. Ele já tinha visto os *jettis* trabalharem antes, mas a familiaridade não tornava o espetáculo mais atraente.

O primeiro *jetti* posicionou um prego no cocuruto da cabeça da vítima. O prego era feito de metal preto e tinha uma haste de 15cm de comprimento encimada por uma cabeça chata com uns bons 7,5cm de largura. O *jetti* segurou o prego no lugar com a mão esquerda e olhou para o balcão. O soldado condenado, sentindo o toque da ponta de ferro em seu escalpo, clamou por perdão. Depois de ouvir por alguns segundos as desculpas desesperadas do soldado, o sultão Tipu apontou um dedo para ele. O sultão manteve o dedo imóvel por alguns segundos e o soldado prendeu a respiração enquanto ousava acreditar que seria perdoado, mas então viu a mão do sultão descer abruptamente.

O *jetti* ergueu a mão direita, palma voltada para baixo, e respirou fundo. Fez uma pausa, reunindo sua grande força, e desceu a palma violentamente de modo a acertar a superfície chata do prego. O *jetti* soltou um grito alto enquanto desferia o golpe, e no instante em que foi acertado, o prego penetrou rápida e profundamente no crânio do soldado. Desceu tão fundo que a cabeça chata do prego esmagou os cabelos pretos do prisioneiro. Sangue esguichou do prego quando a haste atingiu o alvo. O *jetti* deu um passo para trás, gesticulando para o prego como se para demonstrar quanta força tinha sido necessária para enfiá-lo através do osso duro do crânio. O traidor ainda vivia. Gritava e dizia coisas desconexas. Com sangue escorrendo por seu rosto em fios espessos e vermelhos, o soldado caiu de joelhos. Seu corpo inteiro tremia. E então, muito repentinamente, arqueou as costas, arregalou os olhos para Tipu e tombou para a frente. O corpo estremeceu duas vezes antes de ficar imóvel. Um dos seis tigres acorrentados sentiu o cheiro de sangue e forçou sua corrente até retesá-la ao máximo. A fera rugiu, depois se conformou e se deitou para assistir à morte do segundo homem.

O sultão e seu séquito aplaudiram a habilidade do primeiro *jetti*. Então Tipu apontou para o mercador hindu. Este segundo homem era grande, gordo como um boi, e seu tamanho apenas tornaria a segunda demonstração ainda mais impressionante.

O primeiro *jetti*, tendo sua execução sido completada com sucesso, foi até o pórtico pegar um banco. Ele colocou o banco junto ao mercador e o forçou a se sentar. Em seguida, ajoelhou diante da cadeira e puxou os braços agrilhoados do homem sobre sua barriga volumosa, de modo a impedi-lo de se mover. A cadeira estava de frente para o sultão, e o *jetti* ajoelhado certificou-se de que estava suficientemente abaixado para não obstruir a visão de seu mestre.

— Cravar um prego num crânio requer mais força do que você imagina — comentou Tipu a Gudin.

— Vossa Majestade já havia feito a gentileza de me informar isso antes — respondeu secamente Gudin.

Tipu soltou uma gargalhada.

— Não gosta disto, coronel?

— A execução de um traidor sempre é necessária, majestade — disse evasivamente Gudin.

— Sim, mas acredito que também deva ser divertida. Gostou de ver o trabalho de meu homem?

— Admiro a força dele, majestade.

— Então admire agora — disse Tipu. — A próxima morte exige ainda mais força do que o prego.

Tipu sorriu e se virou para olhar para a arena, onde o segundo *jetti* aguardava atrás do prisioneiro. O sultão apontou para o mercador, manteve o gesto como antes e então baixou abruptamente a mão. O mercador gritou em antecipação e começou a tremer como uma folha enquanto o *jetti* colocava as mãos nas laterais do seu crânio. O toque foi inicialmente gentil, quase uma carícia. As palmas cobriram as orelhas do mercador enquanto os dedos tatearam para encontrar um ponto de apoio entre os ossos do crânio, abaixo das bochechas gordas. Então, de repente, o *jetti* apertou mais forte, deformando o rosto rechonchudo. O mercador emitiu um grito estridente até não ter mais fôlego e ser capaz apenas de gemer de terror. O *jetti* respirou fundo, para concentrar toda sua força, e soltou um grito tão selvagem que fez os seis tigres pularem de susto.

Enquanto gritava, o *jetti* torceu a cabeça do mercador. Torcia o pescoço da vítima como um homem torce a goela de uma galinha, só que este pescoço era gordo e grosso. O primeiro movimento torcera tanto o pescoço do mercador que ele já olhava para trás, por sobre o ombro direito, quando seu executor realizou um segundo movimento, marcado por um grunhido. A cabeça do mercador girou completamente, e Gudin estremeceu quando, do balcão, escutou o crepitar inconfundível de uma espinha sendo partida. O *jetti* largou a cabeça e pulou para trás, orgulhoso de seu trabalho enquanto o mercador morto caía da banqueta. O sultão Tipu aplaudiu e jogou na arena duas sacolas de ouro.

— Leve esse para os porcos — disse ele, apontando para o muçulmano. — Deixe o outro aqui. Solte os tigres.

As cortinas do balcão foram fechadas. Em algum lugar nas profundezas do palácio, talvez no harém onde viviam as 600 esposas, concubinas e criadas do sultão, uma harpa foi tocada lindamente, enquanto na arena os tratadores dos tigres usavam seus cajados compridos para conter as bestas enquanto as soltavam de suas correntes. O sultão sorriu para seus seguidores.

— Podem voltar para a muralha, cavalheiros. Temos todos trabalho a fazer.

Os tratadores soltaram o último tigre, e então seguiram os *jettis* para fora da arena. O soldado morto já havia sido arrastado dali. Por um momento os tigres observaram o corpo remanescente, e então uma das feras caminhou até o cadáver do mercador e eviscerou sua barriga com uma única patada.

E assim Ravi Shekhar tinha sido morto. E agora estava sendo comido.

Sharpe estava de volta à sua companhia antes do pôr do sol. Foi recebido efusivamente pelos homens, que viram em sua libertação do açoitamento uma pequena vitória para os soldados rasos contra a autoridade cega. O recruta Mallinson chegou mesmo a dar uma palmadinha nas costas de Sharpe, sendo recompensado com uma saraivada de palavrões.

Sharpe comeu com seus seis companheiros de costume que, como sempre, estavam acompanhados por três esposas e por Mary. A ceia foi um cozido de feijões, arroz e bife salgado, e foi no fim da pequena refeição, quando estavam dividindo um cantil de araca, que o sargento Hakeswill apareceu.

— Recruta Sharpe! — Ele carregava um cajado que estava apontado para Sharpe. — Eu quero você!

— Sargento. — Sharpe respondeu a Hakeswill, mas não se moveu.

— Quero ter uma conversa com você, recruta. De pé agora!

Sharpe não se moveu.

— Estou dispensado dos deveres da companhia, sargento. Ordens do coronel.

O rosto de Hakeswill se contorceu num espasmo grotesco.

— Isto não é seu dever — disse o sargento. — Isto é seu prazer. Assim, tire esse seu traseiro do chão e venha até aqui.

Sharpe se levantou obedientemente, estremecendo quando o casaco roçou em suas costas feridas. Seguiu o sargento até um espaço aberto atrás da tenda do cirurgião, onde Hakeswill se virou e espetou o peito de Sharpe com o cajado.

— Como diabos você escapou do açoitamento, Sharpezinho?

Sharpe ignorou a pergunta. O nariz quebrado de Hakeswill ainda estava inchado e ferido, e Sharpe pôde ver a preocupação nos olhos do sargento.

— Não me ouviu, garoto? — Hakeswill espetou a barriga de Sharpe com a ponta do cajado. — Como você se livrou?

— Como você se livrou do cadafalso, sargento? — indagou Sharpe.

— Não me venha com gracinhas, rapaz. Se não, juro por Deus, vai ser amarrado no tripé de novo. Agora me diga o que o general queria.

Sharpe balançou a cabeça.

— Se quiser saber disso, sargento, terá de perguntar ao próprio general Harris.

— Sentido! Costas retas! — gritou Hakeswill e então desferiu um golpe de cajado contra um arbusto próximo. Ele fungou, perguntando-se qual seria a melhor maneira de arrancar a informação de Sharpe e decidiu que desta vez deveria tentar a gentileza. — Sharpezinho, eu admiro você — disse o sargento em voz rouca. — Não são muitos os homens que sairiam andando depois de duzentos beijos de chicote. É preciso ser um homem forte para fazer isso, Sharpezinho, e eu odiaria ver você levando mais chicotadas. É do seu interesse me dizer o que aconteceu, Sharpezinho. Você sabe disso. Sabe que se não me disser será pior. E então, rapaz? Por que o libertaram?

Sharpe fingiu ceder.

— Você sabe por que fui libertado, sargento — disse ele. — O coronel anunciou.

— Não, rapaz, eu não sei — disse Hakeswill. — Juro pela minha alma, não sei. Portanto, me diga agora.

Sharpe deu de ombros.

— Porque lutamos bem naquele dia, sargento. É uma espécie de recompensa.

— Não, não é! — berrou Hakeswill e então curvou o corpo para um lado e desferiu uma cajadada contra as costas feridas do recruta. Sharpe quase gritou de dor. — Você não foi chamado até a tenda do general para isso, Sharpezinho! — disse Hakeswill. — Nunca vi nada parecido acontecer desde que abri os olhos para este mundo. Então é melhor me contar, seu desgraçado!

Sharpe virou-se para encarar seu inquisidor e disse, baixo:

— Obadiah, se me tocar de novo com esse bastão, vou contar tudo sobre você ao general Harris. Vou fazer com que arranquem suas divisas, que te rebaixem a recruta. Gostaria disso, Obadiah? Você e eu no mesmo nível? Eu gostaria, Obadiah.

— Sentido! — cuspiu Hakeswill.

— Cale essa sua boca suja, sargento — ordenou Sharpe. Ele havia descoberto o blefe de Hakeswill e sentia prazer nisso. O sargento certamente havia pensado que poderia arrancar a verdade do recruta, mas era Sharpe quem tinha cartas na manga. — Como vai o nariz? — perguntou a Hakeswill.

— Tome cuidado, Sharpezinho. Tome cuidado.

— Mas eu tomo, sargento. Tomo muito cuidado. Sou um homem realmente cuidadoso. Já terminou?

Sharpe não esperou por uma resposta; simplesmente deu-lhe as costas e se afastou. Na próxima vez que se encontrasse com Obadiah, pensou Sharpe, ele teria divisas em sua manga, e então que Deus ajudasse Hakeswill.

Sharpe passou meia hora conversando com Mary. Então chegou a hora de dar aos seus amigos as desculpas que o tenente Lawford ensaiara com ele. Pegou a mochila e o mosquete e disse que precisava apresentar-se na tenda do pagador.

— Prestarei serviços leves até os ferimentos sararem — justificou. — Vou proteger o dinheiro. Até amanhã.

O general de divisão, general Baird, cuidara de todos os preparativos. O perímetro oeste do acampamento era guardado por homens em quem confiava, e esses homens tinham recebido ordens para desconsiderar qualquer coisa que vissem. Baird também prometeu a Lawford que no dia seguinte o exército não enviaria patrulhas de cavalaria direto para oeste, para essas patrulhas não descobrirem os dois fugitivos.

— Seu trabalho é avançar para oeste o máximo que for possível esta noite — disse Baird a Sharpe, quando os encontrou perto da linha ocidental. — Depois devem continuar caminhando para oeste pela manhã. Entendeu?

— Sim, senhor — respondeu Lawford.

O tenente, debaixo de um casaco pesado que disfarçava seu uniforme, estava vestido com o casaco de lã vermelha e as calças brancas de um soldado comum. Sharpe puxara o cabelo de Lawford para trás, dobrara-o em torno da bolsinha de couro para formar o rabicho e besuntara-o com uma mistura de graxa e talco. Assim, Lawford estava parecido com um recruta, exceto que suas mãos ainda eram macias, mas pelo menos agora havia tinta debaixo das unhas e sujeira nos poros. Lawford fizera uma careta quando Sharpe puxara seu cabelo e protestara quando o recruta abrira duas feridas em seu pescoço, no local onde uma coronha de mosquete teria deixado marcas gêmeas, mas Baird ordenara-o que se calasse. Lawford resmungara de novo ao colocar a gargalheira de couro, finalmente compreendendo quanto desconforto um soldado passava diariamente. Agora, longe dos soldados reunidos em torno das fogueiras, despiu a casaca, colocou a mochila no ombro e pegou o mosquete.

Baird tirou um relógio imenso do bolso e inclinou sua face para a lua crescente.

— Onze horas — disse o general. — Vocês devem ir agora. — O general colocou dois dedos na boca e emitiu um assobio rápido e agudo. O piquete, visível ao luar pálido, magicamente se dividiu para norte e para sul, deixando uma área desguarnecida no perímetro do acampamento. Baird apertou a mão de Lawford, e deu um tapinha no ombro de Sharpe.
— Como estão as costas, Sharpe?

— Doendo para diabo, senhor. — Era verdade.

Baird pareceu preocupado.

— Acha que vai conseguir?

— Não sou moleirão, senhor.

— Nunca achei que fosse, recruta. — Baird deu outro tapinha no ombro de Sharpe e então gesticulou para a escuridão. — Vão agora, rapazes. E que Deus os acompanhe.

Baird observou os dois homens correrem pelo campo aberto e sumirem na escuridão no lado mais distante. Olhou um longo tempo, esperando ter um último vislumbre das silhuetas dos dois homens, mas não viu nada. O bom senso lhe disse que provavelmente jamais veria de novo nenhum dos dois, e esse pensamento entristeceu-o. Assobiou de novo e observou as sentinelas refazerem a linha. Virou-se e caminhou devagar de volta até a tenda.

— Por aqui, Sharpe — disse Lawford quando os dois não podiam mais ser ouvidos pelas sentinelas. — Vamos seguir uma estrela.

— Exatamente como os reis magos, Bill — disse Sharpe.

Sharpe precisara fazer um esforço extraordinário para tratar Lawford por seu nome de batismo, mas sabia que isso era necessário. Sua sobrevivência, e a de Lawford, dependia do quanto fossem convincentes.

Mas o uso do nome chocou Lawford, que parou e olhou para Sharpe.

— Como me chamou?

— Chamei você de Bill — disse Sharpe. — Porque esse é o seu nome. Você não é mais um oficial. É um de nós. Sou Dick, você é Bill. E não vamos seguir nenhuma porcaria de estrela. Vamos através daquelas árvores. Está vendo? Aquelas três merdinhas lá no fundo?

— Sharpe! — protestou Lawford.

— Não! — Sharpe virou-se violentamente para Lawford. — Bill, o meu trabalho é manter você vivo. Então é melhor entender logo uma coisa. Você agora é um recruta de merda, não um oficial de merda. Você se apresentou como voluntário, lembra? E nós somos desertores. Aqui não existem postos, tratamentos por "senhor", continências nem cavalheiros. Quando voltarmos ao exército, prometo que você vai fingir que nada disto jamais aconteceu e que vou bater continência para você até meu braço cair. Mas não agora e não até você e eu sairmos vivos desta loucura. Então vamos andando.

Lawford, admirado com a confiança de Sharpe, seguiu-o humildemente.

— Mas isso é sudoeste! — protestou, olhando para as estrelas para conferir a direção que Sharpe estava tomando.

— Iremos para oeste depois — disse Sharpe. — Agora, tire essa merda de gargalheira. — Sharpe arrancou a peça do pescoço de Lawford e a jogou nuns arbustos. — A primeira coisa que um fugitivo faz é tirar a gargalheira, senhor. — O "senhor" foi acidental, força do hábito, e Sharpe xingou-se em pensamento por usá-lo. — Agora, despenteie os cabelos. Você parece um guarda do palácio de Windsor. — Sharpe observou enquanto Lawford esforçava-se para obedecer. — E então, Bill, onde você se alistou?

Lawford ainda estava magoado com esta súbita inversão de papéis, mas era sensato o bastante para reconhecer que Sharpe tinha razão.

— Me alistei? — repetiu. — Eu não me alistei.

— Claro que se alistou! Onde te recrutaram?

— Bem, minha casa fica perto de Portsmouth.

— Isso não é bom. A marinha teria te agarrado em Portsmouth antes que um sargento de recrutamento conseguisse se aproximar de você. Já esteve em Sheffield?

— Bom Deus, claro que não! — exclamou horrorizado.

— Um bom lugar, Sheffield — comentou Sharpe. — Tem um *pub* na Pond Street chamado Buraco no Lago. Vai conseguir lembrar-se disso? Buraco no Lago, em Sheffield. É um dos pontos de encontro favoritos dos recrutas do 33º Regimento, especialmente nos dias de feira. Foi lá que um maldito sargento te enganou. Ele embebedou você, e antes que se desse conta, estava na folha de pagamento do rei. Como era um sargento do 33º Regimento do Rei, o que ele tinha na ponta da baioneta?

— Na baioneta? — Lawford, fazendo força para desgrudar a bolsinha de couro de seus cabelos recém-besuntados, enrugou a testa, perplexo. — Nada, espero.

— Somos o 33º Regimento, Bill! Os Havercakes! Ele estava com um bolo de aveia espetado na baioneta, lembra? E era um bastardo mentiroso, porque prometeu que em dois anos você seria oficial. O que você fazia antes de ser recrutado?

Lawford deu de ombros.

— Trabalhava numa fazenda?

— Ninguém vai acreditar nisso — disse Sharpe com desdém. — Você não tem braços para isso. Aquele general Baird, ele sim tem braços de fazendeiro. Ele parece capaz de passar o dia inteiro içando feno e não sentir nada, mas você não. Você era escrevente de advogado.

Lawford fez que sim com a cabeça e disse, tentando readquirir sua autoridade:

— Acho que devemos ir agora.

— Vamos esperar — teimou Sharpe. — E então, por que diabos você está fugindo?

— Por infelicidade, acho.

— Diabos, Bill, você é um soldado! Não existe soldado feliz! Vamos pensar numa história. Você roubou o relógio do capitão, que tal? Foi pego e condenado a um açoitamento. Quando me viu ser açoitado, calculou que não ia sobreviver. Assim, você e eu, camaradas que somos, fugimos juntos.

— Realmente acho que devemos ir! — insistiu Lawford.

— Num minuto, senhor. — Mais uma vez Sharpe se xingou por usar o honorífico. — Deixe-me descansar as costas mais um pouco.

— Oh, é claro. — Lawford arrependeu-se imediatamente por sua insistência. — Mas não podemos esperar muito, Sharpe.

— Dick, senhor. Você me chama de Dick. Somos amigos, lembra?

— Claro. — Lawford, por mais desconfortável que se sentisse com esta intimidade repentina e com o tempo que estavam perdendo, sentou-se desajeitadamente na base de uma árvore. — E você? Por que se alistou? — perguntou a Sharpe.

— Os guardas do xerife estavam atrás de mim.

— A lei estava atrás de você? — Lawford se calou por um instante. Em algum lugar na noite, uma criatura gritou como se tivesse sido capturada por um predador, enquanto a leste sargentos chamavam por suas sentinelas. O céu brilhava com a luz da miríade de fogueiras do exército. — O que você fez?

— Matei um homem. Enfiei uma faca nele.

Lawford olhou fixamente para Sharpe.

— Está dizendo que assassinou um homem?

— Sim, foi realmente um assassinato, embora o sodomita tenha merecido. Mas eu sabia que o juiz de York não ia ver a situação com os mesmos olhos que eu. O que significa que Dick Sharpe teria dançado na ponta de uma corda. Decidi que era mais fácil vestir a casaca vermelha. Os guardas do xerife nunca importunam soldados, a não ser quando matam um nobre.

Lawford hesitou, sem saber se deveria fazer mais perguntas. Finalmente, decidiu que valia a pena correr o risco.

— Quem você matou?

— Meu patrão. O desgraçado tinha uma hospedaria. Por causa disso, sempre sabia quem estava levando coisas de valor na bagagem. O meu trabalho era furtar a carruagem na estrada. De vez em quando também roubava bolsas. Meu patrão não valia o ar que respirava, mas não foi por causa disso que o matei. O motivo foi uma garota. Tivemos um desacordo sobre quem deveria mantê-la aquecida à noite. — Sharpe riu. — Meu patrão perdeu e aqui estou, e sabe Deus onde a garota está agora.

— Estamos perdendo tempo — disse Lawford.

— Silêncio! — ordenou Sharpe. Pegou seu mosquete e apontou para uns arbustos. — É você, garota?

— Sou eu, Richard. — Mary Bickerstaff emergiu das sombras carregando uma trouxa. — Boa noite, sr. Lawford — disse, tímida.

— Chame ele de Bill — insistiu Sharpe, que se levantou e pôs o mosquete no ombro. — Vamos, Bill. Não temos motivo para perder tempo aqui. Agora somos três e os sábios sempre viajam em três, como os reis magos. Então encontre a sua porcaria de estrela e vamos botar o pé na estrada.

Caminharam durante toda a noite, seguindo a estrela de Lawford em direção ao horizonte oeste. Em dado momento, Lawford chamou Sharpe a um canto e, recorrendo à sua autoridade cada vez mais precária, ordenou a Sharpe que enviasse a mulher de volta.

— Isto é uma ordem, Sharpe — disse Lawford.

— Ela não vai — retorquiu Sharpe.

— Não podemos levar uma mulher! — insistiu Lawford.

— Por que não? Desertores sempre levam seus bens mais preciosos, senhor. Quero dizer, Bill.

— Recruta, se você arruinar esta missão, juro que vou fazer com que receba todas as chibatadas das quais escapou ontem.

Sharpe sorriu.

— Não tenho como arruinar esta missão. Ela já nasceu arruinada.

— Não diga bobagens. — Lawford caminhava na frente, forçando Sharpe a segui-lo. Mary, deduzindo que discutiam sobre ela, mantinha-se alguns passos atrás. — Não há nada errado com o plano do general Baird. Caímos nas mãos do sultão, ingressamos em seu maldito exército, encontramos esse tal Ravi Shekhar, e então deixamos tudo por conta dele. E que papel a sra. Bickerstaff vai desempenhar nisso? — perguntou com raiva.

— O papel que ela quiser — teimou Sharpe.

Lawford sabia que, incapaz de impor sua autoridade, deveria argumentar com Sharpe, mas sentia que não conseguiria vencer uma discussão com ele. Começava a se perguntar se havia sido uma boa ideia trazer Sharpe, mas desde o primeiro momento em que Baird sugerira esta missão desesperada, Lawford soubera que precisaria de ajuda e dificilmente outro soldado da Companhia Ligeira aceitaria. O recruta Sharpe sempre havia se destacado, não apenas devido à sua altura, mas também porque era de longe o homem de mente mais arguta na companhia. Mesmo assim, Lawford não estava preparado para a velocidade ou a energia com que Sharpe assumira o controle desta empreitada. Lawford esperara gratidão da parte do recruta. Gratidão e respeito. Lawford até se acreditava merecedor de deferência puramente por ser um oficial, mas Sharpe já havia reduzido essa presunção a farrapos. Era como se Lawford tivesse atrelado um cavalo veloz e robusto à sua carruagem apenas para descobrir que o animal era um cavalo de corrida, mas por que diabos o cavalo insistira em trazer sua égua? Isso ofendia Lawford, sugerindo-lhe que Sharpe estava se aproveitando da liberdade oferecida pela missão. Lawford olhou para Sharpe, notando o quanto parecia pálido, e presumiu que o açoitamento tinha abatido o recruta muito mais do que havia imaginado.

— Ainda acho que a sra. Bickerstaff deveria voltar para o exército — disse gentilmente.

— Ela não pode — retrucou Sharpe. — Mary, conte para ele.

Mary correu para alcançá-los.

— Não estarei segura enquanto Hakeswill estiver vivo — disse a Lawford.

— Você poderia ficar sobre a proteção de alguém — sugeriu vagamente Lawford.

— De quem? — indagou Mary. — No exército, quando um homem cuida de uma mulher, ele cobra um preço. O senhor sabe disso.

— Chame ele de Bill! — vociferou Sharpe. — Nossas vidas podem depender disso! Se um de nós chamar ele de "senhor", os malditos indianos vão nos atirar aos tigres!

— E não é apenas Hakeswill — prosseguiu Mary. — Agora o sargento Green quer casar comigo, que é um pouco melhor que as intenções de Hakeswill, mas eu também não quero isso. Tudo que quero é ser deixada em paz com Richard.

— Entendo — disse amargamente Lawford. — Mas você provavelmente pulou da frigideira para o fogo.

— Prefiro correr os riscos — disse Mary, obstinadamente, embora tivesse tomado todas as medidas possíveis para reduzir as chances de ser estuprada. Usava um vestido preto e um avental, as peças de roupa mais andrajosas e encardidas que pôde achar. Emporcalhara os cabelos com cinzas e terra, mas não fizera nada para disfarçar a beleza de seu rosto.

— Além disso, nem você nem Richard falam as línguas da região — disse ela a Lawford. — Vocês precisam de mim. E eu trouxe mais comida — acrescentou, levantando a trouxa.

Lawford resmungou alguma coisa. Atrás deles o horizonte estava marcado por um brilho pálido que silhuetava árvores e arbustos. Lawford deduziu que haviam viajado cerca de vinte quilômetros. Quando a luz ficou mais forte e a paisagem mais nítida, sugeriu que parassem para descansar. Na trouxa que Mary carregava havia meia dúzia de pães e dois cantis de água que dividiram como seu desjejum. Depois de comer, Lawford foi fazer suas necessidades no mato. Ao voltar, viu Sharpe desferir um soco no rosto de Mary.

— Pelo amor de Deus, homem! — berrou Lawford. — O que está fazendo?

— Escurecendo meu olho — respondeu Mary. — Pedi que ele fizesse isso.

— Bom Deus! — exclamou Lawford. O olho esquerdo de Mary já estava inchado, e lágrimas corriam por suas faces. — Para que isso?

— Para manter os tarados longe dela, é claro — disse Sharpe. — Está bem, querida?

— Vou sobreviver — disse Mary. — Você bateu forte, Richard.

— Não tinha sentido bater de leve. Mas não queria machucar você.

Mary jogou água no olho e depois voltaram a caminhar. Agora estavam numa planície ampla, salpicada de árvores de cores vivas. Não havia aldeias à vista, embora tivessem se deparado com um aqueduto uma hora depois do amanhecer e perdido mais uma hora tentando achar uma ponte. Finalmente os três haviam mergulhado no aqueduto e simplesmente patinhado pela água lodosa. Seringapatam aparecia bem abaixo do horizonte, mas Lawford sabia que a cidade estava a oeste, e planejava angular para sul até alcançar o Cauvery e depois seguir esse rio até a cidade.

O tenente estava desanimado. Oferecera-se como voluntário para esta missão sem pestanejar, mas durante a noite começara a compreender o quanto esta expedição era perigosa. Além disso, sentia-se solitário. Apenas dois anos mais velho que Sharpe, invejava-o por estar acompanhado de Mary, e também se sentia magoado por sua falta de deferência. Não ousava expressar esse ressentimento, não apenas porque sabia que seria ridicularizado, mas porque descobrira que desejava mais a admiração do que a reverência de Sharpe. Lawford queria provar que era tão homem quanto ele, e esse desejo mantinha-o caminhando estoicamente rumo ao desconhecido.

Sharpe estava igualmente preocupado. Gostava de Lawford, mas suspeitava que teria de se esforçar muito para manter o tenente longe de encrencas. O tenente aprendia rápido, mas era tão ignorante das coisas do mundo que poderia facilmente denunciar o fato de que não era um soldado raso. Quanto a Tipu, o sultão era um perigo desconhecido, mas Sharpe conhecia o bastante sobre homens como ele para saber que deveria obedecer a todas as ordens de seus soldados. Ele também estava preocupado com Mary. Sharpe convidara-a a vir nesta missão suicida, e persuadi-la não tinha sido muito difícil. Porém, agora que Mary estava aqui, Sharpe temia não conseguir protegê-la e também a Lawford. Mas apesar de suas preocupações, Sharpe sentia-se livre. Afinal de contas, livrara-se da correia do exército e presumia que conseguiria sobreviver enquanto Lawford não cometesse nenhum erro. E caso conseguisse sobreviver, Sharpe saberia como prosperar. As regras eram simples: não confie em ninguém, fique sempre alerta e, se um problema aparecer, acerto-o primeiro e com todas as forças. Até agora, isso havia funcionado.

    Mary também tinha dúvidas. Convencera a si mesma de que estava apaixonada por Sharpe, mas sentia no recruta uma inquietude que a fazia pensar que o amor dele não duraria para sempre. Ainda assim, estava mais feliz aqui do que lá com o exército, e isso não apenas devido à ameaça do sargento Hakeswill, mas porque, embora o exército fosse a única vida que Mary havia conhecido, ela sentia que o mundo poderia oferecer-lhe mais. Havia crescido em Calcutá e, embora sua mãe tivesse sido indiana, Mary jamais sentira-se em casa nem no exército nem na Índia. Ela não era nem uma coisa nem outra. Para o exército ela era uma *bibbi*, enquanto para os indianos ela estava fora de suas castas, não sendo aceitável em nenhum dos dois mundos. Era uma mestiça, suspensa num purgatório de desconfiança, com apenas sua beleza para ajudá-la a sobreviver, e, embora o exército fosse o lugar que lhe fornecesse a companhia mais amistosa, dificilmente lhe ofereceria um futuro seguro. À sua frente estendia-se uma sucessão de maridos, cada um dando lugar ao próximo ao morrer em batalha ou de febre, e quando estivesse velha demais para atrair outro homem, ficaria com seus filhos para se defender da melhor forma que pudesse. Mary, exatamente como Sharpe, queria encontrar alguma maneira de escapar de seu destino, mas não fazia ideia de como faria isso, embora esta expedição ao menos lhe desse uma chance para escapar temporariamente da armadilha.

    Lawford os conduziu pela ladeira de uma colina, de cujo topo puderam divisar o campo à frente. Lawford pensou ter visto um brilho de água ao sul, e esse vislumbre foi suficiente para convencê-lo de que deveria ser o rio Cauvery.

    — Vamos naquela direção — disse ele, apontando. — Mas teremos de evitar as aldeias. — Havia duas à vista, ambas obstruindo a trilha direta até o rio.

    — De qualquer maneira, os aldeões vão nos ver — disse Mary. — Nada de diferente lhes escapa.

    — Não estamos aqui para causar problemas a eles — disse Lawford. — Assim, talvez, nos deixem em paz.

— Vamos virar nossas casacas, Bill — sugeriu Sharpe.

— Virar nossas casacas?

— Estamos fugindo, não estamos? Então, vamos vestir as casacas pelo avesso como sinal de que estamos em fuga.

— Os aldeões não vão compreender o significado disso — observou Lawford.

— Que se danem os aldeões — disse Sharpe. — Estou preocupado é com os homens de Tipu. Se aqueles desgraçados virem casacas vermelhas, vão atirar primeiro e fazer perguntas depois.

Sharpe já havia desafivelado a bandoleira e estava despindo a casaca de lã, gemendo por causa da dor que o esforço causava em suas costas. Lawford viu que o sangue havia vazado através das bandagens grossas, manchando a blusa suja.

Lawford estava relutante quanto a virar sua casaca. Uma casaca vestida pelo avesso era sinal de desgraça. Batalhões que batiam em retirada sem ordens superiores vez por outra eram forçados a virar suas casacas como símbolo de sua vergonha. Porém, uma vez mais o tenente reconheceu a sabedoria do argumento de Sharpe, e assim vestiu pelo avesso a casaca, de modo a exibir o forro cinza.

— Talvez não devêssemos carregar nossos mosquetes — sugeriu.

— Nenhum desertor se livraria de sua arma — respondeu Sharpe. — Fechou a bandoleira sobre a casaca pelo avesso e pegou seu mosquete e mochila. Sharpe carregara a mochila na mão durante a noite inteira para não ter seu peso pressionando os ferimentos. — Está pronto?

— Num momento — disse Lawford. E então, para a surpresa de Sharpe, o tenente se ajoelhou e fez uma prece silenciosa. — Não rezo com frequência — admitiu, enquanto se levantava. — Mas talvez alguma ajuda de cima seja providencial hoje.

Porque hoje, presumia Lawford, seria o dia em que eles encontrariam os soldados do sultão Tipu.

Caminharam para sul em direção ao brilho de água. Estavam os três cansados, e Sharpe parecia enfraquecido pela perda de sangue, mas a antecipação brindava os três com uma energia nervosa. Contornaram a aldeia mais próxima, vigiados por vacas com dobras de pele pendulando abaixo dos pescoços, e caminharam por bosques de cacauzeiros enquanto o sol se levantava. Não viram vivalma. No fim da manhã, um cervo saiu correndo da sua frente, e uma hora depois um bando de macacos da montanha cruzou animadamente seu caminho. Ao meio-dia descansaram debaixo de uma pequena sombra oferecida por um bambuzal e então voltaram a caminhar ao sol escaldante. No fim da tarde já podiam ver o rio, e Lawford sugeriu que descansassem na margem. O olho de Mary estava inchado e roxo, conferindo-lhe a aparência grotesca que ela acreditava que fosse protegê-la.

— Eu bem que gostaria de descansar um pouco — admitiu Sharpe. A dor era terrível, e cada passo que dava era agora uma agonia. — E preciso molhar as bandagens.

— Molhar as bandagens? — indagou Lawford.

— Foi isso o que aquele bastardo do Micklewhite me mandou fazer. Disse que se eu não mantivesse as bandagens úmidas, as feridas não sarariam.

— Vamos molhá-las no rio — prometeu Lawford.

Mas eles nunca chegaram à margem do rio. Estavam caminhando ao lado de alguns vidoeiros quando um grito soou às suas costas. Sharpe se virou para ver cavaleiros vindo do oeste. Eram homens de aparência impressionante, vestidos em túnicas com listras de tigre e elmos de bronze, que apontaram as lanças para os fugitivos e investiram contra eles. Sharpe sentiu seu coração quase sair pela boca. Deu um passo à frente de seus companheiros e levantou a mão para demonstrar que não lhes queriam mal, mas o lanceiro da frente simplesmente sorriu em resposta e corrigiu sua lança para a direção de Sharpe enquanto esporeava o cavalo.

Sharpe balançou a cabeça e gesticulou, e então compreendeu que o homem tencionava enfiar a lança em sua barriga.

— Cão dos infernos! — berrou Sharpe, e largou a mochila para empunhar o mosquete com ambas mãos, como se fosse um cajado de guerra.

Mary gritou de horror.

— Não! — berrou Lawford para os lanceiros a galope. — Não!

O lanceiro arremeteu a lança contra Sharpe, que a aparou com o cano do mosquete, para em seguida virar rapidamente a arma, de modo a fazer sua coronha chocar-se violentamente contra a cabeça do cavalo. A besta relinchou e empinou, jogando seu cavaleiro para trás. Os outros lanceiros riram e então desviaram as montarias para não pisotear o homem caído. Mary gritava alguma coisa para eles numa língua que Sharpe não compreendia, Lawford agitava as mãos desesperadamente, porém os lanceiros continuavam avançando, concentrando sua atenção em Sharpe, que andava para trás, tentando afastar-se de suas lanças mortais. Conteve o golpe de uma segunda lança e, em seguida, um terceiro homem recuou seu cavalo e tentou varar a barriga do soldado britânico. Sharpe conseguiu esquivar-se quase completamente desse golpe; em vez de trespassar seu estômago, a lança rasgou a pele de sua cintura, atravessou o casaco, e se cravou na árvore atrás dele. O lanceiro deixou a arma enterrada no vidoeiro e recuou o cavalo. Sharpe estava espetado na árvore, costas ardendo em agonia onde as forçava contra a casca do vidoeiro. Puxava a lança, mas sua perda de sangue deveria tê-lo deixado fraco demais, de modo que a arma não cedia. Então, outro lanceiro avançou contra ele com a ponta da arma apontada contra os olhos de Sharpe. Mary gritava, frenética.

A ponta da lança parou a um centímetro do olho esquerdo de Sharpe. O lanceiro olhou para Mary, fez cara de nojo para sua aparência imunda, e então disse alguma coisa.

Mary respondeu.

O lanceiro, que era claramente um oficial, tornou a olhar para Sharpe e pareceu tentar decidir se devia matá-lo ou poupá-lo. Finalmente sorriu, inclinou-se, e segurou a lança que fincava Sharpe à árvore. Com um puxão forte, arrancou-a de Sharpe e da árvore.

Sharpe soltou um palavrão e caiu diante da árvore.

Era uma patrulha de cavaleiros e todos se reuniram em torno dos fugitivos. Dois mantiveram suas lanças, afiadas como navalhas, apontadas para o pescoço de Lawford enquanto o oficial falava com Mary. A mulher respondeu num tom desafiador, e para Sharpe, que estava se esforçando para ficar em pé, a conversa pareceu continuar por um longo tempo. Os lanceiros também não pareciam amistosos. Eram homens de aparência magnífica e Sharpe, apesar de sua dor, notou como mantinham bem as armas: não havia qualquer indício de ferrugem nas pontas das lanças, e as hastes reluziam a óleo. Mary argumentou com o oficial, que pareceu indiferente aos seus apelos, mas finalmente deve ter conseguido convencê-lo, porque ele se virou para Lawford.

— Ele quer saber se vocês estão dispostos a servir às forças do sultão Tipu — disse Mary ao tenente.

As pontas das lanças faziam cócegas no pescoço de Lawford, e como propaganda de recrutamento elas eram muito eficientes. O tenente meneou a cabeça com avidez.

— Mas é claro! — disse ele. — É exatamente o que nós queremos! Voluntários! Diga a ele que estamos prontos para servir! Vida longa ao sultão Tipu!

O oficial não precisou ouvir a tradução da resposta entusiasmada. Sorriu e ordenou aos seus lanceiros que afastassem suas armas do pescoço do casaca vermelha.

E assim Sharpe se alistou no exército inimigo.

CAPÍTULO V

Sharpe estava quase desmaiando quando o grupo chegou à cidade. Os lanceiros haviam levado os fugitivos para oeste num ritmo inclemente, sem lhes oferecer montaria, obrigando-os a caminhar a passos largos durante todo o percurso. As costas de Sharpe arderam como uma única chaga imensa durante a travessia pelo vau do rio Cauvery até a ilha na qual Seringapatam fora construída. A cidade em si ficava 1,5 quilômetro a oeste, mas a ilha inteira fora cercada por novos entrincheiramentos, dentro dos quais reuniam-se milhares de refugiados. Os refugiados tinham trazido seus animais, obedecendo às ordens do sultão de negar alimentos ao exército britânico em marcha. A 700 metros da cidade, um segundo entrincheiramento fora erguido para proteger um acampamento de barracos construídos com tijolos de barro onde viviam milhares dos soldados de infantaria e cavalaria. Nenhum dos soldados estava ocioso. Alguns treinavam, outros aumentavam a parede de barro que cercava o acampamento, e ainda outros disparavam seus mosquetes contra homens de palha empoleirados na muralha de pedra da cidade. Os homens de palha estavam vestidos com casacas vermelhas falsas e Lawford observou, horrorizado, os mosquetes derrubarem os alvos ou explodirem grandes nacos de seus torsos estofados com palha. As famílias dos soldados viviam dentro do acampamento; homens e mulheres ajuntaram-se para ver os brancos passarem. Eles deduziram que Sharpe e Lawford eram prisioneiros e alguns vaiaram e outros riram quando Sharpe cambaleou, atordoado pela dor lancinante.

— Aguente mais um pouco, Sharpe — encorajou Lawford.

— Chame-me de Dick, pelo amor de Deus! — exclamou Sharpe.

— Aguente mais um pouco, Dick — conseguiu dizer Lawford, ainda que zangado por ter sido repreendido por um recruta.

— Não falta muito — disse Mary no ouvido de Sharpe.

Mary estava ajudando Sharpe a caminhar, embora às vezes, quando as vaias ficavam mais furiosas, abraçasse o amante em busca de conforto. À frente deles estava a muralha da cidade. Ao vê-la, Lawford perguntou-se como seria possível abrir uma brecha numa construção tão maciça. Os baluartes imensos eram pintados com cal, de modo que reluziam ao sol. Lawford viu uma boca de canhão em cada seteira. Parapeitos, salientando-se como pequenas plataformas quadradas, tinham sido erigidos ao longo da face da muralha, de modo que ainda mais canhões poderiam ser instalados para reforçar a defesa. Acima da muralha, nas quais as bandeiras de Tipu adejavam ao vento suave e cálido, avultavam-se os minaretes brancos e gêmeos da mesquita da cidade. Por trás dos minaretes, Lawford viu a torre intrincada de um templo hindu, suas camadas de pedra belissimamente esculpidas e pintadas, enquanto logo ao norte do templo refulgiam os ladrilhos verdes da construção que Lawford supôs ser o palácio de Tipu. A cidade era bem maior e imponente do que Lawford imaginara, enquanto a muralha pintada de branco era mais alta e forte do que ele temera. Lawford esperara uma muralha de tijolos de barro, mas ao passo que se aproximava dos bastiões, via que o trecho leste da muralha era composto de blocos de pedras maciços que teriam de ser lascados continuamente pela artilharia de sítio até que uma brecha fosse aberta. Em pontos onde a muralha fora danificada por ataques anteriores, havia remendos onde a pedra fora reparada com tijolos de barro, mas em nenhuma parte a muralha parecia fraca. Era verdade que a cidade não tivera tempo para construir para si um tipo de defesa moderna, europeia, com paredes em forma de estrela, fortes externos, bastiões irregulares e adornos que confundissem os atacantes, mas mesmo assim o lugar parecia inexpugnável, e neste momento vastas equipes de trabalhadores, alguns nus devido ao calor, carregavam nas costas cestas de terra vermelha para elevar a esplanada diante das paredes caiadas. A crescente esplanada de terra, separada das paredes por um fosso que podia ser enchida com água de rio, fora projetada para defletir os tiros do atacante sobre os bastiões. Lawford consolou-se com o pensamento de que há sete anos lorde Cornwallis conseguira penetrar esta cidade formidável, mas o aterro da esplanada demonstrava que Tipu aprendera com aquela derrota e sugeria que o general Harris não iria considerá-la nem de perto tão fácil.

Os lanceiros tiveram de abaixar seus elmos encimados por flechas enquanto passavam pelo túnel do portão da cidade e conduziam os fugitivos até as ruas fedorentas e apinhadas de gente. Os lanceiros usavam as lanças para abrir caminho, empurrando civis para os lados e forçando carroças e carrinhos de mão a recuarem para qualquer beco conveniente. Até as vacas sagradas que perambulavam pela cidade eram forçadas para os lados, embora os lanceiros fizessem isso com gentileza, para não ofender os hindus. O grupo passou pela mesquita e em seguida virou numa rua ladeada com lojas, suas frentes abertas expondo panos, sedas, pratarias, vegetais, sapatos e couros. Num beco, Lawford vislumbrou homens banhados em sangue eviscerarem dois camelos, e a visão quase o fez vomitar. Uma criança nua balançou um rabo de camelo para os dois homens brancos, e logo uma horda de crianças cercava os cavalos dos lanceiros para escarnecer dos prisioneiros e atacá-los com excrementos de animais. Sharpe xingou as crianças e Lawford se curvou o máximo que pôde e continuou andando. A humilhação só acabou quando as crianças foram espantadas por dois soldados europeus, ambos vestidos em jaquetas azuis.

— *Prisonniers?* — indagou alegremente um dos dois homens.

— *Non, monsieur* — respondeu Lawford em seu melhor francês de escola. — *Nous sommes déserteurs.*

— *C'est bon!* — O homem jogou uma manga para Lawford. — *La femme aussi?*

— *La femme est notre prisonnière* — disse Lawford, arriscando um pouco de humor, e foi recompensado por uma risada e um desejo de *bonne chance* enquanto os franceses se afastavam.

— Você fala francês? — indagou Sharpe.

— Um pouco — alegou modestamente Lawford. — Realmente, apenas um pouco.

— Estou surpreso — disse Sharpe, e Lawford ficou secretamente satisfeito por ter finalmente conseguido impressionar seu companheiro. — Mas não são muitos os soldados rasos que falam a língua do inimigo. — Sharpe esmagou a alegria de Lawford. — Portanto, não se exiba falando francês bem demais. Restrinja-se à sua própria língua.

— Eu não tinha pensado nisso — admitiu Lawford. Ele olhou para a manga como se nunca tivesse visto uma fruta na vida, e sua fome o tentava a dar uma mordida na polpa doce, mas suas boas maneiras prevaleceram e ele galantemente insistiu para que Mary comesse a fruta.

Os lanceiros conduziram-nos até uma passagem arcada com incrustações intrincadas, diante da qual duas sentinelas montavam guarda. Depois de passarem pela arcada, os cavaleiros apearam de suas selas e, lanças nas mãos, conduziram os cavalos por uma via estreita entre duas paredes de tijolos muito altas. Sharpe, Mary e Lawford foram mais ou menos abandonados perto da entrada, onde os dois sentinelas os ignoravam, mas espantavam os cidadãos mais curiosos que haviam se reunido para ver os europeus. Sharpe sentou num bloco de pedra e tentou ignorar a dor nas costas. O oficial lanceiro retornou e gritou para que o seguissem. O lanceiro conduziu-os através de outra passagem arcada, e depois por uma galeria onde flores se enroscavam em torno de pilares, e dali para uma cadeia.

— Ele disse que teremos de esperar — informou Mary. Ela ainda estava com a manga, e embora os lanceiros tivessem tirado as casacas e as mochilas de Sharpe e Lawford e revistado ambos em busca de moedas ou armas escondidas, não haviam revistado Mary, que tirou uma faquinha do bolso interno de sua saia e cortou a fruta em três porções. Lawford comeu sua fatia, e então enxugou suco de seu queixo.

— Você conseguiu aquela gazua, Sharpe? — indagou, viu o olhar furioso de Sharpe e ruborizou. — Dick — corrigiu-se Lawford.

— Sempre tive — disse Sharpe, sorrindo apesar da dor. — Estava com a Mary. E dei o guinéu para ela.

— Está dizendo que mentiu para o general Baird?

— Claro que menti! — rosnou Sharpe. — Que tipo de idiota admite ter uma gazua?

Por um momento, Lawford sentiu-se inclinado a repreender Sharpe por sua desonestidade, mas controlou o impulso. Ele apenas meneou a cabeça em sinal de desaprovação e sentou-se no chão, as costas na parede de tijolos. O assoalho era feito de pequenos ladrilhos verdes, sobre os quais Sharpe estava deitado de bruços. Numa questão de minutos, o recruta adormeceu. Mary sentou-se ao lado dele, ocasionalmente cofiando o cabelo do amante. Lawford flagrou-se embaraçado por essa demonstração de afeto. Sentia que devia falar com Mary, mas não encontrava nada para dizer, de modo que decidiu que era melhor ficar calado para não acordar Sharpe. Ele esperou. Em algum lugar nas profundezas do palácio jorrava uma fonte. Uma vez, eles ouviram um tropel de cascos enquanto cavaleiros conduziam suas montarias para fora dos estábulos internos, mas durante a maior parte do tempo a sala ficou silenciosa. E também misericordiosamente fria.

Depois que escureceu, Sharpe acordou. Gemeu quando as dores em suas costas se manifestaram.

— Que horas são, meu bem? — perguntou a Mary.

— Tarde.

— Meu Deus — disse Sharpe quando uma pontada de agonia varou sua espinha. Sentou-se, gemendo com o esforço, e tentou se apoiar na parede. O luar entrava pela janelinha gradeada, e Mary, à luz tênue, viu que as manchas de sangue tinham se espalhado pelas bandagens e para a camisa de Sharpe. Ele perguntou a Mary: — Será que esqueceram da gente?

— Não — disse Mary. — Eles nos trouxeram um pouco de água enquanto você estava dormindo. Tome. — Ela lhe estendeu a jarra. — E nos deram um balde. — Ela gesticulou através da cela mal iluminada. — Para... — A frase morreu em sua garganta.

— Pelo cheiro, já entendi para que é o balde — disse Sharpe.

Ele pegou a jarra e bebeu. Lawford estava encostado contra a parede mais distante e havia um livrinho aberto no chão ao lado do tenente adormecido.

— Que bom que o patife trouxe alguma coisa útil — disse Sharpe com um muxoxo.

— Está se referindo a isto? — perguntou Lawford, indicando o livro. Ele não estivera dormindo, afinal.

Sharpe se arrependeu por ter usado o insulto, mas não tinha como retirá-lo.

— E o que é isso? — preferiu perguntar.

— Uma Bíblia.

— Com mil diabos — disse Sharpe.

— Não aprova? — perguntou Lawford, gélido.

— Eu me fartei da Bíblia quando estava no orfanato — disse Sharpe. — Quando não estavam lendo o bom livro para nós, estavam batendo com ele nas nossas cabeças, e não era um livrinho como esse aí, mas um volume grande e pesado. Aquela Bíblia podia atordoar um boi.

— Eles ensinaram você a ler o Livro? — indagou Lawford.

— Não éramos considerados suficientemente bons para ler. Éramos bons para catar cânhamo, mas não para ler. Não, eles só liam para a gente no desjejum. Era a mesma coisa todas as manhãs: sopa fria, uma caneca de água e trechos enormes de Abraão e Isaías.

— Então você não sabe ler? — indagou Lawford.

— Claro que não sei ler! — Sharpe soltou uma risada zombeteira. — Para que serve ler?

— Não seja idiota, Dick — disse Lawford com paciência. — Só um idiota se orgulha de fingir que uma habilidade que ele não possui é inútil. — Por um segundo, Lawford sentiu-se tentado a iniciar um discurso da habilidade de ler: como ela poderia abrir um mundo novo para Sharpe, um mundo de drama, história, informações, poesia e sabedoria infinita, mas acabou desistindo da ideia, preferindo perguntar: — Você quer suas divisas de sargento, não quer?

— Um homem não precisa saber ler para ser sargento — teimou Sharpe.

— Não, mas ajuda. E você será um sargento melhor se souber ler. Do contrário, os escreventes da companhia vão lhe dizer o que os relatórios dizem, e o que as listas dizem, e o que o livro de punições diz, e os pagadores vão roubar você. Mas se souber ler, saberá quando estão mentindo.

Depois disso, os três ficaram em silêncio por muito tempo. Em algum lugar do palácio, os passos de uma sentinela ecoaram nas paredes de pedra, e em seguida houve um som tão familiar que Lawford quase sentiu saudade de casa. Era um relógio marcando a hora. Doze badaladas. Meia-noite.

— É difícil? — perguntou Sharpe, finalmente rompendo o silêncio.
— Aprender a ler? — disse Lawford. — Na verdade, não.
— Então você e Mary podem me ensinar, Bill.
— Sim — disse Lawford. — Podemos sim.

Foram recolhidos da prisão na manhã seguinte. Quatro soldados com roupas com listras de tigre os empurraram pela galeria, de lá para um corredor estreito que parecia correr lateralmente às cozinhas, e então através de um labirinto de estábulos e armazém. Finalmente chegaram a um portão duplo que deu numa arena interna ampla, onde o sol os fez piscar. Os olhos de Sharpe se ajustaram à luz brilhante do dia. Ao ver o que os esperava na arena, o recruta deixou escapar um palavrão. Eram seis tigres, todos eles feras enormes com olhos amarelos e dentes sujos. Os animais fitaram os três recém-chegados. Um dos tigres se levantou, arqueou as costas, balançou-se e caminhou lentamente em direção a eles.

— Meu Deus! — exclamou Sharpe. Mas, nesse instante, a corrente do tigre levantou do chão empoeirado, retesou, e o animal, tendo seu desjejum negado, rugiu e voltou para as sombras. Outra besta se coçou, uma terceira bocejou. — Vejam só o tamanho desses malditos! — disse Sharpe.

— São apenas gatinhos grandes — disse Lawford com uma despreocupação que na verdade não sentia.

— Então por que você não vai até lá e coça o queixo de um deles? — sugeriu Sharpe. — Veja se consegue fazer o bicho ronronar. Você aí, xô! — disse Sharpe para outra fera curiosa que estava forçando sua corrente para se aproximar dele. — É preciso ratos bem grandes para alimentar esses malditos.

— Os tigres não podem alcançar vocês — disse uma voz em inglês às costas deles. — A não ser que os tratadores deles desprendam as correntes. Bom dia...

Sharpe se virou. Um oficial alto, de meia-idade, com um bigode preto, havia entrado na arena. Era europeu e usava o uniforme azul da França.

— Sou o coronel Gudin — disse o oficial. — E vocês, quem são?

Por um momento, nenhum deles falou. Então, Lawford se colocou em posição de sentido.

— William Lawford, senhor.

— O nome dele é Bill — disse Sharpe. — Me chamam Dick, e esta é a minha mulher. — Ele colocou um braço em torno do ombro de Mary.

Gudin fez uma careta ao ver o olho roxo de Mary e suas saias sujas.

— Tem um nome... — Uma pausa. — ...*mademoiselle*? — Finalmente decidiu que essa era a forma mais apropriada de se dirigir a Mary.

— Mary, senhor. — Ela fez uma pequena mesura e Gudin retribuiu o cumprimento inclinando a cabeça.

Ele perguntou a Sharpe:

— E o seu nome?

— Sharpe, senhor. Dick Sharpe.

— E vocês são desertores? — perguntou o coronel, com um tom de desprezo.

— Sim, senhor — disse Lawford.

— Nunca tenho certeza se desertores merecem confiança — disse Gudin. Ele estava acompanhado por um sargento francês robusto que não parava de lançar olhares nervosos para os tigres. — Se um homem pode trair uma bandeira, por que não outra?

— Um homem precisa ter um bom motivo para trair sua bandeira, senhor — disse Sharpe, petulante.

— E qual foi seu motivo, Sharpe?

Sharpe se virou de modo a mostrar o sangue em suas costas. Ele deixou Gudin fitar as manchas e então se virou de volta.

— Isto é um bom motivo, senhor?

Gudin estremeceu.

— Nunca entendi por que os britânicos açoitam seus soldados. Isso é barbárie. — Ele espantou, irritado, as moscas que zumbiam em torno de seu rosto. — Barbárie pura.

— Vocês não açoitam no exército francês, senhor?

— É claro que não — disse Gudin, escarninho. Ele colocou uma mão no ombro de Sharpe e o fez se virar de novo. — Quando foi que fizeram isto com você?

— Faz alguns dias, senhor.

— Trocou as bandagens?

— Não, senhor, mas eu as molhei.

— Você estará morto em uma semana se não fizermos nada — disse Gudin e então se virou e falou para o sargento, que se retirou rapidamente da arena. Gudin se virou para ele de novo. — E então, o que você fez para merecer tamanho barbarismo, recruta Sharpe?

— Nada, senhor.

— Além de nada — disse Gudin cansado, como se já tivesse ouvido todas as desculpas imagináveis.

— Bati num sargento, senhor.

— E você? — perguntou Gudin a Lawford. — Por que fugiu?

— Eles iam me açoitar, senhor. — Lawford estava nervoso por dizer uma mentira e o nervosismo intrigou Gudin.

— Por fazer nada? — perguntou Gudin.

— Por roubar um relógio, senhor. — Lawford ruborizou enquanto falava. — Eu realmente roubei, senhor — acrescentou, porém de forma pouco convincente. Ele não tinha feito qualquer esforço para esconder o sotaque que traía sua educação, embora se o ouvido de Gudin era suficientemente aguçado para detectar a nuance fosse outra questão.

O francês estava claramente intrigado com Lawford.

— Como você disse que era seu nome? — indagou o coronel.

— Lawford, senhor.

Gudin fitou Lawford longamente. O francês era alto e magro, com um rosto abatido, mas seus olhos, decidiu Sharpe, eram os de um cavalheiro, os olhos adequados para um oficial. Como os de Lawford, e isso talvez fosse o problema. Talvez Gudin já tivesse visto através do disfarce de Lawford.

— Recruta Lawford, você não me parece um soldado britânico típico — disse Gudin, dando voz aos temores de Sharpe. — Na França, não seria estranho, porque insistimos para que cada jovem sirva seu país. Mas na Grã-Bretanha, se não me engano, só aceitam a escória das ruas.

— Homens como eu — disse Sharpe.

— Silêncio! — Gudin reprovou Sharpe com uma autoridade súbita. — Não lhe dirigi a palavra. — O francês pegou uma das mãos de Lawford e inspecionou silenciosamente os dedos macios, sem calos. — Por que está no exército, Lawford?

— Meu pai faliu, senhor — disse Lawford, conjurando o maior desastre que ele podia imaginar.

— Mas o filho de um pai falido pode conseguir um emprego, não pode? — Gudin olhou novamente para os dedos macios, e então largou a mão de Lawford. — E qualquer trabalho certamente é melhor que a vida de um soldado britânico.

— Fiquei bêbado, senhor — disse Lawford, a voz carregada de vergonha. — E conheci um sargento de recrutamento. — A vergonha do recruta não se devia à memória imaginada, mas à dificuldade que estava tendo em contar a mentira; não obstante, o comportamento impressionou Gudin. — Foi num *pub*, senhor. Em Sheffield. O Barco no Lago, senhor. Em Sheffield, senhor. Em Pond Lane, senhor, no dia de feira. — Sua voz se prendeu na garganta quando percebeu que não sabia em que dia da semana acontecia a feira.

— Em Sheffield? — perguntou Gudin. — Não é lá que fazem ferro? E... qual é a palavra? Cutelos! Você não parece um cuteleiro, Lawford.

— Eu era aprendiz de advogado, senhor. — Lawford estava ruborizando fortemente. Ele sabia que tinha errado o nome do *pub*, embora duvidasse que o coronel Gudin soubesse a diferença, mas o tenente tinha certeza de que suas mentiras eram transparentes como uma lâmina de vidro.

— E seu trabalho no exército? — perguntou Gudin.

— Escrevente da companhia, senhor.

Gudin sorriu.

— Não tem tinta nas suas calças, Lawford! No nosso exército, os escreventes espalham tinta por toda parte.

Por um momento, pareceu que Lawford estava prestes a abandonar sua mentira e confessar toda a verdade ao francês, mas então o tenente teve uma inspiração súbita.

— Eu uso um avental quando escrevo, senhor. Não quero ser punido por usar um uniforme sujo, senhor.

Gudin soltou uma gargalhada. Na verdade, nunca havia duvidado da história de Lawford, tomando erroneamente o constrangimento do tenente por vergonha pela falência de sua família. Quando muito, o francês sentia pena do jovem alto, de pele clara e aparência honesta que jamais devia ter se tornado um soldado, e isso, para Gudin, era o suficiente para explicar o nervosismo de Lawford.

— Então você é escrevente. Isso significa que muitos documentos passam por suas mãos.

— Sim, senhor. Muitos.

— Então sabe quantos canhões os britânicos estão trazendo para cá? — perguntou Gudin. — Quanta munição?

Lawford balançou a cabeça, consternado. Por alguns minutos, ficou sem fala e então conseguiu dizer que nunca via esse tipo de documento.

— Só passam pelas minhas mãos documentos da companhia, senhor. Livros de punição, esse tipo de coisa.

— São milhares, senhor! — intrometeu-se Sharpe. — Peço perdão por ter falado sem permissão, senhor.

— Milhares de quê? — perguntou Gudin.

— Milhares de bois, senhor. Cada um levando no lombo seis balas de oito quilos, e alguns carregam até oito. Ao todo, são milhares de balas de canhão.

— Duas mil? Três?

— Mais do que isso, senhor. Nunca vi um rebanho tão grande, nem quando os escoceses tocavam seus bois da Escócia para Londres.

Gudin deu com os ombros. Duvidava muito que esses dois pudessem lhe dizer qualquer coisa útil, certamente nada que os batedores e espiões já não tivessem descoberto, mas as perguntas precisavam ser feitas. Agora, espantando moscas de seu rosto, ele contou aos dois desertores o que eles podiam esperar.

— Sua majestade o sultão Tipu decidirá a sorte de vocês. E se ele for misericordioso, irá querer que sirvam em suas forças. Estão dispostos a isso?

— Sim, senhor — disse Sharpe animadamente. — Foi para isso que viemos, senhor.

— Bom — disse Gudin. — Tipu pode querer vocês em um dos seus próprios *cushoons*. Essa é a palavra que eles usam para regimento aqui: *cushoon*. Todos eles são bons soldados e bem treinados, e vocês serão bem-vindos, mas há uma desvantagem. Vocês dois terão de ser circuncidados.

Lawford ficou branco, enquanto Sharpe deu de ombros.

— Isso é ruim, senhor?

— Sabe o que é circuncisão, recruta?

— Uma coisa que o exército te obriga a fazer? Como o juramento?

Gudin sorriu.

— Não exatamente, recruta Sharpe. Tipu é muçulmano e gosta que seus voluntários estrangeiros se convertam à sua religião. Isso significa que um dos homens santos dele vai cortar fora o seu prepúcio. É muito rápido, como cortar o topo da casca de um ovo cozido.

— Meu pinto? — Sharpe agora estava tão assustado quanto Lawford.

— Não demora mais que alguns segundos — assegurou Gudin. — Embora o sangramento possa durar muito tempo e vocês fiquem impossibilitados de, como eu diria...? — Ele olhou para Mary e depois de volta para Sharpe. — De levantar o acampamento durante algumas semanas.

— Com mil demônios, senhor! — exclamou Sharpe. — Por causa de religião? Eles fazem isso por causa de religião?

— Nós cristãos pingamos água nos nossos bebês — disse Gudin. — Os muçulmanos cortam seus prepúcios. — O francês fez uma pausa, e então sorriu. — Entretanto, não consigo imaginar como um homem com um pinto ensanguentado possa ser um bom soldado, e os seus exércitos estarão aqui dentro de poucos dias, de modo que vou sugerir ao sultão que vocês dois sirvam com meus homens. Somos poucos, mas nenhum de nós é muçulmano, e não quebramos as cascas dos nossos ovos cozidos.

— E estão cobertos de razão, senhor — disse Sharpe, entusiasmado. — E será um prazer servi-lo, senhor.

— Num batalhão francês? — provocou Gudin.

— Se vocês não nos açoitam nem cortam nossos pintos, então será mais do que uma honra.

— Isso se o sultão Tipu permitir, o que ele pode não fazer — alertou Gudin. — Mas acho que ele irá. Tenho outros britânicos no batalhão, e também alguns alemães e suíços. Tenho certeza de que vocês serão felizes lá. — Ele olhou para Mary. — Mas e quanto a você, *mademoiselle*?

Mary tocou o cotovelo de Sharpe.

— Vim com Richard, senhor.

Gudin inspecionou seu olho roxo.

— Como isso aconteceu, *mademoiselle*?

— Eu caí, senhor.

Um sorriso iluminou o rosto de Gudin.

— Ou o sargento Sharpe acertou você? Para fazer com que não ficasse atraente?

— Eu caí, senhor.

Gudin fitou Sharpe com severidade.

— Você bateu com força, recruta Sharpe.

— Não fazia sentido bater de leve, senhor.

— Isso é verdade — disse Gudin e então deu de ombros. — Meus homens têm suas mulheres. Se sua majestade permitir, não vejo motivo para que vocês não permaneçam juntos. — Ele se virou quando seu sargento reapareceu, trazendo um velho indiano que carregava uma cesta coberta por um pano. — Este é o dr. Venkatesh — disse Gudin, saudando o doutor com um meneio de cabeça. — Ele é um médico tão bom quanto qualquer outro que conheci em Paris. Sharpe, creio que remover essas bandagens sujas irá doer.

— Não tanto quanto uma circuncisão, senhor.

Gudin soltou uma gargalhada.

— Mesmo assim, acho melhor você se sentar.

Remover as bandagens doeu como uma sodomia. O sr. Micklewhite, o cirurgião, pusera unguento nas chibatadas, mas nenhum médico do exército britânico desperdiçaria remédio precioso num soldado raso. Como Micklewhite não usara unguento suficiente para impedir as bandagens de grudar nos ferimentos, o tecido tornara-se uma massa compacta de linho e sangue seco que arrancava a crosta do ferimento cada vez que uma bandagem era puxada. O dr. Venkatesh de fato era habilidoso e gentil, e sua voz soava calmante no ouvido de Sharpe enquanto retirava a mistura de pano e sangue coagulado, mas nem mesmo Sharpe conseguia conter gemidos de dor cada vez que as bandagens eram erguidas. Os tigres, farejando o sangue, forçavam as correntes ao desferir botes contra Sharpe, de modo que uma cacofonia de tilintados soava continuamente em torno do recruta.

O doutor indiano desaprovava claramente tanto o ferimento quanto a terapêutica. Estalava a língua, murmurava e balançava a cabeça enquanto desnudava a carniçaria. Depois de remover o último trapo sujo com um par de pinças de marfim, espalhou um unguento nas costas de Sharpe. O líquido gelado foi um lenitivo maravilhoso, fazendo Sharpe suspirar de alívio. Súbito, o médico deu um pulo para trás, empertigou a coluna, juntou as palmas das mãos, fez uma reverência.

Sharpe contorceu-se para ver que um grupo de indianos chegara à arena. À frente deles havia um homem baixo e rechonchudo, talvez com uns 50 anos, de rosto redondo e bigode preto bem aparado. Trajava uma túnica de seda branca por cima de calças compridas de seda e botas de couro preto, mas as vestes simples chamejavam com joias. Usava rubis no turbante, braceletes de diamantes nos braços, pérolas na cinta de seda azul. Da cinta pendia uma bainha incrustada de safiras com uma espada com cabo de ouro em forma de tigre rugindo. O dr. Venkatesh retirou-se apressado, ainda fazendo mesuras, enquanto Gudin assumiu posição de sentido.

— É Tipu! — alertou Gudin a Sharpe e Lawford num sussurro.

Sharpe esforçou-se para ficar de pé e, como o francês, em posição de sentido.

O sultão parou a meia dúzia de passos de Sharpe e Lawford. Olhou para eles durante alguns segundos e então falou baixo para seu intérprete.

— Vire-se — disse o intérprete a Sharpe.

Sharpe obedeceu, mostrando as costas para Tipu, que, fascinado pelas feridas abertas, deu um passo à frente para inspecionar o dano. Sharpe sentiu a respiração de Tipu em sua nuca, o perfume sutil do homem e então um toque, suave como passos de aranha, quando Tipu segurou uma tira de pele dependurada.

Como o golpe de um tição em brasa, uma dor súbita acometeu Sharpe. Quase soltou um grito, mas conseguiu apenas estremecer e grunhir. Para ver a reação do desertor, o sultão empurrara o tigre do cabo da espada contra o ferimento mais profundo de Sharpe. Tipu ordenou a Sharpe que se virasse e examinou seu rosto. Os olhos de Sharpe estavam úmidos, mas não corriam lágrimas por suas faces.

O sultão meneou a cabeça em sinal de aprovação e recuou.

— Conte-me sobre eles — ordenou a Gudin.

— Desertores comuns — classificou Gudin em francês para o intérprete. Apontou para Sharpe. — Esse aí é um soldado valente que provavelmente seria um trunfo para qualquer exército. O outro é apenas um escrevente.

Lawford tentou não demonstrar que não gostara da avaliação. Tipu olhou para Lawford, não demonstrou qualquer interesse por ele e fitou Mary.

— A mulher? — indagou a Gudin.

— Está com o homem alto — disse Gudin, mais uma vez indicando Sharpe, e aguardou enquanto o intérprete virava-se para responder em persa.

Tipu inspecionou rapidamente Mary. Ela estava curvada, tentando acentuar sua aparência suja e desmazelada, mas quando percebeu que estava sendo avaliada, ruborizou e tentou fazer uma mesura. O sultão pareceu gostar do gesto e então olhou novamente para Gudin.

— Então, o que eles sabem sobre os planos britânicos? — indagou, gesticulando para Lawford e Sharpe.

— Nada.

— Eles dizem que não sabem nada — corrigiu Tipu. — E não são espiões?

Gudin encolheu os ombros.

— Como se pode saber? Mas creio que não.

— Eu acho que é possível saber — retrucou o Tipu. — E acho que também podemos descobrir que tipo de soldados eles são.

O sultão se virou e deu algumas ordens ao seu criado, que fez uma mesura e saiu correndo da arena.

O criado retornou com um par de mosquetes de caça. As armas de cano longo não pareciam com nenhuma arma que Sharpe conhecia, sendo suas coronhas incrustadas com joias e ornadas com um filigrana de marfim delicadíssimo. As coronhas cravejadas de joias tinham floreios extravagantes nas ombreiras de pontaria, e os guarda-matos eram orlados com rubizinhos. Os cães das armas, que prendiam as pederneiras, eram em forma de cabeças de tigre com diamantes por olhos. O sultão pegou as armas, certificou-se de que as pederneiras estavam alojadas adequadamente entre as presas dos tigres e jogou uma arma para Lawford e a outra para Sharpe. O criado pousou no chão uma panela cheia de pólvora preta, e ao lado, um par de balas de mosquete que Sharpe jurou que eram de prata.

— Carreguem as armas — disse o intérprete.

Um soldado britânico, como qualquer outro, aprendia a carregar com um cartucho de papel, mas não havia qualquer mistério em usar pólvora nua e bala. Estava claro que a intenção de Tipu era avaliar a eficiência dos dois homens. Enquanto Lawford hesitava, Sharpe se agachou até a panela e pegou um punhado de pólvora. Empertigou-se e deixou a pólvora preta descer pelo cano cinzelado. Como a pólvora era extraordinariamente fina, um pouco dela foi soprada pela brisa, mas Sharpe tinha material de sobra e, estando com a carga segura dentro do cano, agachou-se novamente, pegou a bala, enfiou-a na boca do cano e desencaixou a vareta de suas três braçadeiras douradas. Virou a vareta, deixou-a deslizar por entre seus dedos até a bala e empurrou o projétil com força para baixo, contra a carga de pólvora. O sultão não havia provido um chumaço, mas Sharpe presumiu que isso não faria diferença. Puxou a vareta para fora, inverteu-a e deixou-a deslizar entre as braçadeiras de ouro abaixo do cano comprido. Tornou a se agachar, pegou um punhado de pólvora, escorvou a arma, fechou o ferrolho e se colocou em posição de sentido com a coronha adornada com joias ao seu lado.

— Senhor! — exclamou Sharpe, comunicando que havia acabado.

Lawford ainda estava tentando derramar pólvora para dentro da boca do mosquete. Assim como Sharpe, o tenente sabia carregar uma arma, mas sendo um oficial, jamais precisara fazer isso com rapidez, porque essa era a única habilidade indispensável de um soldado raso. Lawford apenas carregava armas para caçar, mas no exército ele tinha um criado que carregava suas pistolas e nunca na vida precisara ser rápido com uma arma, e era por isso que agora demonstrava uma lerdeza lamentável.

— Ele era escrevente, senhor — justificou Sharpe a Gudin. Calou-se por um instante para lamber o resíduo de pólvora de seus dedos. — Nunca precisou lutar.

O intérprete traduziu as palavras para Tipu, que aguardou pacientemente enquanto Lawford acabava de carregar o mosquete. O sultão, assim como seu séquito, estava se divertindo com a lerdeza do inglês, mas a explicação de Sharpe de que Lawford tinha sido um escrevente pareceu convencê-los. Lawford finalmente terminou e, muito envergonhado, pôs-se em posição de sentido.

— É evidente que você sabe carregar — disse Tipu a Sharpe. — Mas sabe atirar?

— Sim, senhor — respondeu Sharpe ao intérprete.

O sultão apontou sobre o ombro de Sharpe.

— Então atire nele.

Sharpe e Lawford viraram-se para ver um soldado britânico idoso chegar à arena, trazido por uma escolta. O homem estava fraco e pálido e capengou quando a luz forte do sol incomodou seus olhos. Cobrindo o rosto com uma mão algemada, olhou para a frente e reconheceu Lawford. Por um segundo, uma expressão de descrença cruzou seu rosto, mas acabou conseguindo esconder a emoção que sentia, fosse ela qual fosse. O oficial estava com seus cabelos brancos à mostra e vestia um *kilt* escocês e uma jaqueta vermelha, ambas peças de roupa muito sujas e úmidas. Sharpe, horrorizado por ver um oficial britânico tão desmazelado e humilhado, presumiu que este fosse o coronel McCandless.

— Você não pode atirar... — começou Lawford.

— Cala a boca, Bill — disse Sharpe e levou o mosquete ao ombro, apontando seu cano para o aterrorizado oficial escocês.

— Espere! — gritou Gudin e então falou urgentemente ao sultão.

Tipu respondeu com uma risada ao protesto de Gudin e preferiu mandar seu intérprete perguntar a Sharpe o que ele achava dos oficiais britânicos.

— Escória, senhor — disse Sharpe, alto o bastante para que o coronel McCandless pudesse ouvir. — Uma maldita escória, senhor. Pensam que são melhores que nós porque sabem ler e nasceram com um pouco de dinheiro, mas não há nenhum que eu não pudesse derrotar numa luta.

— Está disposto a atirar nesse aí? — perguntou o intérprete.

— Eu pagaria por essa chance — disse Sharpe num tom vingativo. — Pagaria por isso — repetiu.

— Sua majestade gostaria que você fizesse isso bem de perto — disse o intérprete. — Ele quer ver a cabeça do homem explodir.

— Vai ser um prazer — disse Sharpe, entusiasmado. Engatilhou a arma enquanto caminhava até o homem que presumia ser aquele a quem viera salvar. Fitando McCandless enquanto se aproximava, não havia no rosto pétreo de Sharpe nada além de prazer bruto. — Bastardo escocês — xingou. Sharpe olhou para os dois guardas que ainda flanqueavam o coronel. — Afastem-se, seus sodomitas imbecis, se não quiserem tomar um banho de sangue.

Os dois homens fitaram-no sem qualquer expressão e não se moveram, de modo que Sharpe presumiu que nenhum deles falava inglês. O dr. Venkatesh, que estivera tentando esconder-se nas sombras do portão, balançou a cabeça, horrorizado com o que estava prestes a acontecer.

Sharpe levantou o mosquete, posicionando a boca da arma a não mais que 30 centímetros da rosto de McCandless.

— Alguma mensagem para o general Harris? — perguntou baixinho.

Mais uma vez McCandless ocultou sua reação, mas lançou um olhar rápido para Lawford. Então tornou a olhar para Sharpe e cuspiu nele.

— Ataquem em qualquer lugar, menos a oeste — sussurrou o escocês. Em seguida acrescentou, bem mais alto: — Que Deus tenha piedade da sua alma!

— Quero mais que Deus se dane — disse Sharpe e apertou o gatilho.

A pederneira foi acionada, gerando uma centelha no ouvido do mosquete, e nada aconteceu. McCandless recuou de susto quando a pederneira faiscou, mas então uma expressão de puro alívio cruzou seu rosto. Sharpe hesitou um segundo e então arremeteu violentamente o cano da arma contra a barriga do coronel. O golpe pareceu forte, mas foi contido no último momento. Ainda assim McCandless dobrou-se em dois, arfante, e Sharpe levantou a coronha incrustada de joias para desferir um golpe violento contra a cabeça cinzenta do oficial.

— Pare! — ordenou Gudin.

Sharpe parou e se virou.

— Achei que vocês queriam este infeliz morto.

Tipu riu.

— Precisamos dele vivo durante mais algum tempo. Mas você passou no teste.

Tipu se virou e falou com Gudin, que respondeu vigorosamente. Sharpe, presumindo que eles debatiam seu destino, rezou para ser poupado de uma iniciação dolorosa a um dos *cushoons* de Tipu. Outro oficial indiano, um homem alto numa túnica de seda decorada com listras de tigre, estava conversando com Mary enquanto Sharpe ainda se mantinha de pé diante do acocorado McCandless.

— Harris enviou vocês? — perguntou baixo McCandless.

— Sim — cochichou Sharpe, sem olhar para o coronel. Mary estava balançando a cabeça. Ela olhou para Sharpe e voltou a olhar para o indiano alto.

— Cuidado com o oeste — sussurrou McCandless. — Nada mais. — O escocês gemeu, fingindo muito mais dor do que realmente sentia. Tossiu, tentou se levantar, mas caiu de novo. — Você é um traidor — disse alto o bastante para que Gudin escutasse. — E vai morrer como um traidor.

Sharpe cuspiu em McCandless.

— Venha aqui, Sharpe! — ordenou Gudin, desaprovação estampada no rosto.

Sharpe marchou de volta até o lado de Lawford, onde um dos assistentes de Tipu pegou de volta os dois mosquetes. Tipu gesticulou para os guardas de McCandless, comunicando claramente que o escocês deveria ser devolvido à sua cela. Em seguida, meneou a cabeça para Sharpe em sinal de aprovação antes de se virar e conduzir seu séquito para fora da arena. O indiano alto com roupas de listras de tigre sorriu para Mary.

— Eu vou com ele, meu amor — explicou Mary a Sharpe.

— Pensei que você ia ficar comigo! — protestou Sharpe.

— Terei de ganhar meu pão — disse ela. — Vou ensinar inglês aos filhinhos dele. E lavar e varrer, é claro — acrescentou amargamente.

O coronel Gudin interveio.

— Ela irá se juntar a vocês depois — disse a Sharpe. — Mas por enquanto vocês dois estão... como é que se diz? Em teste?

— Em probatório, senhor? — sugeriu Lawford.

— Exatamente — disse Gudin. — E soldados em probatório não têm permissão para ter esposas. Não se preocupe, Sharpe. Tenho certeza de que sua mulher estará segura na casa do general Rao. Agora vá, *mademoiselle*.

Mary se colocou na ponta dos pés e beijou a bochecha de Sharpe.

— Vou ficar bem, meu amor — sussurrou. — E você também.

— Cuide-se, menina — disse Sharpe e observou Mary seguir o oficial indiano alto para fora da arena.

Gudin gesticulou na direção da passagem arcada.

— Agora vamos deixar o dr. Venkatesh cuidando das suas costas, Sharpe. Depois, daremos a vocês dois uniformes e mosquetes novos. Sejam bem-vindos ao exército do sultão Tipu, cavalheiros. Vocês ganharão um *haideri* por dia.

— Um bom dinheiro! — disse Sharpe, impressionado. Um *haideri* valia meia coroa, bem mais do que a diária miserável de dois *pence* paga pelo exército britânico.

— Mas certamente o pagamento não será em dia — disse Lawford, sarcástico. Ele ainda estava zangado com Sharpe por ter tentado atirar em McCandless, e a falha do mosquete não o acalmou.

— O pagamento nunca é em dia — admitiu Gudin com bom humor. — Mas que exército paga em dia? Oficialmente vocês ganharão um *haideri*, só que raramente irão recebê-lo, mas posso prometer outras compensações. Agora venham comigo. — Ele chamou pelo dr. Venkatesh, que pegou sua cesta e acompanhou Gudin para fora do palácio.

Assim Sharpe foi se reunir aos seus novos camaradas e se preparar para enfrentar um novo inimigo: o seu próprio lado.

O general David Baird não se sentia culpado por Sharpe e Lawford — ambos eram soldados e pagos para correr riscos —, mas se sentia responsável por eles. O fato de que nem os britânicos nem os soldados da cavalaria indiana tivessem encontrado os homens sugeria que eles tinham alcançado

Seringapatam, porém quanto mais Baird pensava a respeito da missão, mais desanimado ficava com sua possibilidade de sucesso. No começo aquilo parecera um bom plano, mas dois dias de reflexão diluíram a esperança inicial em meio a uma série de reservas. Baird sempre suspeitara de que mesmo com a ajuda de Ravi Shekhar as chances de resgatar McCandless eram ínfimas, mas ao menos esperava que os agentes obtivessem as informações de McCandless e conseguissem tirá-lo da cidade. Porém, agora temia que nenhum dos homens conseguisse sobreviver. Na melhor das hipóteses, os dois poderiam escapar da execução juntando-se às forças de Tipu, o que significava que tanto Sharpe quanto Lawford estariam usando uniformes inimigos quando os britânicos atacassem a cidade. Havia pouco que Baird pudesse fazer quanto a isso, mas poderia impedir que uma injustiça terrível fosse cometida depois da queda da cidade; assim, naquela noite, depois que o acampamento dos dois grandes exércitos tinha sido montado, a apenas uma marcha de poucos dias de seu objetivo, Baird percorreu as fileiras do 33º Regimento.

O major Shee pareceu alarmado com a aparição repentina do general, mas Baird acalmou seu subalterno com a explicação de que tinha um pequeno negócio a tratar com a Companhia Ligeira.

— Não é nada com que você deva se preocupar, major. Apenas uma pequena questão administrativa. Uma trivialidade.

— Irei levá-lo ao capitão Morris, senhor — disse Shee e colocou o chapéu para conduzir o general até a fileira de tendas de oficiais. — É a última, senhor — disse nervoso. — Precisa de mim?

— Não pensaria em desperdiçar seu tempo com trivialidades, Shee, mas sou muito agradecido por sua ajuda.

Baird encontrou o capitão Morris em mangas de camisa, estudando com um semblante preocupado sua papelada na companhia de um sargento de aparência estranhamente perversa que, ao ver o general não anunciado, assumiu posição de sentido. Morris apressadamente usou seu tricorne para cobrir uma caneca de latão que Baird suspeitou estar cheia de araca.

— Capitão Morris? — disse o general.

— Senhor! — Morris empurrou sua cadeira para trás enquanto se levantava. Depois catou sua casaca vermelha do chão, onde caíra junto com a cadeira.

Baird gesticulou para mostrar que Morris não precisava preocupar-se em vestir a casaca.

— Não há necessidade para formalismos, capitão. Continue à vontade, homem. Está fazendo um calor terrível, não é verdade?

— Insuportável, senhor — disse Morris, nervoso.

— Meu nome é Baird — apresentou-se Baird. — Creio que ainda não tivemos o prazer de nos conhecer.

— Não, senhor. — Morris estava nervoso demais para se apresentar adequadamente.

— Sente-se, homem — disse Baird, tentando deixar o capitão à vontade. — Sente-se. Posso? — Baird fez um gesto na direção do catre de Morris, pedindo permissão para usá-lo como cadeira. — Muito obrigado — agradeceu Baird. Enquanto sentava, retirou o chapéu ornado com uma pluma, cuja aba usou para abanar o rosto. — Creio que esquecemos como é um tempo frio. Acha que ainda neva em algum lugar? Meu Deus, como este calor pode abater um homem. À vontade, sargento.

— Obrigado, senhor — O sargento Hakeswill relaxou um pouco sua postura.

Baird sorriu para Morris.

— Perdeu dois homens esta semana, não é mesmo, capitão?

— Dois homens? — perguntou Morris, franzindo a testa. Aquele bastardo do Sharpe havia fugido com sua *bibbi*, mas quem mais? — Ah, sim! — exclamou Morris. — Está falando do tenente Lawford, senhor?

— O próprio. Homem de sorte, não? Incumbido de levar o despacho para Madras. É uma honra e tanto para ele. — Baird balançou a cabeça com tristeza. — Pessoalmente, não tenho certeza se aquela batalhazinha mereceu um despacho, mas o general Harris insistiu e o seu coronel escolheu Lawford.

O Tigre de Sharpe

Baird estava usando a desculpa que o exército inventara para explicar o desaparecimento de Lawford. A desculpa provocara um pouco de ressentimento no 33º Regimento, porque Lawford era um dos tenentes mais jovens do batalhão, e a maioria dos homens que levava despachos poderiam esperar uma promoção como recompensa por essa tarefa que, geralmente, era conferida apenas a oficiais que tinham se destacado em batalha. A opinião de Morris, assim como a de todos os outros oficiais no batalhão, tinha sido de que Lawford não havia se destacado nem era merecedor de uma promoção, mas Morris não poderia dizer isso a Baird.

— Fiquei muito feliz por ele — conseguiu dizer Morris.

— Encontrou um substituto, correto? — perguntou Baird.

— Alferes Fitzgerald, senhor — disse Morris. — Tenente Fitzgerald agora, senhor, por patente honorária, é claro. — Morris deixou transparecer sua desaprovação. Ele teria preferido que o alferes Hicks tivesse recebido a promoção temporária, mas Hicks não possuía as 150 libras necessárias para pagar uma promoção de cadete a tenente, e Fitzgerald sim. E se a recompensa de Lawford por ter levado os despachos fosse uma promoção a capitão, então Fitzgerald teria de substituí-lo. Na opinião de Morris, o tenente recém-graduado era complacente demais com os soldados, mas a patente devia ser comprada, e sendo o candidato endinheirado, Fitzgerald recebera o posto temporário.

— E o outro homem que você perdeu? — indagou Baird, tentando parecer casual. — O recruta? Está no livro, não está?

— Ele está no livro, senhor — respondeu o sargento a Morris. — Hakeswill, senhor — apresentou-se. — Sargento Obadiah Hakeswill, senhor, desde menino no exército, senhor, e às suas ordens.

— Qual era o nome do fugitivo? — perguntou Baird a Morris.

— Sharpe, senhor — respondeu novamente Hakeswill. — Richard Sharpe, senhor, e um dos canalhas mais desprezíveis em quem já botei os olhos.

— Onde está o livro? — perguntou Baird, ignorando o julgamento de Hakeswill.

Morris vasculhou freneticamente a bagunça em sua mesa à procura do Livro de Punições, no final do qual eram mantidos os formulários oficiais do exército para desertores. Hakeswill afinal achou o livro e, com um gesto rápido, deu-o ao general.

— Senhor!

Baird folheou as primeiras páginas, finalmente encontrando o relato da corte marcial de Sharpe.

— Duas mil chibatadas! — exclamou o escocês, horrorizado. — Deve ter sido uma ofensa muito grave!

— Bateu num sargento, senhor! — anunciou Hakeswill.

— Você, talvez? — indagou secamente Baird, notando o nariz inchado e ferido do sargento.

— Sem qualquer provocação, senhor — disse Hakeswill com a cara mais lavada do mundo. — Com Deus por testemunha, senhor, juro que jamais tratei o jovem Sharpe com nada além de gentileza. Eu o tinha como um dos meus filhos, senhor, se eu tivesse filhos, o que não tenho, pelo menos nenhum que eu saiba. O recruta Sharpe teve muita sorte por ter sido liberado depois de duzentas chibatadas, e sabe como nos recompensou? — perguntou Hakeswill, fungando de indignação.

Sem responder, Baird virou para a última página do livro, onde encontrou o nome Richard Sharpe preenchido no topo de um formulário impresso. Abaixo estava a idade de Sharpe, dada como 22 anos e seis meses, embora o capitão Morris, se tinha sido realmente o capitão Morris quem preenchera o formulário, houvesse colocado um ponto de interrogação ao lado da idade. A altura de Sharpe era registrada como 1,82 metro, apenas 10 centímetros a menos que o próprio Baird, um dos homens mais altos no exército. "Condições físicas" era a lacuna seguinte, que Morris preenchera "bem-constituído". Em seguida eram listados os dados físicos: Cabeça, Rosto, Olhos, Sobrancelhas, Nariz, Boca, Pescoço, Cabelo, Ombros, Braços, Mãos, Coxas, Pernas, Pés. Morris preenchera todos eles, desta forma oferecendo uma descrição abrangente do homem desaparecido. A lacuna "Local de Nascimento" fora preenchida simplesmente "Londres", enquanto ao lado de "Ofício ou Ocupação Anterior" fora escrito "ladrão".

Em seguida o formulário oferecia a data e o local da deserção, bem como uma descrição das roupas que o desertor usava na última vez em que fora visto. O item final no formulário era "Comentários Gerais" ao lado do qual Morris escrevera "Costas com cicatrizes de açoitamento. Um homem perigoso".

— Uma descrição formidável, capitão — disse o general com um meneio de cabeça.

— Obrigado, senhor.

— Foi distribuída?

— Será amanhã — respondeu Morris, ruborizando.

O formulário seria copiado quatro vezes. Uma cópia seria encaminhada ao general-comandante do exército, que mandaria copiá-la novamente e distribuí-la para cada unidade sob seu comando. Uma segunda cópia iria para Madras, para o caso de Sharpe ter fugido para lá. Uma terceira cópia foi para o Gabinete de Guerra em Londres para ser copiada novamente e entregue a todos os oficiais de recrutamento, caso o homem conseguisse alcançar a Inglaterra e tentasse se realistar no exército, enquanto a última supostamente seria mandada para a paróquia do desertor, para alertar aos seus vizinhos e aos policiais locais a respeito de seu crime. No caso de Sharpe, não havia uma paróquia local. Mas assim que Morris pusesse seus deveres burocráticos em dia e o escrevente local da companhia tivesse feito as cópias necessárias, a descrição de Sharpe seria divulgada pelo exército inteiro. Se Sharpe fosse encontrado em Seringapatam, o que Baird suspeitava que iria acontecer, ele seria preso, mas era muito mais provável que fosse morto. A maioria dos soldados odiava desertores, não devido ao seu crime, mas porque tinham ousado fazer o que a maioria deles não tivera coragem para tentar, e nenhum oficial puniria um subalterno por matar um desertor.

Baird colocou o livro na mesa de Morris.

— Quero que acrescente uma nota sob "Comentários Gerais" — disse Baird ao capitão.

— É claro, senhor.

— Diga apenas que é vital que o recruta Sharpe seja capturado vivo. E que se ele for preso, deve ser levado até mim ou ao general Harris.

Morris ficou de queixo caído.

— Ao senhor... senhor?

— Baird, B-A-I-R-D. General de divisão.

— Sim, senhor, mas... — Morris estava prestes a perguntar que negócios um general de divisão teria a tratar com um desertor, mas compreendeu que uma pergunta como essa jamais obteria uma resposta civilizada, de modo que simplesmente olhou a ponta de sua pena e acrescentou as palavras requisitadas. — O senhor acha que podemos tornar a ver Sharpe? — indagou.

— Espero que sim, capitão. — Baird se levantou. — Até rezo por isso. Agora, posso agradecer-lhe por sua hospitalidade?

— Sim, senhor. É claro, senhor. — Morris levantou meio corpo enquanto o general se retirava, e então se deixou cair de novo na cadeira, fitando as palavras que acabara de escrever. — O que, em nome de Deus, foi isto? — perguntou quando Baird não poderia mais ouvir.

Hakeswill fungou.

— Nada bom, senhor, isso eu garanto.

Morris descobriu a caneca e tomou um gole de araca.

— Primeiro o bastardo é convocado à tenda de Harris, depois foge, e agora Baird diz que vamos vê-lo novamente e que ele deve ser mantido vivo! Por quê?

— O que ele fez não foi nada bom, senhor — disse Hakeswill. — Pegou a mulher dele e sumiu, senhor. É inadmissível um general compactuar com esse comportamento, senhor. Inadmissível. O exército está indo por água abaixo.

— Não posso desobedecer Baird — murmurou Morris.

— Mas o senhor também não quer aquele recruta de volta — disse fervorosamente Hakeswill. — Um soldado que é um queridinho do general? A próxima coisa que o general vai fazer é lhe dar divisas de sargento! — Só pensar nessa afronta deixou Hakeswill temporariamente sem palavras. Seu rosto estremeceu de indignação e então, com um esforço visível, ele se controlou. — Quem sabe esse bastardo possa ser trazido ao senhor e a mim, para darmos a ele o que um traidor merece? Não precisamos de cobras em nossos colos, senhor. Não queremos perturbar a ordem da companhia abrigando um queridinho de general, senhor.

— Queridinho de general? — repetiu Morris. O capitão era um homem corrupto, e, embora não fosse pior que a maioria de seus pares, não gostava de ser observado por oficiais; contudo, era preguiçoso demais para corrigir as incoerências mal disfarçadas nas colunas dos livros de pagamento. Pior, Morris temia que Sharpe pudesse de algum modo revelar sua cumplicidade na falsa acusação que resultara em seu açoitamento. Embora parecesse impossível que um mero recruta pudesse fazer alguma coisa contra um oficial, também parecia igualmente impossível que um general de divisão visitasse um capitão apenas para falar sobre um recruta. Alguma coisa muito estranha estava acontecendo, e Morris não gostava de ameaças desconhecidas. Tudo o que ele queria era uma vida tranquila e queria Sharpe fora dela.

— Mas não posso tirar essas palavras do livro — queixou-se a Hakeswill, gesticulando para o acréscimo na página de Sharpe.

— E não precisa fazer isso, senhor. Com todo respeito, senhor. Nenhuma cópia do formulário foi distribuída aqui no 33º Regimento. E o 33º Regimento não precisa de um formulário sobre Richard Sharpe, precisa? Nós conhecemos bem aquele sodomita. E assim, não vamos distribuir esse formulário no regimento. Mas vamos fazer com que todos saibam que se alguém puser os olhos em Sharpezinho, terá a obrigação de meter uma bala em suas costas. — Hakeswill percebeu que Morris estava nervoso. — Não será problema, senhor, não se o sodomita estiver em Seringapatam e estivermos destroçando o lugar. Vamos matá-lo rápido, senhor, e isso é mais do que ele merece. Esse Sharpe traz má sorte, senhor. Sinto isso nos meus ossos. E um desgraçado que traz má sorte é melhor morto que vivo. Está escrito na Bíblia, senhor.

— Tenho certeza de que está, sargento, tenho certeza de que está — disse Morris e então fechou o Livro de Punição. Deve fazer o que achar mais conveniente, sargento. Sei que posso confiar em você.

— Fico muito honrado por isso, senhor — disse Hakeswill com emoção fingida. — Muito honrado mesmo. E vou fazer por merecer essa honra, providenciando para que ele morra.

Em Seringapatam.

— O que, em nome de Deus, você pensou que estava fazendo, Sharpe? — perguntou Lawford, furioso. O tenente estava zangado demais para manter o fingimento de ser um recruta e, além disso, os dois homens agora estavam sozinhos pela primeira vez no dia. Sozinhos, mas sob guarda, porque, embora estivessem posicionados como sentinelas num dos baluartes da muralha sul, havia uma dúzia de homens do batalhão de Gudin dentro de seu campo de visão. Entre eles, o sargento robusto, de nome Rothière, que observava os recém-chegados do baluarte ao lado. — Por Deus, recruta — sussurrou Lawford. — Vou mandar que o açoitem por aquele comportamento quando voltarmos! Estamos aqui para resgatar o coronel McCandless e não para matá-lo! Perdeu o juízo?

Olhando para o sul através da paisagem, Sharpe não disse nada. À sua direita o rio raso fluía entre margens verdejantes. Quando as monções chegassem, o rio iria encher e se espalhar sobre as rochas largas e lisas que pontuavam seu leito. Sharpe agora sentia-se melhor; o dr. Venkatesh passara em suas costas um unguento que atenuara bastante a dor. O médico em seguida aplicara novas bandagens e recomendara que, em vez de encharcá-las, Sharpe deveria trocá-las diariamente até que os ferimentos sarassem.

O coronel Gudin em seguida levara os dois ingleses até um quartel no sudoeste da cidade. Cada homem no quartel era europeu, a maioria francês, mas havia alguns suíços, alemães e dois britânicos. Todos usavam as casacas azuis da infantaria francesa. Mas como não havia nenhuma casaca excedente para os dois novatos, o sargento Rothière fornecera a Sharpe e Lawford túnicas de tigre iguais às usadas pelos homens de Tipu. As túnicas não abriam na frente como um casaco europeu, mas deviam ser enfiadas sobre a cabeça.

— De onde vocês são, rapazes? — uma voz inglesa perguntara a Sharpe enquanto ele vestia a túnica de tecido de algodão tingido.

— Trigésimo Terceiro Regimento — respondera Sharpe.

— Os Havercakes? — retrucara o homem. — Pensei que eles estivessem lá no norte, em Calcutá.

— Fomos trazidos para Madras no ano passado — respondera Sharpe, sentando-se em seu catre indiano, composto simplesmente por cordas esticadas numa armação simples de madeira. Para surpresa absoluta dos ingleses, o leito era confortável. — E vocês? — perguntara ao inglês.

— Éramos da maldita Artilharia Real, nós dois. Fugimos há três meses. Meu nome é Johnny Blake. Este é Henry Hickson.

— Sou Dick Sharpe e este é Bill Lawford — dissera Sharpe, apresentando o tenente que parecia terrivelmente constrangido na túnica que lhe batia nos joelhos e era coberta por listras púrpuras e brancas. Sobre a túnica usava duas bandoleiras e um cinto comum do qual pendia uma baioneta e uma bolsa de cartuchos. Eles haviam recebido pesados mosquetes franceses e instruídos a dar serviço de sentinela junto com o resto do pequeno batalhão.

— Antes havia muito mais de nós — dissera Blake a Sharpe. — Mas neste lugar os homens morrem como moscas. Quase todos de febre.

— Mas a vida aqui não é ruim — defendera Henry Hickson. — A comida é boa. Tem muitas *bibbis* e Gudin é um oficial decente. Bem melhor que os oficiais do exército britânico.

— Os nossos oficiais eram uns bastardos — acrescentara Blake.

— E eles não são todos? — dissera Sharpe.

— E o pagamento é bom, quando recebemos. O atraso agora é de cinco meses, mas a gente deve receber depois de acabarmos com a raça dos britânicos — dissera Blake, rindo com a sugestão.

Blake e Hickson não estavam incumbidos de montar guarda, e sim de manejar um dos canhões grandes, com bocas de tigre, que ficavam acocorados atrás de uma seteira próxima. Sharpe e Lawford estavam sozinhos de sentinela, e foi essa privacidade que encorajou Lawford a extravasar sua fúria.

— Você não tem nada para dizer, recruta? — disse Lawford em tom de desafio a Sharpe, que ainda fitava serenamente a paisagem verde pela qual o rio serpenteava para sul pela ilha da cidade. — E então? — insistiu Lawford.

Sharpe olhou para Lawford.

— Você carregou o mosquete, não carregou, Bill?

— Claro!

— Já sentiu uma pólvora tão macia e fina? — perguntou Sharpe, olhando fixamente para o rosto do tenente.

— Aquilo devia ser polvorim! — insistiu furioso Lawford.

— Reluzente daquele jeito? Polvorim é cheio de merda de rato e serragem. E você acha mesmo, Bill — ele pronunciou o nome com sarcasmo —, que Tipu nos daria armas carregadas antes de ter certeza de que éramos dignos de confiança? E com ele parado a menos de nove metros? E você por acaso provou a pólvora? Eu provei; ela não era salgada. Aquilo não era pólvora, tenente. Era tinta ou pigmento preto em pó, mas, fosse o que fosse, não ia produzir centelha.

Lawford fitou Sharpe, boquiaberto.

— Então você sabia o tempo todo que a arma não ia disparar?

— Claro que sabia! Não teria puxado o gatilho se não tivesse certeza. Você está me dizendo que não percebeu que aquilo não era pólvora?

Lawford deu as costas para ele. Mais uma vez ele tinha feito papel de idiota e enrubesceu ao perceber isso.

— Sinto muito — disse ele. Lawford estava arrasado, mais uma vez sentindo-se inferior a este soldado.

Sharpe viu uma patrulha de lanceiros cavalgando de volta para a cidade. Três estavam feridos e sendo apoiados em suas selas pelos companheiros, o que indicava que os britânicos não deviam estar muito longe.

— Sinto muito, senhor — disse Sharpe, em voz baixa, usando deliberadamente o tratamento "senhor" para animar Lawford. — Não quero ser insolente. Estou apenas tentando nos manter vivos.

— Eu sei. Também sinto muito. Devia ter deduzido que não era pólvora.

— Foi uma situação confusa, não foi? — disse Sharpe, tentando consolar o companheiro. — Ainda mais com Tipu ali. Um desgraçado gordo, é isso que ele é. Mas o senhor está se saindo bem — disse Sharpe com sentimento, sabendo que o jovem tenente precisava desesperadamente de encorajamento. — E foi muito inteligente da sua parte dizer que usava avental. Eu devia ter sujado o seu uniforme com tinta, não devia? Mas nunca pensei nisso. Foi o senhor quem nos tirou dessa enrascada.

— Lembrei do sargento Brookfield — disse Lawford, não sem algum orgulho da lembrança de sua mentira inspirada. — Conhece Brookfield?

— O escrevente da companhia do sr. Stanbridge? O esquisito de óculos? Ele usa avental, senhor?

— Ele diz que isso o protege da tinta.

— Brookfield sempre me pareceu uma velha — disse Sharpe. — Mas a sua ideia foi muito boa. E vou lhe dizer mais uma coisa. Precisamos sair daqui logo porque agora sei o que viemos descobrir. A não ser que o senhor ache que devemos resgatar seu tio. Do contrário, devemos fugir, porque sei o que viemos descobrir.

Lawford fitou-o, boquiaberto.

— Você sabe?

— O coronel me contou enquanto estávamos fazendo aquela pantomima lá no palácio. Disse que devemos comunicar ao general Harris para evitar a muralha oeste. Nada mais, só isso.

Lawford fitou Sharpe, e em seguida olhou sobre a quina da muralha da cidade, em direção às defesas ocidentais, mas não conseguiu ver nada estranho ou suspeito.

— É melhor você parar de me chamar de "senhor" — disse ele. — Tem certeza de que ouviu direito o que ele falou?

— Ele disse duas vezes. Evitem a muralha oeste.

Um berro vindo do sentinela ao lado fez os britânicos girarem em seus calcanhares. Rothière apontava para sul, sugerindo aos dois novatos que se concentrassem nessa direção, conforme haviam sido instruídos, em vez de ficarem com caras de bobo, olhando para oeste. Sharpe obedientemente olhou para o sul, embora não houvesse nada lá para ver além de algumas mulheres carregando balaios na cabeça e um menino nu pastoreando algumas cabeças de gado esquálidas pela margem do rio. Seu dever agora, pensou Sharpe, era fugir deste lugar e voltar para o exército inglês, mas como, em nome de Deus, ele ia fazer isso? Se fosse pular do muro agora, raciocinou Sharpe, tinha grandes chances de quebrar uma perna, e mesmo se sobrevivesse ao salto, ainda teria de subir a ladeira do fosso e, se conseguisse fazer isso, seria apenas para alcançar o acampamento militar que fora construído em torno das seções sul e leste da muralha da cidade. E se tivesse bastante sorte para escapar das centenas de soldados que pulariam sobre ele, ainda assim teria de atravessar o rio. E enquanto isso, cada canhão na muralha do acampamento estaria disparando contra ele. E depois que tivesse atravessado o rio, se conseguisse, os lanceiros do Tipu estariam à sua espera na outra margem. Fugir da cidade parecia uma tarefa tão impossível que tudo que Sharpe pôde fazer foi sorrir.

— Só Deus sabe como vamos sair daqui — disse a Lawford.

— Talvez à noite? — Lawford sugeriu vagamente.

— Se algum dia nos deixarem de guarda à noite — disse Sharpe desconfiado, e em seguida pensou em Mary. Será que seria obrigado a deixá-la na cidade?

— E então, o que faremos? — perguntou Lawford.

— O que sempre fazemos no exército — disse Sharpe, estoico. — Acordar com muita pressa para não fazer nada. Vamos esperar pela oportunidade, porque ela virá, ela virá. E enquanto isso, talvez possamos descobrir o que diabos está acontecendo no lado oeste da cidade.

Lawford deu de ombros.

— Estou feliz por ter trazido você, Sharpe.

— Você está? — Sharpe esboçou um sorriso triste. — Eu lhe direi quando vou ficar feliz. Quando você me levar de volta para o exército.

E subitamente, depois de semanas pensando em desertar, Sharpe compreendeu que o que havia acabado de dizer era verdade. Ele queria voltar para o exército, e esse desejo o surpreendeu. O exército havia entediado Richard Sharpe, depois feito de tudo para acabar com seu espírito. O exército havia açoitado Sharpe, mas agora, parado nas muralhas de Seringapatam, ele sentia saudades do exército.

Porque em seu coração, como Richard Sharpe acabara de descobrir por si mesmo, ele era um soldado.

CAPÍTULO VI

Quatro dias depois, os exércitos da Inglaterra e Haiderabad alcançaram Seringapatam. O primeiro sinal de sua chegada foi uma nuvem de poeira que engrossou e ascendeu até obscurecer o horizonte leste, uma grande neblina levantada por milhares de cascos, botas e rodas. Os dois exércitos haviam cruzado o rio a leste da cidade e estavam agora em sua margem sul. Sharpe escalou com o resto dos soldados de Gudin até a banqueta de tiro acima do portão Misore para observar as primeiras patrulhas da cavalaria britânica aparecerem ao longe. Uma torrente de lanceiros trovejou pelo portão para confrontar os invasores. Os soldados do sultão Tipu cavalgavam com flâmulas verdes e escarlates nas pontas das lanças, e, abaixo, as bandeiras de seda com o sol dourado contra um fundo escarlate. Depois que os lanceiros passaram pelo portão, uma sucessão de carros de bois pintados entrou na cidade, cada um deles abarrotado com arroz e cereais. Havia muita água dentro de Seringapatam, porque não apenas o rio Cauvery passava debaixo de duas seções da muralha, como também cada rua possuía seu próprio poço, e agora Tipu estava assegurando que os celeiros estivessem cheios. Os arsenais da cidade já estavam repletos de munição. Havia canhões em cada bastião. Atrás da muralha, canhões sobressalentes aguardavam para substituir os que fossem destruídos. Nunca em toda sua vida Sharpe vira tantos canhões. O sultão Tipu depositava muita esperança na artilharia, e havia reunido canhões de todos tipos e tamanhos. Havia canhões com canos disfarçados de tigres acocorados, canhões inscritos com letras arábicas, e canhões fornecidos pela França, alguns ainda com a antiga cifra Bourbon entalhada perto dos ouvidos. Havia canhões imensos com canos com mais de 6 metros de comprimento, que disparavam balas de pedras de quase 30 quilos, e canhões pequenos, pouco maiores que um mosquete, que disparavam balas de chumbo. Tipu pretendia receber o ataque britânico com uma chuva mortal.

E essa chuva não seria apenas de balas, porque enquanto os dois exércitos marchavam para a cidade, os fogueteiros traziam suas armas estranhas até os parapeitos. Sharpe, que nunca tinha visto foguetes antes, ficou de queixo caído enquanto os mísseis eram apoiados nas banquetas de tiro. Cada uma consistia de um tubo de ferro com cerca de 15 ou 20 centímetros de largura e uns 60 centímetros de comprimento, amarrado por correias de couro a uma vareta de bambu mais alta que um homem. Um cone de estranho bruto ficava na extremidade do cilindro de ferro; dentro do cone havia uma pequena carga explosiva que seria inflamada pelo propelente de pólvora do próprio foguete. Disparava-se os mísseis acendendo um estopim de papel que emergia da base dos cilindros. Alguns dos tubos tinham sido embrulhados com papel e então pintados com tigres rosnando ou versos do Alcorão.

— Tem um homem lá na Irlanda trabalhando numa arma parecida — disse Lawford a Sharpe. — Mas duvido que ele coloque tigres nas pontas dos foguetes.

— Como se aponta essas coisas? — perguntou Sharpe.

Alguns dos foguetes tinham sido preparados para disparar, mas não havia um cano para direcioná-los; simplesmente estavam apoiados no parapeito, voltados para a direção geral do inimigo.

— Na verdade, não dá para se fazer mira com eles — explicou Lawford. — Eles são apenas apontados na direção certa e então disparados. Todo mundo sabe que essas armas são muito imprecisas. — Depois de uma pausa, acrescentou: — Tomara que sejam.

— Veremos em breve — disse Sharpe enquanto outro carrinho com os estranhos projéteis era empurrado esplanada acima até a banqueta de tiro da muralha.

Sharpe estava ansioso para ver os foguetes serem disparados, mas então compreendeu que os exércitos da Grã-Bretanha e de Haiderabad não iriam se aproximar diretamente da cidade, para não se colocar ao alcance dos disparos; planejavam marchar ao longe e em torno da margem sul de Seringapatam. O progresso dos dois exércitos era dolorosamente lento. Haviam aparecido ao nascer do dia, mas ao anoitecer ainda não tinham completado seu meio-circuito da ilha na qual Seringapatam se assentava. Uma multidão de curiosos acotovelava-se nos bastiões da cidade para observar a horda de rebanhos, batalhões, esquadrões de cavalaria, canhões, civis e carroças que enchia a paisagem sul. Poeira cercava os exércitos como uma bruma inglesa. De vez em quando a bruma se adensava devido ao ataque de um grupo de lanceiros do sultão a algum ponto vulnerável, mas a cada investida os lanceiros eram recebidos por uma contraofensiva da cavalaria aliada, e mais poeira era erguida pelos cascos das montarias enquanto os cavaleiros investiam, circulavam e lutavam. Um lanceiro cavalgou de volta para a cidade com o chapéu de um soldado de cavalaria britânico espetado na lança, e os soldados nas muralhas aplaudiram seu retorno. Porém, pouco a pouco, o número superior da cavalaria aliada obteve a vantagem e os aplausos esmoreceram quando os cavaleiros do sultão puseram-se a recuar, feridos, pelo vau do rio Cauvery. Depois que a cavalaria do sultão foi rechaçada, alguns soldados inimigos arriscaram aproximar-se da cidade. Pequenos grupos de oficiais trotaram com seus cavalos em direção ao rio, para examinar os muros da cidade, e foi um desses grupos que provocou o primeiro disparo de foguete.

Fascinado, Sharpe observou um oficial mover uma das armas compridas deitadas, no topo plano do parapeito, de modo a apontar seu cone de latão diretamente para o grupo de cavaleiros mais próximo. O fogueteiro aguardou ao lado do oficial, mantendo uma tocha acesa próxima ao estopim do foguete. O oficial alinhou o foguete até ficar satisfeito e então recuou um passo e fez um sinal para o fogueteiro. Com um sorriso, o fogueteiro encostou a tocha no estopim de papel na base do projétil.

Sharpe presumiu que o estopim de papel fora embebido em água diluída com pólvora e em seguida secado, porque inflamou imediatamente. O fogo subiu pelo estopim enquanto o fogueteiro recuava depressa. A trilha brilhante desapareceu dentro do cilindro de ferro, houve silêncio por um segundo, e então o foguete se contorceu quando a chama abruptamente emitiu uma tossida rouca pela base do tubo. A explosão da carga de pólvora desviou o pesado foguete de seu alinhamento cuidadoso, mas não havia mais como corrigir a posição da arma, porque um jato de chamas saía furiosamente do cilindro para queimar a trêmula vareta de bambu. Então, muito de repente, a chama brilhante aumentou para uma intensidade de fornalha, produzindo um ruído parecido com o de uma cachoeira imensa, só que em vez de água ele cuspia fagulhas e fumaça. O foguete começou a se mover. Tremeu por um instante, arrastou-se um ou dois centímetros pelo parapeito e, abruptamente, acelerou para o céu, deixando uma nuvem espessa de fumaça e uma marca preta na superfície do parapeito. Durante alguns segundos pareceu que o foguete estava tendo dificuldade em se manter no ar. O tubo, agora com sua cauda chamuscada, tremia enquanto enfrentava bravamente a gravidade, desenhando um rastro de fumaça sinuoso sobre o fosso. Então, afinal, o foguete ganhou impulso e sobrevoou a rampa, o acampamento, o rio. Cuspiu uma trilha de fagulhas, fogo e fumaça enquanto voava, e então, quando a carga de pólvora esgotou, começou a cair. Abaixo do míssil, o grupo de cavaleiros largara suas lunetas e corria em todas as direções enquanto o demônio de rabo de fogo descia do céu uivando. O foguete atingiu o solo, quicou e explodiu com um pequeno estalido, uma língua de fogo e uma nuvem de fumaça branca. Nenhum dos cavaleiros foi ferido, mas seu pânico deliciou os soldados do sultão nos bastiões, que brindaram os fogueteiros com vivas. Sharpe fez coro com eles. Mais adiante na muralha, um canhão disparou contra um grupo de cavaleiros. A bala sobrevoou o acampamento e o rio para esmagar um cavalo a 800 metros dali, mas ninguém aplaudiu os canhoneiros. Canhões não eram tão espetaculares quanto foguetes.

— Ele tem milhares dessas coisas malditas — disse Sharpe a Lawford, apontando para uma pilha de foguetes.

— Eles realmente não são muito precisos — disse Lawford com um tom pedante de desaprovação.

— Mas dispare um número suficientemente grande dessas coisas ao mesmo tempo e você não saberá se está neste mundo ou no Além. Eu não gostaria de estar no lado errado de uma dúzia dessas coisas.

Atrás deles, de um dos minaretes altos e brancos da mesquita nova da cidade, o muezim entoou a convocação para as orações da noite. Os fogueteiros muçulmanos desataram a desenrolar seus tapetinhos de preces e se virar para Meca. Sharpe e Lawford também se viraram para oeste, não por respeito à religião de Tipu, mas porque a vanguarda das cavalarias britânica e indiana estava investigando o terreno plano à margem do rio Cauvery do Sul, que era totalmente visível do cume do Portão Misore. O corpo principal dos dois exércitos estava acampando bem a sul da cidade, mas os cavaleiros tinham avançado para reconhecer o campo oeste em preparação para a marcha curta do dia seguinte. Sharpe podia até ver oficiais caminhando e marcando os pontos onde os lascares levantariam as tendas dos exércitos. A julgar pelas aparências, o general Harris decidira atacar do oeste, exatamente a direção que McCandless desaconselhara.

— Pobres imbecis — disse Sharpe, embora nem ele nem Lawford soubessem ainda que perigo residia nas defesas do oeste.

Também não haviam encontrado nenhuma oportunidade de escapar da cidade. Foram vigiados o tempo todo, e em nenhum momento montaram guarda à noite. Sharpe sabia que até a menor tentativa de fugir da cidade resultaria em morte imediata. Fora isso não haviam sido maltratados. Seus novos companheiros tinham-nos aceitado bem, mas Sharpe podia detectar uma reserva que provavelmente duraria até que ele e Lawford tivessem provado onde residia sua lealdade.

— Não é que não confiem em vocês — garantira Henry Hickson na primeira noite dos dois britânicos. — Mas só terão certeza de que são dignos de confiança depois que tiverem matado alguns dos seus antigos companheiros. — Hickson estava cerzindo a borda descosturada da luva de couro que protegia sua mão quando a carga do canhão era socada.

O canhoneiro precisava tampar o ouvido do canhão para que a vareta não empurrasse um jato de ar fresco pelo cano e assim inflamasse quaisquer resquícios de pólvora, e a luva velha e gasta traía havia quanto tempo Hickson era artilheiro. — Trouxe isto da América — dissera Hickson, adejando o velho pedaço de couro. — Foi uma garota de Charleston que a fez para mim. Coisinha adorável, aquela moça.

— Há quanto tempo você está na artilharia? — perguntara Lawford ao grisalho Hickson.

— A vida toda, Bill. Eu me alistei em 76 — rira Hickson. — Rei e pátria! Vá salvar as colônias! E tudo que fiz foi marchar para cima e para baixo como um carneirinho perdido e ver apenas uma dúzia de combates. Eu devia ter ficado na América quando fomos chutados de lá, mas não fiquei. Bem feito por ser idiota. Fui para Gibraltar, passei alguns anos polindo canhões, e depois fui admitido aqui.

— E por que fugiu? — indagou Lawford.

— Por dinheiro, claro. Tipu pode ser um sodomita pagão, mas paga bem seus canhoneiros. Quando paga, é claro, o que não é exatamente frequente. Mesmo assim, ele não tem me tratado mal. E se eu tivesse ficado com os canhoneiros não teria conhecido Suni, teria? — Apontara com seu dedão caloso para sua mulher indiana, que preparava o jantar com as esposas dos outros soldados.

— Nunca sente medo de ser capturado?

— Mas é claro que sinto! Morro de medo disso! — Hickson aproximara a luva de seu olho direito para julgar a precisão da costura. — Meu Deus, Bill, não quero ser amarrado a um poste com uma dúzia de bastardos apontando seus mosquetes contra mim. Quero morrer na cama de Suni — dissera com uma careta. — Você faz umas perguntas estúpidas, Bill, mas é isso o que eu esperaria de um maldito escrevente! Passar aquele tempo todo lendo e escrevendo não faz bem a um homem.

Hickson balançara a cabeça, atônito com as bobagens que Lawford dizia. Como todos os soldados de Gudin, Hickson desconfiava mais de Lawford que de Sharpe. Todos eles compreendiam Sharpe, porque era um deles e bom no que fazia, mas Lawford estava claramente desconfortável. Eles atribuíam isso ao fato de Lawford ter nascido num lar confortável antes de passar por tempos difíceis, e, embora simpatizassem com esse infortúnio, esperavam que ele o superasse. Outros soldados do pequeno batalhão de Gudin desprezavam Lawford por sua inépcia com armas, mas evitavam alfinetá-lo em consideração à amizade que Sharpe nutria por ele.

Sharpe e Lawford observaram os exércitos invasores armarem seu acampamento ao sul da cidade, mantendo uma boa distância do alcance dos canhões. Alguns soldados da cavalaria misoriana ainda circulavam os exércitos, atentos para uma oportunidade de abater um fugitivo, mas a maioria dos homens de Tipu já haviam voltado para a ilha da cidade. Os habitantes estavam animados, quase aliviados pelo fato de o inimigo estar visível e a espera finalmente ter acabado. As pessoas também estavam confiantes; embora a horda inimiga parecesse vasta, Tipu possuía defesas formidáveis e muitos homens. Sharpe não conseguia detectar qualquer desânimo entre os soldados hindus. Lawford dissera-lhe que havia animosidade entre eles e os muçulmanos, mas naquela noite, enquanto os homens de Tipu penduravam mais bandeiras sobre sua muralha pintada a cal, a cidade parecia unida contra o invasor.

O sargento Rothière gritou para Sharpe e Lawford da muralha interna do Portão Misore, apontando para o bastião grande do canto sudoeste da cidade.

— O coronel Gudin quer falar com a gente — traduziu Lawford para Sharpe.

— *Vite*! — gritou Rothière.

— É para irmos rápido — disse Lawford, nervoso.

Os dois abriram caminho através dos curiosos que se amontoavam diante dos parapeitos da muralha. Finalmente encontraram o coronel Gudin num baluarte que se estendia para sul a partir do imenso bastião quadrado.

— Como vão suas costas? — perguntou o francês como cumprimento a Sharpe.

— Sarando maravilhosamente, senhor.

Gudin sorriu, satisfeito com as notícias.

— É a medicina indiana, Sharpe. Se um dia eu voltar para a França, pretendo levar um médico indiano comigo. São muito melhores que os nossos. Tudo que um doutor francês faz é sangrar você até te deixar seco, e depois consolar sua viúva. — O coronel se virou e fez um gesto através do rio. — Os seus velhos amigos — anunciou, indicando onde a cavalaria britânica e indiana explorava a terra entre o acampamento do exército e a cidade. Quase todos estavam bem longe do alcance dos canhões de Seringapatam, mas algumas almas mais corajosas estavam galopando mais perto da cidade, ou para tentar a cavalaria de Tipu a sair e arriscar um combate, ou para provocar os canhoneiros na muralha da cidade. Um grupo especialmente animado estava gritando para a cidade, e até acenando, como se convidasse os canhões a atirar, e de vez em quando um canhão ribombava ou um foguete gritava através do rio, embora de algum modo os cavaleiros sempre permanecessem ilesos. — Eles estão nos distraindo — explicou Gudin. — Estão desviando nossa atenção de outros. Ali, veem? Aqueles arbustos, ao lado da cisterna. — Estava apontando para o outro lado do rio. — Tem alguns batedores ali. Todos a pé. Estão tentando ver que defesas possuímos perto do rio. Estão vendo? Olhem para os arbustos, debaixo das duas palmeiras.

Sharpe olhou na direção indicada, mas não viu nada.

— Deseja que a gente vá até lá pegá-los, senhor? — ofereceu Sharpe.

— Quero que vocês atirem neles — disse Gudin.

Os arbustos debaixo das palmeiras gêmeas estavam a quase 400 metros de distância.

— É bem longe para um mosquete, senhor — avaliou Sharpe.

— Então experimente isto — disse Gudin, estendendo-lhe uma arma. Devia ser uma das armas pessoais de Tipu, considerando que sua coronha era decorada com marfim, seu fecho era folheado a ouro, seu cano entalhado com uma escrita árabe.

Sharpe pegou a arma e a sopesou.

— É bonita, senhor. Mas nenhuma decoração externa deixa um mosquete mais preciso do que um feioso como este — disse Sharpe, acariciando seu pesadíssimo mosquete francês.

— Você está errado — disse Gudin. — Isso aí é um rifle.

— Um rifle! — Sharpe conhecia essa arma de nome, mas nunca havia manejado uma. Olhando por sua boca, viu que o cano de fato era entalhado num padrão de ranhuras espirais. Sharpe ouvira falar que as ranhuras faziam a bala girar, e que isso, por algum motivo, tornava o disparo mais preciso que o de um mosquete de cano liso. Se era verdade, Sharpe não fazia a menor ideia, mas todo homem com quem conversara a respeito de rifles jurara que era assim mesmo. Sharpe acrescentou, incrédulo:

— Ainda assim, 400 metros? Um percurso muito longo para uma bala, senhor, mesmo se ela sair girando.

— Esse rifle pode atingir um alvo a 400 metros — disse Gudin cheio de confiança. — A propósito, está carregado — acrescentou o coronel, e Sharpe, que estava novamente examinando a boca da arma, olhou para seu superior. Gudin riu. — Carregado com a melhor pólvora e com sua bala embrulhada em couro oleado. Quero ver se você é um bom atirador.

— Não, senhor — disse Sharpe. — O senhor não quer isso. O senhor quer saber se estou disposto a matar meus conterrâneos.

— Isso também, é claro — concordou pacificamente Gudin, e riu ao ver que sua pequena artimanha tinha sido descoberta. — A essa distância você deve mirar a 1,82m acima do alvo. Tenho outro rifle para você, Lawford, mas não acho que podemos esperar que um escrevente seja tão preciso quanto um brigão como o Sharpe.

— Farei o melhor que puder, senhor — disse Lawford e aceitou o segundo rifle das mãos de Gudin. Lawford podia ser desajeitado carregando uma arma, mas possuía experiência em campos de caça, tendo aprendido a atirar aos oito anos de idade.

— Alguns homens acham difícil atirar em seus velhos companheiros — disse Gudin a Lawford. — Quero ter certeza de que vocês não estão entre eles.

— Vamos torcer para que os cretinos sejam oficiais — disse Sharpe. — Sem querer ofendê-lo, senhor.

— Lá estão eles! — exclamou Gudin e do outro lado do rio, bem ao lado da cisterna, debaixo de duas palmeiras, estava um par de casacas vermelhas. Os homens estavam examinando a muralha da cidade através de telescópios. Seus cavalos estavam amarrados a estacas atrás deles.

Sharpe ajoelhou-se numa seteira de canhão. Instintivamente sentiu que o alcance era longo demais para qualquer arma de fogo, mas tendo ouvido falar do milagre dos rifles, estava curioso para saber se os rumores eram verdadeiros.

— Bill, fique com o da esquerda e dispare logo depois de mim — disse Sharpe. Ele olhou para Gudin e viu que o coronel havia se afastado um pouco para ver o efeito dos disparos de um lugar onde a fumaça dos rifles não obscureceria a lente de sua luneta. — E mire direito, Bill — disse Sharpe numa voz baixa. — Devem ser apenas soldados de cavalaria, e quem vai se importar se metermos um pouco de chumbo nesses malditos? — Agachou-se atrás do rifle e alinhou sua mira bem-definida, que era muito mais impressionante que o toco rudimentar que o mosquete oferecia como referência. Um homem podia ficar 15 metros na frente de um mosquete bem mirado e ainda assim ter quase cinquenta por cento de chance de sair sem um arranhão, mas a delicadeza da mira do rifle parecia confirmar o que todo mundo havia dito a Sharpe. Este era um matador de longo alcance.

Ele se posicionou firmemente, mantendo a mira alinhada no homem distante, e então levantou devagar o cano de modo a fazer a boca do rifle obscurecer seu alvo mas conferir à bala a trajetória necessária. Como não havia nenhum sinal de vento, era desnecessário compensar a mira. Sharpe nunca havia disparado um rifle, mas isto era apenas uma questão de bom senso. Ele também não estava muito preocupado em ter de matar alguém do seu próprio lado. Essa era uma triste necessidade, coisa que precisava ser feita se quisesse ganhar a confiança de Gudin e portanto a liberdade que poderia ajudá-lo a fugir da cidade. Respirou fundo, deixou metade do fôlego escapar, e apertou o gatilho. A arma escoiceou seu ombro, seu recuo bem mais forte que o golpe de um mosquete comum. Lawford disparou meio segundo depois, a fumaça de sua arma juntando-se à nuvem densa emitida pelo rifle de Sharpe.

— O escrevente ganhou! — exclamou Gudin, atônito. Ele abaixou a luneta. — Sharpe, a sua bala passou a 15 centímetros da cabeça do homem, mas acho que você matou o seu alvo, Lawford. Muito bem! Muito bem mesmo!

Lawford enrubesceu, mas não disse nada. Ele pareceu abalado e Gudin atribuiu esse estado a uma timidez natural.

— Foi o primeiro homem que você matou? — perguntou gentilmente.

— Sim, senhor — disse Lawford, com sinceridade.

— Você merece ser mais do que um escrevente. Parabéns. Parabéns para vocês dois. — Gudin pegou os rifles de volta e riu da expressão irritada de Sharpe. — Esperava se sair melhor, Sharpe?

— Sim, senhor.

— Você vai melhorar. Um erro de 15 centímetros a esta distância foi um disparo muito bom. Muito bom mesmo. — Gudin virou-se para observar o casaca vermelha não ferido arrastar seu companheiro de volta até os cavalos. — Acho que você tem um talento natural, Lawford. Aceite minhas congratulações. — O coronel enfiou a mão em sua bolsa e tirou um punhado de moedas. — Um adiantamento do seu soldo. Muito bem! Agora podem ir.

Sharpe olhou para trás, esperando ver o que a seção oeste da muralha tinha de tão diabólico, mas não conseguiu ver nada estranho lá. Assim, ele se virou e seguiu Lawford esplanada abaixo. Lawford tremia.

— Eu não queria matá-lo! — disse o tenente quando Gudin não podia mais ouvi-lo.

— Eu queria — murmurou Sharpe.

— Deus, o que foi que eu fiz? Eu estava mirando para a esquerda!

— Não seja idiota — disse Sharpe. — O que você fez foi garantir a nossa liberdade. Você se saiu muito bem.

Sharpe arrastou Lawford até uma taberna. Tipu podia ser muçulmano, e os muçulmanos podiam pregar um ódio extraordinário contra o álcool, mas quase toda a cidade era hindu, e Tipu era suficientemente sensato para manter as tavernas abertas. Esta aqui, perto do quartel de Gudin, era uma sala ampla, aberta para a rua, com uma dúzia de mesas onde velhos jogavam xadrez e jovens gabavam-se de como iriam chacinar os invasores. A taberneira, uma mulher gorda e carrancuda, vendia uma variedade de bebidas estranhas: vinho e araca, principalmente, mas também uma cerveja de gosto estranho. Sharpe ainda não sabia falar o idioma local, mas apontou para o barril de araca e mostrou dois dedos. Agora que ele e Lawford estavam vestidos com túnicas de listras de tigre e portavam mosquetes, atraíam pouca atenção na cidade e nenhuma hostilidade.

— Aqui. — Ele colocou a araca diante de Lawford. — Beba isto.

Lawford tomou a bebida num só gole.

— Aquele foi o primeiro homem que matei — disse ele, o gosto forte da bebida provocando-lhe uma careta.

— E está com remorso por causa disso?

— Claro que estou! Ele era britânico!

— Não se pode despelar um gato sem fazer sujeira — disse Sharpe para confortá-lo.

— Deus do céu! — exclamou Lawford com raiva.

Sharpe derramou metade de sua bebida no copo de Lawford e fez sinal para uma das serventes que circulavam as mesas enchendo os copos.

— Você precisava fazer isso.

— Se eu tivesse errado, como você, Gudin teria ficado igualmente impressionado — disse Lawford. — Foi um belo tiro, o seu.

— Eu estava apontando para matar o sodomita.

— Você estava? — retrucou Lawford, chocado.

— Mas que diabo, Bill! Nós precisávamos convencer essa gente! — Sharpe sorriu quando a garota serviu-lhe mais bebida e então despejou um punhado de moedinhas de bronze numa tigela de madeira na mesa. Outra tigela continha um tempero estranho que os outros frequentadores beliscavam entre os goles, mas Sharpe achou o cheiro muito forte. Depois que a garota tinha se afastado, ele olhou de volta para o tenente atormentado. — Você achava que isto ia ser fácil?

Lawford ficou calado durante alguns segundos, depois deu de ombros.

— Para ser sincero, achei que seria impossível.

— Então por que veio?

Aninhando o copo em ambas as mãos, Lawford fitou Sharpe como se tentasse decidir se devia ou não responder.

— Para me livrar de Morris — confessou finalmente. — E pela emoção. — Ele parecia embaraçado por admitir ambas as coisas.

— Morris é um bastardo — disse Sharpe.

— Ele está entediado — defendeu Lawford e então desviou a conversa da área perigosa que era criticar um oficial superior. — E também vim por gratidão ao meu tio.

— E por que isso chamaria atenção para você?

Lawford olhou para Sharpe com alguma surpresa no rosto e assentiu.

— Isso também.

— O mesmo comigo — disse Sharpe. — Exatamente o mesmo. Só que até o general dizer que você vinha comigo, eu estava quase decidido a fugir de verdade.

Lawford ficou chocado com a confissão.

— Você realmente queria desertar?

— Pelo amor de Deus, Bill! Como você acha que é ser soldado quando se tem um oficial como Morris e um sargento como Hakeswill? Aqueles bastardos acham que somos gado, mas não somos. A maioria de nós quer fazer um trabalho decente. Talvez não decente demais. Queremos um pouco de dinheiro e uma *bibbi* de vez em quando, mas não gostamos de ser açoitados. E podemos lutar como o diabo. Se vocês começassem a confiar na gente em vez de nos tratar como o inimigo, ficariam surpresos com o que podemos fazer.

Lawford não disse nada.

— Vocês têm bons homens na companhia — insistiu Sharpe. — Tom Garrard é um soldado melhor do que metade dos oficiais no batalhão, mas vocês nem reparam nele. Se um homem não sabe ler nem falar como um coroinha, vocês pensam que ele não merece confiança.

— O exército está mudando — disse Lawford defensivamente.

— Que nada! Por que vocês nos obrigam a empoar os cabelos como mulheres? Ou usar aquela maldita gargalheira?

— Mudanças demandam tempo — disse Lawford sem muita convicção.

— Já passou tempo demais — retrucou fervorosamente Sharpe, e então se encostou contra a parede e se pôs a admirar as garotas que estavam cozinhando no fundo da taberna. Tentou adivinhar se elas seriam prostitutas. Hickson e Blake tinham lhe dito que sabiam onde as melhores prostitutas ficavam, mas então ele se lembrou de Mary e subitamente sentiu-se culpado. Ele não a tinha visto uma só vez desde sua chegada a Seringapatam, mas também não havia pensado muito nela. Na verdade, ele estava passando muito bem aqui; comida boa, bebida barata, companhia aceitável, e a tudo isso somava-se o tempero do perigo. — Depois da sua incrível demonstração de pontaria, vamos ficar bem — disse, encorajando Lawford. — Teremos uma chance de cair fora daqui.

— E quanto à sra. Bickerstaff? — indagou Lawford.

— Estava pensando nela. E talvez você tivesse razão. Talvez eu não devesse tê-la trazido. Mas não podia deixá-la no exército, podia? Não com Hakeswill planejando vendê-la para um *kin*.

— Um *kin*?

— Um cafetão.

— Ele realmente planejava isso? — indagou Lawford.

— Ele e Morris. Os dois estavam nisso juntos. O maldito Hakeswill me contou na noite que me fez bater nele. E Morris estava lá com aquele bastardo do Hicks, só esperando para me flagrar. Fui um idiota de cair naquela armadilha, mas foi o que aconteceu.

— Você pode provar isso?

— Provar! — repetiu, sarcástico. — Claro que não posso, mas é verdade. — Sharpe bufou, irritado. — O que vou fazer com Mary?

— Levá-la com você, é claro — asseverou Lawford.

— Talvez não tenhamos chance — disse Sharpe.

Lawford fitou-o durante alguns segundos.

— Meu Deus, você é cruel — disse finalmente.

— Sou um soldado. Crueldade ajuda — disse Sharpe com orgulho fingido, querendo chocar o tenente. O que ele iria fazer com Mary? E onde ela estava? Bebeu o resto de sua araca e bateu palmas, pedindo mais. Então perguntou a Lawford: — Você quer achar uma *bibbi* esta noite?

— Uma prostituta? — indagou Lawford, horrorizado.

— Uma mulher respeitável não nos seria muito útil, não acha? A não ser que você queira apenas uma conversa educada.

Lawford fitou Sharpe durante alguns segundos boquiaberto. Finalmente, disse à socapa:

— O que nós devíamos fazer é encontrar o tal Ravi Shekhar. Ele pode ter alguma maneira de mandar mensagens para fora da cidade.

— E como você propõe achar o homem? — desafiou Sharpe. — Não podemos vagar pelas ruas perguntando por ele em inglês. Ninguém vai saber que diabos estamos fazendo! Vou pedir a Mary que procure por ele quando a virmos. — Ele sorriu. — Dane-se o Shekhar. Que tal ocuparmos nosso tempo com uma *bibbi*?

— Prefiro ocupar meu tempo lendo.

— Gosto não se discute — disse Sharpe, descuidadamente.

Lawford hesitou, seu rosto corando.

— É apenas que já vi homens com sífilis — explicou.

— Deus! Você já viu homens vomitarem, mas não parou de beber por causa disso. Além disso, não se preocupe com a sífilis. Foi por causa dela que Deus nos deu o mercúrio. Essa substância funcionou para aquele maldito do Hakeswill, não funcionou? Embora Deus saiba por quê. Além disso, Harry Hickson disse que ele conhece algumas garotas limpas, embora às vezes elas só pareçam limpas. Ainda assim, se quiser estragar seus olhos lendo a Bíblia, vá em frente, mas não existe mercúrio que devolva a sua visão.

Lawford não disse nada durante alguns segundos.

— Talvez eu vá com você — disse finalmente, envergonhado, olhando para a mesa.

— Aprendendo como o outro lado vive? — perguntou Sharpe.

— Algo assim — murmurou Lawford.

— Tudo bem, eu te conto. Com um pouco de dinheiro e um par de garotas generosas, podemos viver como reis. Vamos fazer deste nosso último trago, certo? Não queremos abaixar a bandeira, queremos?

Lawford estava vermelho como um pimentão.

— Você não vai contar sobre isto a todo mundo quando voltarmos, vai?

— Eu? — Sharpe fingiu estar ofendido com a sugestão. — Minha boca é um túmulo. Não direi uma palavra, prometo.

Lawford estava preocupado em deixar sua dignidade escapar-lhe entre os dedos, mas não queria perder a aprovação de Sharpe. O tenente estava ficando fascinado com a confiança do rapaz e invejava a forma como Sharpe lidava tão instintivamente com um mundo perverso, e queria descobrir a mesma habilidade em si próprio. Pensou rapidamente sobre a Bíblia que o aguardava no quartel, e no conselho de sua mãe para lê-la com diligência, mas então decidiu mandar as duas coisas para o inferno. Ele tomou o resto da araca, pegou o mosquete e seguiu Sharpe para a escuridão.

Cada casa na cidade estava preparada para o cerco. Armazéns foram entupidos com alimentos e bens preciosos foram escondidos na eventualidade dos exércitos inimigos atravessarem a muralha. Buracos foram cavados em jardins e enchidos com moedas e joias, e em algumas das casas mais ricas salas inteiras foram ocultas por paredes falsas, de modo a permitir que as mulheres se escondessem quando os invasores marchassem pelas ruas.

Mary ajudou as criadas do general Appah Rao a se prepararem para o tormento. Ela se sentia culpada, não porque vinha do exército que estava impondo essa ameaça de dor à cidade, mas porque ela inesperadamente havia se descoberto feliz na ampla casa de Rao.

Quando o general Appah Rao levara-a para longe de Sharpe, Mary ficara assustada, mas o general a tinha abrigado em sua própria casa e garantido sua segurança.

— Precisamos limpar você e deixar esse olho se curar — dissera-lhe o general.

O general tratara-a com gentileza, mas também com reserva, devido à aparência desmazelada e à história alegada por Mary. O general não acreditava que Mary fosse digna de integrar o corpo de criados de sua casa, mas a jovem falava inglês e o inteligente Appah Rao sabia que um domínio do inglês seria um recurso lucrativo no futuro de Misore. Além disso, tinha três filhos que teriam de sobreviver no futuro.

— Logo você poderá se reunir ao seu homem, mas é melhor que primeiro você se recupere — dissera Rao a Mary.

Mas agora, depois de uma semana na casa do general, Mary não queria ir embora. Para início de conversa, a casa estava cheia de mulheres que a haviam recebido de braços abertos e a tratado com uma gentileza que a deixara atônita. Lakshmi, a esposa do general, era uma mulher alta e gorducha com cabelos prematuramente grisalhos e uma risada contagiante. Ela tinha duas filhas crescidas e solteiras e, embora houvesse muitas criadas na casa, Mary ficou surpresa em descobrir que Lakshmi e suas filhas compartilhavam o trabalho da casa. Elas não varriam nem bombeavam água — essas tarefas eram destinadas às criadas inferiores —, mas Lakshmi adorava trabalhar na cozinha, de onde sua gargalhada ecoava para o resto da casa.

Tinha sido Lakshmi quem repreendera Mary por estar tão suja. Lakshmi obrigara-a a despir suas roupas ocidentais, forçara-a a tomar um banho e depois desemaranhara e lavara seus cabelos imundos.

— Você seria linda caso se esforçasse um pouco — dissera Lakshmi.

— Eu não queria chamar a atenção.

— Minha querida, quando você for da minha idade, ninguém prestará a mínima atenção em você. Assim, aproveite enquanto é jovem. Você disse que é viúva?

— Ele era um inglês — disse Mary muito nervosa, explicando a falta de uma marca de casamento em sua testa e preocupada com a possibilidade de a mulher mais velha pensar que ela poderia se atirar na cama do general.

— Bem, você agora é uma mulher livre, e portanto pode chamar a atenção. — Lakshmi riu e então, ajudada por suas filhas, escovou e penteou os cabelos de Mary, puxando-o para trás e então juntando-o num coque sobre sua nuca. Uma empregada alegre trouxe um punhado de roupas e as mulheres jogaram *cholis* nela.

— Escolha um — instruiu Lakshmi.

O *choli* era uma blusa curta que cobria os seios, ombros e parte superior dos braços, mas deixava a maior parte de suas costas nuas. Instintivamente, Mary selecionou o mais decoroso, porém Lakshmi não concordou.

— Essa sua pele clara é adorável. Mostre-a! — disse ela e escolheu um *choli* curto com padrões extravagantes de flores escarlates e folhas amarelas. Lakshmi puxou as mangas curtas para alisá-las.

— E então, por que você fugiu com aqueles dois homens? — perguntou Lakshmi.

— Havia um homem lá no exército. Um homem mau. Ele queria.... — Mary se calou e encolheu os ombros. — Você sabe.

— Soldados! — exclamou Lakshmi com desaprovação. — Mas os dois homens com quem você fugiu, eles a trataram bem?

— Sim, claro que sim. — Mary, subitamente, queria passar uma boa impressão a Lakshmi, e essa opinião não seria boa se ela pensasse que Mary tinha fugido do exército com um amante. Um deles é meu... meu... meio-irmão — mentiu timidamente.

— Ah! — exclamou Lakshmi como se agora tudo lhe parecesse claro. Seu esposo tinha lhe dito que Mary fugira com o amante, mas Lakshmi decidiu aceitar a história de Mary. — E o outro homem? — perguntou.

— Ele é apenas um amigo do meu irmão. — A mentira deixou Mary corada, mas Lakshmi nem pareceu notar. — Os dois estavam me protegendo — explicou.

— Isso é bom. Bom mesmo. Agora, isto. — Ela ofereceu uma anágua branca, na qual Mary entrou. Lakshmi amarrou-a com força atrás, e em seguida se pôs a caçar alguma coisa na pilha de sáris. — Verde! — exclamou. — Este vai cair bem em você. — E desdobrou um cinto vasto de seda verde, com 1,20 metros de largura e mais de 6 metros de comprimento. — Sabe usar um sári? — indagou Lakshmi.

— Minha mãe me ensinou.

— Em Calcutá? — disse Lakshmi. — As mulheres de Calcutá não entendem nada de sáris. Deixe-me mostrar como se coloca. — Lakshmi embrulhou a primeira extensão de sári na cintura esguia de Mary e enfiou-o com firmeza na cintura da anágua; em seguida, dobrou mais uma extensão em torno da garota, mas esta foi amarrada habilmente em laços que mais uma vez foram ancorados na cintura da anágua. Mary poderia ter feito facilmente o trabalho sozinha, mas Lakshmi parecia estar se divertindo tanto com aquilo que teria sido cruel negar-lhe esse prazer. Quando os laços foram pregueados, quase todo o pano do sári já havia sido usado. Lakshmi jogou o restante sobre o ombro esquerdo de Mary, e então puxou a seda de modo a fazê-la cair em dobras graciosas. Em seguida deu um passo para trás.

— Perfeito! Agora você pode vir nos ajudar nas cozinhas. Vamos queimar essas roupas velhas.

Toda manhã Mary ensinava inglês aos três filhos do general. Eram meninos brilhantes que aprendiam depressa, e as horas transcorriam agradáveis. À tarde ajudava nas tarefas do lar, mas no começo da noite seu trabalho era acender as lamparinas da casa. Era durante esse dever que Mary se via na companhia de Kunwar Singh, que mais ou menos ao mesmo tempo que as lamparinas eram acesas, perambulava pela casa verificando se as janelas estavam fechadas e as portas e portões trancados ou guardados. Kunwar Singh era o chefe da guarda pessoal de Appah Rao, mas suas responsabilidades concentravam-se mais na casa do que no general, que sempre andava acompanhado por um número considerável de soldados. Kunwar Singh, conforme Mary descobriu, tinha um parentesco distante com o general, mas havia alguma coisa estranhamente triste nesse rapaz jovem e alto cujos modos eram tão corteses quanto distantes.

— Não costumamos falar sobre isso — disse Lakshmi a Mary numa tarde em que ambas descascavam arroz.

— Sinto muito por ter perguntado.

— O pai dele caiu em desgraça — explicou Lakshmi. — E isso significa que a família inteira caiu junto. O pai de Kunwar administrava parte de nossas terras nas proximidades de Sedasseer, e ele roubou de nós! Roubou! E quando foi descoberto, em vez de pedir a clemência de meu marido, tornou-se um bandoleiro. Acabou sendo capturado pelos homens do sultão, que cortaram sua cabeça. Pobre Kunwar. É difícil viver com esse tipo de desgraça.

— É uma desgraça maior do que ter sido casada com um inglês? — indagou Mary, que se sentia secretamente envergonhada nesta casa feliz. Ela própria era meio-inglesa, e jamais esquecia de sua mãe, que fora rejeitada por sua própria gente por ter sido casada com um inglês.

— Uma desgraça? Ter sido casada com um inglês? Não diga bobagens, menina! — asseverou Lakshmi.

No dia seguinte, Lakshmi providenciou para que Mary fosse presentear com alimentos o jovem e deposto rajá de Misore, que devido à piedade do sultão Tipu sobrevivia numa casinha a leste do Palácio Interno.

— Mas você não pode ir sozinha, não com as ruas cheias de soldados — disse Lakshmi. — Kunwar!

E Lakshmi viu o rosto de Mary corar de felicidade enquanto a punha sob a proteção do alto e jovem Kunwar Singh.

Apesar de feliz, Mary sentia-se culpada. Achava que devia tentar encontrar Sharpe porque suspeitava que ele estivesse sentindo sua falta, mas estava tão feliz na casa de Appah Rao que não queria perturbar essa alegria retornando ao seu antigo mundo. Sentia-se em casa e, embora a cidade estivesse cercada por inimigos, estranhamente segura. Um dia, supôs, deveria encontrar Sharpe e talvez tudo então se acertasse, mas não queria apressar esse processo. Simplesmente se sentia culpada, e tomava o cuidado para não começar a acender as lamparinas antes de ouvir a primeira trava de janela ser baixada.

E Lakshmi, que há algum tempo se perguntava onde poderia encontrar uma noiva adequada para o pobre e desgraçado Kunwar Singh, sorria para si mesma.

Depois que os exércitos da Grã-Bretanha e de Haiderabad montaram seu acampamento permanente a oeste de Seringapatam, o cerco se acomodou num padrão que ambos os lados reconheceram. Os exércitos aliados posicionaram-se fora do alcance do maior canhão da muralha, e bem longe da trajetória máxima dos foguetes. Contudo, estabeleceram uma linha avançada de frente para um aqueduto murado com terra que corria por 1,5 quilômetro para oeste da cidade. Ali postaram alguns pelotões de artilharia e infantaria para cobrir a periferia e cavar trincheiras de aproximação. Assim que essas trincheiras fossem estabelecidas, os canhões das baterias seriam instalados. Mas ao sul desse terreno escolhido, o aqueduto de paredes escarpadas formava um "loop" profundo. Essa forma curvilínea penetrava 800 metros para oeste, e seu interior era preenchido por um *tope*, um bosque denso, de onde os soldados do sultão mantinham fogo incessante contra a linha avançada britânica, enquanto os fogueteiros precipitavam uma errática — mas incômoda — barreira de mísseis sobre o grupo de trabalho britânico. Um golpe de sorte fez um foguete voar 900 metros até atingir um barraco de munição. A explosão resultante provocou na muralha gritos de alegria que, apesar da distância, chegaram aos ouvidos dos britânicos.

Depois de suportar o foguetório por dois dias, o general Harris decidiu que era hora de tomar toda a extensão do aqueduto e esvaziar o *tope*. Ordens foram escritas e passadas de general para coronéis, de coronéis para capitães, e de capitães para sargentos.

— Prepare os homens, sargento — disse Morris a Hakeswill.

Hakeswill estava em sua tenda ao receber a ordem de se apresentar ao capitão. Dentre todos os sargentos do 33º Regimento, Hakeswill era o único que desfrutava do luxo de uma tenda própria. A tenda, que pertencera ao capitão Hughes, deveria ter sido leiloada junto com os outros pertences do oficial depois de sua morte pela febre amarela, mas Hakeswill simplesmente apoderara-se dela e ninguém tivera coragem para contrariá-lo. O sargento caminhara descalço até a tenda do capitão Morris porque seu criado — Raziv, um calcutaense retardado mental — estava polindo suas botas.

— Preparados, senhor? — retrucou Hakeswill. — Eles estão preparados, senhor. — Olhou desconfiado para as fileiras da Companhia Ligeira. — Melhor estarem preparados, senhor, senão, arrancarei a pele dos infelizes — disse Hakeswill, rosto tremendo.

— Sessenta cartuchos de munição — disse Morris.

— Sempre carregam, senhor! Regulamentos, senhor!

Morris entornara quase três garrafas de vinho no almoço e não estava com paciência para os equívocos de Hakeswill. Ele soltou um palavrão e apontou para sul, onde outro foguete subia do *tope*, desenhando um rastro de fumaça no céu.

— Esta noite, seu idiota, nós vamos expulsar aqueles bastardos daquele bosque.

— Nós, senhor? — disse Hakeswill, alarmado com a perspectiva. — Apenas nós, senhor?

— O batalhão inteiro. Ataque noturno. Inspeção ao anoitecer. Todo homem que parecer bêbado será chicoteado.

Com exceção dos oficiais, pensou Hakeswill, batendo continência para Morris.

— Sim, senhor! Inspeção ao anoitecer, senhor. Permissão para passar as ordens, senhor?

Sem esperar a permissão de Morris, Hakeswill voltou para sua tenda.

— Botas! Me dá essas botas! Vamos, seu bastardo escuro! — Esbofeteou a orelha de Raziv e tomou de suas mãos as botas, ainda não completamente limpas. Calçou-as, e em seguida puxou Raziv pela orelha até a frente da tenda, onde a alabarda estava fincada no chão como um mastro de bandeira.

— Afiada! — berrou Hakeswill no tão maltratado ouvido do criado. — Afiada! Entendeu, pagão retardado? Quero a lâmina bem afiada!

À guisa de encorajamento, Hakeswill desferiu um tapa violento no indiano. Em seguida, marchou através das fileiras do regimento.

— Todos de pé, seus malditos! — gritou. — Prestem atenção! É hora de fazerem por merecer seu soldo miserável. Você está bêbado, Garrard? Se estiver bêbado, rapaz, vou deixar suas costas em carne viva!

O batalhão perfilou-se ao anoitecer e, para sua surpresa, viu-se inspecionado pelo coronel Arthur Wellesley. Quando Wellesley apareceu, os soldados sentiram alívio, porque a esta altura cada homem sabia que estava indo para uma batalha, mas não desejava lutar sob a liderança insegura do major Shee, que bebera araca demais e quase não conseguia manter-se montado no cavalo. Wellesley podia ser um bastardo de coração frio, mas os homens sabiam que era um soldado cuidadoso, e até ficaram mais animados ao vê-lo trotar entre as fileiras em seu cavalo branco. Cada homem precisou demonstrar posse de sessenta cartuchos de munição, e os que não o fizeram tiveram seus nomes anotados no Livro de Punição. Dois batalhões de sipaios das forças da Companhia das Índias Orientais juntaram-se ao 33º Regimento; enquanto o sol afundava no horizonte, os três batalhões marcharam para sul, rumo ao aqueduto. Tinham suas bandeiras desfraldadas, e o coronel Wellesley liderava-os a cavalo. Outros batalhões do rei marchavam à sua esquerda, indo atacar a extensão norte do aqueduto.

— E então, tenente, o que estamos fazendo? — perguntou Tom Garrard ao recém-promovido tenente Fitzgerald.

— Silêncio nas fileiras! — berrou Hakeswill.

— Ele estava falando comigo, sargento — disse Fitzgerald. — O senhor, por favor, dê-me a honra de não interferir em minhas conversas pessoais.

A réplica de Fitzgerald multiplicou por vinte a boa reputação que o irlandês gozava dentro da companhia. Fitzgerald era popular devido ao respeito e à simpatia com que tratava os soldados.

Hakeswill resmungou alguma coisa. Fitzgerald afirmava que seu irmão era Cavaleiro de Kerry, fosse lá isso o que fosse, mas a alegação não impressionava Obadiah Hakeswill. Oficiais decentes deixavam a disciplina a cargo dos sargentos, e não confraternizavam com os soldados contando-lhes piadas e tagarelando como gralhas. Também era evidente que o maldito tenente provisório Fitzgerald odiava Hakeswill, porque aproveitava cada oportunidade de contrariar a autoridade do sargento. Hakeswill estava determinado a mudar isso. Seu rosto estremeceu. Não havia nada que pudesse fazer no momento, mas o sr. Fitzgerald, disse Hakeswill aos seus botões, vai aprender sua lição, e quanto mais cedo aprendê-la, melhor.

— Está vendo aquele bosque? — apontou Fitzgerald. — Vamos eliminar os soldados de Tipu que estão naquele aterro — explicou a Garrard.

— Quantos soldados são, senhor?

— Centenas! — respondeu alegremente Fitzgerald. — E todos estão se cagando de medo, porque sabem que os Havercakes estão indo acabar com sua raça!

Os soldados de Tipu podiam até estar se cagando de medo, mas também estavam vendo claramente os três batalhões em marcha e, à guisa de saudação, seus fogueteiros desfecharam uma saraivada de foguetes sobre os inimigos. Os foguetes subiram pelo céu escuro, chamas de exaustão sobrenaturalmente brilhantes enquanto cuspiam vulcões de fagulhas nos rastros de fumaça que afinavam à medida que os foguetes atingiam seu apogeu e então mergulhavam em direção à infantaria britânica e indiana.

— Não desfaçam as fileiras! — gritou um oficial britânico.

Os três batalhões continuaram marchando impassíveis enquanto a primeira saraivada de foguetes descia para explodir ao seu redor. Alguns soldados bradaram vivas para comemorar a imprecisão dos foguetes, mas os oficiais e sargentos mandaram-nos calar a boca. Mais foguetes subiram e caíram. Mais foguetes saíram de curso, mas alguns chegaram perto o bastante para fazer homens se jogarem no chão, e um explodiu a poucos metros da 33º Companhia Ligeira, e os seus estilhaços afiados passaram zunindo perto de suas orelhas. Homens riram por terem se safado por pouco, e então alguém viu que o tenente Fitzgerald estava cambaleando.

— Senhor!

— Não é nada, rapazes, nada! — gritou Fitzgerald. Um estilhaço do cilindro do foguete abrira um rasgão em seu braço direito, e havia um ferimento atrás da cabeça que estava gotejando sangue pelas pontas dos fios de cabelo, mas ele fez sinal de que não precisava de ajuda. — É preciso mais do que o foguete de um pagão para abater um irlandês — disse alegremente. — Não é verdade, O'Reilly?

— É verdade, senhor — respondeu o recruta irlandês.

— Temos crânios fortes como baldes — disse Fitzgerald, colocando a barretina rasgada de volta na cabeça. O braço esquerdo estava dormente, sangue empapava a manga até o pulso, mas ele estava determinado a continuar avançando. Sofrera ferimentos piores no campo de caça e ainda assim continuara em sua sela até que a raposa fosse morta.

O peito de Hakeswill ardia de ódio por Fitzgerald. Como um mero tenente ousava passar por cima de sua autoridade? Um moleque! Ainda de fraldas, não tendo nem 19 anos! Hakeswill desferiu um golpe de alabarda contra um cacto, e a selvageria do gesto desalojou o mosquete que pendia de seu ombro esquerdo. O sargento normalmente não carregava um mosquete, mas esta noite estava armado com a alabarda, o mosquete, uma baioneta e um par de pistolas. Exceto pela peleja rápida em Malavelly, fazia anos que Hakeswill não via uma batalha, e não tinha certeza se queria estar em uma esta noite. Mas se houvesse uma batalha, ele pelo menos estaria portando mais armas do que qualquer inimigo pagão com quem pudesse se defrontar.

Quando Wellesley ordenou que os três batalhões parassem, a noite já estava escura, embora uma auréola suave ainda se estendesse no horizonte ocidental. Foi sob essa luz pálida que o 33º Regimento formou uma linha. Os dois batalhões de sipaios esperaram 400 metros na retaguarda do 33º Regimento. As trilhas de foguetes pareciam agora mais reluzentes, subindo para um céu sem nuvens, onde as primeiras estrelas pontuavam a noite. Os mísseis sibilavam sobre os soldados, as chamas evidenciando seus rastros de fumaça. Foguetes gastos caíam ao chão com seus exaustores cuspindo leves faíscas. As armas eram espetaculares, mas tão imprecisas que mesmo o inexperiente 33º Regimento não mais as temia. Porém, o alívio foi suspenso pela visão de fagulhas vívidas no dique do aqueduto. As fagulhas foram instantaneamente extintas por uma nuvem de fumaça de pólvora, e o som de tiros de mosquetes os alcançou alguns instantes depois. Felizmente a distância era grande demais, e as balas se revelaram ineficazes.

Wellesley galopou até o lado do major Shee, falou brevemente, e então esporeou sua montaria.

— Companhias de flanco! — gritou o coronel. — Avançar em linha!

— Somos nós, rapazes — disse Fitzgerald, desembainhando seu sabre. Seu braço esquerdo agora latejava de dor, mas ele não precisava dele para lutar com uma adaga. Ele iria avançar com seus homens.

As companhias Granadeira e Ligeira avançaram dos dois flancos do batalhão. Wellesley ordenou que parassem, formou-as numa linha de duas fileiras, e ordenou-as a carregar seus mosquetes. Varetas foram enfiadas nos canos das armas.

— Calar baionetas! — ordenou o coronel.

Os homens desembainharam suas lâminas de 43cm e as encaixaram nos mosquetes. A noite já estava escura, mas o calor ainda os cobria como um cobertor úmido. O som de tapas ecoou pelas tropas, denunciando que os homens estavam matando mosquitos. O coronel parou seu cavalo branco diante das duas tropas.

— Vamos expulsar o inimigo do aterro — disse em seu tom frio e preciso. — Depois que tivermos limpado o aterro, o major Shee trará o resto do batalhão para expulsar completamente o inimigo do bosque. Capitão West?

— Senhor! — Francis West, comandante da Companhia de Granadeiros, era capitão mais antigo do que Morris, de modo que estava ao comando das duas companhias.

— Podem avançar.

— Imediatamente, senhor — afirmou West. — Divisão! Avante!

— Estou nas suas mãos, mãe — disse baixo Hakeswill enquanto as duas companhias começavam a avançar. — Zele por mim! Deus está no céu dele, e não sei se está vendo os bastardos atirarem em nós. Mãe! Seu Obadiah está aqui, mãe!

— Firmes na linha! — bradou o sargento Green. — Sem pressa! Mantenham posições!

Morris havia desmontado do cavalo e desembainhado o sabre. Estava se sentindo muito mal.

— Enfiem aço neles quando chegarmos lá! — gritou Morris para sua companhia.

— A gente devia era atacar esses sodomitas com a artilharia — murmurou alguém.

— Quem falou isso? — berrou Hakeswill. — Fechem esses malditos bicos!

As primeiras balas passaram zunindo perto das orelhas dos soldados, e os estalidos dos mosquetes inimigos preencheram a noite. Os soldados do sultão Tipu disparavam do aterro no aqueduto e as chamas da fuzilaria contrastavam contra o fundo escuro do *tope*. As duas companhias espalharam-se instintivamente à medida que avançavam, e os dois cabos, encarregados de manter as fileiras agregadas, gritaram para que os soldados se reagrupassem. O solo estava escuro, mas o horizonte acima do bosque ainda podia ser discernido. O tenente Fitzgerald olhou para trás e ficou surpreso em constatar que o céu oeste ainda estava tocado por uma faixa luminosa; deduziu que o brilho escarlate iria silhuetar a companhia quando ela estivesse escalando o aterro, mas agora não havia mais volta. As pernas compridas de Fitzgerald caminhavam a passos largos, porque ele estava ansioso por ser o primeiro a alcançar as fileiras inimigas. Wellesley estava avançando atrás das companhias e Fitzgerald queria impressionar o coronel.

O fogo dos mosquetes brilhava ao longo do aterro, cada tiro uma fonte de luz breve em meio à fumaça escura. Contudo, os disparos eram altamente imprecisos porque os atacantes ainda estavam no solo baixo e encoberto pela noite, e ocultos pela própria fumaça de pólvora dos defensores. Bem ao longe, à esquerda, outros batalhões atacavam a extensão norte do aterro. Fitzgerald escutou gritos de alegria quando esses soldados atacaram seu alvo, e então o capitão West deu a ordem de atacar, e os homens das duas companhias de flanco do 33º Regimento soaram seus próprios vivas ao serem libertados de suas coleiras.

Os soldados correram em direção ao aterro. Balas de mosquete zumbiam acima de suas cabeças. Tudo o que os casacas vermelhas queriam agora era que este ataque terminasse, e em vitória. Matar alguns bastardos, saquear cadáveres, e então voltar ao acampamento. Ao alcançar o aterro, bradaram vivas e se puseram a galgar a ladeira curta e escarpada.

— Matem-nos, meninos! — esgoelou-se Fitzgerald quando alcançou o cume, mas de repente não havia qualquer inimigo ali, apenas uma extensão imóvel de água escura, e quando os atacantes se juntaram a ele, todos pararam em vez de investir contra o aqueduto.

Uma saraivada de mosquetes jorrou da margem oposta. A Companhia Ligeira, postada na margem oeste, silhuetava-se contra a luz remanescente, enquanto os soldados de Tipu estavam encobertos pelas árvores escurecidas do *tope*.

Casacas vermelhas caíam à medida que as balas atingiam os alvos. O aqueduto tinha apenas cerca de dez passos de largura e, àquela distância, a infantaria misoriana não podia errar. O impacto de um tiro levantou um homem do chão e o empurrou para o solo atrás do aterro. Foguetes sobrevoaram a água escura, seus rastros luminosos passando poucos centímetros acima dos aterros gêmeos. Durante alguns segundos, ninguém soube o que fazer. Um homem gritou de dor quando um foguete arrancou seu pé, e então escorregou pela ladeira até a água lodosa, onde seu sangue rodopiou escuro. Alguns casacas vermelhas dispararam em resposta contra as árvores, mas atiravam às cegas, e suas balas não acertavam nada. Os feridos capengaram para trás e escorregaram pelo aterro, enquanto os vivos estavam entorpecidos pelo barulho e cegados pelos horrendos rastros vermelhos dos foguetes. O capitão Morris observava, aturdido. Não esperara cruzar o aqueduto. Pensara que as árvores estivessem deste lado da água. Agora não sabia o que fazer, mas o tenente Fitzgerald soltou um grito de desafio e pulou para a água, que batia em sua cintura.

— Vamos, rapazes! Vamos! Esses bastardos não são tantos assim! — Caminhou com dificuldade através da água, o sabre desembainhado refletindo a luz das estrelas. — Vamos afogar esses desgraçados! Avante, Havercakes!

— Sigam-no, rapazes! — bradou o sargento Green, e cerca de metade da Companhia Ligeira pulou para a água cheia de lodo. Os outros se acocoraram, esperando as ordens de Morris, mas ele ainda estava confuso, e o sargento Hakeswill se acocorara no sopé do aterro, fora da linha de visão do inimigo.

— Vamos! — berrou Wellesley, furioso com a hesitação dos homens. — Continuem! Não os deixem parados ali! Capitão West! Avante! Avante! Capitão Morris, mova-se!

— Meus Deus, mãe! — gritou Hakeswill enquanto escalava o aterro. — Mãe! Mãe! — gritou enquanto se jogava na água morna. Fitzgerald e a primeira metade da companhia já estava na outra margem e dentro do *tope*. Hakeswill ouviu gritos e tiros e um arrepiante choque de aço contra aço.

Finalmente, vendo suas duas companhias de flanco avançarem através do aqueduto, Wellesley enviou seu auxiliar de volta para convocar o major Shee e o restante do batalhão. O fogo dos mosquetes no *tope* estava denso, um crepitar infindável de tiros, cada lampejo alumiando por um segundo a neblina de pó de pólvora que se espalhava entre as folhas. Parecia uma visão do inferno: lampejos de fogo na escuridão, rastros de foguetes atravessando as árvores, e sempre os gemidos de moribundos e os gritos de dor dos feridos. Um sargento ordenou que seus homens se agrupassem; outro homem perguntava aos berros onde estavam seus companheiros. Fitzgerald estava estimulando seus homens a avançar, mas muitos dos casacas vermelhas estavam sendo tocados para trás, contra o aterro, onde corriam o perigo de ser subjugados. Wellesley sentiu que tinha feito tudo errado. Devia ter usado o batalhão inteiro em vez de apenas as duas companhias de flanco, e admitir seu erro perturbou-o profundamente. Ele se orgulhava de sua profissão, mas se um soldado profissional não podia expulsar alguns soldados de infantaria e fogueteiros de um bosquete, então ele não prestava.

O Tigre de Sharpe

Wellesley pensou em esporear Diomedes, seu cavalo, através do aqueduto até os lampejos em meio à fumaça no *tope*, mas resistiu ao impulso porque então estaria entre as árvores e fora de contato com o restante do 33º Regimento, e ele sabia que precisaria das oito companhias remanescentes de Shee para reforçar os atacantes. Se fosse necessário, poderia convocar os dois batalhões de sipaios como reforços, mas tinha certeza de que o restante do 33º Regimento bastaria para acabar com aquela confusão e conquistar a vitória. Assim, virou seu cavalo e galopou de volta e ordenou que o batalhão avançasse.

Hakeswill escorregou pelo aterro oposto para as sombras negras entre as árvores. Empunhava o mosquete na mão esquerda e a alabarda na direita. Acocorou-se ao lado de um tronco de árvore e tentou extrair sentido do caos que o cercava. Viu mosquetes sendo disparados, suas chamas iluminando brevemente a noite esfumaçada; escutou um homem chorando e ouviu gritos, mas não teve a menor ideia do que estava acontecendo. Havia um pequeno grupo de soldados perto dele, mas Hakeswill não sabia o que lhes dizer. Então um terrível grito de guerra soou bem perto, à esquerda. Hakeswill girou nos calcanhares para se deparar com um grupo de soldados de infantaria, trajados em túnicas com listras de tigre, investindo contra ele. Hakeswill gritou de puro pânico, disparou o mosquete com uma das mãos e largou a arma imediatamente enquanto corria para as árvores para fugir do ataque. Alguns dos casacas vermelhas tinham se dispersado às cegas, mas outros foram lentos demais e acabaram sendo alcançados pelos indianos. Seus gritos foram interrompidos abruptamente quando as baionetas cumpriram sua função, e Hakeswill, ciente de que os homens do sultão estavam chacinando o pequeno grupo de casacas vermelhas, corria em desespero através do emaranhado de árvores. O capitão Morris estava chamando pelo nome de Hakeswill, um tom de pânico na voz.

— Estou aqui, senhor! — berrou Hakeswill em resposta. — Estou aqui, senhor!

— Onde?

— Aqui, senhor! — Tiros foram deflagrados na escuridão e balas cravaram-se em troncos de árvores. Foguetes subiram uivando para se espalhar entre os galhos altos. Seus rastros flamejantes cegaram os homens e as explosões dos cones cheios de pólvora precipitaram estilhaços de metal quente e lascas de folhas. — Mãe! — berrou Hakeswill e se encolheu atrás de uma árvore.

— Formar linha! — berrou Morris. — Formar linha! — Morris tinha uma dúzia de homens consigo; os soldados formaram uma linha nervosa e se acocoraram entre as árvores. As chamas dos foguetes refletiam-se vermelhas nas baionetas. Em algum lugar ali perto, um homem arfou enquanto morria, sangue gorgolejando a cada respiração laboriosa. Uma rajada de tiros foi disparada a poucos metros, mas passou longe de Morris, que mesmo assim se agachou. Então, durante segundos abençoados, o tumulto atordoante abrandou, e em meio ao silêncio relativo Morris olhou em torno para tentar encontrar pontos de orientação. — Tenente Fitzgerald? — gritou.

— Estou aqui, senhor! — exclamou Fitzgerald com confiança da escuridão adiante. — Bem em frente ao senhor. Expulsamos os sodomitas daqui, senhor, mas alguns dos bastardos estão avançando perto do seu flanco. Vigie a esquerda, senhor! — O irlandês soou indecentemente animado.

— Alferes Hicks! — bradou Morris.

— Estou aqui, senhor, bem ao seu lado, senhor — uma voz pequena soou quase abaixo de Morris.

— Maldição! — praguejou Morris. Ele esperara que Hicks pudesse levar reforços, mas aparentemente ninguém, exceto Fitzgerald, mantivera algum controle em meio ao caos. — Fitzgerald! — berrou Morris.

— Ainda aqui, senhor! Deixamos os sodomitas preocupados, senhor!

— Quero você aqui, tenente! — insistiu Morris. — Hakeswill, onde está você?

— Aqui, senhor — respondeu Hakeswill, mas sem sair de seu esconderijo entre os arbustos. Calculava estar a poucos passos de Morris, mas não queria correr o risco de ser emboscado por algum soldado com listras de tigre enquanto estivesse vagueando até seu capitão. — Estou indo até o senhor, capitão — alegou, acocorando-se ainda mais baixo entre as folhas.

— Fitzgerald! — berrou Morris, irritado. — Venha aqui!

— Aquele maldito — disse Fitzgerald, em voz baixa. Seu braço esquerdo estava inútil agora. Sentia que tinha sido ferido mais gravemente do que supusera. Havia ordenado que um soldado amarrasse um lenço em torno de seu ferimento e esperara que a pressão contivesse o sangue. A possibilidade de o braço gangrenar lhe ocorreu, mas tentou afastar esse pensamento para se concentrar em manter seus homens vivos. — Sargento Green?

— Senhor? — respondeu Green, estoico.

— Permaneça com os homens aqui, sargento — ordenou Fitzgerald. O irlandês conduzira um grupo de soldados da Companhia Ligeira para as profundezas do *tope* e não via motivo para entregar o terreno só porque Morris estava nervoso. Além disso, Fitzgerald tinha certeza de que os soldados do sultão Tipu estavam tão confusos quanto os britânicos e que se Green mantivesse sua posição e disparasse salvas, permaneceria em segurança. — Vou trazer o resto da companhia para cá — prometeu Fitzgerald ao sargento Green. O tenente se virou e gritou através das árvores: — Onde o senhor está?

— Aqui — foi a resposta irritada de Morris. — Rápido, maldito!

— Volto num minuto, sargento — assegurou Fitzgerald e atravessou as árvores em busca de Morris.

Afastou-se muito para norte, e subitamente um foguete subiu da borda leste do *tope* para atingir, com um estrondo, os galhos entremeados de uma árvore alta. Durante alguns segundos o míssil aprisionado se contorceu frenético, enxotando pássaros para a escuridão, e então ficou preso numa forquilha. O jato se exauriu num arrojo impotente de fogo e fumaça para iluminar um trecho inteiro do bosque denso e, em meio ao brilho súbito, Hakeswill viu o tenente capengando em sua direção.

— Sr. Fitzgerald! — gritou Hakeswill.

— Sargento Hakeswill? — indagou Fitzgerald.

— Sou eu, senhor. Bem aqui, senhor. Venha nesta direção, senhor.

— Graças a Deus. — Fitzgerald atravessou a clareira correndo, o braço pendurado inútil ao seu lado. — Ninguém sabe que diabos está fazendo. Ou onde está.

— Sei o que estou fazendo, senhor. — E enquanto o fogo arrojado pelo foguete no alto da árvore morria, Hakeswill levantou-se de supetão, arremetendo a ponta da alabarda contra a barriga do tenente. Seu rosto se contorceu enquanto a lâmina recém-afiada rasgava as roupas do tenente e penetrava seu estômago. — Não é digno de um soldado, senhor, contradizer um sargento diante de seus homens — disse respeitosamente. — Entende isso, não entende, senhor? — perguntou Hakeswill, sorrindo de alegria pelo prazer do momento. A ponta da alabarda entrou tão fundo na barriga de Fitzgerald que Hakeswill teve certeza de sentir sua ponta, afiada como uma lâmina, chocar-se contra a coluna vertebral do tenente. Fitzgerald agora estava no chão, seu corpo se contorcendo como um peixe fora d'água. Sua boca abria e fechava, mas parecia incapaz de falar, apenas gemia enquanto Hakeswill girava a alabarda numa tentativa de libertar sua lâmina. — Estamos falando sobre respeito devido, senhor — sibilou Hakeswill para o tenente. — Respeito! Sargentos devem ser apoiados, é o que diz na Bíblia, senhor. Não se preocupe, senhor, não vai doer, senhor. É só uma espetadela — e puxou a alabarda, soltando a lâmina ensanguentada, para apenas arremetê-la de novo, desta vez contra a garganta do tenente. — Não vai se exibir às minhas custas de novo, senhor. Não para os meus homens. Sinto por isto, senhor. E tenha uma boa noite, senhor.

— Fitzgerald! — berrou freneticamente Morris. — Pelo amor de Deus, tenente! Onde você se meteu?

— Ele se meteu no inferno — disse Hakeswill para seus botões, rindo baixinho.

Agora estava revistando o cadáver em busca de moedas. Não ousando pegar nada que pudesse ser reconhecido como propriedade do oficial, deixou o sabre e o gorjal dourado que o morto usara em torno da garganta, mas colheu um punhado de moedas não identificáveis, as quais enfiou no bolso antes de se afastar alguns passos para garantir que ninguém o visse com sua vítima.

— Quem está aí? — perguntou Morris ao ouvir Hakeswill pisando no mato.

— Eu, senhor! — gritou Hakeswill. — Estou procurando pelo tenente Fitzgerald, senhor.

— Pare com isso e venha para cá! — ordenou Morris.

Hakeswill correu os últimos metros e se deixou cair entre Morris e um aterrorizado alferes Hicks.

— Estou preocupado com o sr. Fitzgerald, senhor — disse Hakeswill. — Eu o ouvi caminhando entre os arbustos e havia pagãos lá, senhor. Eu sei, senhor, porque matei alguns daqueles bastardos escuros. — Estremeceu quando alguns mosquetes flamejaram e estrepitaram a poucos metros dali, mas não pôde saber quem atirou, nem contra o quê.

— Acha que aqueles bastardos acharam Fitzgerald? — perguntou Morris.

— Temo que sim, senhor — disse Hakeswill. — Pobre coitado. Tentei achá-lo, senhor, mas só há pagãos lá fora.

— Meu Deus — disse Morris, agachando-se quando uma saraivada de balas atravessou as folhas no alto das árvores. — E quanto ao sargento Green?

— Provavelmente escondido, senhor. Escondendo seu precioso couro, senhor.

— Nós todos estamos escondidos — retrucou Morris com honestidade.

— Não eu, senhor. Não Obadiah Hakeswill, senhor. Eu molhei minha alabarda, como é meu dever. Quer sentir, senhor? — Hakeswill levantou a ponta da lâmina. — Sangue pagão, senhor, ainda quente.

Morris estremeceu só de pensar em tocar a lâmina, mas sentiu algum conforto por ter Hakeswill ao seu lado. O *tope* se encheu de gritos quando um grupo de soldados de Tipu avançou. Mosquetes dispararam. Um foguete explodiu ali perto, enquanto outro, este com um explosivo poderoso em seu cone, varou arbusto e colidiu com uma árvore. Um homem gritou, mas o grito foi cortado abruptamente.

— Diabos! — praguejou Morris.

— Não seria melhor voltarmos? — sugeriu Hicks. — De volta pelo aqueduto?

— Não podemos, senhor — disse Hakeswill. — Os sodomitas estão atrás de nós.

— Tem certeza? — perguntou Morris.

— Eu mesmo lutei com aqueles pagãos malditos, senhor. Não pude contê-los. Uma tribo inteira de bastardos, senhor. Fiz tudo que pude. Perdemos alguns bons homens. — Hakeswill fungou, fingindo emoção.

— Você é um homem corajoso — disse Morris, meio a contragosto.

— Apenas seguindo seu exemplo, senhor — disse Hakeswill e então se agachou quando outra saraivada inimiga chicoteou acima de suas cabeças. Gritos de regozijo soaram, seguidos pelo rugido de foguetes enquanto os reforços do sultão Tipu, enviados da cidade, chegaram gritando e lutando através das árvores para expulsar cada último infiel do *tope*.

— Inferno! — exclamou Hakeswill. — Mas não se preocupe! Eu não posso morrer, senhor! Eu não posso morrer!

Atrás dele soaram mais vivas enquanto o restante do 33º Regimento finalmente atravessava o aqueduto.

— Avante! — gritou uma voz de algum lugar atrás dos fugitivos espalhados da Companhia Ligeira. — Avante!

— Mas que diabos! — exclamou Morris. — Quem é?

— O 33º! — berrou a voz. — A mim! A mim!

— Fiquem onde estão! — ordenou Morris a alguns homens afoitos.

E ficaram acocorados na escuridão cálida, limitando-se a sofrer o calor, escutar os zumbidos das balas e os gemidos dos moribundos, ver o brilho cegante dos foguetes, e sentir o fedor de sangue que começava a se espalhar naquele reino escuro de caos e medo.

CAPÍTULO VII

— Sharpe! Sharpe! — Era o coronel Gudin que, ao anoitecer, entrou apressado no salão do quartel. — Venha, depressa! Como estiver, depressa!
— E quanto a mim, senhor? — perguntou Lawford. O tenente estivera deitado em seu catre, lendo a Bíblia.
— Venha, Sharpe! — Gudin não parou para responder a Lawford e continuou a atravessar a passos largos o pátio do quartel até sair na rua que separava o setor dos soldados europeus do templo hindu. — Rápido, Sharpe! — gritou o francês por sobre o ombro, enquanto passava por uma pilha de tijolos de barro na esquina da rua. Sharpe, vestido numa túnica com listras de tigre e botas, mas sem chapéu, bandoleira, bolsas ou mosquete, correu atrás do coronel. Pulou sobre um homem seminu que estava sentado de pernas cruzadas ao lado da parede do templo, empurrou uma vaca para fora do caminho e dobrou a esquina e alcançou Gudin perto do Portão Misore. Lawford havia parado para calçar as botas e, quando chegou à rua ao lado do templo, Sharpe já havia desaparecido.
— Sabe cavalgar? — gritou Gudin para Sharpe quando os dois alcançaram o portão.
— Já fiz isso algumas vezes — disse Sharpe, acrescentando que as bestas tinham sido cavalos de carga desencilhados que andavam calmamente pelo quintal da estalagem.

— Suba naquele ali! — disse Gudin, apontando para a égua pequena e arisca que um soldado de infantaria indiano estava contendo ao lado do cavalo do próprio Gudin. — Ela pertence ao capitão Romet, então, pelo amor de Deus, cuide bem dela — gritou Gudin enquanto pulava para sua própria sela.

O capitão Romet era um dos dois subcomandantes de Gudin, mas como os oficiais franceses mais jovens passavam a maior parte do tempo no mais caro bordel da cidade, Sharpe ainda não conhecera nenhum deles. Montou rapidamente na égua, e então chutou-a com os calcanhares e agarrou desesperadamente a crina enquanto ela seguia o cavalo castrado de Gudin até o portão.

— Os britânicos estão atacando um bosque ao norte de Sultanpetah — explicou o coronel, enquanto seu cavalo se aproximava da passagem arqueada.

Sharpe podia ouvir o combate ao longe. Mosquetes e foguetes sendo disparados a oeste da cidade. A noite ainda era jovem; as lamparinas das casas estavam acesas e tochas ardiam na arcada do Portão Misore, pelo qual passava um fluxo de soldados. Alguns eram de infantaria, outros carregavam foguetes. Gudin gritou para que abrissem passagem e usou sua montaria para forçar os fogueteiros mais lerdos para o lado. Depois que finalmente saiu da cidade, Gudin tocou seu cavalo para oeste.

Sharpe seguiu-o, mais concentrado em permanecer em cima da égua do que em observar a agitação que fervilhava ao seu redor. Ainda perto do portão, uma ponte estreita conduziu-os sobre o rio Cauvery, e Gudin gritou para os soldados saírem do caminho. Fogueteiros encolheram-se contra as balaustradas enquanto Sharpe e Gudin trovejavam pela ponte. Chegando à outra margem, galoparam por um trecho de relva enlameada, e depois chapinharam por outro pequeno braço do rio. Sharpe agarrou-se ao pescoço da égua quando ela saltou para fora do rio. Foguetes reluziam no céu ainda manchado pelo último brilho do sol invisível.

— Seus velhos amigos estão tentando expulsar nossos homens do *tope* — explicou Gudin, apontando para o bosque denso silhuetado contra a linha do horizonte oriental. O coronel cavalgava mais devagar, porque estavam percorrendo mais um terreno acidentado, e ele não queria quebrar a perna de um cavalo por ser displicente demais. — Quero que você os confunda.

— Eu, senhor? — Metade do corpo de Sharpe escorregou da sela e ele agarrou o cabeçote para conseguir se empertigar. Escutou estampidos de mosquetes e viu pequenos lampejos de fogo pontilhando o terreno à frente. Teve impressão de que era um ataque em grande escala, especialmente quando um canhão de campo britânico disparou ao longe e sua chama iluminou o horizonte.

— Grite ordens para eles, Sharpe — instruiu Gudin depois que o estampido do canhão os havia alcançado. — Confunda-os!

— Lawford teria sido uma escolha melhor, senhor. — Ele tem mais voz de oficial.

— Então você terá de soar como um sargento — disse Gudin. — E se fizer direito, Sharpe, eu o promoverei a cabo.

— Obrigado, senhor.

À medida que se aproximavam do bosque, Gudin reduziu a velocidade de seu cavalo para uma marcha lenta. Estava escuro demais para trotar, e sempre havia o perigo deles se perderem. Ao norte de Sharpe, onde o canhão de campo havia disparado, a atividade dos mosquetes era regular, sugerindo que os soldados britânicos ou sipaios estavam tomando estavelmente seus objetivos, mas no bosque à frente, parecia não haver nada além de confusão. Mosquetes crepitavam com irregularidade, foguetes deixavam rastros de fogo entre os galhos e fumaça subia de pequenos incêndios, Sharpe ouviu homens gritando, ou de medo ou de triunfo.

— Uma arma cairia bem, senhor — disse ele a Gudin.

— Você não vai precisar de uma. Não estamos aqui para lutar, apenas para atrapalhá-los. Foi por causa disso que voltei para pegar você. Desmonte aqui.

O coronel amarrou as rédeas dos cavalos a um carrinho de mão abandonado que devia ter sido usado para transportar foguetes. Os dois homens estavam agora a 90 metros do *tope* e Sharpe pôde ouvir seus oficiais berrando ordens. Era difícil dizer quem estava dando as ordens, porque o exército do sultão usava palavras de comando inglesas. Mas à medida que ele e Gudin se aproximaram do combate, Sharpe ouviu que havia vozes indianas que gritavam os comandos para disparar, avançar e matar. As tropas britânicas ou indianas que tentavam tomar o bosque estavam evidentemente em apuros, e a ideia de Gudin — pegar o primeiro inglês que achasse no seu quartel para usá-lo para semear ainda mais confusão entre os atacantes — tinha sido realmente brilhante. Gudin empunhou uma pistola.

— Sargento Rothière! — bradou Gudin.

— *Mon colonel!* — O sargento parrudo, que tinha sido o primeiro a usar o cavalo do capitão Romet naquela noite, para alcançar a luta, emergiu da escuridão. Ele lançou um olhar desconfiado para Sharpe e então engatilhou seu mosquete.

— Vamos nos divertir — disse Gudin em inglês.

— Sim, senhor — respondeu Sharpe, perguntando-se que diabos deveria fazer agora.

Sharpe calculou que, escuro como estava, não teria dificuldade de fugir do coronel e de Rothière e se juntar aos atacantes encurralados, mas como isso deixaria o tenente Lawford? O truque, decidiu Sharpe, seria não demonstrar que tentara retornar propositalmente para o lado britânico, e sim dar a entender que fora capturado por acaso. Isso ainda poderia deixar Lawford numa situação difícil, mas Sharpe sabia que seu primeiro dever era levar o aviso de McCandless ao general Harris, assim como sabia que talvez jamais tivesse outra oportunidade tão boa quanto esta, que Gudin lhe dera de mão beijada.

Gudin parou na borda do *tope*. Os fogueteiros disparavam animadamente através das árvores, e os mísseis resvalavam nos galhos para arremeter erraticamente contra o solo. Tiros de mosquetes soavam nas profundezas do bosque. Homens feridos jaziam atrás das árvores e, não muito longe dali, um moribundo alternava gritos e arquejos.

— Por enquanto parece que estamos vencendo — disse Gudin. — Vamos avançar um pouco.

Sharpe seguiu os dois franceses. De repente, ouviram à direita uma rajada de tiros e um choque metálico de baionetas; Gudin desviou para essa direção, mas quando alcançaram o local já havia terminado. Os homens de Tipu haviam encontrado um pequeno grupo de casacas vermelhas, matado um e seguido os outros até as profundezas do bosque. Gudin viu o corpo do casaca vermelha à luz vacilante de um jato de foguete e se ajoelhou ao lado do homem. O coronel pegou seu isqueiro, provocou uma fagulha, e segurou a chama ao lado do peito do soldado britânico. O homem ainda não estava morto, mas se achava inconsciente, sangue jorrando lentamente da garganta, olhos cerrados.

— Reconhece este uniforme? — perguntou Gudin a Sharpe. A chama bruxuleante do isqueiro revelou que os adornos do uniforme eram escarlates com ligamentos brancos.

— Com os diabos — exclamou Sharpe. — Perdão, senhor — acrescentou, e gentilmente aproximou a mão de Gudin do rosto do moribundo. A face estava coberta por uma mistura de sangue e pó branco caído do cabelo, mas mesmo assim Sharpe reconheceu o homem. Era Jed Mallinson, que geralmente marchava na última fileira da coluna de Sharpe.

— Conheço o uniforme e o homem, senhor — disse Sharpe a Gudin. — É o 33º Regimento, meu velho batalhão. West Riding, Yorkshire.

— Bom — Gudin fechou o isqueiro, extinguindo a pequena chama. — E você não se importa de confundi-los?

— É para isto que estou aqui, senhor — disse Sharpe transparecendo uma adequada sede de sangue.

— Creio que o exército britânico perdeu um bom homem em você, Sharpe — disse Gudin, levantando-se para guiar seu subalterno mais para o interior do bosque. — Se não quiser ficar na Índia, pode considerar vir comigo para casa.

— Para a França, senhor?

O tom surpreso de Sharpe fez Gudin sorrir.

— Não é o país do demônio, Sharpe. Na verdade, creio que é a terra mais abençoada deste mundo de Deus, e no exército francês um bom homem pode subir facilmente para um posto de oficial.

— Eu, senhor? Um oficial? — Sharpe riu. — Seria o mesmo que transformar uma mula num cavalo de corrida.

— Você se subestima. — Gudin se calou ao ouvir passos à direita e uma rajada de tiros à esquerda. Os disparos assustaram um grupo de soldados de infantaria do sultão, que emergiram das árvores em busca de abrigo. O sargento Rothière gritou para eles numa mistura de francês e canarês, e esta autoridade repentina acalmou os homens, que se reuniram em torno do coronel Gudin, que abriu um sorriso lupino. — Vamos ver se conseguimos desorientar alguns dos seus velhos amigos, Sharpe. Grite para eles virem para cá.

— Avante! — gritou Sharpe, obedientemente, para as árvores sombreadas. — Avante! — Ele parou, esperando por uma resposta. — 33º Regimento! A mim! A mim!

Ninguém respondeu.

— Experimente um nome — sugeriu Gudin.

Sharpe inventou um nome de oficial.

— Capitão Fellows! Nesta direção! — berrou uma dúzia de vezes, mas sem resposta. — Hakeswill! — finalmente gritou. — Sargento Hakeswill!

E então, talvez a trinta passos dali. A voz tão odiada respondeu num tom desconfiado:

— Quem chama?

— Venha para cá, homem! — ordenou Sharpe.

Hakeswill ignorou a ordem, mas o fato de um homem ter respondido animou Gudin, que silenciosamente formou a unidade desgarrada de soldados de Tipu numa fila para aguardar e abater quem aparecesse em resposta à convocação de Sharpe. Caos reinava à frente. Foguetes colidiam com galhos, chamas de mosquetes resplandeciam a fumaça, balas perfuravam troncos de árvores ou crepitavam através da folhagem densa. Um grito selvagem soou ao longe, mas Sharpe não conseguiu discernir se tinha sido emitido por soldados britânicos ou indianos.

De uma coisa Sharpe tinha certeza: o 33º Regimento estava com problemas. O pobre Jed Mallinson jamais teria sido abandonado à morte, e essa morte lamentável, somada aos sons de tiros dispersos, sugeria que os soldados do sultão haviam dividido a força atacante e agora estavam catando-a pedaço por pedaço. É agora ou nunca, pensou Sharpe. Ele precisava encontrar uma maneira de se distanciar de Gudin e retornar ao seu batalhão.

— Preciso me aproximar, senhor — disse ele ao coronel e, sem esperar pelo consentimento de Gudin, correu para as profundezas do bosque. — Sargento Hakeswill! — gritou enquanto corria. — A mim, agora! Agora! Venha, seu bastardo miserável! Mexa esses ossos velhos! Venha!

Ao ouvir os passos de Gudin às suas costas, Sharpe se calou e, subitamente oculto pelas sombras, desviou para a direita.

— Sharpe! — sussurrou Gudin, mas Sharpe agora estava longe do coronel e calculando ter se afastado dele sem parecer um desertor.

— Sargento Hakeswill! — berrou Sharpe e voltou a correr.

Gritando, Sharpe corria o risco de manter Gudin em seu rastro, mas seria muito pior despertar no oficial francês a suspeita de que estava tentando voltar para o lado britânico, porque então Lawford pagaria por sua traição. Assim, Sharpe preferiu arriscar o pescoço enquanto se embrenhava no bosque.

— Hakeswill! A mim! A mim! — Sharpe empurrou galhos, tropeçou num arbusto, caiu, levantou e tornou a correr em direção a uma clareira. — Hakeswill!

Um foguete se chocou com a copa da árvore acima de Sharpe e desceu direto para a clareira à frente. Ao bater no chão, o míssil se pôs a circular na terra como um cão louco caçando o próprio rabo, e a luz forte de seu jato iluminou a clareira. A claridade repentina fez Sharpe recuar de susto e ele quase se chocou com o sargento Hakeswill, que emergira dos arbustos.

— Sharpezinho, seu bastardo! — gritou Hakeswill, arremetendo contra o recruta a alabarda manchada de sangue. Morris, ao ouvir o nome de Hakeswill ser gritado, ordenara ao sargento que descobrisse quem o chamava, e Hakeswill obedecera a contragosto. Agora Hakeswill se descobriu sozinho com Sharpe, e mais uma vez tentou acertá-lo com a alabarda.
— Traidor duma figa!

— Pelo amor de Deus, Hakeswill, pare com isso! — berrou Sharpe, esquivando-se da ponta afiada.

— Fugindo para o inimigo, Sharpezinho? — disse Hakeswill. — Deveria prender você, não deveria? Seria mais uma corte marcial, e desta vez você seria fuzilado. Mas não vou correr esse risco. Vou abrir suas tripas e mandar você para o Criador. E vestido nesse roupão ridículo!

O sargento desferiu outro golpe contra Sharpe, que mais uma vez pulou para trás. Subitamente, o foguete moribundo correu pelo chão como um busca-pé, e sua longa vareta de bambu se emaranhou nas pernas de Sharpe, que caiu para trás. Com um grito de triunfo, Hakeswill pulou sobre ele, alabarda pronta para uma estocada violenta para baixo.

Sharpe sentiu o tubo de ferro do foguete debaixo da mão direita, pegou-o e o arremeteu contra o rosto de Hakeswill. A pólvora do foguete estava quase extinta, mas ainda havia o suficiente para expelir uma última língua de fogo contra os olhos azuis do sargento. Hakeswill levou desesperadamente as mãos ao rosto. Para sua surpresa, constatou que ainda podia enxergar e que seu rosto não ficara terrivelmente queimado, mas em seu pânico errara Sharpe e caíra no chão. Virou-se de barriga para cima e, ao fazer isso, sacou uma pistola do cinto.

Nesse exato instante, um esquadrão de casacas vermelhas invadiu a clareira. A carcaça queimada do foguete mostrava que eram homens da Companhia de Granadeiros do 33º Regimento, que estavam tão perdidos quanto qualquer outro soldado britânico nessa noite de caos. Um dos granadeiros viu Sharpe que, em sua túnica com listras de tigre, tentava se levantar. O granadeiro levantou sua arma.

— Deixe o bastardo! — gritou Hakeswill. — Ele é meu!

Uma salva de tiros de mosquete irrompeu das árvores, e metade dos granadeiros rodopiou ou foi empurrado para trás. Sangue chiou nos restos flamejantes do foguete enquanto uma companhia de soldados com túnicas de listras de tigre emergia das árvores. O coronel Gudin e o sargento Rothière lideravam o grupo. Ao ver o inimigo, Hakeswill virou-se para correr. Empunhando um mosquete munido de baioneta, um dos soldados do sultão interceptou Hakeswill. O sargento tomou um susto e caiu de costas no chão, onde primeiro se contorceu freneticamente tentando fugir, e depois implorou por piedade. Gudin passou correndo diante do sargento caído.

— Muito bem, Sharpe! Muito bem! — parabenizou Gudin. — Pare com isso! Pare com isso! — Essas últimas ordens foram para os soldados do sultão, que haviam começado a dar estocadas de baioneta nos granadeiros sobreviventes. — Nós tomamos prisioneiros! — berrou Gudin. — Prisioneiros!

Rothière empurrou uma baioneta para o lado, desta forma impedindo o soldado de estripar Hakeswill.

Sharpe estava furioso consigo mesmo. Ele quase havia conseguido fugir! Se Hakeswill não o tivesse atacado, ele teria corrido mais 45 metros entre as árvores, descartado a túnica com listras de tigre, e encontrado alguns de seus velhos amigos. Em vez disso, ele havia se tornado um herói para Gudin, que acreditava que Sharpe havia atraído todos os granadeiros para a clareira onde os doze que tinham sobrevivido ao ataque entusiástico eram agora prisioneiros, juntamente com o trêmulo e furioso Hakeswill.

— Você correu um risco terrível, cabo! — disse Gudin, voltando-se para Sharpe enquanto embainhava a espada. — Poderia ter sido morto por seus velhos amigos. Mas funcionou, não foi? E agora você é um cabo!

— Sim, senhor. Funcionou — disse Sharpe, embora não estivesse nem um pouco feliz com isso. Tudo havia saído errado. Na verdade, a noite inteira tinha sido uma desgraça para os britânicos. Os soldados do sultão agora estavam varrendo o *tope* metro a metro, e afugentando os sobreviventes britânicos de volta através do aqueduto. Eles perseguiram os fugitivos com vaias, tiros e salvas de foguetes. Treze soldados tinham sido capturados, todos por Sharpe e Gudin, e esses infelizes seriam levados para a cidade enquanto os casacas vermelhas mortos seriam saqueados de suas armas e bens.

— Levarei sua bravura ao conhecimento de Tipu, Sharpe — disse Gudin enquanto recuperava seu cavalo. — Ele também é um homem corajoso e admira essa qualidade nos outros. Tenho certeza de que ele irá recompensar você!

— Obrigado, senhor — disse Sharpe, embora sem entusiasmo.

— Você não está ferido, está? — perguntou Gudin ansioso, ao notar o tom desanimado na voz de Sharpe.

— Queimei a mão, senhor — respondeu. Ele não tinha percebido isso ao pegar o tubo do foguete para se defender de Hakeswill, mas o cilindro de metal havia abrasado sua mão, embora não gravemente. — Não é nada sério — acrescentou. — Vou sobreviver.

— Claro que vai — disse Gudin com uma gargalhada gostosa. — Demos uma bela sova neles, não demos?

— Nós os pegamos de jeito, senhor.

— E vamos pegá-los de novo, Sharpe, quando atacarem a cidade. Eles não fazem ideia do que os aguarda!

— E o que os aguarda, senhor? — perguntou Sharpe.

— Você verá. Você verá — prometeu Gudin e montou em seu cavalo.

Como o sargento Rothière quis ficar no *tope* para recolher mosquetes britânicos, o coronel insistiu para que Sharpe cavalgasse o segundo cavalo até a cidade, junto com os prisioneiros desconsolados que estavam sob a guarda de uma animada companhia de soldados do sultão.

Hakeswill olhou para Sharpe e cuspiu.

— Traidor maldito!

— Ignore ele — aconselhou Gudin.

— Cascavel! — sibilou Hakeswill. — Pedaço de merda fedorenta, é isso que você é, Sharpe. Maldição! — Essa última imprecação foi devida à coronhada que um dos soldados desferiu na cabeça de Hakeswill. — Bastardo escuro — murmurou Hakeswill.

— Eu gostaria de arrancar os dentes dele com um soco, senhor — disse Sharpe a Gudin. — Para ser sincero, se o senhor permitir, levarei o bastardo para o escuro e darei cabo dele.

Gudin suspirou.

— Mas eu não permito — disse o coronel. — É importante tratarmos bem nossos prisioneiros, Sharpe. Às vezes temo que Tipu não entenda as cortesias da guerra, mas até aqui consegui persuadi-lo de que se tratarmos nossos prisioneiros adequadamente, nossos inimigos tratarão bem os deles.

— Ainda assim, eu gostaria de arrancar os dentes do desgraçado, senhor.

— Eu lhe asseguro que o sultão provavelmente fará isso sem nenhuma ajuda sua — disse Gudin com tristeza.

Sharpe e o coronel cavalgaram na frente dos prisioneiros para atravessar a ponte para a cidade e desmontar diante do Portão Misore. Sharpe entregou as rédeas da égua a Gudin, que lhe agradeceu mais uma vez e o recompensou com uma *haideri* de ouro.

— Vá se embebedar, Sharpe — disse o coronel. — Você merece.

— Obrigado, senhor.

— E, acredite em mim, contarei tudo a Tipu. Ele admira muito a bravura!

O tenente Lawford estava entre a multidão de curiosos que esperava logo depois do portão da cidade.

— O que aconteceu? — perguntou a Sharpe.

— Fiz merda — admitiu amargamente. — Fiz merda da grossa. Vamos gastar um pouco de dinheiro. Vamos nos embebedar.

— Não, espere. — Lawford tinha visto os casacas vermelhas se aproximando à luz das tochas do portão e se afastado de Sharpe para observar os treze prisioneiros sendo empurrados à ponta de baioneta para dentro da cidade. A multidão começou a gritar zombarias para os britânicos.

— Vamos embora — insistiu Sharpe, puxando o cotovelo de Lawford.

Lawford se desvencilhou de Sharpe e olhou para os prisioneiros, incapaz de esconder seu desgosto de ver soldados britânicos sendo conduzidos ao cativeiro. Então ele reconheceu Hakeswill que, no mesmo instante, fitou o rosto do tenente, e Sharpe viu a expressão atônita do sargento. Por um segundo, o mundo pareceu parar de girar. Lawford pareceu incapaz de se mover, enquanto Hakeswill estava boquiaberto e aparentemente sem fala. Sharpe estava esticando o braço para furtar o mosquete de um dos soldados de Tipu, mas Hakeswill se virou deliberadamente e recompôs sua expressão, como se estivesse enviando uma mensagem silenciosa de que não comentaria a respeito da presença de Lawford. Os doze prisioneiros granadeiros ainda estavam alguns metros atrás e Lawford, subitamente compreendendo que haveria mais homens de seu batalhão capazes de reconhecê-lo, finalmente se virou e começou a se afastar dali, puxando Sharpe.

— Mas eu quero matar Hakeswill! — protestou Sharpe.

— Vamos! — disse Lawford, conduzindo Sharpe para um beco. O tenente estava pálido. Ele parou ao lado da passagem arqueada de um pequeno templo encimado pela escultura de uma vaca descansando abaixo de um para-sol. Pequenas chamas dançavam alegremente dentro do santuário. Finalmente Lawford perguntou: — Ele vai dizer alguma coisa?

— Aquele bastardo? — retrucou Sharpe. — Com ele, qualquer coisa é possível.

— Não acredito. Ele não nos trairia — disse Lawford e então estremeceu. — Sharpe, o que aconteceu?

Sharpe contou-lhe tudo sobre os eventos da noite e o quanto estivera perto de conseguir retornar para as fileiras britânicas sem causar problemas.

— Eu teria conseguido, se aquele maldito Hakeswill não tivesse me impedido! — queixou-se.

— Ele pode ter interpretado mal você — disse Lawford.

— Não ele.

— Mas o que vai acontecer se Hakeswill nos trair? — perguntou Lawford.

— Vamos nos juntar ao seu tio na prisão — disse Sharpe. — Você devia ter me deixado atirar naquele calhorda lá no portão.

— Não seja idiota! — ralhou Lawford. — Você ainda está no exército, Sharpe. E eu também. — Ele subitamente balançou a cabeça. — Deus Todo-poderoso! Precisamos encontrar Ravi Shekhar.

— Por quê?

— Porque se não podemos enviar as informações para fora, talvez ele possa! — disse Lawford com raiva. Na verdade, estava com raiva de si mesmo. Seduzido pela experiência de viver como um soldado comum, ele havia esquecido seu dever, e essa negligência agora o enchia de culpa. — Precisamos encontrá-lo, Sharpe!

— Como? Não podemos sair pelas ruas perguntando por ele!

— Então encontre a sra. Bickerstaff — disse Lawford. — Encontre ela, Sharpe! — Abaixou a voz. — Isto é uma ordem.

— Minha patente é superior — retrucou Sharpe.

Lawford virou-se para ele, furioso.

— O que foi que você disse?

— Agora sou cabo, recruta — disse Sharpe, forçando um sorriso.

— Isto não é uma brincadeira, Sharpe! — gritou Lawford, uma autoridade repentina em sua voz. — Não estamos aqui para nos divertir. Estamos aqui para fazer um trabalho.

— Que fizemos muito bem até agora — defendeu-se Sharpe.

— Não, não fizemos o nosso trabalho nada bem — disse Lawford com firmeza. — Não levamos a informação para fora, levamos? E nosso dever só estará cumprido depois que fizermos isso. Assim, vá falar com a sua mulher e mande que ela encontre Shekhar. Isto é uma ordem, recruta Sharpe. Portanto, obedeça!

Lawford abruptamente deu as costas para Sharpe e se afastou.

Sharpe sentiu o peso confortador do *haideri* no bolso da túnica. Pensou em seguir Lawford, mas acabou mudando de ideia. Esta noite Sharpe podia pagar pelo melhor e a vida era curta demais para que deixasse escapar uma chance como essa. Decidiu que iria voltar para o bordel. Gostara do lugar, uma casa decorada com cortinas, tapetes e lamparinas com cúpulas de pano onde duas garotas sorridentes haviam banhado Lawford e Sharpe antes de conduzi-los escada acima até os quartos. Um *haideri* podia pagar por uma noite inteira num desses quartos, talvez com Lali, a garota alta que deixara o tenente Lawford exausto e cheio de culpa.

E lá foi ele gastar seu ouro.

O 33º Regimento marchou infeliz de volta para o acampamento. Os feridos foram carregados ou tiveram de voltar sozinhos, capengando. Um homem gritava a cada vez que punha o pé esquerdo no chão, mas, afora isso, o batalhão estava silencioso. Eles tinham sido derrotados e os gritos de escárnio dos soldados do sultão, que podiam ser ouvidos ao longe, esfregavam sal em suas feridas. Alguns últimos os perseguiram, suas chamas deixando rastros coleantes na noite estrelada.

As companhias de Granadeiros e Ligeira sofreram muitas baixas. Havia desaparecidos, e Wellesley sabia que alguns desses estavam mortos e temia que os outros estivessem aprisionados ou ainda feridos no bosque. As oito companhias restantes marcharam para apoiar as companhias de flanco, mas na escuridão cruzaram o aqueduto muito para sul, e embora Wellesley tivesse tentado ajudar suas companhias de flanco cerceadas, o major Shee marchou direto pelo *tope* e pelo aqueduto até sair no lado oposto, sem encontrar o inimigo ou disparar uma única bala. Os dois batalhões de sipaios poderiam facilmente ter transformado o desastre daquela noite numa vitória, mas não receberam ordens, embora um dos batalhões, induzido pelo pânico, tivesse disparado uma saraivada de tiros que matou seu próprio oficial-comandante enquanto, 800 metros à frente, o 33º Regimento debatia-se numa confusão indigna de soldados.

Era essa falta de profissionalismo que atormentava Wellesley. Ele havia fracassado. Os outros batalhões tinham capturado com eficácia o trecho norte do aqueduto, mas o 33º Regimento fracassara. Wellesley fracassara. E ele sabia disso. O general Harris tinha sido muito compreensivo quando o jovem coronel reportara o fiasco. Harris murmurara que ataques noturnos são muito incertos e garantira que a situação seria compensada pela manhã, mas Wellesley ainda se sentia culpado. Sabia perfeitamente bem que soldados experientes como Baird o desprezavam, atribuindo sua promoção a subcomandante ao fato de seu irmão mais velho ser governador-geral das regiões britânicas na Índia. E como desgraça pouca é bobagem, o general de divisão Baird estivera com Harris quando Wellesley reportara seu fracasso. O escocês parecera conter um sorriso enquanto Wellesley confessava os desastres noturnos.

— São muito difíceis esses ataques noturnos — repetira Harris enquanto o escocês mantivera um silêncio significativo que apenas aumentara a dor de Wellesley.

— Limparemos o *tope* pela manhã — disse Harris numa tentativa de consolar Wellesley.

— Meus homens farão isso — prometeu apressadamente Wellesley.

— Não, não. Eles não estarão descansados — disse Harris. — Será melhor se usarmos soldados saudáveis.

— Meus companheiros estão preparados. — Baird abriu a boca pela primeira vez. Ele sorriu para Wellesley. — Estou me referindo à Brigada Escocesa, claro.

— Peço permissão para comandar o ataque, senhor — disse Wellesley muito empertigado, ignorando Baird. — Qualquer que seja a tropa que o senhor usar, ainda serei o oficial em exercício.

— Com certeza, com certeza — disse Harris vagamente, nem concedendo nem negando a requisição de Wellesley. — Você precisa dormir um pouco — disse ao jovem coronel. — Assim, permita-me desejar-lhe uma boa noite.

Harris esperou até que Wellesley houvesse se retirado, e então balançou a cabeça sem dizer nada.

— Fedelho metido — disse Baird alto o bastante para que o Wellesley ainda pudesse ouvi-lo. — Carrega uma espada, mas ainda usa fraldas.

— Ele é muito eficiente — disse Harris sem muita convicção.

— Minha mãe era eficiente, Deus a tenha e guarde, mas não gostaria de tê-la ao comando de uma batalha — retorquiu Baird. — Harris, pode anotar no seu caderninho: se deixar Wellesley liderar o assalto à cidade, nós vamos ter problemas. Dê-me esse trabalho, homem. Tenho contas a acertar com Tipu.

— Você tem sim — concordou Harris. — Tem sim.

— E deixe-me tomar o maldito *tope* pela manhã. Eu poderia fazer isso com um destacamento comandado por um cabo!

— Wellesley ainda será oficial do dia amanhã de manhã, Baird — disse Harris e tirou a peruca como um sinal de que pretendia ir para a cama. Um lado de seu escalpo estava curiosamente achatado onde fora ferido em Bunker Hill. Ele coçou o velho ferimento e então bocejou. — Terei de lhe desejar uma boa noite.

— Sabe soletrar o nome de Wellesley para o despacho, Harris? — perguntou Baird. — É com três Ls!

— Boa noite — disse Harris com firmeza.

Ao alvorecer, a Brigada Escocesa e dois batalhões indianos marcharam a leste do acampamento, enquanto uma bateria com quatro canhões de doze libras foi posicionada ao sul. Assim que o sol se levantou, os quatro canhões começaram a disparar contra o *tope*. Os projéteis deixaram traços tênues de fumaça no ar a partir de seus pontos de disparo, e então mergulharam para as árvores, onde suas explosões foram abafadas pela folhagem densa. Uma bala errou o alvo e um jorro de água se ergueu do aqueduto. Pássaros puseram-se a circundar o *tope* esfumaçado, grasnando seus protestos contra a violência que mais uma vez perturbara seus ninhos.

O general de divisão Baird esperou na frente da Brigada Escocesa. Ele estava se coçando para liderar o avanço de seus compatriotas, mas Harris insistiu que isso era um privilégio de Wellesley.

— Ele é o oficial em exercício até o meio-dia — disse Harris.

— Ele não está pronto — disse Baird. — Ainda está dormindo. Se for esperar que ele acorde vai acabar passando mesmo do meio-dia. Deixe-me ir, senhor.

— Dê-lhe cinco minutos — insistiu Harris. — Mandei um auxiliar ir acordá-lo.

Baird havia interceptado o auxiliar para garantir que Wellesley não acordaria a tempo, mas instantes antes dos cinco minutos expirarem, o jovem coronel chegou a galope em seu cavalo branco. Parecia desgrenhado, como um homem que acabara de sair do banho.

— Minhas sinceras desculpas, senhor — disse em saudação a Harris.

— Está preparado, Wellesley?

— Totalmente, senhor.

— Então sabe o que fazer — disse Harris, sucinto.

— Cuide dos meus rapazes escoceses! — gritou Baird para Wellesley e, como esperava, não recebeu nenhuma resposta.

As bandeiras escocesas tinham sido desfraldadas, os tamborileiros soaram o avanço, os tocadores de gaitas de foles iniciaram sua música exótica e a brigada marchou para o sol nascente. Os sipaios a seguiram. Foguetes subiram do *tope*, mas os mísseis não eram mais certeiros de dia do que tinham sido à noite. Os quatro canhões de campo de bronze dispararam seguidamente, parando apenas quando os escoceses alcançaram o aqueduto. Harris e Baird observaram a brigada atacar numa fileira de quatro linhas que subiu o aterro mais próximo e sumiu de vista dentro do aqueduto, reaparecendo brevemente no aterro no outro lado, finalmente sumindo no bosque. Durante alguns momentos, houve o som disciplinado de salvas de mosquetes e então silêncio. Os sipaios seguiram os escoceses e se dividiram para a esquerda e para a direita para atacar as orlas do bosque. Harris aguardou, e então um cavaleiro chegou a todo galope do trecho norte do aqueduto, que fora capturado durante a noite, para reportar que a terra entre o *tope* e a cidade estava cheia de inimigos fugindo de volta para Seringapatam. Essa notícia foi prova de que o *tope* finalmente fora tomado, e que o aqueduto inteiro estava agora em mãos aliadas.

— Hora do café da manhã! — disse Harris alegremente. — Junta-se a mim, Baird?

— Primeiro quero receber a conta do açougueiro, se o senhor não se importa — respondeu Baird.

Mas não houve conta do açougueiro, porque nenhum dos escoceses ou indianos foi morto. Os soldados do sultão haviam abandonado o *tope* assim que as balas de canhão começaram a cair entre as árvores, e deixaram para trás apenas os cadáveres saqueados dos britânicos mortos na noite anterior. O tenente Fitzgerald estava entre eles, e foi sepultado com honras. Morto por uma baioneta inimiga, segundo o relatório.

E agora, com o terreno de aproximação oeste nas mãos de Harris, o cerco à cidade poderia começar propriamente.

Não foi difícil encontrar Mary. Sharpe simplesmente perguntou sobre ela a Gudin e, depois dos eventos da noite anterior no *tope*, o coronel estava disposto a conceder qualquer coisa que o recém-promovido cabo lhe pedisse. A perda do *tope* durante o alvorecer não esfriara a alegria do francês pela vitória da noite, nem o otimismo dentro da cidade, porque ninguém esperara seriamente que o *tope* resistisse mais do que alguns minutos. E a vitória da noite anterior, com sua captura de prisioneiros e suas histórias da derrota britânica, convenceram os soldados do sultão Tipu de que eles causariam mais do que um mero transtorno aos exércitos inimigos.

— Sua mulher, Sharpe? — provocou Gudin. — Você se torna cabo e tudo que deseja é a sua mulher de volta?

— Apenas quero vê-la, senhor.

— Ela está no lar de Appah Rao. Avisarei o general, mas primeiro você terá de comparecer ao palácio ao meio-dia.

— Eu, senhor? — Sharpe sentiu uma pontada de alarme, temendo que Hakeswill o tivesse traído.

— Para receber um prêmio, Sharpe — assegurou Gudin. — Mas não se preocupe, estarei lá para roubar a maior parte da sua glória.

— Sim, senhor — disse Sharpe, forçando um sorriso. Ele gostava de Gudin e não tinha como evitar comparações entre este francês gentil e atencioso e seu próprio coronel, que sempre parecera tratar soldados rasos como se eles fossem um aborrecimento que precisava ser suportado. Claro que Wellesley estava isolado de seus soldados por seus oficiais e sargentos, enquanto Gudin possuía um batalhão tão pequeno que, na verdade, ele era mais como um capitão do que um coronel. Gudin contava com a assistência de um ajudante suíço e a ajuda ocasional dos dois capitães franceses quando eles não estavam bebendo no melhor bordel da cidade, mas o capitão não possuía tenentes ou alferes, e apenas três sargentos, o que significava que os soldados possuíam acesso quase ilimitado ao seu coronel. Gudin gostava disso, porque tinha pouco com que se ocupar. Oficialmente, era o consultor da França para o sultão, mas Tipu raramente seguia conselhos. Gudin confessou isso enquanto caminhava com Sharpe até o palácio ao meio-dia.

— Então ele é o tipo que pensa que sabe tudo, senhor? — indagou Sharpe.

— Ele é um bom soldado, Sharpe. Muito bom. O que ele realmente quer é um exército francês, e não um consultor francês.

— Para que ele quer um exército francês, senhor?

— Para expulsar os britânicos da Índia.

— Mas tudo o que ele estaria fazendo seria trocar os ingleses por vocês, franceses.

— Mas ele gosta dos franceses, Sharpe. Você acha isso estranho?

— Acho tudo na Índia estranho, senhor. Ainda não fiz uma refeição decente desde que cheguei aqui.

Gudin soltou uma gargalhada.

— E que refeição decente seria essa?

— Um pedaço de bife, senhor, com algumas batatas e molho suficiente para engasgar um rato.

— *La cuisine anglaise!* — exclamou Gudin, com um arrepio.

— Senhor?

— Esqueça, Sharpe. Esqueça.

Meia dúzia de homens aguardavam para ser apresentados a Tipu, todos eles soldados que de algum modo haviam se destacado na defesa do *tope* na noite anterior. Havia também um prisioneiro, um soldado hindu que foi visto fugindo quando os atacantes atravessaram o aqueduto. Todos eles, covardes e heróis, esperavam na arena onde Sharpe e Lawford tinham sido testados pelo sultão, embora hoje cinco dos seis tigres não estivessem presentes, restando apenas um macho grande, velho e dócil. Gudin caminhou até a fera e coçou seu queixo, e depois fez-lhe carinho atrás das orelhas.

— Este aqui é manso como um gatinho, Sharpe.

— Vou deixar o senhor brincar com ele. Nem puxado por cavalos eu me aproximaria de um monstro como esse.

O tigre gostava de ser acariciado. Ele fechou os olhos amarelos durante alguns segundos e Sharpe jurou que o animal imenso estava ronronando. O tigre bocejou, arreganhando a bocarra cheia de dentes velhos e gastos. Em seguida, ele se espreguiçou e de suas patas acolchoadas emergiram dois pares de garras compridas e curvas.

— É assim que ele mata — explicou Gudin, apontando as patas enquanto recuava. — Ele te segura no chão com os dentes e então rasga sua barriga com as garras. Mas não este aqui. Ele é apenas um velho bichano. E bem pulguento. — Gudin catou uma pulga em sua mão, e virou-se enquanto uma porta para a arena era aberta.

Uma procissão de atendentes do palácio encheu a arena. O grupo era liderado por dois homens vestidos em robes que portavam cajados cujas pontas ostentavam cabeças de tigre de prata. Eles serviram como camareiros, agregando os heróis numa fila e empurrando o covarde para um lado, e atrás deles apareceram dois homens de físico extraordinário.

Sharpe ficou de queixo caído. Os dois homens eram imensos; altos e musculosos como lutadores profissionais. Sua pele escura, nua até a cintura, estava oleada, enquanto seus cabelos negros e compridos tinham sido torcidos em torno da cabeça e por fim amarrados com laços brancos. Usavam barbas negras e bigodes largos endurecidos nas pontas com cera.

— *Jettis* — sussurrou Gudin a Sharpe.

— *Jettis*? O que são eles, senhor?

— Homens fortes — respondeu Gudin. — E carrascos.

O soldado que tinha fugido do ataque dos britânicos ajoelhou-se no chão e gritou um apelo para os camareiros. Eles o ignoraram.

Sharpe estava no fim da fila esquerda de heróis, que assumiu orgulhosamente posição de sentido quando o sultão em pessoa entrou na arena. Chegou escoltado por mais seis criados, quatro dos quais mantinham um toldo com listras de tigre acima da cabeça do soberano. O toldo de seda era sustentado por mastros com entalhes de tigre e uma franja de pérolas. O sultão usava um robe verde decorado com pérolas, com sua espada com cabo de cabeça de tigre em sua bainha incrustada com joias, pendendo de uma faixa de seda amarela. O turbante largo, igualmente verde, era amarrado por colares de pérolas, enquanto em seu centro, abaixo de uma pluma, reluzia um rubi tão grande que Sharpe inicialmente presumiu ser feito de vidro. Afinal, nenhuma pedra preciosa poderia ser tão grande, exceto talvez pelo diamante branco-amarelado que formava o pomo de uma adaga que o sultão usava na faixa amarela.

Tipu olhou para o soldado trêmulo, e então acenou com a cabeça para os *jettis*.

— Isto não é agradável, Sharpe — alertou baixinho o coronel Gudin, que estava imediatamente atrás de Sharpe.

Um dos *jettis* agarrou o prisioneiro aterrorizado e o obrigou a se levantar. Em seguida, o conduziu até o sultão. Diante de Tipu, o *jetti* forçou o homem a se virar de lado, e então empurrou-o para baixo, fazendo-o ajoelhar-se. O *jetti* se ajoelhou ao lado do prisioneiro e, com seus braços

O TIGRE DE SHARPE

imensos, envolveu-lhe os braços e o torso, imobilizando-o. O condenado rogou clemência a Tipu, que ignorou o apelo enquanto o segundo *jetti* posicionava-se de pé diante do prisioneiro. Tipu meneou a cabeça e o *jetti* que estava em pé colocou suas mãos enormes em cada lado da cabeça do condenado. O homem gritou, e então o berro foi cortado quando o *jetti* pressionou mais forte.

— Deus misericordioso! — exclamou Sharpe, pasmo, enquanto observava o pescoço do homem ser torcido como se ele fosse uma galinha.

Sharpe nunca tinha visto nada parecido, e se não tivesse presenciado com seus próprios olhos, não teria acreditado. Atrás dele, o coronel Gudin emitiu um pequeno ruído de desaprovação, mas Sharpe ficara impressionado. Era uma morte mais rápida do que ser açoitado, e mais rápida do que a maioria dos enforcamentos, nos quais os prisioneiros dançavam na ponta da corda enquanto o laço os estrangulava. Tipu aplaudiu a demonstração de força e habilidade do *jetti*, recompensou-o, e em seguida ordenou que o morto fosse arrastado para fora dali.

Um a um, os heróis da noite foram conduzidos até o toldo com listras de tigre, à cuja sombra o homem baixo e atarracado estava em pé. Cada soldado ajoelhou-se ao ser chamado pelo nome, e a cada vez Tipu se curvou e usou ambas as mãos para levantar o herói antes de falar com ele e presenteá-lo com um medalhão enorme. Todos os medalhões pareciam de ouro, mas Sharpe presumiu serem de bronze polido, porque certamente ninguém daria tanto ouro! Cada homem beijou o presente e recuou para sua posição na fila.

Finalmente, chegou a vez de Sharpe.

— Você sabe o que fazer — encorajou-o Gudin.

Sharpe sabia. Não gostava de se ajoelhar para nenhum homem, quanto mais para esse reizinho gorducho que era o inimigo de seu país, mas, não havendo futuro em ofensas desnecessárias, Sharpe colocou-se sobre um joelho. A pedra branco-amarelada no cabo da adaga reluziu para ele e Sharpe passou a acreditar que se tratava de um diamante verdadeiro. Um diamante imenso. Então Tipu sorriu, curvou-se à frente e colocou as mãos sob as axilas de Sharpe para levantá-lo. Sharpe ficou surpreso com a força do homem.

Gudin, que tinha se apresentado junto com Sharpe, falou em francês ao intérprete de Tipu, que traduziu suas palavras para persa, o que não contribuiu em nada para suavizar a desorientação de Sharpe. No que dizia respeito a Sharpe, os eventos da noite anterior tinham sido uma confusão sem tamanho, mas era evidente que Gudin estava narrando uma história de heroísmo, porque Tipu ocasionalmente fitava Sharpe com olhares apreciativos. Sharpe fitava-o de volta, fascinado. Tipu tinha olhos cinzentos, pele morena e um bigode preto bem-aparado. A distância parecia gorducho, até preguiçoso, mas de perto seu rosto estampava tanta severidade que Sharpe se convenceu de que Tipu era um bom soldado, como o coronel Gudin alegara. Sharpe era tão mais alto que Tipu que, ao olhar direto para a frente, deparou-se com a pedra imensa na base da pluma do turbante. Não parecia vidro. Parecia um rubi gigantesco, do tamanho de uma uva. Era mantido no lugar por um delicado alfinete de ouro, e devia valer uma fortuna. Sharpe lembrou de sua promessa de dar a Mary um rubi decente no dia em que se casasse com ela, e quase sorriu ao pensar em roubar a pedra de Tipu. Esqueceu da pedra quando Tipu fez algumas perguntas, que Sharpe não precisou responder, porque o coronel Gudin falou por ele.

— O sultão disse que você provou ser um soldado digno de Misore — traduziu Gudin. — Ele se orgulha de tê-lo em suas forças, e anseia pelo dia em que, quando os infiéis tiverem sido escorraçados para longe da cidade, você poderá se tornar verdadeiramente um membro de seu exército.

— Isso significa que terei de ser circuncidado, senhor? — indagou Sharpe.

— Isso significa que você está extraordinariamente grato à Sua Majestade, conforme direi a ele — disse Gudin.

Gudin fez exatamente isso, e quando essa declaração foi traduzida, Tipu sorriu, virou-se para um criado e pegou de uma cesta forrada com seda, o último medalhão. O monarca esticou os braços para colocar o medalhão no pescoço de Sharpe. O britânico se curvou para facilitar a ação e enrubesceu quando o rosto de Tipu chegou perto do seu e ele pôde sentir o perfume forte do monarca. Sharpe deu um passo para trás e, como os outros soldados, levou o medalhão aos lábios. Sharpe quase soltou um palavrão ao fazer isso, porque a coisa não era feita de bronze; era de ouro mesmo.

— Recue — murmurou Gudin.

Sharpe fez uma mesura para Tipu e recuou desajeitadamente até sua posição na fila. Tipu falou de novo, embora desta vez ninguém tenha se dado ao trabalho de traduzir para Sharpe. Estando a breve cerimônia terminada, Tipu se virou e voltou para seu palácio.

— Agora você é oficialmente um herói de Misore — informou Gudin, seco. — Um dos amados tigres de Tipu.

— Não mereço isso, senhor — disse Sharpe, olhando para o medalhão. Um lado era decorado com um desenho muito bonito, enquanto o outro mostrava o rosto de um tigre, embora a face parecesse formada pelos volteios de uma caligrafia intricada.

— Aqui diz alguma coisa, senhor? — indagou a Gudin.

— Diz *"Assad Allah al-ghalib"*, que em árabe significa "O Leão de Deus é vitorioso".

— Leão, e não tigre?

— É um verso do Alcorão, a Bíblia muçulmana. Suspeito de que o livro sagrado não mencione tigres. Senão, Tipu certamente usaria a citação.

— Engraçado, não é? — disse Sharpe, olhando para o pesadíssimo medalhão de ouro.

— O que é engraçado?

— O animal que simboliza a Grã-Bretanha é o leão, senhor. — Sharpe soltou uma risadinha, e então sopesou o ouro na mão. — Tipu é um homem bem rico, não é?

— Tão rico quanto se pode ser — respondeu secamente Gudin.

— E aquelas pedras são de verdade? Aquele rubi no chapéu dele, e o diamante em sua adaga?

— As duas pedras valem o resgate de um rei. Mas seja cuidadoso, Sharpe. O diamante é chamado de Pedra da Lua e se diz que trará azar a quem o roubar.

— Não estava pensando em roubá-lo, senhor — disse Sharpe, embora tivesse pensado exatamente isso. — Mas e quanto a isto? — Ele sopesou o medalhão de novo. — Devo guardá-lo?

— É claro que deve. Embora deva frisar que só o recebeu porque exagerei um pouco suas façanhas.

Sharpe tirou o medalhão do pescoço.

— Pode ficar com ele, senhor. — Ele empurrou o medalhão pesado para o francês. — É verdade, senhor. Fique com ele.

Gudin recuou e levantou as mãos, horrorizado.

— Sharpe, se Tipu descobrir que você deu o medalhão, jamais irá perdoá-lo. Jamais! Isso é um símbolo de honra. Você deve usá-lo sempre. — O coronel tirou do bolso um relógio Breguet e abriu sua tampa. — Tenho deveres a cumprir, Sharpe. O que me lembra de uma coisa. Sua mulher estará à sua espera no pequeno templo ao lado da casa de Appah Rao. Sabe onde fica?

— Não, senhor.

— Vá para o lado norte do grande templo hindu e continue andando — disse o coronel. — Você quase chegará à muralha da cidade. Vire à esquerda lá e verá o templo. Ele tem uma daquelas vacas em cima do portão.

— Por que eles colocam vacas em cima dos portões, senhor?

— Pelo mesmo motivo que colocamos imagens de um homem torturado em nossas igrejas. Religião. Você faz muitas perguntas, Sharpe. — O coronel sorriu. — A sua mulher irá encontrá-lo lá. Mas não esqueça, cabo, tem de dar serviço de guarda ao pôr do sol!

Com essas palavras, Gudin se virou e começou a caminhar para a saída. Sharpe, com um último olhar para o tigre sonolento, seguiu o francês.

Não foi difícil achar o pequeno templo que ficava de frente para um velho portão que passava através da defesa oeste. Tinha sido contra essa muralha que McCandless alertara, mas Sharpe, olhando para ela da entrada do templo, não viu nada de errado. Uma esplanada comprida subia até o bastião e uma dupla de soldados fazia força para empurrar um carrinho de mão abarrotado com foguetes até os baluartes onde uma dúzia de canhões grandes repousava em suas seteiras. Mas Sharpe não conseguiu ver nada sinistro, nenhuma armadilha para destruir um exército. Uma das bandeiras com brasão de sol do sultão adejava num mastro alto acima da torre de vigia do portão, flanqueada por suas bandeiras menores que ostentava um desenho prateado. O vento levantou uma das bandeiras e Sharpe viu que ele era o mesmo tigre caligráfico que estava gravado em sua medalha. Ele sorriu. Não via a hora de mostrar isso a Mary.

Entrou no templo, mas Mary ainda não havia chegado. Achou um lugar à sombra em um nicho do outro lado do pátio aberto, de onde podia ver um homem completamente nu, com uma listra branca pintada no crânio calvo, sentado sobre as pernas cruzadas, de frente para um ídolo com corpo de homem e cabeça de macaco, pintado em vermelho, verde e amarelo. Outro deus, este com sete cabeças de cobra, estava num nicho repleto de flores murchas. O homem de pernas cruzadas não se moveu, e aparentemente também não piscou, nem mesmo quando os outros adoradores entraram no templo. Um deles era uma mulher alta e magra num sári verde-claro com um pequeno diamante reluzindo no lado do nariz. Seu companheiro era um homem alto e magro vestido numa túnica com listras de tigre, com um mosquete pendurado num ombro e uma espada de cabo de prata pendendo ao seu lado. Era um homem bonito, uma companhia adequada à mulher elegante que caminhou até um terceiro ídolo, este uma deusa sentada com quatro pares de braços. A mulher juntou as mãos e as encostou na testa, fez uma mesura, e então esticou um braço e tocou um sininho para atrair a atenção da deusa. Foi só então que Sharpe reconheceu a mulher.

— Mary! — gritou, e ela se virou alarmada para ver Sharpe em pé nas sombras. A expressão de terror no rosto de Mary pegou Sharpe de surpresa. O soldado alto e jovem tinha colocado uma das mãos no cabo de sua espada. — Mary — repetiu Sharpe. — Garota.

— Irmão! — gritou Mary, e então, quase em pânico, repetiu a palavra. — Irmão!

Sharpe forçou um sorriso para disfarçar sua confusão. Então viu lágrimas formarem-se nos olhos de Mary.

— Você está bem, garota? — perguntou, preocupado.

— Estou muito bem... — disse ela, e então acrescentou, num tom ainda mais forçado: — ...irmão.

Sharpe olhou para o soldado indiano e viu que o homem olhava para Mary com uma expressão ferozmente protetora.

— É o general? — indagou a Mary.

— Não. É Kunwar Singh — disse Mary, que se virou e fez um gesto para o soldado. Sharpe viu uma expressão de ternura em sua face, finalmente compreendendo o que estava acontecendo.

— Ele fala inglês... — perguntou Sharpe, acrescentando, com um sorriso: — ...irmã?

Mary fitou-o com uma expressão aliviada.

— Um pouco. Como vai você? Como estão suas costas?

— Cicatrizou bem. O doutor indiano faz mágicas. Ainda sinto um pouco de dor de vez em quando, mas não como antes. Estou indo bem. Até ganhei uma medalha, veja! — Ele segurou a medalha de ouro para que Mary a visse. E enquanto Mary forçava a vista para ver os detalhes do medalhão, ele acrescentou, num sussurro: — Mas preciso falar com você em particular, querida. É urgente.

Mary tocou o ouro e então fitou Sharpe.

— Sinto muito, Richard — sussurrou.

— Não precisa se sentir mal com isto, garota — disse ele honestamente, porque desde o momento em que vira Mary em seu sári tinha sentido que ela não era para ele. Mary parecia sofisticada demais, elegante demais, e as esposas dos soldados comuns não costumam ser nenhuma dessas coisas. — Você e ele, hein? — perguntou, olhando para o alto e belo Kunwar Singh.

Mary fez um leve aceno com a cabeça.

O TIGRE DE SHARPE

— Bom para você! — disse Sharpe para o indiano, dando-lhe um sorriso. — Boa menina, minha irmã!

— Meia-irmã — sussurrou Mary.

— Decida-se, garota.

— E agora tenho um nome indiano — disse Mary. — Aruna.

— É bonito. Aruna. — Sharpe sorriu. — Eu gosto.

— Era o nome da minha mãe — explicou Mary e em seguida caiu em um silêncio constrangedor. Ela olhou para o homem com a faixa branca na cabeça, e hesitantemente tomou Sharpe pelo braço e o conduziu de volta para o nicho sombreado onde ele estivera esperando. Um peitoril corria em torno do nicho e Mary sentou nele, ficando de frente para Sharpe com as mãos postas recatadamente no colo. Kunwar Singh observou os dois, mas não tentou se aproximar.

Por um segundo, nem Sharpe nem Mary tiveram nada a dizer.

— Estive observando aquele sujeito pelado ali — disse Sharpe. — Ele não se moveu um centímetro.

— É uma forma de adoração — sussurrou Mary.

— Mas é muito estranha. Tudo aqui é estranho. — Sharpe fez um gesto largo, mostrando o santuário decorado. — Isto aqui não parece um circo? — Então lembrou que Mary nunca tinha estado na Inglaterra. — Não, não é a mesma coisa — disse em voz fraca, e olhou para o sempre vigilante Kunwar Singh. — Você e ele, hein? — repetiu Sharpe.

Mary fez que sim.

— Sinto muito, Richard. Sinto mesmo.

— Isso acontece, garota. Mas você não quer que ele saiba sobre você e eu, é isso?

Ela meneou a cabeça novamente, olhos cheios de lágrimas.

— Por favor — implorou.

Sharpe se calou por um instante, não para manter Mary em suspense, mas porque o homem finalmente havia se movido. Ele havia juntado as mãos bem devagar, mas isso parecera esgotar suas forças, porque agora estava imóvel novamente.

BERNARD CORNWELL

— Richard? — implorou Mary. — Não vai contar para ele, vai?

Sharpe voltou a olhar para ela.

— Quero que faça uma coisa para mim.

Mary pareceu preocupada, mas assentiu.

— Claro. Se estiver ao meu alcance.

— Tem um sujeito nesta cidade chamado Ravi Shekhar. Ouviu o nome? Ele é um mercador. Só Deus sabe o que ele vende, mas mora aqui e você precisa encontrá-lo. Eles a deixam sair de casa?

— Sim.

— Então saia e encontre esse Ravi Shekhar. Diga a ele para levar uma mensagem para os britânicos. A mensagem é esta: não ataquem a muralha oeste. É só isso. É urgente, porque aqueles imbecis estão se preparando para atacar justamente essa parte da muralha. Fará isso?

Mary lambeu os lábios e assentiu.

— E você não contará a Kunwar sobre nós?

— Eu não contaria mesmo a ele — disse Sharpe. — Não faria uma coisa dessas com você. Desejo toda felicidade do mundo a ele, minha irmã. — Sharpe sorriu. — Minha irmã Aruna. É bom ter uma família e você é tudo o que tenho. E odeio te pedir para encontrar esse tal Shekhar, mas eu e o tenente não conseguimos fugir, de modo que alguém precisa mandar essa mensagem para fora. Parece que vai ter de ser você. — Sharpe esboçou um sorriso triste. — Mas parece que agora você mudou de lado, e não vou te culpar se você não fizer isso por mim.

— Eu farei, Richard. Prometo.

— Você é uma boa garota. — Ele se levantou. — E então, irmãos beijam irmãs na Índia?

Mary abriu um meio sorriso.

— Acho que sim.

Sharpe deu um beijo muito respeitável na bochecha de Mary, cheirando seu perfume.

— Você está maravilhosa, Mary. Maravilhosa demais para mim.

— Você é um homem bom, Richard.

— Só que isso não vai me fazer subir muito na vida, não é mesmo?

Sharpe se afastou de Mary e sorriu para Kunwar Singh, que lhe ofereceu uma leve reverência.

— Você é um homem de sorte! — disse Sharpe.

E então, olhando uma última vez para a mulher alta e elegante que agora se chamava Aruna, Sharpe deixou Mary Bickerstaff. Vem fácil, vai fácil, pensou Sharpe. Mas ele estava sentindo uma pontada de ciúmes pelo indiano alto e bonito. Que se dane, pensou. Mary estava fazendo o que podia para sobreviver, e Sharpe jamais culpava alguém por fazer isso. Ele próprio o estava fazendo.

Voltou para o quartel onde estava o batalhão de Gudin. Pensando em Mary e no quanto ela parecia graciosa, até inalcançável, Sharpe mal prestava atenção para onde estava indo quando um grito o alertou sobre um carro de boi que se aproximava veloz, carregando barris grandes. Sharpe recuou rapidamente enquanto os bois, sininhos de prata pendurados nos chifres pintados de amarelo e azul, passavam a centímetros dele. Sharpe viu que o carro pintado em cores vivas estava seguindo para um beco estreito que conduzia à entrada fortificada da ala oeste da muralha. Vendo o carro de bois aproximar-se, os sentinelas do portão abriram as imensas portas duplas.

E Sharpe soube instintivamente que alguma coisa estava errada. Ficou parado ali, observando, e suspeitou que estava prestes a desvendar o mistério da cidade. Os guardas estavam abrindo os portões, mas Sharpe sabia que não havia portões na ala oeste da muralha que dessem para o rio Cauvery do Sul. Conhecia o Portão Bangalore a leste, o Portão Misore ao sul, e a Comporta, um portão aquático e bem menor, ao norte. Ninguém jamais falara de um quarto portão, mas ali estava ele. Parecia-lhe evidente que um dia houvera outra comporta aqui, que abria para o Cauvery do Sul, e presumivelmente essa entrada para a cidade fora selada há muito tempo. Ainda assim, Sharpe estava assistindo aos portões serem abertos, e impulsivamente deu meia-volta e seguiu o carro de bois pelo beco. O carro já desaparecera na escuridão do túnel e os dois guardas estavam arrastando as grandes e pesadas portas duplas para fechar o portão. Então viram o medalhão brilhante no peito de Sharpe, e talvez esse distintivo raro os tenha convencido de que ele tinha autoridade para entrar.

— Procuro pelo coronel Gudin! — disse Sharpe quando um dos dois homens se aproximou nervosamente para interceptá-lo. — Tenho uma mensagem para ele.

Ao ser conduzido pelo portão, Sharpe viu que ele não era uma passagem para fora da cidade, mas um túnel comprido que conduzia apenas a uma parede de pedra vazia. Ela tinha sido um portão, isso era óbvio, mas ao mesmo tempo o antigo portão externo tinha sido murado para deixar este túnel sombrio que agora estava estocado com barris. Deviam ser barris de pólvora, porque Sharpe via estopins saindo deles. Todo o lado norte do túnel estava entupido com os barris de pólvora. Apenas o lado norte.

Um oficial viu Sharpe e gritou alguma coisa com raiva. Sharpe se fez de inocente.

— Coronel Gudin? — indagou. — Viu o coronel Gudin, *sahib*?

O oficial indiano correu até ele e, fazendo isso, sacou uma pistola. Mas então, à luz difusa do túnel, viu a medalha de ouro no peito de Sharpe e guardou a pistola de volta em sua cinta.

— Gudin? — perguntou a Sharpe o oficial indiano.

Sharpe sorriu animadamente.

— Ele é meu oficial, *sahib*. Tenho uma mensagem para ele.

O indiano não entendeu, mas conhecia a significância da medalha e sabia que devia respeito a quem a usava. Mas mesmo assim manteve-se firme. Apontou para a porta e fez um gesto indicando que ele deveria se retirar.

— Gudin? — insistiu Sharpe.

O homem fez que não com a cabeça e Sharpe, fingindo um sorriso embaraçado, saiu do túnel.

A essa altura ele esquecera Mary porque sabia que estava prestes a compreender o que estava sendo mantido em segredo. Voltou pelo beco. No fim do beco girou nos calcanhares e olhou para a muralha acima, perguntando-se por que não havia canhoneiros postados ao lado dos canhões de bronze, por que nenhuma sentinela estava de guarda nas seteiras, e por que não havia bandeiras nas muralhas. Em todos os outros lugares havia bandeiras, sentinelas e canhoneiros, mas não aqui. Sharpe esperou até o portão do túnel ter sido fechado, e então subiu correndo a ladeira próxima que conduzia até o bastião da muralha. Feita de tijolos de barro vermelhos, esta parte da muralha não era nem de perto tão formidável quanto sua ala sul, que fora construída com grandes blocos de concreto. Além disso, esta parte da muralha não tinha mais de 6 metros de espessura, enquanto o túnel possuía quase 30 metros de comprimento. Sharpe subiu correndo até o baluarte onde os canhões grandes aguardavam e, quando alcançou o parapeito, compreendeu tudo.

Porque aqui não havia uma muralha, mas duas. Aquela na qual Sharpe estava era a muralha interna, e era nova, de modo que algumas extensões curtas da muralha ainda estavam afestoadas com andaimes e cordas, onde os trabalhadores de Tipu apressavam-se para completar o trabalho. E a 18 metros dali, depois de uma trincheira interna vazia, ficava a muralha externa da cidade, onde as bandeiras estavam penduradas e onde canhoneiros e sentinelas mantinham guarda. Essa muralha externa velha era alguns metros mais alta que a muralha interna nova, mas de frente para Sharpe, e perto de onde vira o túnel entupido com pólvora, os baluartes mais antigos estavam num estado deplorável, tendo parte de seu topo ruído. Isso era um chamariz para os britânicos, que seriam instigados a mirar nesse trecho de muralha decadente na certeza de que suas balas de canhão não tardariam a derrubá-las. Os grandes canhões de 18 e 24 libras concentrariam seu fogo nesse trecho até a velha muralha externa ruir para deixar uma brecha semelhante a uma ladeira. Os britânicos, olhando para o rio por essa brecha, certamente veriam a nova muralha interna, mas provavelmente julgariam que ela era apenas o flanco de um armazém ou templo. E assim o exército atravessaria o rio raso e subiria a ladeira da brecha na muralha externa, e então desaguaria no espaço entre as duas muralhas. Um número crescente de soldados chegaria a esse local, os de trás forçando os da frente a avançar, e pouco a pouco eles ficariam espremidos entre as muralhas. Os canhões e foguetes na muralha interna causariam mortes, mas depois de algum tempo, quando os atacantes tivessem preenchido o espaço entre as muralhas, a imensa carga de pólvora, armazenada no que restava de uma antiga entrada fortificada, seria detonada. E essa explosão, sua força afunilada pelas paredes velhas e novas, atravessaria a brecha estreita e inundaria com sangue a trincheira entre as muralhas. Sharpe olhou para a esquerda e viu que o túnel fora aberto atrás de uma torre de vigia atarracada. Essa antiga torre certamente iria ruir, derramando pedras sobre os soldados que porventura sobrevivessem à rajada da explosão.

— Com mil infernos — disse Sharpe, e voltou sorrateiro pela rampa da muralha interna. Ele precisava falar com Lawford imediatamente. Se a mensagem não chegasse aos britânicos, o ataque seria catastrófico. E aparentemente apenas Mary, que agora estava apaixonada pelo lado inimigo, poderia impedir a carnificina.

CAPÍTULO VIII

As obras do cerco avançavam rapidamente, atrasadas apenas pelos canhões de Tipu e por uma carência da madeira pesada necessária para escorar as trincheiras e construir as baterias onde os canhões da artilharia de sítio seriam posicionados. Coronel Gent, um engenheiro da Companhia das Índias Orientais encarregado de supervisionar a obra, concordava inteiramente com o general Harris em que o trecho arruinado da ala oeste da muralha da cidade era o alvo óbvio e oportuno. Mas então, poucos dias depois de iniciadas as obras do cerco, um fazendeiro local revelou a existência de uma nova segunda muralha depois da primeira. O homem insistiu que a nova muralha não estava terminada, mas Harris ficou tão transtornado com a informação que chamou seus subcomandantes à sua tenda, onde o coronel Gent anunciou as informações deprimentes sobre os novos baluartes internos.

— O homem diz que os filhos dele foram levados para ajudar a construir a muralha e parece estar dizendo a verdade — reportou o engenheiro.

Baird rompeu o breve silêncio que se seguiu às palavras de Gent.

— Eles não podem guarnecer ambas as seções da muralha — insistiu o escocês.

— Tipu não tem carência de soldados — lembrou Wellesley. — São trinta ou quarenta mil homens, segundo ouvimos. Mais do que o bastante para defender as duas seções da muralha.

Baird ignorou o jovem coronel, enquanto Harris, desconfortavelmente cônscio da inimizade entre subcomandantes, olhou fixamente para seu mapa da cidade na esperança de que alguma nova inspiração lhe ocorresse. O coronel Gent sentou ao lado de Harris. O engenheiro desdobrou um par de óculos de armação fina e enganchou-os sobre as orelhas enquanto fitava o mapa.

Harris suspirou.

— Ainda creio que deve ser a ala oeste — disse ele. — A despeito desta nova muralha.

— A norte? — perguntou Wellesley.

— Segundo o nosso amigo fazendeiro, a nova muralha interna contorna todo o norte. — Pegou um lápis e traçou a linha da nova muralha interna no mapa para mostrar que onde o rio fluía perto da cidade havia agora uma defesa dupla. — E o oeste é infinitamente preferível ao norte — acrescentou Gent. — O Cauvery do Sul é raso, enquanto o rio principal já pode ser traiçoeiro nesta época do ano. Se nossos homens tiverem de avançar através do rio, que o façam aqui. — Cutucou a zona oeste da cidade, acrescentando com otimismo: — É claro que o fazendeiro pode ter razão, e essa parede interna ainda não tenha sido terminada.

Harris adoraria que McCandless ainda estivesse no exército. Numa situação como esta, o escocês teria enviado uma dúzia de sipaios disfarçados e aferido em questão de horas o estado exato da nova muralha interna, mas McCandless estava perdido e, conforme Harris suspeitava, também estavam os dois homens enviados para resgatá-lo.

— Poderíamos atravessar o vau Arrakerry e depois usar os canhões para abrir nosso caminho pelo leste, como Cornwallis fez — sugeriu Baird.

Harris levantou a bainha da peruca para coçar o velho ferimento em seu escalpo.

— Já discutimos isso antes — disse Harris. Ofereceu a Baird um leve sorriso para amenizar a repreensão, e explicou seus motivos para não atacar pelo leste. — Primeiro precisamos forçar a travessia, e o inimigo entrincheirou as margens do rio. Depois precisamos atravessar a nova muralha que cerca seu acampamento. — Ele tocou o mapa, mostrando onde o sultão construíra um robusto muro de tijolos, bem guarnecido com canhões, que cercava o acampamento que jazia fora das alas sul e leste da muralha. — E depois disso temos de dispor o cerco da cidade, e sabemos que tanto o baluarte leste quanto o baluarte sul já possuem muralhas internas. E para romper essas muralhas, teremos de transportar pelo rio cada bala de canhão e barril de pólvora.

— E um bom aguaceiro deixará esse vau intransponível — acrescentou Gent. — Além de trazer de volta aqueles malditos crocodilos. — Meneou a cabeça. — Não gostaria de carregar três toneladas de suprimentos por dia por um rio infestado de dentes famintos.

Wellesley perguntou:

— Isso quer dizer que qualquer que seja a direção pela qual atacarmos, teremos de varar duas muralhas?

— Foi isso que o homem disse — resmungou Baird.

— O que sabemos sobre essa nova muralha interna? — perguntou Wellesley a Gent, ignorando Baird.

— É de barro — disse Gent. — Tijolos de barro vermelho.

— Uma muralha de barro vai ruir — previu Wellesley.

— Se estiver seca, vai sim — concordou Gent. — Mas o núcleo da muralha não estará seco. É um bom material, o barro. Ele absorve o impacto dos tiros de canhão. Já vi balas de 24 libras quicarem no barro como ameixas num pudim. Prefiro mil vezes arrebentar um muro de pedra. Depois que a crosta é rompida, os canhões transformam o núcleo de cascalho numa escadaria. Mas não barro. — Gent olhou o mapa, palitando os dentes com a ponta afiada de uma pena. — Não barro — acrescentou num tom sinistro.

— Mas ele vai ruir? — perguntou Harris, ansioso.

— Sim, vai ruir. Posso garantir isso, senhor. Mas de quanto tempo dispomos para persuadi-lo a ruir? — O engenheiro olhou sobre os óculos para o general de peruca. — A monção não está distante, e quando as chuvas começarem, o melhor que poderemos fazer será voltar para casa. O senhor quer uma trilha através de ambas as muralhas? Isso vai levar duas semanas ou mais, e mesmo assim a brecha interna será perigosamente estreita. Perigosamente estreita. Não poderei atingi-la com fogo de flanco, e a brecha na muralha externa servirá como esplanada para proteger a base da muralha interna. Podemos atingi-la com nossos canhões, embora tenhamos de mirar bem mais alto do que qualquer canhoneiro respeitável gostaria. Podemos arrombar a muralha, abrindo uma espécie de passagem para o senhor, mas será estreita e alta, e só Deus sabe o que estará à nossa espera do outro lado. Nenhuma coisa boa, arrisco dizer.

— Mas podemos abrir rapidamente uma brecha nessa muralha externa? — perguntou Harris, assinalando o local em seu mapa.

— Sim, senhor. Ela também é quase totalmente de barro, mas é mais velho e o centro estará mais seco. Depois que arrebentarmos a crosta da muralha, a coisa toda desmoronará numa questão de horas.

Harris baixou os olhos para o mapa, inconscientemente coçando debaixo da peruca.

— Escadas — disse depois de uma longa pausa.

Baird pareceu alarmado.

— Você não está pensando numa escalada, pelo amor de Deus!

— Não temos madeira! — protestou Gent.

— Escadas feitas com bambu — disse Harris. — Apenas algumas. — Sorriu enquanto se recostava em sua cadeira. — Coronel Gent, abra uma brecha para mim e esqueça a muralha interna. Vamos atacar essa brecha, mas não vamos passar por ela. Em vez disso, atacaremos as laterais da brecha. Usaremos escadas para escalar até o trecho arrombado e dele para a muralha. Uma vez lá, atacaremos em torno dos baluartes. Depois que a muralha externa for nossa, o inimigo terá de se render.

Houve silêncio na tenda enquanto os três oficiais consideravam a sugestão de Harris. O coronel Gent tentou limpar as lentes dos óculos com a ponta de sua cinta.

— É melhor rezar para nossos homens subirem essa muralha bem depressa, general — disse Gent, rompendo o silêncio. — O senhor mandará batalhões inteiros pelo rio, e os rapazes da retaguarda empurrarão os da frente, e se houver algum atraso eles vão se derramar no espaço entre as muralhas como água procurando seu nível. E Deus sabe o que há entre as muralhas externa e interna. Um fosso inundado? Minas? Mas mesmo se não houver nada lá, os pobres coitados estarão presos entre dois fogos.

— Duas Últimas Esperanças, em vez de uma — pensou Harris em voz alta, ignorando os comentários sombrios de Gent. — Ambos os grupos atacarão dois ou três minutos antes do ataque principal. Suas ordens serão de escalar até a brecha e de lá para os baluartes. Uma Última Esperança irá para o norte ao longo do baluarte externo. A outra irá para o sul. Dessa forma elas não precisarão passar entre as muralhas externa e interna.

— Será uma ação desesperada — comentou secamente Gent.

— Assaltos sempre são — decretou Baird. — É por isso que empregaremos Últimas Esperanças. — A Última Esperança era o pequeno grupo de voluntários que ia primeiro até uma brecha para acionar as surpresas do inimigo. As baixas eram invariavelmente altas, embora jamais houvesse escassez de voluntários. Porém, desta vez a ação prometia ser realmente desesperada, porque as Últimas Esperanças não receberiam ordens de lutar através das brechas, mas de seguir a muralha a cada lado da brecha e de subir até os baluartes combatendo durante todo o percurso. — Não se pode tomar uma cidade sem derramar sangue — prosseguiu Baird, empertigando-se em sua cadeira. — E mais uma vez, senhor, requisito permissão para liderar o assalto principal.

Harris sorriu.

— Permissão concedida, Davis — disse gentilmente, usando o nome de batismo de Baird pela primeira vez. — E que Deus esteja convosco.

— Deus estará com o maldito Tipu — disse Baird, ocultando seu deleite. — Será quem precisará de ajuda. Eu lhe agradeço, general. O senhor me prestou uma grande honra.

Ou lhe mandei para a sua morte, pensou Harris, procurando não expressar o que sentia. Ele enrolou o mapa da cidade.

— Precisamos nos apressar, cavalheiros — disse ele. — As chuvas chegarão em breve. Portanto, mãos à obra!

Os soldados continuaram cavando, ziguezagueando pelos campos férteis entre o aqueduto e o braço sul do Cauvery. Um segundo exército britânico, 6.500 homens de Cannanore, na costa indiana de Malabar, chegaram para aumentar as fileiras do exército invasor. Os recém-chegados acamparam ao norte do Cauvery e posicionaram baterias cujos canhões poderiam varrer a aproximação até a brecha proposta. Assim, a cidade, com seus 30 mil defensores, estava agora sitiada por 57 mil homens, metade dos quais marchavam sob cores britânicas e metade sob a bandeira de Haiderabad. Seis mil dos soldados britânicos eram britânicos de fato; o restante eram sipaios, e atrás de todos os soldados, nos extensos acampamentos, mais de cem mil civis famintos esperavam para saquear as riquezas de Seringapatam.

    Harris tinha homens suficientes para o sítio e o assalto, mas não para envolver completamente a cidade; assim, a cavalaria de Tipu fazia sortidas diárias da desguarnecida zona leste da ilha para atacar os grupos de batedores que vagavam pelo campo em busca de madeira e alimento. Os cavaleiros do nizam de Haiderabad combatiam os ataques diários. O nizam era muçulmano, mas não nutria qualquer amor por seu irmão de fé, o sultão Tipu, e os homens do exército de Haiderabad lutavam com ferocidade. Um cavaleiro voltou do acampamento com as cabeças de seis inimigos amarradas por seus cabelos compridos à sua lança. Brandindo os troféus ensanguentados, ele caminhou orgulhoso ao longo das fileiras de tendas, sob os aplausos fervorosos de sipaios e casacas vermelhas. Harris mandou para o homem uma bolsa de guinéus, enquanto Meer Allum, o comandante das forças do nizam, enviou uma concubina para expressar sua gratidão.

    As trincheiras avançavam a cada dia, mas um último obstáculo formidável impediu que elas se aproximassem o bastante da cidade para os canhões de sítio iniciarem seu trabalho destrutivo. Na margem sul do Cauvery, 800 metros a oeste da cidade, situava-se um velho moinho. Construído em pedra, suas paredes antigas eram suficientemente grossas para resistir ao fogo de artilharia do acampamento de Harris, e das novas posições britânicas no outro lado do rio. O prédio arruinado fora convertido num forte robusto equipado com uma trincheira de defesa e protegido por dois dos melhores *cushoons* de Tipu, reforçados por canhões e fogueteiros. Enquanto o forte existisse, nenhum canhão britânico poderia ser posicionado no alcance de tiro da muralha da cidade. As duas bandeiras que adejavam sobre o moinho convertido em forte eram derrubadas a tiros de canhão todos os dias, e todos os dias eram hasteadas de novo, apenas para serem mais uma vez abatidas pelos canhoneiros britânicos e indianos. Depois que a bandeira do sol e a flâmula do Leão de Deus tinham sido derrubadas, soldados britânicos ou indianos aproximavam-se do forte para descobrir se algum defensor havia sobrevivido, e então eram recebidos por uma salva de disparos de canhão, foguetes e mosquetes que provavam que os homens de Tipu ainda eram perigosos. Essa situação poderia ser mantida indefinidamente porque, usando uma trincheira profunda que corria paralela ao braço sul do rio Cauvery, os soldados do sultão rastejavam durante a noite até o forte para render a guarnição ferida.

O forte precisava ser tomado. Harris ordenou um ataque noturno que foi liderado por companhias de flanco indianas e escocesas apoiadas por um grupo de engenheiros cujo trabalho era fazer uma ponte sobre a trincheira profunda do moinho. Durante a hora que antecedeu o assalto, a artilharia situada em ambas as margens do rio despejou granadas sobre o moinho ininterruptamente. Os canhões de vinte libras estavam carregados com projéteis explosivos, e os rastros finos deixados pelos estopins ardentes faiscavam pelo céu escuro para mergulhar na fumaça que ascendia do forte atacado. Para a infantaria em espera que teria de avançar pelo Pequeno Cauvery, atravessar a trincheira e assaltar o moinho, parecia que o fortim estava sendo obliterado, porque nada se via além de fumaça coleante com lampejos vermelhos foscos; mas de vez em quando, como se para negar a destruição que parecia tão completa, um canhão indiano respondia ao fogo e uma bala redonda uivava pelos campos em direção às baterias britânicas. Ou então um foguete subia da linha de defesa e serpenteava seu rastro de fumaça espessa pela trama delicada delineada pelos estopins dos projéteis explosivos. Os canhões maiores na muralha da cidade também estavam disparando, tentando fazer suas balas quicarem no solo, de modo que os ricochetes atingissem a artilharia do exército sitiante. Sharpe, dentro da cidade, ouviu o martelar incessante dos canhões e se perguntou se isso pressagiava um assalto à muralha da cidade, mas o sargento Rothière assegurou aos seus subalternos que eram apenas os britânicos desperdiçando munição no velho moinho.

  O bombardeio cessou repentinamente. Os soldados do sultão saíram dos porões úmidos do moinho para assumir posições nos baluartes chamuscados. Alcançaram os parapeitos desmantelados bem a tempo, porque os engenheiros já estavam jogando bombas de fumaça na trincheiras. As bombas de fumaça eram pacotes de palha úmida amarrados em torno de uma cápsula de salitre, pólvora e antimônio. Elas queimavam, consumindo a palha do interior para expelir novelos de fumaça sufocante através de aberturas deixadas nos invólucros, de modo que numa questão de segundos a trincheira estava preenchida com uma neblina densa e negra na qual os defensores assustados despejaram uma errática salva de tiros. Mais bombas foram atiradas, aumentando a fumaça cegante. Debaixo dessa cobertura arremessou-se através da trincheira uma dúzia de tábuas sobre as quais atacantes investiram com baionetas caiadas. Apenas alguns dos homens de Tipu ainda tinham mosquetes carregados. Esses homens dispararam, e um dos atacantes caiu através da fumaça para pousar nas bombas sibilantes, mas o resto já estava escalando as paredes do moinho. Metade dos atacantes eram os Highlanders de Macleod, vindos de Perthshire; os outros eram a infantaria de Bengali, e ambos os grupos investiram contra o moinho como fúrias vingativas. Os homens de Tipu pareceram estarrecidos com a rapidez do ataque, ou então tinham ficado tão abalados com o bombardeio e tão confusos pela fumaça sufocante que eram incapazes de resistir, e incapazes também de sobreviver. Bengalis e *highlanders* caçaram pelas ruínas, levantando gritos estridentes enquanto desferiam tiros e golpes de baioneta na guarnição, enquanto atrás deles, antes mesmo que a fumaça das bombas começasse a se dissipar ou a luta no moinho arrefecesse, os engenheiros erguiam uma ponte mais resistente por onde poderiam transportar os canhões de sítio para transformar o velho moinho numa bateria de canhões com a função de arrombar a muralha.

  A névoa levantada pelas bombas de fumaça finalmente se dissolveu, seus últimos fiapos coleantes pintados em vermelho pelo sol, e a essa luz sobrenatural um *highlander* subiu até os baluartes com a bandeira do sol espetada na baioneta enquanto um *havildar* de Bengali comemorava brandindo a bandeira do leão de Tipu. O assalto transformara-se num massacre e os oficiais agora tentavam acalmar os atacantes enquanto penetravam ainda mais fundo as câmaras do moinho. O porão mais interno era fortemente defendido por um grupo da infantaria de Tipu, mas um engenheiro levou a última bomba de fumaça para dentro do moinho, acendeu o estopim, esperou até a fumaça começar a sair pelas aberturas e a jogou escada abaixo. Transcorreram alguns segundos de silêncio, e então um defensor atordoado e arfante subiu cambaleante a escada. O moinho convertido em forte fora tomado e, surpreendentemente, os atacantes tiveram apenas uma baixa, mas um chocado tenente *highlander* contou duzentos corpos vestidos com a túnica de listras de tigre do sultão Tipu, e ainda mais cadáveres ensanguentados de inimigos empilhados em cada seteira. O restante da guarnição ou fora aprisionado ou conseguira fugir pela trincheira que conduzia até a cidade. Um sargento escocês, descobrindo um dos foguetes de Tipu num paiol, fixou-o verticalmente entre duas das pedras maiores da ruína, e acendeu o estopim. Houve regozijo entre os soldados quando o foguete inflamou e esfumaçou, e então aplausos mais altos quando subiu ao ar. Rodopiando, o foguete deixou um bizarro rastro de fumaça no céu crepuscular, e então, ao alcançar o apogeu, e a esta altura praticamente invisível, o míssil desceu e caiu no rio Cauvery.

  Na manhã seguinte, os primeiros canhões de 18 libras já estavam posicionados no moinho. O alcance até a cidade era longo, mas não impossível, e Harris ordenou que os canhões abrissem fogo. O canhão de 18 libras era uma das armas de sítio pesadas que abririam a brecha, mas até agora só tinha sido usado para destruir os canhões do inimigo. A muralha externa de Seringapatam estava protegida por uma esplanada, mas não havia distância suficiente entre o rio e a muralha para erigir uma rampa completa com uma face externa gentilmente inclinada alta o bastante para rebater tiros de canhão sobre a muralha da cidade, de modo que a esplanada baixa podia apenas proteger a base da muralha, não o parapeito, e os primeiros tiros dos canhões de 18 libras foram apontados para varrer os canhões desse parapeito. A boa sorte que acompanhara os bengalis e os *highlanders* em seu ataque ao velho moinho agora parecia repousar nos ombros do canhoneiros, porque seu primeiríssimo disparo destroçou uma seteira e o segundo desmontou o canhão atrás dela, e depois disso cada disparo pareceu exercer um efeito destrutivo. Por intermédio de suas lunetas, oficiais britânicos e indianos observavam seteiras e mais seteiras sendo desmoronadas, e canhões e mais canhões sendo destroçados. Uma dúzia de canhões pesados tombou para a frente na trincheira inundada entre a muralha e a esplanada da cidade, e cada queda era saudada pelos sitiantes com brados vitoriosos. A muralha oeste da cidade estava sendo desnudada de seus canhões, e a perícia dos artilheiros parecia prometer um assalto fácil. O ânimo dos soldados aliados estava nas alturas.

Enquanto isso, dentro da cidade, vendo seus preciosos canhões sendo destruídos, Tipu bufava de ódio. O moinho convertido em forte, no qual ele depositara esperanças tão elevadas de postergar o avanço do inimigo até que a monção chegasse para expulsá-los, caíra como um brinquedo de criança. E agora seus canhões preciosos eram obliterados.

É hora, decidiu Tipu, de mostrar aos soldados que esses inimigos de casacas vermelhas não são demônios invulneráveis, e sim homens mortais e que, como qualquer homem mortal, podiam choramingar de medo. Era hora de soltar os tigres.

A uma distância de meia hora a pé para leste da cidade, logo depois da muralha com seteiras que envolvia o acampamento do sultão Tipu, ficava seu Palácio de Verão, o Daria Dowlat. Era bem menor que o Palácio Interno na cidade, porque era no Palácio Interno que Tipu mantinha seu harém imenso, os escritórios de seu governo e o quartel-general de seu exército, de modo que a construção era uma aglomeração de estábulos, armazéns, pátios, salões reais e celas de prisão. O Palácio Interno fervilhava de atividade, um lugar onde centenas de pessoas cuidavam da sua rotina diária, enquanto o Palácio de Verão, aninhado em jardins amplos e verdejantes e protegido por uma sebe de aloé muito grossa, era um santuário de paz.

O Daria Dowlat não era construído para impressionar, mas para prover conforto. Com apenas dois pavimentos de altura, o prédio fora feito com imensas vigas de teca sobre as quais se deitara estuque, e em seguida modelado e pintado de modo que cada superfície reluzisse ao sol. O palácio inteiro era cercado por uma varanda de dois andares e em sua parede externa oeste, debaixo da varanda onde o sol não podia desbotá-lo, Tipu mandara pintar um mural vasto descrevendo a Batalha de Pollilir, na qual, quinze anos antes, ele destruíra um exército britânico. Essa grande vitória estendera o domínio de Misore ao longo da costa de Malabar e, em honra ao triunfo, o palácio fora construído e brindado com seu nome, Daria Dowlat, ou Tesouro do Mar. O palácio ficava na estrada que conduzia à costa leste da ilha, a mesma estrada na qual construíra-se o mausoléu elegante no qual jaziam o grande pai de Tipu, Haider Ali, e sua mãe, Begum Fatima. E Tipu rezava para que um dia ele também descansasse ali.

O jardim do Daria Dowlat era amplo e salpicado com laguinhos, árvores, arbustos e flores. Ali colhiam-se rosas e mangas, mas também variedades exóticas de índigo e algodão misturadas com abacaxis da África e abacates do México. Tipu importara muitas plantas na esperança de que elas se tornassem lucrativas para seu país, mas neste dia, o dia depois do moinho convertido em forte ter sido engolfado em fumaça, fogo e sangue, o jardim estava apinhado com dois mil dos trinta mil soldados do sultão. Os homens desfilavam em três lados de uma praça quadrada ao norte do palácio, deixando a fachada sombreada do Daria Dowlat como o quarto lado da praça.

O sultão Tipu providenciara entretenimento para os soldados. Ali havia dançarinas da cidade, dois malabaristas e um encantador de serpentes, mas, o melhor de tudo, o órgão em forma de tigre de Tipu fora trazido do Palácio Interno e os soldados riram quando o tigre em tamanho natural desferiu patadas contra o rosto pintado em sangue do casaca vermelha. O rugido emitido pelo órgão não chegava muito longe, tampouco o grito patético da vítima do tigre, mas a ação do brinquedo era suficiente para divertir os homens.

Logo depois do meio-dia, Tipu foi trazido num palanquim. Nenhum dos consultores europeus estava com ele, assim como não havia soldados europeus no local, embora Appah Rao estivesse presente, porque dois dos cinco *cushoons* que desfilavam nos jardins do palácio pertenciam à sua brigada, e o general hindu postou alto e silencioso na varanda superior do palácio, bem atrás de Tipu. Appah Rao desaprovava o que estava prestes a acontecer, mas não ousava levantar um protesto, porque qualquer sinal de deslealdade da parte de um hindu bastava para levantar as suspeitas de Tipu. Ademais, Tipu jamais seria dissuadido. Seus astrólogos haviam lhe dito que um período de azar havia chegado, e que só sacrifícios espantariam a má sorte. Outros sábios haviam olhado para a superfície enevoada de uma panela de óleo quente, a forma favorita de adivinhação do Tipu, e haviam decifrado os coleios lentos e coloridos para declarar que eles anunciavam o mesmo augúrio: uma temporada de azar chegara a Seringapatam. Esse azar causara tanto a queda do moinho convertido em forte quanto a destruição dos canhões na parede oeste externa, e Tipu estava determinado a rechaçar essa má sorte repentina.

Tipu deixou que seus soldados se divertissem com o tigre mecânico por mais alguns momentos. Então bateu palmas e ordenou aos servos que carregassem o modelo de volta para o Palácio Interno. O tigre deu lugar a uma dúzia de *jettis* que pavonearam para o átrio com seus torsos reluzindo. Durante alguns momentos eles divertiram os soldados com seus truques mais triviais: entortaram barras de ferro, levantaram homens adultos com cada uma das mãos, fizeram malabarismos com balas de canhão.

Então um tambor de couro de bode soou e os *jettis*, obedientes aos seus golpes, retornaram para as sombras sob o balcão de Tipu. Os soldados puseram-se num silêncio carregado de expectativa, para grunhir de satisfação quando um grupo de prisioneiros desconsolados foi conduzido para o átrio. Eram treze prisioneiros, todos vestidos com casacas vermelhas, todos homens do 33º Regimento que haviam sido capturados durante a batalha noturna no *tope* Sultanpetah.

Os treze homens pareceram indecisos no meio do anel de seus inimigos. O sol descia inclemente sobre eles. O rosto de um dos prisioneiros — um sargento — estremeceu enquanto fitava as fileiras de soldados com roupas de faixas de tigre. O rosto do sargento ainda tremia enquanto ele se virava para fitar com curiosidade o Tipu, que havia caminhado até a balaustrada da varanda superior. Numa voz alta e clara, Tipu falou aos seus soldados. O inimigo, disse Tipu, tivera sorte. O inimigo conquistara algumas vitórias fáceis a oeste da cidade, mas isso não era motivo para temê-lo. Os soldados britânicos, sabendo que não poderiam derrotar os tigres de Misore apenas pela força, tinham conjurado um feitiço poderoso, mas com a ajuda de Alá, esse feitiço agora seria repelido. Os soldados saudaram o discurso com um longo suspiro de aprovação enquanto os prisioneiros, incapazes de compreender uma palavra sequer de Tipu, olhavam ansiosamente em torno, mas sem conseguir extrair qualquer significado da situação.

Guardas cercaram os prisioneiros e os empurraram de volta para o palácio, deixando apenas um homem sozinho no átrio. Esse homem tentou acompanhar seus companheiros, mas um guarda empurrou-o para trás com uma baioneta e a competição desigual entre um soldado confuso e um guarda armado provocou uma gargalhada na plateia. O prisioneiro, conduzido de volta para o centro do átrio, esperou nervosamente.

Dois *jettis* caminharam até ele. Eram homens grandes, com barbas formidáveis, altos e com seus cabelos compridos presos e amarrados em torno de suas cabeças. O prisioneiro lambeu os lábios, os *jettis* sorriram, e subitamente o casaca vermelha sentiu seu destino e deu dois ou três passos apressados para longe dos homens fortes. A plateia de soldados riu do casaca vermelha que tentou escapar mas se viu encurralado por três paredes de soldados de infantaria com roupas de listras de tigre. O casaca vermelha não tinha para onde correr. Tentou passar entre dois *jettis*, mas um deles estendeu o braço e agarrou a barra de sua casaca vermelha. O prisioneiro bateu no *jetti* com os punhos, mas foi como um coelho atacando um lobo. Os soldados na plateia tornaram a rir, embora sua diversão denotasse certo nervosismo.

O *jetti* puxou o soldado para seu corpo e o envolveu num terrível último abraço. O segundo *jetti* imobilizou a cabeça do casaca vermelha, parou para respirar, e então a contorceu.

O grito de agonia do prisioneiro foi sufocado num instante. Durante um segundo sua cabeça olhou levemente para trás, e então os *jettis* o soltaram e, enquanto o pescoço torcido grotescamente se endireitava, o homem desabou. Com uma única mão imensa, um dos *jettis* pegou o cadáver e o levantou alto no ar, como um cão de caça balançando um rato morto. Os soldados na plateia ficaram calados por um segundo, e então bradaram vivas. Tipu sorriu.

Um segundo casaca vermelha foi levado até os *jettis*, e este homem foi forçado a ajoelhar. Não se moveu enquanto o prego era posicionado em sua cabeça. O casaca vermelha bradou uma praga e morreu numa questão de segundos enquanto seu sangue jorrava no cascalho do átrio. Um terceiro homem foi morto com um único soco no peito, golpe tão poderoso que o empurrou vinte passos para trás antes que seu coração rasgado parasse de funcionar. A plateia gritou que queria ver mais um homem ter o pescoço torcido como uma galinha, e os *jettis* atenderam ao pedido. E assim, um a um, os prisioneiros foram trazidos à força até seus assassinos. Três dos homens morreram abjetamente, implorando por misericórdia e chorando como bebês. Dois morreram fazendo preces, mas o restante morreu em postura de desafio. Três iniciaram uma briga, e um granadeiro alto provocou um grito irônico na plateia ao quebrar o dedo de um *jetti*, mas então morreu como o resto. Soldado após soldado foi morrendo, e os que chegaram por último foram forçados a assistir às mortes de seus companheiros e se perguntar como seriam enviados para seu Criador; se teriam os crânios trespassados ou os pescoços torcidos de norte a sul, ou simplesmente seriam espancados até uma morte sangrenta. E todos os prisioneiros, depois de mortos, eram decapitados por um golpe de espada antes das duas partes de seus corpos serem embrulhadas em tapetes vermelhos e postas de lado.

Os *jettis* deixaram o sargento para o final. Os soldados agora estavam muito bem-humorados. No começo eles tinham demonstrado apreensão diante da perspectiva de assistir a assassinatos a sangue-frio ao sol avermelhado do entardecer, mas a força dos *jettis* e as estripulias desesperadas dos condenados tentando escapar tinham-nos animado, e agora todos queriam desfrutar desta última vítima, que prometia prover o melhor entretenimento do dia. O rosto do sargento estava se contorcendo no que os espectadores tomaram por um medo incontrolável, mas a despeito desse terror, ele se mostrou surpreendentemente ágil, sempre correndo dos *jettis* e gritando alguma coisa para Tipu. Foi encurralado repetidas vezes, mas de algum modo sempre se esquivava ou se abaixava para se libertar e, com o rosto estremecendo, gritava desesperadamente para Tipu. Os gritos do sargento eram sufocados pelos brados dos soldados que aplaudiam cada vez que ele escapava por um triz. Mais dois *jettis* vieram ajudar a capturar o sargento que, embora tenha tentado passar entre os carrascos, finalmente foi encurralado. Os *jettis* avançaram em fila, forçando o sargento a caminhar para trás em direção ao palácio, e a plateia se calou na expectativa de sua morte. O sargento fez que ia correr para a esquerda, e de repente deu meia-volta, fugiu dos *jettis* e correu até o palácio. Os guardas moveram-se para conduzi-lo de volta para seus executores, mas o homem parou debaixo do balcão e olhou para Tipu.

— Eu sei quem são os traidores que estão aqui! — berrou em meio ao silêncio. — Eu sei!

Um *jetti* pegou o sargento por trás e o forçou a se ajoelhar.

— Afastem esses bastardos escuros de mim! — berrou o sargento. — Escute, majestade, eu sei o que está acontecendo aqui! Tem um oficial britânico na cidade usando o seu uniforme! Pelo amor de Deus! Mãe!

Este último grito foi arrancado de Obadiah Hakeswill quando o segundo *jetti* posicionou as mãos na cabeça do sargento. Hakeswill virou a cabeça e cerrou os dentes no dedão do *jetti*. Atônito, o *jetti* puxou a mão, deixando um naco de carne na boca do sargento.

Hakeswill cuspiu o pedaço de dedo e gritou:

— Escute, vossa graça! Sei o que os bastardos estão tramando! São traidores! Juro por minha honra. Afaste este maldito pagão negro de mim! Eu não posso morrer! Eu não posso morrer! Mãe!

Tendo agarrado a cabeça do sargento, o *jetti* de mão mordida começou a virá-la. Em geral o pescoço era virado rapidamente, porque uma imensa explosão de energia era necessária para quebrar a coluna vertebral

O Tigre de Sharpe

de um homem, mas desta vez o *jetti* planejava uma morte lenta e dolorosa em vingança por sua mão mordida.

— Mãe! — exclamou Hakeswill quando seu rosto foi forçado ainda mais para o lado. E então, no instante em que o rosto começava a passar por cima do ombro, ele fez um último esforço: — Eu vi um oficial britânico na cidade! Não!

— Espere! — gritou Tipu.

O *jetti* parou, ainda segurando a cabeça de Hakeswill em um ângulo antinatural.

— O que ele disse? — perguntou Tipu a um de seus oficiais que falava algum inglês e que estivera traduzindo as palavras desesperadas do homem. O oficial traduziu de novo.

Tipu meneou uma de suas mãos pequenas e delicadas e o *jetti* soltou a contragosto a cabeça de Hakeswill. O sargento praguejou enquanto a tensão agonizante deixava seu pescoço, e esfregou a dor.

— Maldito bastardo escuro! Sodomita de uma figa!

Hakeswill cuspiu no *jetti*, livrou-se das mãos do homem que o segurava, empertigou-se e deu dois passos até o palácio.

— Eu vi, juro que vi! Vi com estes olhos que a terra há de comer! Estava de vestido, como eles. — Gesticulou para os soldados em suas túnicas com listras de tigre. — É um tenente, e o exército disse que ele voltou para Madras, mas não voltou, não é verdade? Porque ele está aqui. Porque eu o vi. Eu! Obadiah Hakeswill, vossa suntuosidade. E mantenha as mãos desse maldito pagão escuro longe de mim!

Um dos *jettis* tinha se aproximado e Hakeswill, rosto estremecendo, virou-se para o gigante.

— Xô, sodomita! Volte para o seu chiqueiro, seu grandalhão desengonçado!

Do balcão, o oficial que falava inglês perguntou em voz alta:

— Quem você viu?

— Eu lhe disse, vossa graça, não disse?

— Não, você não disse. Dê-nos um nome.

O rosto de Hakeswill estremeceu.

— Direi se prometer me deixar vivo. — Hakeswill se ajoelhou de frente para o balcão. — Não me importo de ficar nas suas masmorras, meu senhor, porque Obadiah Hakeswill nunca se importou com um ou dois ratos, mas não quero que esses malditos pagãos virem meu pescoço para trás. Isso não é cristão.

O oficial traduziu para Tipu que, finalmente, meneou positivamente a cabeça. O oficial se virou para Hakeswiil e disse:

— Você viverá.

— Palavra de honra? — indagou Hakeswill.

— Por minha honra.

— Jura por Deus e por sua mãe mortinha? Como diz a Bíblia?

— Você viverá! — repetiu o oficial. — Contanto que nos diga a verdade.

— Sempre faço isso, senhor. Hakeswill, o Honesto, é assim que me chamam. Eu o vi, não vi? Tenente Lawford, esse é o seu nome. Um camarada alto e magricela, com cabelos claros e olhos azuis. Ele não estava sozinho. O maldito recruta Sharpe estava com ele.

O oficial não compreendeu nada do que Hakeswill disse, mas compreendeu o suficiente.

— Está dizendo que esse homem Lawford é um oficial britânico?

— Claro que é! E ainda por cima, da minha maldita companhia! E eles disseram que o cretino tinha voltado para Madras levando despachos, mas ele nunca fez isso, porque não havia despachos para levar. Ele está aqui, vossa suntuosidade, usando um vestido listrado, e não pode estar tramando nada de bom!

O oficial pareceu cético.

— Sargento, os únicos ingleses que temos entre nós são prisioneiros ou desertores. Você mente.

Hakeswill cuspiu no cascalho empapado com o sangue dos prisioneiros decapitados.

— Como ele pode ser um desertor? Oficiais não desertam! Eles vendem suas patentes e voltam para as casas de suas mãezinhas! Eu lhe digo, senhor, ele é um oficial! E o outro é um maldito bastardo! Ele foi açoitado, e merecidamente! Teria sido açoitado até a morte se o general não tivesse requisitado sua presença.

A menção do açoitamento acendeu uma memória em Tipu. O oficial traduziu a pergunta de seu monarca:

— Quando ele foi açoitado?

— Um pouco antes de fugir, senhor. Ficou com as costas em carne viva, mas não o bastante.

— E você diz que o general requisitou a presença desse recruta? — perguntou o oficial num tom incrédulo.

— Harris, senhor, o sodomita que perdeu um pedaço do crânio na América. Ele mandou chamar o nosso coronel. E o coronel Wellesley foi obrigado a interromper a punição. O açoitamento foi interrompido! — A indignação de Hakeswill era evidente. — Um açoitamento merecido foi interrompido! Nunca vi desgraça maior em toda a minha vida! O exército já não é mais o que era!

Tipu ouviu atentamente a tradução. Em seguida, afastou-se da balaustrada e virou-se para Appah Rao, que já havia servido no exército da Companhia das Índias Orientais.

— Oficiais britânicos desertam?

— Nenhum que eu tenha ouvido falar, majestade — respondeu Appah Rao, satisfeito pelas sombras do balcão estarem ocultando seu rosto pálido e preocupado. — Eles podem pedir dispensa e vender suas patentes. Mas desertar? Nunca.

Tipu olhou na direção do sargento ajoelhado.

— Leve esse pulha de volta até a cela — ordenou. — E mande o coronel Gudin se encontrar comigo no Palácio Interno.

Os guardas arrastaram Hakeswill de volta para a cidade.

— E ele estava viajando com uma *bibbi*! — gritou Hakeswill enquanto era arrastado, mas ninguém pareceu notar.

O sargento estava derramando lágrimas de felicidade enquanto era levado de volta pelo Portão Bangalore.

— Obrigado, mãe — disse para o céu sem nuvens. — Obrigado, mãe, pois eu não posso morrer!

Os 12 homens mortos foram jogados numa cova rasa. Os soldados marcharam de volta para seu acampamento enquanto Tipu, sendo carregado para o Palácio Interno debaixo do toldo com listras de tigre de seu palanquim, refletia que o sacrifício dos 12 prisioneiros não fora em vão, tendo revelado a presença de inimigos. Alá seja louvado, refletiu Tipu, porque a sorte mais uma vez lhe sorria.

— Você acha que a sra. Bickerstaff passou para o lado do inimigo? — indagou Lawford a Sharpe pela terceira ou quarta vez.

— Ela passou para a cama dele — respondeu Sharpe com mau humor. — Mas acho que mesmo assim ela vai continuar nos ajudando.

Sharpe tinha lavado sua túnica e a de Lawford, e agora bateu no tecido para ver se havia secado. Cuidar das vestes neste exército era bem mais fácil do que no britânico, refletiu. Aqui não era preciso encerar bandoleiras e correias de mosquete, engraxar botas ou empoar os cabelos. Decidiu que as túnicas estavam secas o bastante e jogou uma para o tenente. Em seguida, enfiou sua túnica sobre a cabeça, libertando cuidadosamente o medalhão de ouro que pendia em seu peito. A túnica também ostentava um cordão vermelho no ombro esquerdo, a insígnia de cabo no exército de Tipu. Lawford parecia não gostar nem um pouco de ver Sharpe usando essas marcas de patente que lhe eram negadas.

— E se ela nos trair? — questionou Lawford.

— Então estaremos em apuros — respondeu Sharpe brutalmente. — Mas ela não fará isso. Mary é uma boa garota.

Lawford deu de ombros.

— Ela o largou.

— Vem fácil, vai fácil — disse Sharpe, fechando o cinto de sua túnica.

Como a maioria dos soldados de Tipu, Sharpe agora ficava de pernas nuas por baixo da roupa que batia na altura dos joelhos, embora Lawford insistisse em manter suas calças compridas do exército britânico.

Ambos usavam suas velhas barretinas, embora o emblema de George III tivesse sido substituído por um tigre de latão com uma pata erguida.

— Escute — disse Sharpe para um ainda preocupado Lawford. — Eu fiz tudo o que você pediu, e a garota disse que vai encontrar esse Raí sei-lá-de-quê. Tudo o que podemos fazer agora é esperar. E se tivermos uma chance de fugir, vamos meter sebo nas canelas. Você acha mesmo que esse mosquete está pronto para a inspeção?

— Ele está limpo — disse Lawford defensivamente, levantando seu grande mosquete francês.

— Meu Deus, num exército de verdade você seria encarcerado por causa desse mosquete. Deixe-me ver ele.

Ainda faltava meia hora para a inspeção diária do sargento Rothière, e depois disso os dois homens estariam livres até o meio da tarde, quando seria a vez do batalhão de Gudin montar guarda no Portão Misore. Esse dever de guarda acabaria à meia-noite, mas Sharpe sabia que não haveria qualquer chance de fuga, porque o Portão Misore não oferecia uma saída do território de Tipu, e sim para o acampamento ao redor da cidade que, por sua vez, possuía um poderoso perímetro de guarda. Na noite anterior Sharpe experimentara para ver se o seu medalhão de ouro tinha autoridade suficiente para lhe permitir perambular pelo acampamento, talvez possibilitando-lhe encontrar um trecho sombreado e silencioso da terraplanagem, pelo qual pudesse passar à noite, mas fora interceptado 18 metros depois do portão e conduzido de volta de forma educada mas firme. Aparentemente, Tipu não estava disposto a correr riscos.

— Já mandei Wazzy limpar isso — disse Lawford, apontando com um meneio de cabeça o mosquete nas mãos de Sharpe. Wazzy era um dos menininhos que ficavam no quartel para ganhar moedas lavando e limpando equipamentos. Em tom envergonhado, Lawford acrescentou: — Paguei a ele por isso.

— Se quer um trabalho bem-feito, faça você mesmo — retrucou Sharpe. — Inferno! — Praguejou porque tinha beliscado o dedo na mola principal do mosquete que fora exposto ao desaparafusar a chapa do ferrolho. — Veja só quanta ferrugem! — Conseguiu remover a mola principal sem acionar o mecanismo do gatilho e se pôs a raspar a ferrugem da ponta da mola. — Estes mosquetes franceses são umas belas porcarias — resmungou. — Não há nada como um bom Birmingham.

— Você limpa seu próprio mosquete desse jeito? — indagou Lawford, impressionado com a forma como Sharpe tinha desaparafusado a chapa do ferrolho.

— Claro que sim! Não que Hakeswill valorize isso. Ele só verifica a parte externa. — Sharpe fez uma careta de repulsa. — Lembra do dia que você salvou minha pele por causa daquela pederneira? Hakeswill trocou a pederneira por uma pedra sem valor, mas eu percebi isso antes que ele pudesse me prejudicar. Um desgraçado, aquele Hakeswill.

— Ele trocou a pederneira? — Lawford parecia chocado.

— Obadiah é uma cascavel. Quanto você pagou a Wazzy?

— Um *anna*.

— Ele roubou você. Pode me passar aquela garrafa de óleo?

Lawford obedeceu, e então voltou a se encostar na gamela de pedra em cuja água Sharpe lavara as túnicas. Lawford sentia-se estranhamente satisfeito, apesar do aparente fracasso de sua missão. Havia um prazer em dividir esta intimidade com Sharpe, na verdade, quase um privilégio. Muitos jovens oficiais sentiam medo dos homens que eles comandavam, temendo seu escárnio, e ocultavam sua apreensão com uma postura arrogante. Lawford duvidava que a partir de agora pudesse fazer isso, porque não sentia mais nenhum medo dos homens grosseiros e rudes que formavam as fileiras do exército britânico. Sharpe curara-o desse medo ao ensiná-lo que a crueldade não era proposital e a rudeza um disfarce para seu próprio medo. Não que todo soldado britânico fosse grosseiro e rude, mas muitos oficiais consideravam que eles eram todos brutos e os tratavam como tais. Agora Lawford observou os dedos capazes de Sharpe forçarem a mola principal de volta para sua cavidade, usando sua gazua como alavanca.

— Tenente? — chamou respeitosamente uma voz do outro lado do pátio. — Tenente Lawford?

— Senhor? — respondeu Lawford sem pensar, virando-se na direção da voz e assumindo posição de sentido. Então ele compreendeu o que havia feito e ficou branco como cal.

Sharpe xingou.

O coronel Gudin caminhou lentamente pelo pátio, esfregando o rosto enquanto se aproximava dos dois ingleses.

— Tenente William Lawford, do 33º Regimento de Infantaria de Sua Majestade? — inquiriu gentilmente Gudin.

Lawford não disse nada.

Gudin deu de ombros.

— Oficiais costumam ser homens de honra, tenente. Você vai continuar mentindo?

— Não, senhor — respondeu Lawford.

Gudin suspirou.

— Então você é um oficial comissionado ou não?

— Sou, senhor — respondeu Lawford, envergonhado.

Sharpe não conseguiu discernir se a vergonha de Lawford derivava da acusação de comportamento desonrado ou de ter estragado seu disfarce.

— E você, *Caporal* Sharpe? — indagou Gudin com tristeza.

— Não sou oficial, coronel.

— Não, eu não achava que fosse — disse Gudin. — Mas você é realmente um desertor?

— Claro que sou, senhor! — mentiu Sharpe.

O tom confiante de Sharpe fez Gudin sorrir.

— E você, tenente, é um desertor de verdade? — perguntou a Lawford. Diante do silêncio de Lawford, Gudin suspirou. — Responda-me por sua honra, tenente, se é que a tem.

— Não senhor, não sou desertor — admitiu Lawford. — Nem o recruta Sharpe.

Gudin fez que sim.

— Foi isso que o sargento disse.

— O sargento, senhor? — perguntou Lawford.

Gudin franziu a testa, consternado.

— Sinto dizer que Tipu executou os prisioneiros feitos naquela noite. Ele poupou apenas um, porque esse homem lhe contou sobre você.

— O bastardo! — exclamou Sharpe, jogando o mosquete no chão numa demonstração de raiva. — Maldito Hakeswill! — praguejou de novo, com ódio crescente.

— Senhor? — disse Lawford a Gudin, ignorando a raiva de Sharpe.

— Tenente? — respondeu Gudin em tom cortês.

— Nós fomos capturados pelos homens de Tipu enquanto usávamos nossas casacas vermelhas, senhor. Isso significa que somos protegidos como prisioneiros de guerra legítimos.

Gudin fez que não com a cabeça.

— Isso não significa nada, tenente, porque vocês mentiram sobre seus postos e intentos — disse em tom de desaprovação. — Mesmo assim, rogarei a Tipu por suas vidas. — Gudin sentou-se na beira da gamela de água e espantou uma mosca persistente. — Vocês vão me dizer por que vieram para cá?

— Não, senhor — respondeu Lawford.

— Supus que não, mas devo avisá-los que Tipu vai querer saber. — Gudin sorriu para Sharpe. — Sharpe, eu havia chegado à conclusão de que você é um dos melhores soldados que já tive o prazer de ter sob meu comando. Mas apenas uma coisa me preocupava a seu respeito: um bom soldado não deserta de seu exército, mesmo tendo sido açoitado. Mas agora vejo que você é um soldado ainda melhor do que eu havia pensado.

Gudin franziu o cenho porque Sharpe, enquanto este cumprimento elegante lhe era prestado, tinha levantado a parte de trás de sua túnica e parecera coçar o traseiro.

— Desculpe, senhor — disse Sharpe, notando a desaprovação do coronel e largando a bainha da túnica.

— Sinto perder você, Sharpe — prosseguiu Gudin. — Sinto dizer que uma escolta os aguarda diante do quartel. Vocês serão levados até o palácio.

Gudin fez uma pausa, mas deve ter decidido que não havia nada que ele pudesse acrescentar para atenuar a ameaça insinuada em suas palavras. Em vez disso, ele se virou e estalou os dedos para levar um sorumbático sargento Rothière ao pátio. Rothière trouxe as casacas vermelhas e a calça branca de Sharpe.

— Elas podem ajudar um pouco — disse Gudin, embora sem nenhuma esperança verdadeira na voz. O coronel observou os dois homens despirem suas túnicas recém-lavadas e vestirem os uniformes britânicos.

— Quanto à sua mulher... — começou a dizer a Sharpe, mas hesitou.

— Ela não teve nada a ver com isto, senhor — apressou-se em dizer Sharpe enquanto vestia as calças. Abotoou a velha casaca e se sentiu confinado, tendo ficado mal-acostumado com a túnica folgada. — Juro por minha honra, senhor. Além disso, ela me largou.

— Duplamente azarado, Sharpe. Isso não é nada bom para um soldado. — Gudin sorriu e estendeu uma das mãos. — Por gentileza, cavalheiros, seus mosquetes.

Sharpe entregou as armas.

— Senhor?

— Recruta Sharpe?

Sharpe enrubesceu e de repente pareceu sem jeito.

— Foi uma honra servi-lo, senhor. Digo sinceramente. Gostaria que tivéssemos mais homens como o senhor em nosso exército.

— Obrigado, Sharpe — disse Gudin, agradecendo solenemente o cumprimento. Então acrescentou: — Obviamente, se você me disser agora que suas experiências aqui mudaram sua lealdade e que você gostaria realmente de servir a Tipu, então poderá ser poupado da punição que lhe espera. Creio que posso persuadir sua majestade de que você realmente mudou de lado, mas primeiro é preciso que me diga por que veio para cá.

Lawford enrijeceu enquanto esta oferta era feita a Sharpe. Sharpe hesitou, e então meneou a cabeça.

— Não, senhor. Creio que sou de fato um casaca vermelha.

Gudin havia esperado essa resposta.

— Bom para você, Sharpe. E a propósito, recruta, pode pendurar o medalhão no pescoço. Eles irão encontrá-lo de qualquer jeito.

— Sim, senhor. — Sharpe retirou a peça de ouro do bolso de sua calça onde o escondera otimistamente, e pendurou a corrente no pescoço.

Gudin se levantou e fez um gesto na direção do saguão do quartel.

— Prossigam, senhores.

Esse foi o fim das amenidades.

E Sharpe suspeitou que tinham sido as últimas amenidades que ele desfrutaria por muito, muito tempo.

Porque agora eles eram prisioneiros de Tipu.

Appah Rao levou Mary até uma casinha no quintal de sua casa. Kunwar Singh estava esperando ali, mas Mary estava assustada e não ousou olhar para Kunwar Singh com medo de ver uma indicação de más notícias em seu belo rosto. Mary não tinha nenhum motivo para esperar más notícias, porém ela era muito desconfiada, e alguma coisa no comportamento rígido de Appah Rao disse-lhe que seus pressentimentos eram justificados.

— Seus companheiros foram aprisionados — disse-lhe Appah Rao depois que o criado havia fechado a porta atrás dela. — Tenente Lawford e recruta Sharpe, aquele que você alega ser seu irmão.

— Meio-irmão, senhor — sussurrou Mary.

— Que seja — concedeu Appah Rao.

Kunwar falava um pouco de inglês, mas não o bastante para acompanhar a conversa, motivo pelo qual Appah Rao escolhera interrogar Mary nessa língua ainda que seu próprio domínio dela fosse pequeno. Appah Rao não havia acreditado em nenhum momento que Sharpe e Mary tivessem algum parentesco, mas mesmo assim gostara da garota e por isso aprovara-a como noiva de Singh. Só os deuses sabiam o que o futuro traria a Misore, mas era provável que os britânicos estivessem envolvidos, e se Kunwar Singh tivesse uma esposa que falasse inglês, isso seria vantajoso para ele. Além disso, a esposa de Appah Rao, Lakshmi, estava convencida de que a garota era uma criatura virtuosa e que seu passado, como o da família de Kunwar Singh, podia ser esquecido.

— Por que eles vieram para cá? — indagou o general.

— Não sei, senhor.

Appah Rao tirou uma pistola do cinto e começou a carregá-la. Tanto Mary quanto Kunwar Singh observaram, alarmados, enquanto o general cuidadosamente vertia pólvora de um chifre de prata para o cano decorado com relevos.

— Aruna — disse ele, usando o nome que Mary tomara da mãe —, vou explicar o que vai ser do tenente Lawford e do recruta Sharpe. — Fez uma pausa para bater o cano do chifre contra a boca da pistola, de modo a liberar os últimos resquícios de pólvora. — Tipu vai interrogá-los, e o interrogatório sem dúvida será doloroso. No fim, Aruna, eles vão confessar. Todos os homens confessam. Talvez eles sobrevivam, talvez não, não tenho como saber. — Levantando os olhos para ela, enfiou um pedaço de bucha no cano. Enquanto selecionava uma bala no estojo de madeira da pistola, prosseguiu: — Tipu vai perguntar duas coisas. A primeira é por que eles vieram para cá. A segunda é se eles tinham ordens de fazer contato com alguma pessoa dentro da cidade. Você está me entendendo?

— Sim, senhor.

O general colocou a bala no cano e extraiu a vareta curta da pistola.

— Eles vão contar para ele, Aruna. Por mais corajosos que sejam, no fim eles vão falar. E é claro que... — Ele se calou enquanto estocava com força a bala. — ...Tipu pode lembrar da sua existência. E se lembrar, Aruna, ele vai mandar buscar você e interrogá-la. Mas o inquérito dele não será tão gentil quanto o que estou fazendo agora.

— Não, senhor — concordou Mary num sussurro.

Appah Rao encaixou a vareta curta de volta em suas braçadeiras. Ele carregou a arma, mas não a engatilhou.

— Não lhe desejo nenhum mal, Aruna. Assim, diga-me por que esses dois homens vieram para Seringapatam.

Mary encarou a pistola na mão do general. Era uma arma bonita com uma coronha incrustada com marfim e um cano entalhado com pétalas prateadas. Mary levantou os olhos até os do general e viu que ele não tinha qualquer intenção de atirar nela. Ela não viu qualquer ameaça naqueles olhos, apenas medo, e foi esse medo que a fez decidir por contar a verdade.

— Senhor, eles vieram porque precisavam encontrar um homem chamado McCandless.

Essa era a resposta que Rao havia temido.

— E eles o encontraram?

— Não, senhor.

— Então, o que eles descobriram? — perguntou Rao, pousando a pistola na mesa. — O que eles descobriram? — perguntou numa voz mais severa.

— O recruta Sharpe me contou que os britânicos não deveriam atacar o oeste, senhor — disse Mary, esquecendo de descrever Sharpe como seu irmão. — Foi tudo o que ele disse, senhor. Honestamente, senhor.

— Tudo? — perguntou Rao. — Certamente não. Por que ele lhe diria isso? Ele achava que você poderia levar as informações para fora da cidade?

Mary baixou os olhos para a pistola.

— Eu devia encontrar um homem, senhor — disse ela finalmente.

— Quem?

Com olhos pesados de medo, Mary fitou o general.

— Um mercador, senhor. Um homem chamado Ravi Shekhar.

— Mais alguém?

— Não, senhor. Honestamente.

Rao acreditou nela, e sentiu um grande alívio. Seu maior medo era que Sharpe e Lawford pudessem ter dado o nome dele próprio, porque embora o coronel McCandless tivesse prometido manter a traição em segredo, Rao não tinha certeza de que a promessa fora cumprida. O próprio McCandless não fora questionado sob tortura, porque Tipu parecia convencido de que o velho coronel "Ross" realmente estivera perambulando

O Tigre de Sharpe

ao ser capturado. Porém, Rao ainda sentia a ameaça de ser descoberto aproximar-se insidiosamente. Lawford e Sharpe não podiam identificar Rao como traidor, mas podiam identificar McCandless. Se fizessem isso, os *jettis* de Tipu voltariam sua atenção para o velho escocês, e não havia como prever por quanto tempo McCandless suportaria seu tratamento impiedoso. O general se perguntou se deveria fugir da cidade para se juntar às fileiras britânicas, mas rejeitou esse pensamento quase tão logo lhe ocorreu. Uma fuga como essa poderia assegurar a segurança de Appah Rao, mas sacrificaria sua grande família e todos os criados fiéis que trabalhavam para ele. Não, ele precisava levar este jogo perigoso até o final. Rao empurrou a pistola para Mary.

— Pegue.

Mary fitou-o estarrecida.

— A pistola, senhor?

— Pegue! Agora escute, garota. Ravi Shekhar está morto e seu cadáver serviu de comida para os tigres. É possível que Tipu esqueça que você existe, mas, se ele lembrar, então você precisará dessa pistola.

Appah Rao se perguntou se poderia retirar a garota da cidade. Era um pensamento tentador, mas todo civil era detido nos portões e precisava apresentar um passe carimbado pelo próprio Tipu. E poucas pessoas recebiam esse passe. Um soldado poderia conseguir fugir da cidade, mas não um civil. Appah Rao fitou os olhos negros de Mary.

— Disseram-me que a forma mais eficaz de fazer isso é colocando o cano na boca e apontar ligeiramente para cima. — Mary estremeceu e o general chamou Kunwar Singh com um aceno. — Vou deixá-la sob seus cuidados.

Kunwar Singh curvou a cabeça.

Mary voltou para os aposentos das mulheres enquanto Appah Rao fazia uma oferenda no santuário de sua casa. Permaneceu ali, pensando no quanto invejava a certeza de homens como Tipu ou coronel McCandless. Nem um nem outro pareciam ter qualquer dúvida em suas mentes, acreditando que o destino era aquilo que eles queriam que fosse. Não eram sujeitos às vontades de outros homens. Appah Rao gostaria de compartilhar um pouco dessa certeza. Ele queria viver numa Misore livre da influência de outras nações: sem britânicos, franceses, mahrattas, ou muçulmanos. Em vez disso, via-se encurralado entre dois exércitos e precisando, de algum modo, manter esposa, filhos, criados, e ele próprio, vivos. Fechou os olhos, levou as mãos até a fronte, e se curvou a Ganesh, o deus com cabeça de elefante que guardava o lar de Appah Rao.

— Apenas nos mantenha vivos — rezou ao seu deus. — Apenas nos mantenha vivos.

Tipu em pessoa entrou na arena, onde os tigres mais uma vez estavam presos às suas longas correntes. Quatro soldados de infantaria guardavam os dois ingleses. Tipu não chegou em caráter oficial, com camareiros e cortesãos. Estava acompanhado apenas por um oficial e dois *jettis* que o observaram impassíveis caminhar até Sharpe e arrancar o medalhão de seu pescoço. Ele puxou com tanta força que a corrente cortou a nuca de Sharpe antes de partir. Então Tipu cuspiu no rosto de Sharpe e lhe deu as costas.

O oficial era um muçulmano jovem e polido que falava um inglês bastante razoável.

— Sua majestade deseja saber por que vocês vieram para a cidade — disse a eles quando Tipu virou-se novamente para os prisioneiros.

Lawford enrijeceu.

— Sou um oficial a serviço de sua majestade britânica... — começou o tenente, mas o indiano o interrompeu com um gesto.

— Cale-se! — disse o oficial com enfado. — Você não é nada exceto aquilo que nós fizermos de você. Portanto, diga: por que estão aqui?

— O que vocês acham? — disse Sharpe.

O oficial olhou para ele.

— Acho que vocês vieram espionar.

— Então vocês já sabem — disse Sharpe em tom de desafio.

O oficial sorriu.

— Mas talvez vocês tenham recebido o nome de um homem que possa ajudá-los dentro da cidade. É esse nome que queremos.

Sharpe balançou a cabeça.

— Não nos deram nome nenhum. Nenhum mesmo.

— Talvez — disse o oficial, acenando com a cabeça para dois *jettis*.

Os brutamontes seguraram Sharpe e dilaceraram as costas de sua casaca, fazendo cada botão saltar no ar à medida que o rasgo descia. O recruta não estava usando uma camisa por baixo, apenas as bandagens que ainda cobriam os ferimentos causados pelo açoitamento. Um dos *jettis* puxou uma faca e, sem qualquer cerimônia, retalhou as bandagens, fazendo Sharpe encolher-se enquanto a lâmina cortava os ferimentos quase curados. As bandagens foram jogadas para os lados, e o cheiro que se levantou delas atiçou um dos tigres. O outro *jetti* caminhou até onde os quatro soldados estavam e tomou emprestada a vareta de um de seus mosquetes. O homenzarrão se posicionou atrás de Sharpe e, a um aceno de Tipu, golpeou as costas de Sharpe com a vareta de metal, abrindo um corte repugnante em sua carne.

A dor súbita foi tão ruim quanto o açoitamento. Ela varou a espinha de Sharpe de cima a baixo, fazendo o recruta arfar com o esforço de não gritar alto quando a força do golpe o empurrou para a frente. Sharpe conteve sua queda com as mãos. Agora que as costas do inglês estavam voltadas para o céu, o *jetti* administrou mais três golpes, abrindo os ferimentos velhos, partindo uma costela, e jorrando sangue no chão da arena. Um dos tigres rugiu e os elos de sua corrente tilintaram quando a fera deu um bote na direção do cheiro de sangue fresco.

— Nós vamos espancá-lo até que ele nos diga o nome — disse calmamente o oficial a Lawford. — E quando ele estiver morto, vamos espancar você até que morra também.

O *jetti* desfechou mais um golpe, e desta vez Sharpe rolou para seu lado, mas o segundo *jetti* o empurrou para que continuasse deitado de bruços. Embora arfasse e gemesse, Sharpe estava determinado a não gritar alto.

— Vocês não podem fazer isto! — protestou Lawford.

— Claro que podemos! — foi a resposta do oficial. — Vamos começar a partir os ossos dele agora, mas não a espinha. Ainda não. Queremos que a dor se prolongue.

A um aceno do oficial, o *jetti* mais uma vez arremeteu a vareta contra as costas de Sharpe. Desta vez Sharpe soltou um grito quando a punhalada de dor reviveu toda a agonia do açoitamento.

— Um mercador! — revelou Lawford.

O oficial levantou a mão para interromper o espancamento.

— Um mercador, tenente? A cidade está cheia de mercadores.

— Ele negocia metais — disse Lawford. — Não sei mais do que isso.

— Claro que sabe — disse o oficial, e então acenou para o *jetti*, que levantou a vareta bem alto no ar.

— Ravi Shekhar! — berrou Lawford.

O tenente estava amargamente envergonhado por entregar o nome, e a vergonha era óbvia em sua face, mas ele não era incapaz de ficar parado ali, vendo Sharpe ser espancado até a morte. Lawford acreditava, ou queria acreditar, que ele próprio teria sido capaz de suportar a dor do espancamento sem trair o nome, mas era mais do que ele podia suportar ver outro homem ser reduzido a uma pasta sangrenta.

— Ravi Shekhar! — disse o oficial, impedindo o golpe do *jetti*. — E como vocês o encontraram?

— Nós não o encontramos — respondeu Lawford. — Não sabíamos como! Estávamos esperando até conseguirmos falar um pouco da sua língua para sair pela cidade perguntando por ele. Mas ainda não tentamos isso.

Sharpe gemeu. Sangue escorria por suas costelas e gotejava nas pedras. Um dos tigres se aliviou na parede e o cheiro amargo de urina encheu a arena. O oficial, que estava usando um dos valiosíssimos medalhões de ouro no pescoço, falou com Tipu. O soberano fitou Sharpe friamente, e então fez uma pergunta.

— E o que você teria dito a esse Ravi Shekhar, tenente? — traduziu o oficial.

— Tudo o que descobrimos sobre as defesas — disse Lawford, morrendo de vergonha. — Foi para isso que fomos mandados.

— E o que vocês descobriram?

— Quantos homens vocês têm, quantos canhões, quantos foguetes.

— É tudo?

— É o bastante, não acha? — retorquiu Lawford.

O oficial traduziu as respostas. Tipu deu de ombros, olhou para Lawford, e então tirou um saquinho de couro marrom de um bolso interno de sua túnica de seda amarela. Ele desenlaçou a boca do saquinho, caminhou até Sharpe e salpicou sal nos ferimentos abertos do homem torturado. Sharpe sibilou de dor.

— Com quem mais vocês falariam na cidade? — perguntou o oficial.

— Com mais ninguém! — afirmou Lawford. — Em nome de Deus, acredite em mim. Não tínhamos mais nenhum contato. Nossos superiores nos disseram que Ravi Shekhar poderia enviar uma mensagem para fora da cidade. Apenas isso!

Tipu acreditou nele. O desgosto de Lawford era tão evidente, sua vergonha tão palpável, que não havia como não acreditar no homem. Além disso, a história fazia sentido.

— E então vocês nunca viram Ravi Shekhar?

— Nunca.

— Vocês estão olhando para ele agora — disse o oficial, gesticulando para os tigres. — Faz três semanas que demos seu cadáver aos tigres.

— Ai, Deus! — exclamou Lawford, e fechou os olhos ao compreender o fracasso absoluto que tudo aquilo havia sido.

Durante um momento, Lawford achou que ia vomitar, mas conseguiu controlar o impulso e abriu os olhos para ver Tipu pegar a casaca vermelha de Sharpe e deixá-la cair nas costas ensanguentadas.

Durante um segundo Tipu hesitou, tentando decidir se deveria soltar os tigres sobre os dois homens. Finalmente, deu-lhes as costas.

— Levem-nos para as celas — ordenou enquanto saía.

O sacrifício dos prisioneiros revelara os traidores e virara a sorte de Tipu. Não havia necessidade de mais sacrifícios. Ao menos, ainda não. Mas Tipu sabia que a sorte era caprichosa e que os prisioneiros podiam esperar até que outro sacrifício fosse necessário, e então, para garantir a vitória ou evitar a derrota, eles iriam morrer. E até então, decidiu Tipu, os prisioneiros iriam apenas apodrecer.

CAPÍTULO IX

As masmorras jaziam num dos pátios ao norte do palácio, à sombra da parede de barro interna da cidade. O pátio recendia a água de esgoto, o cheiro tão forte que Sharpe quase vomitou enquanto cambaleava ao lado de Lawford sob a mira de uma baioneta. O pátio era
5. um lugar movimentado. As famílias dos criados do palácio viviam nas casas atarracadas, com telhados de sapé, que cercavam a área onde tocavam suas vidas junto aos estábulos de Tipu e do cercadinho dos oito leopardos que o monarca usava para caçar gazelas. Os leopardos eram levados para a caça em gaiolas munidas de rodas, e no começo Sharpe pensou que ele
10. e Lawford seriam trancafiados num dos veículos. Porém, um dos guardas empurrou os prisioneiros ao longo das gaiolas até uma escadaria de pedra que descia para uma trincheira, também de pedra, estreita que ficava a céu aberto. Uma cerca de barras de ferro bem alta cercava o poço guardado por um par de soldados. Depois que um soldado usou uma chave para abrir
15. um cadeado grande como uma manga, a escolta forçou Sharpe e Lawford a passar pelo portão aberto.

  Os guardas das masmorras não estavam armados com mosquetes pesados; traziam chicotes enrolados presos aos cintos e bacamartes com bocas de sino pendurados nos ombros. Um deles apontou para a escadaria sem
20. dizer uma palavra. Sharpe, descendo atrás de Lawford, viu que a trincheira era um corredor sem saída, de paredes revestidas com pedras, margeado por celas munidas de barras de ferro. Havia oito celas no poço, quatro a

cada lado, cada uma separada de suas vizinhas e do corredor central em forma de trincheira apenas por barras de ferro, mas barras grossas como o pulso de um homem. A julgar pelo jeito como o chaveiro estava lotado, eles teriam de esperar um pouco até que uma cela fosse destrancada. O primeiro cadeado que o soldado tentou abrir estava emperrado, talvez devido a ferrugem. Depois o soldado não conseguiu encontrar uma chave que encaixasse em outro cadeado. Alguma coisa se remexeu na palha da cela que ficava na extremidade direita do corredor. Sharpe, esperando enquanto o guarda procurava entre suas chaves, ouviu a palha farfalhar de novo, e então um rugido se fez ouvir quando um tigre imenso levantou de sua cama para fitá-los com olhos amarelos vazios.

Mais palha se remexeu na primeira cela à esquerda, perto de onde Sharpe e Lawford estavam de pé.

— Olha só, quem é vivo sempre aparece! — Hakeswill tinha se aproximado das barras. — Sharpezinho!

— Cale a boca, sargento — asseverou Lawford.

— Sim, senhor, senhor tenente Lawford, ficarei calado. — Hakeswill segurou as barras da cela e arregalou os olhos para os recém-chegados. Seu rosto se contorceu. — Calado como um túmulo, senhor. Mas ninguém fala comigo aqui neste buraco! Ele não fala. — Apontou com a cabeça para a cela oposta, que um guarda agora estava destrancando. — Ele gosta de silêncio — prosseguiu Hakeswill. — Como se estivesse numa maldita igreja. Ele também reza. É sempre silencioso aqui embaixo, menos quando os escuros gritam uns com os outros. Uns bastardos imundos, é isso que são. Sentem o fedor do esgoto? — O rosto de Hakeswill se contorceu num ricto e, na penumbra da cela, seus olhos pareceram reluzir de deleite. — Estava sentindo falta de companhia, estava sim.

— Bastardo — murmurou Sharpe.

— Calados! Vocês dois! — insistiu Lawford e então, com sua polidez inata, agradeceu ao guarda que finalmente abriu a cela diretamente oposta ao covil de Hakeswill.

— Vamos, Sharpe — disse Lawford e então pisou com repugnância na palha imunda.

BERNARD CORNWELL

A cela tinha três metros de comprimento e 2,5 metros de largura, sendo um pouco mais alta que um homem médio. O fedor do esgoto era intenso, mas não pior do que no pátio acima. A porta com barras de ferro foi fechada atrás deles e a chave virada.

— Willie, que bondade a sua vir me visitar — disse uma voz cansada das sombras da cela.

Sharpe, seus olhos se acostumando à penumbra das masmorras, viu que o coronel McCandless estivera acocorado num canto, meio encoberto por palhas. O coronel se levantou para saudá-los, mas estava tão fraco que cambaleou ao se levantar, embora tenha dispensado a tentativa de Lawford de ajudá-lo.

— Uma febre — explicou. — Vem e vai. Sofro disso há muitos anos. Suspeito que a única coisa que possa curá-la é um pouco de chuva escocesa suave, mas essa parece uma possibilidade muito remota. É bom vê-lo, Willie.

— Também é bom ver o senhor. Creio que já conhece o recruta Sharpe.

McCandless lançou um olhar desgostoso para Sharpe.

— Tenho uma pergunta para você, filho.

— Não era pólvora, senhor — esclareceu Sharpe, lembrando de seu primeiro encontro com o coronel e desta forma antecipando a pergunta. — O gosto não me pareceu certo. Não era salgada.

— Sim, não parecia pólvora — concordou o escocês. — O vento a soprava como farinha, mas a minha pergunta não era essa, recruta. Minha pergunta, recruta, é o que você teria feito se tivesse sido pólvora.

— Eu teria atirado no senhor — disse Sharpe. — Com seu perdão, senhor.

— Sharpe! — advertiu Lawford.

— E seria completamente certo, recruta — disse McCandless. — Aquele desgraçado estava testando você, não estava? Ele estava aplicando um teste de recrutamento, e você não podia ser reprovado. Estou feliz por não ter sido pólvora, mas não me importo de dizer que você me deixou preocupado durante um curto tempo. Importa-se de eu me sentar, Willie?

Não estou gozando da minha boa saúde usual. — Ele afundou de volta em seu monte de palha, de onde dirigiu um olhar intrigado para Sharpe. — E você também não, recruta. Sente dor?

— Os bastardos me quebraram uma costela, senhor. Também estou sangrando um pouco. Posso me sentar? — Sharpe sentou-se apoiando as costas nas barras laterais da cela e cuidadosamente levantou a casaca que estivera pendurada sobre suas costas. — Um pouco de ar fresco irá me curar, senhor — disse a Lawford, que estava insistindo em examinar os ferimentos recém-abertos, embora não houvesse nada que pudesse ser feito para tratá-los.

— Você não vai conseguir ar fresco aqui — disse McCandless. — Está sentindo o cheiro do esgoto?

— Impossível não sentir, tio — comentou Lawford.

— A culpa é da nova muralha interna — explicou McCandless. — Quando a construíram, bloquearam o esgoto da cidade, e agora os detritos não alcançam o rio e o esgoto forma poças logo a leste daqui. Parte dele escoa pela Comporta, mas não o suficiente. A gente logo aprende a rezar por um vento oeste. — Ele esboçou um sorriso melancólico. — Entre outras coisas.

McCandless queria notícias, não apenas do que trouxera Lawford e Sharpe para Seringapatam, mas sobre o progresso do cerco, e gemeu ao ouvir onde os britânicos haviam posicionado suas tropas.

— Então Harris virá do oeste?

— Sim, senhor.

— Direto para os braços amorosos de Tipu.

Por um momento o escocês ficou sentado em silêncio, às vezes tremendo devido à febre. Ele havia novamente se embrulhado em palha, mas ainda sentia frio, apesar do intenso calor úmido que fazia.

— E vocês não conseguiram mandar uma mensagem para fora? Não, suponho que não. Essas coisas nunca são fáceis. — Balançou a cabeça. — Vamos torcer para que Tipu não consiga terminar sua mina.

Foi Sharpe quem comunicou as más novas.

— Ela está quase terminada, senhor. Eu vi.

— Não é de admirar — comentou McCandless. — Esse Tipu é um homem muito eficiente. Eficiente e esperto. Mais esperto que o pai dele, e o velho Haider Ali era matreiro como uma raposa. Nunca o conheci, mas creio que teria gostado daquele velho crápula. Agora, quanto a este filho dele, não o conhecia até ser capturado, e gostaria de não tê-lo conhecido. Ele é um bom soldado, mas um terrível inimigo. — McCandless fechou os olhos enquanto um tremor abalava seu corpo.

— O que ele fará conosco? — perguntou Lawford.

— Não há como saber — respondeu o coronel McCandless. — Depende, provavelmente, de seus sonhos. Ele não é um muçulmano tão bom quanto quer que pensemos, porque ainda acredita um pouco em magias antigas, e se orienta muito por seus sonhos. Se os seus sonhos mandarem ele nos matar, então certamente teremos nossas cabeças viradas como os desafortunados cavalheiros que compartilharam estas celas comigo até bem recentemente. Vocês ouviram falar deles?

— Ouvimos — respondeu Lawford.

— Assassinados para divertir os soldados de Tipu! — disse McCandless em tom desaprovador. — E havia alguns bons cristãos entre eles também. Apenas aquela coisa ali sobreviveu — acrescentou com um meneio de cabeça na direção da cela de Hakeswill.

— Ele sobreviveu porque nos denunciou — disse Sharpe, vingativo.

— Isso é mentira, senhor! — exclamou indignado Hakeswill, que estivera ouvindo avidamente a história de Sharpe e Lawford do outro lado do corredor. — Uma mentira imunda, como eu esperaria de um rato de esgoto como o recruta Sharpe.

McCandless virou-se para fitar o sargento.

— Então por que você foi poupado? — perguntou friamente.

— Sou tocado por Deus, senhor. Sempre fui, senhor. Não posso ser morto, senhor.

— Loucura — disse McCandless baixinho.

— Você pode ser morto, Obadiah — disse Sharpe. — Meu Deus, Hakeswill, se não fosse por você, seu bastardo, eu teria levado as informações para o general Harris!

— Mentiras, senhor! Mais mentiras — insistiu Hakeswill.

— Calem-se, vocês dois — ralhou McCandless. — Recruta Sharpe?

— Senhor?

— Ficaria agradecido se você não blasfemasse. Lembre que "Não tomarás em vão o nome do Senhor teu Deus; porque o Senhor não terá por inocente aquele que toma em vão o nome do Senhor seu Deus". Êxodo, vinte, versículo sete.

— Amém, senhor — disse Hakeswill. — E louvado seja o Senhor, senhor.

— Desculpe, senhor — murmurou Sharpe.

— Conhece os Dez Mandamentos, não conhece, Sharpe? — indagou McCandless.

— Não, senhor.

— Nenhum deles? — indagou McCandless, chocado.

— Não serás descoberto, senhor? É um deles? — perguntou Sharpe ingenuamente.

McCandless fitou-o horrorizado.

— Você tem alguma religião, Sharpe?

— Não, senhor. Nunca achei necessário ter uma.

— Você nasceu com uma fome por ela, meu caro — disse o coronel, subitamente recobrando um pouco de sua antiga energia.

— E por mais algumas coisas, senhor.

McCandless estremeceu debaixo de seu manto de palha.

— Sharpe, se Deus me poupar, tentarei reparar parte dos danos causados à sua alma imortal. Você ainda tem a Bíblia que sua mãe lhe deu, Willie?

— Eles a tomaram de mim, senhor — respondeu Lawford. — Mas consegui salvar uma página. — Ele tirou a página do bolso de sua calça. Estava enrubescendo, porque tanto ele quanto Sharpe sabiam por que a página fora arrancada do livro sagrado, e não tinha sido para algum propósito que o coronel McCandless teria aprovado. — Apenas uma página, senhor — repetiu Lawford.

— Dê ela para mim, rapaz — disse McCandless com veemência. — Veremos o que o bom Senhor tem a nos dizer. — Pegou a página amassada, alisou-a e colocou-a à luz. — Ah! O Apocalipse! — Ele pareceu satisfeito. — Abençoados são aqueles que morrem no Senhor — leu em voz alta. — Amém a isso.

— Não é muito animador, senhor — arriscou Sharpe.

— Esta é a coisa mais animadora que posso contemplar neste lugar, recruta. Uma promessa do próprio Deus de que quando morrer serei levado para Sua glória. — O coronel sorriu para esse consolo. — Devo presumir, recruta, que você não sabe ler?

— Eu, senhor? Não, senhor. Jamais me ensinaram, senhor.

— Um porco estúpido, é isso que ele é, senhor — comentou Hakeswill do outro lado do corredor. — Sempre foi, senhor. Burro como uma porta.

— Precisamos ensinar as letras a você — disse McCandless, ignorando os comentários do sargento.

— O sr. Lawford ia fazer isso, senhor — disse Sharpe.

— Então sugiro que ele comece agora — disse McCandless com firmeza.

Lawford sorriu, envergonhado.

— É difícil saber por onde começar, tio.

— Por que não pelo T de tigre? — sugeriu McCandless.

A fera rugiu, e então tornou a deitar em sua palha. E Sharpe, com alguns anos de atraso, começou suas lições.

As obras do cerco avançavam rápido. Casacas vermelhas e sipaios trabalhavam dia e noite, cavando e escorando as laterais da trincheira com tapetes de bambu. Foguetes perturbavam continuamente as obras. Tipu conseguiu remontar alguns canhões na muralha oeste, embora seus disparos atrapalhassem muito pouco o trabalho, e os canhoneiros sofressem terrivelmente com os tiros de resposta dos canhões de 18 libras que os britânicos instalaram no moinho capturado. Canhões menores, de 12 libras, e obuses de canos curtos juntaram-se ao bombardeio da muralha. As balas de canhão varavam o céu acima do terreno onde a terra vermelha era revirada metro a metro. Finalmente, as baterias de canhões de longo alcance foram fincadas e o restante dos imensos canhões de sítio empurrados para a frente durante a noite e ocultos em suas covas. Para as tropas de Tipu, observando do cume arruinado da muralha oeste, a aproximação até a cidade era agora um labirinto de terra recém-revirada. As trincheiras de aproximação angulavam em seu percurso através da terra cultivável, terminando em aterros maiores feitos com a terra retirada das covas mais profundas que seguravam os canhões de arrebentamento. Nem todos os aterros maiores ocultavam canhões, porque alguns dos montes de terra tinham sido deliberadamente erguidos como despistamento para impedir Tipu de deduzir a localização dos canhões verdadeiros antes que eles abrissem fogo. Tipu sabia que os britânicos iriam mirar em sua muralha oeste, mas ainda não sabia o trecho exato escolhido pelos engenheiros inimigos, e convinha ao general Harris que Tipu não descobrisse que ponto era esse até que houvesse necessidade de ordenar as baterias a abrir fogo. Sabendo antecipadamente qual era o local escolhido para o ataque, os defensores teriam tempo de construir novas defesas na retaguarda.

Mas Tipu estava apostando que já sabia o ponto escolhido pelos britânicos para arrombar a muralha, e na velha entrada fortificada, onde a enorme mina estava escondida, seus engenheiros haviam terminado os preparativos. Eles amontoaram pedras em torno das vastas cargas de pólvora para direcionar a explosão para norte, rumo ao espaço entre as muralhas externa e interna. Para que a mina fosse eficaz, os britânicos precisavam arrombar o trecho curto de muralha entre a velha entrada fortificada e o bastião noroeste. Porém, o jogo de Tipu não era um risco absurdo porque não era difícil prever que o arrombamento seria realizado nessa seção da muralha. O local parecia adequado devido ao estado deplorável da muralha externa e à vulnerabilidade imposta pela esplanada baixa que jazia diante da muralha convidativa. A esplanada rudimentar protegia parcialmente a maior parte das ameias na zona oeste da cidade, seu aclive de terra projetado para rebater balas de canhão da base da muralha. Porém, onde a muralha da cidade estava mais arruinada, o rio corria próximo demais às defesas, e ali não havia espaço para construir nem mesmo um arremedo de esplanada. Em vez disso, um muro baixo de tijolos de barro continuava a linha da esplanada, e esse muro cercava a água que fora bombeada para o fosso entre o baluarte externo e a esplanada. Essa parede baixa não era obstáculo em comparação com uma esplanada, e Tipu calculava que ela seria um alvo irresistível para os engenheiros inimigos.

Ele não colocava toda a sua fé apenas na mina imensa. Essa mina poderia matar ou aleijar centenas de soldados atacantes, porém havia milhares de soldados inimigos adicionais que poderiam ser mandados para a cidade, e assim Tipu preparou o exército para seu teste. A muralha oeste ficaria apinhada com homens quando o momento chegasse, e cada um desses homens teria pelo menos três mosquetes carregados, e atrás de cada soldado haveria homens treinados para recarregar as armas descartadas. Desta forma o ataque britânico seria recebido por uma salva cerrada de tiros de mosquete e, misturada a essa torrente de chumbo estariam balas e bombas disparadas pelos canhões que substituíram os destruídos e que agora estavam ocultos por trás do baluarte mutilado. Milhares de foguetes também estavam preparados. A longo alcance essa arma era errática, mas no espaço exíguo de um arrombamento na muralha, onde homens estariam apinhados como porcos num chiqueiro, os foguetes poderiam infligir uma chacina medonha.

— Encheremos o Inferno com almas de infiéis — gabava-se Tipu, embora aproveitasse cada hora de oração para rogar a Alá por uma monção prematura.

A cada alvorecer Tipu olhava para o céu com esperança de ver sinais de chuva, mas os céus permaneciam obstinadamente limpos. Uma monção prematura afogaria os britânicos numa chuva torrencial antes que os foguetes e os canhões os reduzissem a retalhos, mas parecia que este ano as chuvas não chegariam cedo a Misore.

Os céus podiam estar claros, mas todos os outros presságios eram bons. A má sorte que levara à perda do moinho convertido em forte tinha sido rechaçada pelo sacrifício dos prisioneiros britânicos e agora os sonhos e augúrios de Tipu falavam apenas de vitória. Tipu registrava seus sonhos todas as manhãs, escrevendo-os num livro grande antes de discutir os presságios com seus conselheiros. Seus adivinhos fitavam caldeirões de óleo quente para ler os coleios multicoloridos na superfície, e esses sinais bruxuleantes, assim como os sonhos, previam uma grande vitória. Os britânicos seriam esmagados no sul da Índia e então, quando os franceses enviassem tropas para reforçar o crescente império de Misore, os casacas vermelhas seriam erradicados do norte do país. Seus ossos esbranquiçariam nos locais de suas derrotas e suas bandeiras de seda desbotariam nas paredes dos grandes palácios de Tipu. O tigre governaria desde as montanhas nevadas do norte até as praias sombreadas por palmeiras do sul, e da costa de Coromandel até os mares de Malabar. Toda essa glória foi predita pelos sonhos e pelos augúrios reluzentes do óleo.

Mas então, certa manhã, Tipu suspeitou de que os augúrios estavam errados, porque os britânicos subitamente desmascararam quatro de suas baterias recém-criadas e a intricada rede de trincheiras e aterros foi envolta pelas gigantescas nuvens de fumaça expelidas por cada disparo trovejante.

As balas de canhão não estavam direcionadas para onde Tipu esperara, a parte vulnerável da muralha atrás da falha na esplanada, mas contra o bastião mais a noroeste da cidade: um complexo de muralhas que se avultava sobre o rio e, de seus baluartes superiores, dominava tanto as seções norte e oeste da muralha. A cidade inteira pareceu tremer quando as balas acertavam seus alvos repetidas vezes. Cada impacto levantava poeira do velho prédio até que, finalmente, as primeiras pedras caíram. Da margem norte do rio, onde ficava o acampamento britânico menor, mais canhões concentravam seu fogo e ainda mais pedras tombaram para as trincheiras à medida que os canhoneiros atormentavam o grande bastião.

No dia seguinte, mais canhões de sítio abriram fogo, mas essas novas armas foram apontadas para os parapeitos na extremidade sul da muralha oeste. Havia canhões pequenos montados nesses parapeitos, mas suas seteiras foram destruídas em menos de uma manhã de trabalho e os canhões dos defensores arremessados para fora de suas carretas. E ainda assim as baterias martelaram o bastião noroeste até que, uma hora depois do meio-dia, a grande fortificação ruiu. Inicialmente o som da queda do bastião pareceu o estalo e o gemido de um terremoto profundo, para em seguida transformar-se num som de trovão quando a imensa construção desintegrou-se em meio a uma grande nuvem de pó que se assentou lentamente no Cauvery, fazendo com que a água do rio ficasse branca como leite por quase 1,5 quilômetro. Houve um silêncio sinistro depois que o bastião ruiu, porque os canhões dos sitiantes se calaram. Os soldados de Tipu correram para a muralha, mosquetes e foguetes em prontidão, mas nenhum atacante se mexia nas fileiras britânicas. As bandeiras insolentes do inimigo adejavam ao vento, mas os casacas vermelhas e seus aliados nativos permaneceram em suas trincheiras.

Um homem corajoso do exército de Tipu arriscou-se a subir a colina de destroços que havia sido a esquina noroeste das defesas da cidade. A poeira cobriu as listras de tigre de sua túnica enquanto ele cambaleava pelas ruínas instáveis para encontrar a bandeira verde que estivera tremulando no baluarte superior do bastião. Ele recuperou a bandeira, limpou a poeira de suas pregas e a adejou no ar. Um canhoneiro inimigo viu o movimento no topo da pilha de cascalho e disparou seu imenso canhão. A bala uivou através da poeira, ricocheteou de uma rocha, e sobrevoou as defesas da zona norte da cidade para cair no rio leitoso. O soldado, incólume, brandiu a bandeira novamente, e então plantou seu mastro quebrado no cume das ruínas do bastião.

Tipu inspecionou os danos às suas defesas na zona oeste da cidade. Os canhões dos parapeitos ao sul haviam sumido, e o bastião noroeste estava inutilizável, mas não havia qualquer brecha em nenhum dos dois pontos, e tanto a muralha externa quanto a interna estavam ilesas. A esplanada baixa protegera a parte inferior da muralha, e embora parte das pedras do bastião noroeste tivessem caído na fossa inundada, não havia uma esplanada pela qual um grupo de invasão pudesse escalar.

— O que eles fizeram foi destruir nossos canhões de flanco — anunciou Tipu ao seu séquito. — O que significa que ainda planejam atacar no centro da muralha. Que é onde queremos que ataquem.

O coronel Gudin concordou. Durante algum tempo, como Tipu, ele ficara preocupado que o bombardeio britânico significasse que eles planejassem entrar na cidade por seu canto noroeste, mas agora, na calmaria que se seguiu à queda do bastião, a estratégia do inimigo parecia clara. Eles não haviam tentado arrombar a muralha, e sim derrubar os dois locais onde Tipu poderia montar canhões altos para disparar contra os flancos das tropas de ataque. A brecha seria realizada em seguida.

— Será onde queremos que seja, tenho certeza — disse Gudin, confirmando o palpite de Tipu.

O homem que plantara a bandeira no cume do bastião tombado foi trazido a Tipu na muralha oeste, perto de onde a torre de vigia tinha caído. Tipu recompensou-o com uma bolsa de ouro. O soldado era um hindu e isso agradou a Tipu, que sempre se preocupava com a lealdade desses homens.

— É um dos seus? — perguntou Tipu a Appah Rao, que o estava acompanhando na inspeção.

— Não, majestade.

Tipu subitamente se virou e fitou o rosto de Appah Rao. Ele parecia preocupado.

— Aqueles malditos homens de Gudin... não havia uma mulher com eles? — indagou Tipu.

— Sim, majestade.

— E ela não foi para sua casa? — inquiriu.

— Ela foi, majestade, mas morreu — mentiu calmamente Appah Rao.

Tipu ficou intrigado.

— Morreu?

— Era uma pobre criatura desmazelada e doente — respondeu Appah Rao. — Ela simplesmente morreu. Assim como devem morrer os homens que a trouxeram.

Appah Rao ainda temia que a prisão de Sharpe e Lawford revelasse sua própria traição, e embora não desejasse realmente que esses homens morressem, não queria que Tipu acreditasse que ele os quisesse vivos.

— Esses homens irão morrer — prometeu Tipu com uma expressão severa. Aparentemente havia esquecido de Mary. — Decerto morrerão — prometeu de novo enquanto subia as ruínas do bastião noroeste. — Iremos ou oferecer suas almas negras para espantar a má sorte, ou sacrificaremos suas vidas como agradecimento por nossa vitória.

Tipu preferia a segunda alternativa e imaginou assassinar os dois homens naquele mesmo dia, ao ascender pela primeira vez os degraus de prata de seu trono em forma de tigre, o trono que ele jurara não usar até que seus inimigos fossem destruídos. Ele sentiu uma pontada feroz de antecipação. Os casacas vermelhas viriam à sua cidade e seriam queimados por chamas de vingança e esmagados por pedras cadentes. Seus gemidos ecoariam durante os dias de sua agonia, e então as chuvas chegariam para transbordar o rio Cauvery, e os britânicos remanescentes, já com pouca comida, não teriam escolha além de recuar. Eles deixariam suas armas para trás e iniciariam sua longa jornada através de Misore, e cada quilômetro de sua retirada seria acompanhado pelos lanceiros de Tipu. Os abutres engordariam este ano, e um rastro de ossos esbranquiçados pelo sol seria deixado pela Índia até que o último casaca vermelha morresse. E ali, decidiu Tipu, onde o último inglês morresse, ele ergueria um altíssimo pilar de mármore, branco e reluzente, e coroado com uma cabeça de tigre.

O chamado do muezim ecoou pela cidade, convocando os fiéis à oração. O som foi belo em meio ao silêncio depois dos canhões. Tipu, obediente ao seu Deus, correu para o palácio, mas antes virou-se para olhar pela última vez seus malditos inimigos. Eles poderiam fazer sua brecha atravessar o rio, e chegar à muralha. Mas depois que estivessem entre as muralhas externa e interna, iriam morrer.

— G-A — disse Sharpe, rabiscando as letras na poeira do chão da cela cuja palha tinha sido retirada. — U-A.

— Muito bem — disse Lawford. — Gazua. Mas está faltando o Z.

— Mas a gazua não está faltando, senhor — disse Sharpe, retirando a ferramenta do bolso de seu casaco. Era um pequeno ajuntamento de hastes de metal, algumas curiosamente torcidas nas pontas, que ele se apressou em esconder depois de ter mostrado a Lawford.

— Por que eles não acharam? — perguntou Lawford.

Os dois tinham sido revistados ao serem trazidos para o palácio depois de sua prisão, e embora os guardas tivessem deixado a página da Bíblia no bolso de Lawford, eles tinham levado todas as outras coisas de valor.

— Eu a deixei onde não podia ser encontrada, senhor — explicou Sharpe. O coronel Gudin pensou que eu estava coçando meu traseiro, mas eu estava escondendo a gazua.

— Eu teria dispensado a explicação — disse Lawford com sinceridade.

— Uma gazua decente como esta pode cuidar daqueles cadeados velhos em segundos, senhor — avaliou Sharpe, apontando com a cabeça para a porta da cela. — Depois teremos apenas de passar correndo pelos guardas.

— E tomar chumbo na barriga? — sugeriu Lawford.

— Quando o ataque acontecer, os guardas provavelmente estarão no alto da escadaria, tentando ver o que está acontecendo — previu Sharpe. — Eles não vão nos ouvir.

As costas de Sharpe ainda doíam, e os ferimentos infligidos pelo *jetti* estavam cobertos de sangue seco e pus que rompiam sempre que ele se movia muito bruscamente, mas não havia sinal de gangrena e ele fora poupado de qualquer febre. Essa boa sorte estava restaurando sua confiança.

— Quando o ataque acontecer, Sharpe — interveio o coronel McCandless —, nossos guardas provavelmente estarão na muralha, deixando nossa segurança a encargo do tigre.

— Eu não havia pensado nisso, senhor — disse Sharpe, soando decepcionado.

— Não creio que eu consiga passar correndo por um tigre. Você consegue, Sharpe?

— Não, senhor. Creio que não — admitiu Sharpe.

Toda noite, ao entardecer, os guardas deixavam as celas, mas primeiro soltavam o tigre. Era um processo difícil, porque o tigre precisava ser contido pelos guardas com lanças compridas enquanto eles subiam de costas os degraus. Era evidente que a criatura havia avançado contra os guardas uma vez, porque portava uma longa cicatriz por um de seus flancos musculosos e listrados. Agora os guardas jogavam-lhe um enorme naco de carne de bode para satisfazer a fome do tigre antes de soltá-lo, e os prisioneiros passavam a noite ouvindo o monstro rosnando enquanto arrancava dos ossos os últimos pedaços de carne. A cada amanhecer o tigre era conduzido de volta até sua cela onde dormia para se proteger do calor do dia até que mais uma vez fosse hora de montar guarda. Era um animal grande e asqueroso, nem de perto tão elegante quanto os seis tigres mantidos na arena do palácio, mas tinha uma expressão mais faminta e, ocasionalmente, ao luar, Sharpe observava-o subir e descer o corredor curto, suas patas macias tocando o chão de forma quase silenciosa, e perguntava-se que pensamentos felinos ferviam por trás daqueles olhos amarelos. Às vezes, sem nenhum motivo aparente, a criatura rugia, as panteras de caça respondiam, e a noite se enchia com o som dos animais. Então o tigre saltava para os degraus e rugia outro desafio das barras do patamar da escadaria. Em seguida, a fera sempre voltava, sua aproximação silenciosa, seu olhar malévolo.

De dia, quando o tigre contorcia-se em seu sono, os guardas vigiavam as celas. Ocasionalmente havia apenas dois guardas, mas em outros momentos eles chegavam a seis. Toda manhã um par de prisioneiros da prisão civil da cidade chegava acorrentado pelas pernas para levar os baldes enchidos de excremento durante a noite, e depois que eles tinham sido esvaziados e devolvidos, a primeira refeição era servida. Costumava ser arroz frio, às vezes com feijões ou pedacinhos de peixe misturados, e uma caneca de lata com água. Uma segunda panela de arroz era trazida à tarde, mas afora isso os prisioneiros eram deixados a sós. Ouviam os ruídos acima deles, sempre com medo de serem convocados para encarar os temíveis assassinos de Tipu, e enquanto esperavam, McCandless rezava, Hakeswill zombava, Lawford preocupava-se e Sharpe aprendia suas letras.

No começo o aprendizado foi difícil, e as zombarias constantes de Hakeswill não ajudavam em nada. Lawford e McCandless mandavam o sargento calar a boca, mas depois de algum tempo Hakeswill ria novamente e começava a falar com seus botões no canto mais distante de sua cela.

— É difícil para ele não é? — murmurava Hakeswill, alto o bastante para que Sharpe pudesse ouvi-lo. — Tudo o que esse tal de Sharpe tem na cabeça são cabelos e piolhos. Cabelos e piolhos. Aprendendo a ler! É mais fácil ensinar uma pedra a peidar! Isso não é natural, não é certo. Um recruta deve conhecer seu lugar, é o que diz a Bíblia.

— A Bíblia não diz nada disso, sargento! — asseverava McCandless sempre que ouvia Hakeswill afirmar isso.

E sempre, a cada hora do dia, eles escutavam os disparos dos canhões trovejantes dos sitiantes que enchiam o céu e ecoavam pela rachadura na lama ressequida pelo sol quando as balas de 18 libras acertavam seus alvos, enquanto, bem perto dali, os canhões de Tipu respondiam. Embora poucos desses canhões tivessem sobrevivido na muralha oeste, perto das masmorras, no baluarte norte, os canhoneiros de Tipu trocavam disparos com as baterias ao longo do rio Cauvery, o som das armas golpeando constantemente o ar quente.

— Trabalham duro, esses canhoneiros! — dizia Hakeswill. — Fazem um trabalho decente, como cabe aos soldados de verdade. Suam as camisas. Não perdem tempo com letras. G-A-T-O? Quem precisa saber disso? Mesmo se você não souber como escreve, um gato continua sendo um gato. Você precisa saber é como despelar o bicho, e não como escrever seu nome.

— Cale-se, sargento! — vociferava McCandless.

— Sim, senhor. Ficarei calado. Como um rato de igreja, senhor.

Mas, alguns momentos depois, ouviam-se novamente os resmungos do sargento.

— Recruta Morgan, lembro bem dele. Ele sabia ler e só arrumava problemas. Ele sabia mais do que todo mundo, mas isso não o salvou do chicote. Se fosse analfabeto, nunca teria sido açoitado daquele jeito. Ele aprendeu as letras com a mãe, uma puta galesa. Perdia tempo lendo a Bíblia quando devia estar limpando o mosquete. Morreu pela força do chicote, e já foi tarde. Um soldado não deve ler. Faz mal para os olhos, deixa cego.

Hakeswill falava até mesmo à noite. Sharpe acordava para ouvir que o sargento falava em voz baixa ao tigre, e certa noite até o tigre parou para ouvir.

— Você não é um bichano malvado, é? — disse Hakeswill carinhosamente. — Fica sozinho aqui embaixo, que nem eu. — O sargento arriscou estender a mão através das barras e fez um carinho rápido nas costas do bicho. Ele foi recompensado com um rosnado baixo. — Não rosne para mim ou te arranco os olhos. E se fizer isso, como você vai pegar ratos, hein? Vai ser um gatinho cego e faminto, é isso que vai ser. É isso. Assim, deite e descanse a sua cabeçorra. Não dói, dói?

O sargento estendeu novamente a mão. Com uma ternura surpreendente, coçou o flanco do grande felino e, para surpresa de Sharpe, o enorme monstro se acomodou confortavelmente contra as barras da cela do sargento.

— Você está acordado, não está, Sharpezinho? — disse Hakeswill baixinho enquanto acariciava o tigre. — Sei que está, posso sentir. E então, o que aconteceu com a pequena Mary Bickerstaff? Vai me contar, garoto? Algum pagão escuro botou as mãos sujas nela, foi isso? Teria sido melhor para ela se tivesse levantado a saia para mim. Em vez disso, acabou coberta por algum escuro, não foi isso? Foi o que aconteceu? Calminho, calminho! — disse para o tigre.

Sharpe fingiu que estava dormindo, mas Hakeswill deve ter sentido sua atenção.

— Queridinho dos oficiais, é isso que você é, Sharpezinho? Está aprendendo a ler para ser como eles? É isso que você quer? Isso não lhe fará bem nenhum, garoto. Há apenas dois tipos de oficiais neste exército, e um é bom e o outro não é. O tipo bom sabe que não deve sujar as mãos com vocês, recrutas, e deixa isso a cargo de nós, sargentos. O tipo ruim interfere. Aquele rapaz, Fitzgerald, ele era o tipo que interferia, mas agora está no inferno, que é o melhor lugar para irlandeses sujos sem respeito por sargentos. E o seu sr. Lawford também não é bom. Nem um pouco.

Hakeswill calou-se de repente, ao ouvir McCandless gemer. A febre do coronel estava piorando, embora ele estivesse tentando não reclamar. Sharpe, parando de fingir que dormia, carregou o balde de água até ele.

— Quer beber, senhor?
— Muito gentil da sua parte, Sharpe. Muito gentil.

O coronel bebeu e então apoiou as costas contra a parede de pedra no fundo da cela.

— Tivemos uma tempestade no mês passado — disse ele. — Não foi severa, mas o bastante para inundar estas celas. E a inundação não era só de água de chuva. Boa parte era de esgoto. Rezo a Deus para que nos tire daqui antes da monção.

— Não há a menor chance de ainda estarmos aqui nessa época, há senhor?

— Depende de nosso lado invadir a cidade ou não.
— Ele invadirá, senhor.
— Talvez. — O coronel sorriu para a confiança serena de Sharpe. — Mas Tipu pode decidir nos matar primeiro. — McCandless calou-se por um instante, e então meneou a cabeça. — Gostaria de ser capaz de entender Tipu.

— Não há nada para entender, senhor. Ele é apenas um bastardo malvado, senhor.

— Não, ele não é isso — disse o coronel num tom repreensivo. — A bem da verdade, ele é um bom regente. Melhor, suspeito, que a maioria de nossos monarcas cristãos. Ele certamente tem sido bom para Misore. Ele enriqueceu a região, deu-lhe mais justiça do que a maioria dos estados indianos desfrutam, e tem sido tolerante para com a maioria das religiões, embora eu tema que ele tenha perseguido alguns cristãos desafortunados. — O coronel fez uma careta quando um tremor percorreu seu corpo. — Ele até poupou a vida do rajá e de sua família. Eles não estão gozando de conforto, mas continuam vivos. Raro é o usurpador que mantém um monarca vivo depois de derrubá-lo. Obviamente não posso perdoar Tipu pelo que ele fez aos nossos pobres companheiros, mas suponho que um regente precise cometer atos de crueldade ocasionalmente. De modo geral, julgando-o pelos padrões de nossa monarquia, creio que devamos conceder uma nota bastante alta a ele.

— Mas então por que estamos lutando contra ele, senhor?

McCandless sorriu.

— Porque queremos estar aqui, e ele não quer que estejamos. Dois cães numa gaiola apertada, Sharpe. E se ele nos expulsar de Misore trará os franceses para nos escorraçar do resto da Índia. Então poderemos dizer adeus à maior parte de nossas atividades comerciais no Oriente. Esse é o motivo de tudo: comércio. É por causa disso que você está lutando aqui, Sharpe. Comércio.

Sharpe franziu o cenho.

— Parece um motivo muito estranho para lutar, senhor.

— Estranho? — McCandless pareceu surpreso. — Não para mim, Sharpe. Sem comércio não há riqueza, e sem riqueza não há sociedade na qual valha a pena se viver. Sem comércio, recruta Sharpe, seríamos apenas feras na lama. Vale a pena lutar por comércio, embora o bom Deus saiba que não apreciamos muito essa atividade. Nós celebramos reis, honramos grandes homens, admiramos aristocratas, aplaudimos atores, derramamos ouro em pintores. Às vezes até recompensamos prisioneiros. Mas sempre desprezamos os mercadores. Mas por quê? É a riqueza do mercador que move os moinhos, Sharpe. Essa riqueza tece roupas, bate martelos, sopra velas de navios, abre estradas, forja ferro, cultiva trigo, assa pão, e constrói igrejas, barracos e palácios. Sem Deus e comércio não seríamos nada.

Sharpe riu suavemente.

— Comércio nunca me falou ao coração, senhor.

— Não? — indagou gentilmente McCandless. O coronel sorriu. — Então pelo que você luta, recruta?

— Pelos amigos, senhor. E pelo orgulho. Precisamos mostrar que somos bastardos melhores do que os do outro lado.

— Você não luta pelo rei e pela pátria?

— Não conheço o rei, senhor. Nunca o vi.

— Ele não é grande coisa de se ver, mas é um sujeito bastante decente quando não está louco. — McCandless olhou na direção de Hakeswill.

— E ele? É louco?

— Acho que sim, senhor.

— Pobre alma.

— Também é mau — disse Sharpe, falando baixo o bastante para que Hakeswill não o ouvisse. — Sente prazer em punir seus subordinados. Ele rouba, mente, estupra, mata.

— E você nunca fez nenhuma dessas coisas?

— Nunca estuprei, senhor. E quanto às outras, apenas quando precisei.

— Então rezo a Deus para que você nunca mais precise — disse McCandless fervorosamente, e então encostou a cabeça grisalha na parede e tentou dormir.

Sharpe observou a luz do amanhecer vazar para o poço da masmorra. Os últimos morcegos da noite bateram asas no trecho de céu que podia ser visto da masmorra, mas logo depois eles sumiram e o primeiro canhão do dia se pronunciou. Estava pigarreando, como os canhoneiros gostavam de dizer, para acordar a cidade e seus sitiantes, para que a luta prosseguisse.

O tiro inicial do dia foi mirado contra a parede de barro baixa que fechava a lacuna na esplanada e represava a água no fosso. A muralha era grossa e o tiro, que caiu baixo e assim perdeu grande parte de sua força ao ricochetear na margem do rio, fez pouco mais do que levantar poeira das fendas no barro.

Um a um, os outros canhões de sítio despertaram. Suas gargantas gritaram alto. Os primeiros tiros costumavam ser ineficazes porque os canos dos canhões estavam ainda frios, e por isso as balas voavam baixo. Da muralha da cidade, um punhado de canhões respondeu aos disparos, mas nenhum deles era grande. Tipu estava escondendo os canhões maiores para o momento da invasão, mas permitiu que seus canhoneiros montassem e disparassem os canhões pequenos, alguns dos quais desfechavam uma bala não muito maior que uma uva. Os disparos dos defensores não causavam danos, mas o simples som de suas armas conferia aos cidadãos uma sensação de estarem resistindo.

Nesta manhã os canhões britânicos pareciam erráticos. Cada bateria estava sendo usada, mas seus disparos eram descoordenados. Alguns miravam a muralha na esplanada enquanto outros visavam os baluartes mais elevados, porém, uma hora depois do nascer do dia, todos eles ficaram silenciosos e, um momento depois, os canhoneiros de Tipu também cessaram fogo. O coronel Gudin, observando os baluartes na zona oeste de Seringapatam por uma luneta, viu os canhoneiros sipaios fazerem um esforço evidente ao movimentar os canhões de uma das baterias. Gudin deduziu que os canhões grandes finalmente estavam sendo mirados para o trecho da muralha que fora escolhido para ser arrombado. Agora aquecidos, os canhões estavam confiáveis, e logo concentrariam uma torrente de ferro contra o ponto escolhido para fender as defesas da cidade. Com sua luneta, Gudin podia ver homens manipulando um canhão, mas não o canhão em si, porque a seteira fora momentaneamente tampada com cestas de vime cheias de terra. Gudin rezou para que os britânicos mordessem a isca de Tipu e mirassem suas armas contra a parte mais fraca da muralha.

Ele apontou sua luneta para a bateria mais próxima, que ficava a meros 360 metros da parte vulnerável da muralha. Os canhoneiros estavam nus até a cintura. Isso não era de admirar, porque a temperatura muito em breve estaria acima dos 32 graus, a umidade já estava sufocante, e esses homens precisavam levantar pesos enormes ao manipular os canhões e as balas. Um canhão de sítio de 18 libras pesava quase 20 toneladas, e toda essa massa de metal quente escoiceava a cada disparo, exigindo que em seguida a arma fosse empurrada de volta para sua posição de disparo. A bala de uma arma como essa media um pouco mais de 12 centímetros de lado a lado. Cada canhão era capaz de disparar talvez uma bala dessas a cada dois minutos, e os espiões de Tipu tinham relatado que o general Harris agora possuía 37 desses canhões, e mais dois, ainda mais pesados, que disparavam mísseis de 24 libras. Gudin, esperando que os canhões recomeçassem a atirar, fez de cabeça um cálculo simples. A cada minuto, deduziu, cerca de 350 libras de ferro, viajando a velocidades inimagináveis, martelariam a muralha da cidade. E a esse peso de metal os britânicos poderiam acrescentar uma saraivada de obuses e muitas dúzias de balas de 20 libras para bombardear as paredes a cada lado do local que o general Harris escolhera para abrir sua brecha.

Gudin sabia que os trabalhos para o arrombamento da muralha estavam prestes a ser iniciados, e quase prendeu a respiração enquanto esperava pelo primeiro tiro, porque esse canhão inicial indicaria se Tipu acertara ou não em sua aposta. A espera pareceu estender-se eternamente, mas enfim uma das baterias desmascarou um canhão e o monstro arrotou um jato de fumaça 45 metros adiante de sua seteira. O som chegou meio segundo depois, mas então Gudin já havia visto a bala cair.

Os britânicos tinham mordido a isca. Estavam indo direto para a armadilha.

O restante dos canhões de arrombamento abriu fogo. Por um momento, um som de trovão ecoou pelo céu raiado de pássaros assustados. As balas sobrevoavam a terra seca e o rio para atingir o muro de vedação muito curto que juntava as seções da esplanada. A muralha resistiu menos de dez minutos antes que uma bala de 18 libras a perfurasse. De súbito, a água do fosso interno estava jorrando para o rio Cauvery do Sul. Durante alguns segundos, a água foi um jorro claro e fino arqueando para fora do rio, e então a força do fluxo erodiu o barro remanescente e a muralha desabou para a margem do rio.

Os canhões cessaram, levantando suavemente a mira, para que as balas pudessem acertar a base do baluarte externo que tinha sido completamente descoberto pela queda do muro curto conector da esplanada. Um tiro após o outro acertou o alvo, seus impactos reverberando por toda a extensão dos antigos baluartes, e cada bala explodiu um punhado de tijolos de barro. A água do fosso puncionado continuava jorrando, e os tiros não pararam de acertar os alvos enquanto os canhoneiros suavam, empurravam, escorvavam, carregavam, disparavam novamente.

Durante o dia inteiro eles dispararam, e durante o dia inteiro a muralha ruiu. Os disparos foram mantidos baixos, mirados para acertar a base da muralha, de modo que os tijolos de barro acima ruíssem para formar uma ladeira de cascalho que pudesse ser escalada através da brecha que os canhões estavam criando.

Ao cair da noite, a muralha ainda estava de pé, mas em sua base havia uma caverna poeirenta que tinha sido escavada profundamente no baluarte. Alguns canhões britânicos dispararam durante a noite, principalmente espalhando bombas ou balas pequenas numa tentativa de impedir que os soldados de Tipu consertassem a caverna. Porém, no escuro era difícil manter a precisão da mira dos canhões e a maioria dos disparos se perdeu. De manhã, os canhoneiros britânicos apontaram seus telescópios e viram que a caverna tinha sido tampada com cilindros de vime entupidos com terra e vigas de madeira. Os primeiros disparos destroçaram esses reparos, espalhando madeira e terra para todos os lados. Assim que a caverna estava exposta novamente, os canhoneiros passaram a se concentrar nela. A terra entre o aqueduto e o rio foi envolvida numa nuvem de fumaça enquanto a artilharia disparava. Finalmente, ao meio-dia, um grito vitorioso se elevou das tropas britânicas, marcando a queda da muralha.

A muralha ruiu lentamente, levantando uma nuvem de poeira para o ar, uma nuvem tão grossa que inicialmente nenhum homem conseguiu ver a extensão do dano. Porém, quando o vento soprou a fumaça dos canhões e a poeira de barro, pôde-se ver que a muralha tinha sido arrombada. A parede caiada agora tinha uma brecha com 18 metros de largura, e a brecha estava preenchida com uma pilha de escombros que um homem podia escalar, contanto que não carregasse mais nada além de um mosquete, uma baioneta e sua caixa de munição. Isso tornava a penetração exequível.

Mas os canhões continuavam disparando. Agora os canhoneiros estavam tentando aplainar a ladeira da brecha. Alguns dos disparos ricochetearam para cima até a muralha interna e, durante algum tempo, Gudin temeu que os britânicos estivessem planejando abrir uma passagem direta até o novo baluarte interno, mas então os canhoneiros baixaram sua mira para manter as balas acertando a brecha recém-aberta ou para varrer as laterais da brecha da muralha externa.

A 800 metros de Gudin, nas fileiras britânicas, o general Harris e o general Baird olharam para a brecha através de seus telescópios. Agora, pela primeira vez, podiam inspecionar uma pequena extensão da nova muralha interna.

— Não é tão alta quanto eu temia — comentou Harris.

— Vamos rezar para que não tenha sido terminada.

— Mesmo assim, continuo achando que é melhor ignorar isso — decretou Harris. — Primeiro capture a muralha externa.

Baird virou-se a fim de olhar para algumas nuvens que pairavam pesadas e baixas no horizonte ocidental. Ele temia que as nuvens pressagiassem chuva.

— Podemos agir esta noite, senhor — sugeriu.

Baird estava lembrando dos 44 meses que passara nas masmorras de Tipu, alguns dos quais acorrentado à parede de sua cela, e queria vingança. Também estava ansioso por dar por terminada a invasão da cidade.

Harris baixou sua luneta.

— Amanhã — disse com firmeza e coçou debaixo da borda de sua peruca. — Correremos mais risco se nos apressarmos. Vamos fazer direito, e vamos fazer amanhã.

Naquela noite, alguns oficiais britânicos arrastaram-se para fora das trincheiras avante empunhando bandeirinhas brancas amarradas a mastros de bambu. O céu estava decorado com um bordado de nuvens finas que intermitentemente ocultavam a lua minguante, e à sombra das nuvens os oficiais exploraram o Cauvery do Sul para encontrar as traiçoeiras águas fundas do rio. Eles marcaram as águas rasas com suas bandeiras e assim apontaram a trilha em direção à praia.

E no decorrer da noite as tropas de assalto encheram as trincheiras longas. Harris estava determinado a fazer com que o assalto fosse devastador. Ele disse a Baird que não queria fazer cócegas à cidade, mas soterrá-la com homens, e assim Baird lideraria duas colunas de soldados, metade deles britânicos e metade sipaios, mas quase todos membros de elite das companhias de flanco do exército. Os seis mil atacantes seriam ou granadeiros, que eram os homens maiores e mais fortes, ou pertenceriam às companhias ligeiras que eram os soldados mais rápidos e mais inteligentes, e esses homens escolhidos a dedo seriam acompanhados por um destacamento dos melhores guerreiros de Haiderabad. Os atacantes também seriam acompanhados por engenheiros portando feixes de galhos para assinalar eventuais canais que os defensores poderiam cavar no cume da praia e escadas de bambu para escalar as laterais da brecha. Canhoneiros voluntários seguiriam os soldados em sua ascensão até os baluartes e ali voltariam os próprios canhões de Tipu contra os defensores na muralha interna. Duas equipes Últimas Esperanças seguiriam na frente das colunas, cada Esperança composta unicamente de voluntários e cada uma liderada por um sargento que seria promovido a oficial na eventualidade de sua sobrevivência. As Últimas Esperanças levariam as cores britânicas até a brecha, e esses porta-bandeiras coloridos seriam os primeiros homens a escalar até os canhões inimigos. Uma vez na brecha, as Últimas Esperanças tinham ordens de não entrar no espaço entre as muralhas, mas escalar até os cumes arruinados que ladeavam a ladeira da brecha, e dali levar o combate para norte e sul em torno do anel inteiro dos baluartes de Seringapatam.

— Não consigo pensar em nenhum ângulo que não tenhamos explorado — disse Harris naquela noite durante o jantar. — Você consegue, Baird?

— Não, senhor — respondeu Baird. — Juro por minha alma que não consigo.

Ele estava tentando soar animado, mas o clima à mesa ainda era deprimente, embora Harris tivesse se esforçado para fazer a refeição parecer festiva. Sua mesa estava coberta por uma toalha de linho branca e iluminada por velas de espermacete que ardiam com uma luz branca e pura. Os cozinheiros do general tinham matado suas últimas galinhas para prover uma mudança da costumeira meia ração de bife, mas nenhum dos oficiais à mesa estava com muito apetite, nem, aparentemente, qualquer vontade de conversar. Meer Allum, o comandante do exército de Haiderabad, estava dando o máximo de si para encorajar seus aliados, mas apenas Wellesley parecia capaz de responder aos seus comentários.

O coronel Gent, que além de ser o engenheiro-chefe de Harris assumira a tarefa de divulgar as informações privilegiadas que chegavam da cidade, serviu-se de um pouco de vinho. Era uma bebida rançosa, azedada por sua longa jornada da Europa e pelo calor da Índia.

— Corre um rumor de que aqueles malditos pagãos plantaram uma mina — disse solenemente quando uma pausa na conversa desconexa havia se prolongado por muito tempo.

— Sempre correm rumores assim — disse Baird, sucinto.

— É um pouco tarde para nos contar, não acha? — comentou Harris num tom levemente repreensivo.

— Só ouvimos hoje, senhor — defendeu-se Gent. — Um dos soldados da cavalaria de Tipu desertou. Ele pode estar inventando histórias, claro. Essa gente faz isso o tempo todo. Talvez Tipu o tenha enviado. Arrisco dizer que ele queira nos assustar para postergarmos nosso avanço. — Calando-se, Gent pôs-se a brincar com um saleiro de vidro azul. A umidade criara uma crosta na superfície do sal, que Gent atacou com a colherzinha de prata, esmagando-a como a muralha da cidade ruíra sob a força dos canhões. — Mas o sujeito pareceu bastante seguro — acrescentou depois de algum tempo. — Disse que é uma mina muito grande.

— Então os bastardos explodirão a mina quando as Últimas Esperanças atacarem — disse Baird com um muxoxo. — É para isso que servem as Últimas Esperanças. Para morrer. — Não fora sua intenção parecer tão insensível, mas ele quisera calar o engenheiro.

Em algum lugar ao longe houve um som de trovão. Todos em torno da mesa esperaram que gotas de chuva tamborilassem na lona da tenda, mas esse som não chegou.

Então, impassível diante da rudeza de Baird, Gent prosseguiu:

— Minha preocupação é que eles detonem a mina depois que estivermos nos baluartes, e que se ela for muito grande varra nossos companheiros dos muros. — Ele enfiou a colher com força no sal. — Completamente.

— Então resta-nos torcer para que os rumores sejam falsos — disse Harris com firmeza, esmagando o pessimismo do engenheiro. — Coronel Wellesley, posso persuadi-lo a tomar mais um copo?

Wellesley fez que não com a cabeça.

— Já estou muito bêbado, senhor. Obrigado. — Mas então o jovem coronel olhou sobre a mesa até onde seu rival Baird estava sentado. — Pensando melhor, senhor, vou aceitar um copo e brindar ao seu sucesso e renome.

Baird, cujo desgosto pelo jovem coronel só aumentara nos últimos dias conseguiu fingir agrado.

— Obrigado, Wellesley — disse, forçando-se a ser cortês. — É uma honra.

Harris ficou feliz com a generosidade de Wellesley. Ele não gostava da rixa entre seus subcomandantes, especialmente porque Harris decidira que Wellesley, o homem mais jovem e menos graduado, seria feito governador de Misore caso a cidade caísse. Baird certamente ficaria furioso, porque consideraria a indicação de Wellesley um insulto a ele próprio, quando na verdade o ódio que este escocês nutria por tudo o que era indiano desqualificava-o para o posto. A Grã-Bretanha precisava de uma Misore amistosa, e Wellesley era um homem muito diplomático e sem qualquer preconceito contra nativos.

— Gentileza de sua parte, Wellesley — disse Harris depois que a bebida tinha sido tomada. — Um brinde sincero, tenho certeza.

— Amanhã a esta hora estaremos jantando no palácio de Tipu — disse Meer Allum. — Beberemos de sua prata e comeremos de seu ouro.

— Oro para que isso aconteça — disse Harris. — E oro para que o consigamos sem perdas graves — acrescentou, coçando o velho ferimento debaixo de sua peruca.

Os oficiais ainda estavam desanimados quando a refeição chegou ao fim. Harris desejou-lhe uma boa noite, e então ficou de pé durante algum tempo do lado de fora de sua barraca, observando a muralha da cidade distante, banhada pelo luar. Os baluartes caiados pareciam reluzir em branco, chamando por ele, mas para quê? Ele foi para a cama, onde dormiu mal e, cada vez que acordava, descobria-se ensaiando desculpas para o fracasso. Baird também ficou acordado durante algum tempo, mas bebeu uma boa dose de uísque e, depois, totalmente vestido em seu uniforme e com sua espada *claymore* encostada no beliche, ficou entrando e saindo de um sono inquieto. Wellesley dormiu bem. Os homens apinhados nas trincheiras quase não dormiram.

Clarins saudaram a alvorada. As nuvens de tempestade haviam engrossado a oeste, mas não havia chuva, e o sol nascente logo queimou as nuvens pequenas e finas que pairavam sobre a cidade. Os soldados das tropas de assalto acocoraram-se nas trincheiras, onde não podiam ser vistos da muralha de Seringapatam. As bandeirinhas brancas adejavam no rio. Os canhões de sítio continuavam disparando, alguns tentando alargar a brecha, mas a maioria apenas tentando desencorajar os defensores a fazer qualquer tentativa de consertar a brecha ou colocar obstáculos em sua ladeira. Os baluartes não danificados reluziam brancos ao sol, enquanto a brecha parecia uma cicatriz vermelho-acastanhada na elevada muralha da cidade.

Tipu passou a noite numa pequena casamata na seção norte da muralha. Acordou cedo porque esperava um ataque ao alvorecer e ordenara que todos os seus soldados estivessem preparados na muralha. Contudo, nenhum ataque ocorreu. Quando o sol estava um pouco mais alto, ele permitiu que parte dos defensores retornassem aos seus quartéis para descansar enquanto ele próprio se retirava para o Palácio Interno. Tipu sentiu um clima de tensão e expectativa nas ruas cheias, e ele próprio tivera uma noite péssima, tendo sonhado com macacos, o que era um presságio agourento. Os adivinhos não melhoraram o humor de seu soberano quando reportaram que o óleo em seus caldeirões estava sombrio. Hoje aparentemente era um dia azarado, mas a sorte, como Tipu sabia, era maleável. O soberano tentou mudar o começo ruim do dia dando presentes. Convocou um sacerdote hindu e presenteou o homem com um elefante, um saco de óleo de linhaça e uma bolsa de ouro. Para os brâmanes que acompanhavam o sacerdote ele deu um novilho, uma cabra, dois búfalos, um chapéu preto, um casaco preto, e um de seus preciosos caldeirões de adivinhação. Em seguida, lavou as mãos e vestiu um capacete de guerra com forro de pano que fora mergulhado numa fonte sagrada com o propósito de tornar invulnerável aquele que a usasse. No braço direito, aquele com que empunhava a espada, Tipu colocou um amuleto de prata inscrito com versículos do Alcorão. Um servo espetou o grande rubi vermelho na pluma do capacete e Tipu pendurou na cintura sua espada com cabo de ouro. Então voltou para a muralha oeste.

Nada havia mudado. Para além das águas gentis do Cauvery do Sul, o sol calcinava o solo onde os canhões britânicos ainda disparavam. Seus disparos abalavam a esplanada de destroços, mas nenhum casaca vermelha estava saindo de suas trincheiras e os únicos sinais de que uma invasão podia ser iminente eram as pequenas flâmulas fincadas na margem do rio.

— Eles querem mais um dia para alargar a brecha — opinou um oficial.

O coronel Gudin fez que não com a cabeça.

— Eles virão hoje — insistiu.

Tipu grunhiu. Estava de pé a norte da brecha, de onde observava as trincheiras inimigas através de uma luneta. Algumas das balas britânicas atingiam o solo perigosamente perto de onde ele estava e seus auxiliares tentaram persuadi-lo a ir para um lugar mais seguro, porém mesmo quando um fragmento·de pedra levantado pelo impacto de uma bala de canhão rasgou o tecido branco de sua túnica de linha, Tipu não arredou pé.

— Se eles fossem atacar hoje, teriam feito isso ao amanhecer — disse finalmente.

— É isso o que eles querem que pensemos — protestou Gudin. — Mas eles virão hoje. Não vão nos dar mais uma noite para fazer preparativos. E por que plantariam as bandeiras? — perguntou, apontando para o rio.

Tipu recuou alguns passos nas ruínas do parapeito. Teria sua sorte mudado? Ele dera presentes aos inimigos de seu Deus na esperança de que seu Deus o recompensasse com a vitória, mas ainda se sentia inquieto. Teria preferido que o ataque fosse postergado mais um dia, de modo que outro conjunto de auspícios pudesse ser obtido. Mas talvez Alá não quisesse isso. E não custava nada considerar que o ataque ocorreria naquele mesmo dia.

— Considere que eles venham esta tarde e ponha cada homem de volta na muralha — ordenou.

A muralha, já cheia de soldados, agora estava apinhada com defensores. Uma companhia de muçulmanos havia se voluntariado para enfrentar o primeiro inimigo que entrasse na brecha, e esses homens valentes, armados com espadas, pistolas e mosquetes, acocoraram-se dentro da brecha, o monte de destroços a ocultá-los dos canhões do inimigo. Era quase certo que esses voluntários iriam morrer, se não pelas mãos dos atacantes, então quando a grande mina explodisse, mas como a cada homem tinha sido assegurado seu lugar no paraíso, todos eles seguiram felizes para suas mortes. Foguetes foram empilhados nos baluartes, e canhões que haviam ficado ocultos do bombardeiro foram posicionados para pegar os atacantes nos flancos.

Outros dos melhores soldados de Tipu foram posicionados na muralha externa acima das bordas da brecha. Sua missão era defender as laterais da brecha, porque Tipu estava determinado a afunilar os atacantes para o espaço entre as muralhas externa e interna, onde sua mina poderia destruí-los. Permita que os ingleses venham, rezou Tipu, mas permita que eles sejam pastoreados através da brecha e para a armadilha.

Tipu decidira liderar a luta na muralha a norte da brecha. O batalhão do coronel Gudin lutaria a sul da brecha, mas cabia ao próprio Gudin a responsabilidade por detonar a grande mina. Ela agora estava pronta, um monte de pólvora comprimida na passagem do velho portão e margeado por pedras e madeira para que o sopro da explosão fosse forçado para norte entre as muralhas. Gudin observaria o local da armadilha de sua posição no baluarte interno, e depois sinalizaria para o sargento Rothière, ordenando-o a acender o pavio. Rothière e o pavio estavam guardados por dois dos homens mais confiáveis de Gudin e por seis dos *jettis* de Tipu.

Tipu assegurou a si próprio que fizera tudo o que podia ser feito. A cidade estava preparada e, em homenagem ao abate dos infiéis, Tipu cobrira-se de joias, e em seguida confiara sua alma e seu reino à guarda de Alá. Agora tudo o que ele podia fazer seria esperar que o sol do final da tarde subisse mais e mais até se tornar uma brancura ardente no céu indiano, onde os abutres circulavam.

Os canhões britânicos dispararam. Na mesquita alguns homens rezavam, mas todos eles eram velhos, porque todos os homens suficientemente jovens para lutar aguardavam na muralha. Os hindus rezaram para seus deuses enquanto as mulheres da cidade sujavam-se e vestiam andrajos para que, caso a cidade caísse, sua beleza não atraísse a atenção dos homens.

Chegou o meio-dia. A cidade assava ao calor. Fazia um silêncio estranho, porque os disparos dos canhões agora eram irregulares. O som de cada tiro ecoava surdamente da muralha, cada golpe provocando uma chuva de pedregulhos e poeira, e depois o silêncio voltava a reinar. Na muralha, uma horda de homens acocorara-se atrás de suas proteções, enquanto nas trincheiras do outro lado do rio uma horda opositora aguardava por uma ordem que os enviaria contra uma cidade expectante.

Tipu mandou que um tapete de oração fosse trazido até a muralha. Ali, virado para o inimigo, ele se ajoelhou e se curvou para rezar. Orou para que o coronel Gudin estivesse errado e que seus inimigos lhe dessem mais um dia. E então, como se estivesse sonhando acordado, Tipu ouviu uma mensagem. Ele dera presentes, e presentes de caridade eram abençoados, mas não fizera um sacrifício. Estivera economizando seu sacrifício para a celebração da vitória, mas talvez a vitória não chegasse se não fizesse suas oferendas agora. A sorte era maleável, e a morte uma grande alteradora da sorte. Tipu fez uma última reverência, encostando a fronte no tapete, e então se levantou.

— Mande chamar três *jettis* — ordenou a um ajudante. — Diga-lhes que quero que tragam os prisioneiros britânicos.

— Todos eles, majestade? — indagou o auxiliar.

— Não o sargento — respondeu Tipu. — Não aquele que estremece. Os outros. Diga aos *jettis* para trazê-los para cá.

Porque a vitória de Tipu requeria um último sacrifício de sangue antes que o Cauvery escurecesse com esse líquido precioso.

CAPÍTULO X

Appah Rao era um homem hábil, do contrário não teria sido promovido ao comando de uma das brigadas de Tipu. Porém, também era um homem discreto. A discrição o mantivera vivo, e a discrição permitira-lhe preservar sua lealdade ao destronado rajá da casa de Wodeyar ao mesmo tempo em que servia a Tipu.

Agora, tendo recebido ordens de levar seus homens até a muralha de Seringapatam e ali lutar para preservar a dinastia muçulmana de Tipu, Appah Rao finalmente questionou sua discrição. Ele obedeceu a Tipu, obviamente, e seus *cushoons* encheram os baluartes da cidade, mas Appah Rao, parado debaixo de uma das bandeiras com o brasão do sol no Portão Misore, perguntou-se o que queria deste mundo. Ele possuía família, posto elevado, riqueza e habilidade, mas ainda abaixava a cabeça para um monarca estrangeiro e algumas das bandeiras acima das cabeças de seus homens estavam inscritas em árabe para celebrar um deus que não era o deus de Appah Rao. Seu próprio monarca vivia na pobreza, eternamente sob a ameaça de execução, e era possível, mais do que possível, que neste dia a vitória elevasse Tipu tão alto que ele não precisaria mais da pequena vantagem da existência do rajá. Nos dias sagrados, para agradar aos súditos hindus de Tipu, o rajá era exibido em paradas como um boneco. Mas se Misore não tivesse inimigos no sul da Índia, por que os hindus de Misore precisariam ser agradados? O rajá e toda sua família seriam estrangulados em segredo e seus cadáveres, como os corpos dos vinte prisioneiros britânicos assassinados, seriam embrulhados em tapetes de juncos e sepultados numa cova sem identificação.

Mas se Tipu perdesse, então os britânicos governariam Misore. Se mantivessem sua palavra, e obviamente apenas se a mantivessem, o rajá seria devolvido ao seu palácio e ao seu antigo trono, mas o poder do palácio continuaria nas mãos dos conselheiros britânicos, e o tesouro do rajá seria necessário para pagar pela manutenção dos soldados ingleses. Mas se Tipu vencesse, pensou Appah Rao, os franceses viriam, e não havia nenhuma evidência de que os franceses fossem melhores que os britânicos.

Continuou parado acima do portão sul, esperando que um inimigo invisível emergisse de suas trincheiras para atacar a cidade, e se sentiu como um homem encurralado entre duas forças implacáveis. Caso tivesse sido menos discreto, seria acusado de rebelar-se abertamente contra Tipu e ordenar aos seus soldados que ajudassem os britânicos invasores, mas esse risco era grande demais para um homem cauteloso. Mas se Tipu perdesse a batalha deste dia, e se Appah Rao fosse entendido como leal ao homem derrotado, que futuro ele teria? A despeito do lado que vencesse, Appah Rao perderia. Mas havia uma pequena ação que poderia significar sobrevivência diante da derrota. Appah Rao caminhou até a extremidade de um parapeito protuberante e acenou para os canhoneiros postados ali, instruindo-os a afastarem-se de seu canhão. Em seguida, chamou por Kunwar Singh.

— Onde estão os seus homens? — perguntou a Singh.

— Na casa, mestre.

Kinwar Singh era um soldado, mas não um dos *cushoons* de Tipu. Sua lealdade era para com o seu parente de sangue, Appah Rao, e seu dever era proteger Appah Rao e sua família.

O general instruiu a Singh:

— Pegue seis homens e tome providências para que eles não estejam vestidos com meu uniforme. Em seguida vá até as masmorras, encontre o coronel McCandless, e leve-o de volta até a minha casa. O coronel fala nossa língua. Você pode ganhar a confiança dele se lembrá-lo de que me acompanhou ao nosso encontro no templo em Somanathapura. Diga que estou confiando nele para manter viva a minha família.

O general estivera voltado para o sul enquanto falava, mas agora virou-se para fitar os olhos de Kunwar Singh.

— Se os britânicos entrarem na cidade, McCandless protegerá nossas mulheres.

Appah Rao acrescentou esta última garantia para justificar a ordem que estava conferindo, mas mesmo assim Kunwar Singh hesitou. Singh era um homem leal, mas essa lealdade estava sendo perigosamente testada, porque o coronel lhe ordenava se rebelar contra Tipu. Kunwar Singh provavelmente teria de matar os soldados de Tipu para libertar o soldado inimigo, e Appah Rao compreendeu sua hesitação.

— Faça isto por mim, Kunwar Singh, e lhe devolverei a terra de sua família — prometeu o general.

— Mestre — disse Kunwar Singh e em seguida girou nos calcanhares e se retirou.

Appah Rao observou Kunwar Singh se afastar e então olhou para a zona sudoeste da cidade, onde era possível divisar parte das trincheiras inimigas. Já passava do meio-dia e não havia sinais de vida nas fileiras britânicas, exceto por um disparo de canhão ocasional. Appah Rao calculou que se Tipu vencesse hoje, sua raiva quanto ao desaparecimento de McCandless seria terrível. Nesse caso, decidiu Appah Rao, McCandless teria de morrer antes que fosse encontrado e que a verdade lhe fosse arrancada por tortura. Mas se Tipu perdesse, Appah Rao era a melhor garantia de sobrevivência para McCandless. E quem era maior especialista em sobrevivência que um hindu vivendo num estado muçulmano? Appah Rao, a despeito do risco que corria, sabia que todos os seus atos visavam ao melhor benefício. Desembainhou a espada, beijou a lâmina para dar boa sorte e aguardou pela invasão.

Kunwar Singh levou apenas um minuto para chegar à casa do general. Ele ordenou a seis de seus melhores homens que trocassem os uniformes com o emblema de Appah Rao por túnicas com listras de tigre. Ele também trocou de casaco, e abrindo o baú do tesouro de seu general, pegou uma corrente de ouro com um pingente de pedra preciosa. Essa joia era um sinal de autoridade na cidade, e Kunwar Singh calculou que precisaria dela. Ele se armou com uma pistola e uma espada, e se pôs a esperar seu esquadrão escolhido a dedo.

Mary chegou ao pátio e exigiu saber o que estava acontecendo. Uma calmaria estranha pairava na cidade, e a cadência dos canhões britânicos, que tinham disparado com violência e rapidez nos últimos dias, agora estava quase estática, e o silêncio funesto deixara Mary nervosa.

— Achamos que os britânicos estão vindo — disse-lhe Kunwar Singh.

Para garantir a Mary que ela estaria segura, Kunwar Singh revelou que havia recebido ordens de libertar o coronel britânico das masmorras e levá-lo para a casa onde a presença de McCandless protegeria as mulheres.

— Isso se os britânicos conseguirem atravessar a muralha — acrescentou, duvidoso.

— E quanto ao meu irmão? — indagou Mary.

Kunwar Singh deu de ombros.

— Não tenho ordens sobre ele.

— Então irei com você — declarou Mary.

— Você não pode! — insistiu Kunwar Singh.

O indiano frequentemente ficava chocado com a insolência de Mary, embora essa fosse uma qualidade que também considerasse sedutora.

— Você pode me deter se atirar em mim — disse Mary. — Ou pode permitir que eu vá com você. Decida-se.

Sem esperar pela resposta de Kunwar Singh, Mary correu até seus aposentos, onde pegou a pistola que Appah Rao lhe dera. Kunwar Singh não levantou mais nenhum protesto. Ele estava confuso com o que estava acontecendo, e embora sentisse que seu mestre estava ameaçando mudar de lado, ainda não sabia quando isso aconteceria de fato.

— Não posso deixar seu irmão voltar para cá — avisou a Mary quando ela retornou para o pátio.

— Podemos libertá-lo — insistiu Mary. — Depois disso, ele saberá cuidar de si mesmo. Ele é bom nisso.

As ruas da cidade estavam estranhamente desertas. A maioria dos soldados de Tipu estava nos baluartes, e todos que não tinham nenhuma relação direta com a batalha tinham trancado as portas e ficado escondidos. Alguns homens empurravam carrinhos de mão abarrotados com munição e foguetes até a muralha, mas não havia lojas abertas nem carros de boi transitando pelas ruas. Algumas vacas sagradas perambulavam pelas ruas com uma despreocupação sublime. Afora isso, a cidade parecia habitada por fantasmas, de modo que o pequeno grupo de Kunwar Singh levou apenas cinco minutos para alcançar o complexo de pequenos pátios que conduzia até o norte do Palácio Interno. Ninguém questionou o direito de Kunwar Singh estar nos recintos do palácio, porque ele trajava o uniforme de Tipu e a joia pendurada em seu pescoço era uma prova reluzente de sua autoridade.

A dificuldade, conforme Kunwar Singh antecipara, residiria em persuadir os guardas a destrancar o portão da grade externa da masmorra. Uma vez que o portão estivesse aberto, o resto seria fácil, porque seus homens poderiam derrotar facilmente os guardas e encontrar sem demora a cela de McCandless. Kunwar Singh havia decidido que a melhor tática era simplesmente fingir uma autoridade que ele não possuía e alegar portar uma ordem do próprio Tipu. Arrogância não era comum em Misore, e Kunwar Singh decidiu experimentá-la. Ele também poderia ordenar seus homens que usassem os mosquetes para destruir as trancas das grades da prisão, mas temia que a algazarra atraísse os guardas que estavam posicionados ali perto, no Palácio Interno.

Mas, quando alcançou as celas, Kunwar Singh descobriu que não havia guardas. O espaço dentro das grades externas e em torno da escadaria de pedra estava vazio. Um soldado na muralha interna acima das celas, vendo o pequeno grupo parado indeciso ao lado do portão da masmorra, deduziu que eles tinham vindo buscar os guardas.

— Eles já foram! — gritou para baixo o homem. — Foram chamados à muralha. Foram matar uns ingleses.

Kunwar Singh agradeceu ao homem com um aceno e balançou o portão, na vã esperança de que o cadeado caísse.

— Vocês não vão querer entrar aí — gritou mais uma vez o homem prestativo lá em cima. — O tigre está de guarda!

Kunwar Singh instintivamente recuou um passo. O soldado acima dele perdeu o interesse e voltou para seu posto enquanto Kunwar Singh retornava até o portão. Mais uma vez, ele analisou o imenso cadeado.

— Grande demais para abrir com um tiro — avaliou. — Esse cadeado vai requerer cinco ou seis balas, no mínimo.

— Não podemos entrar? — perguntou Mary.

— Não. Não sem atrair os guardas. — Fez um gesto na direção do palácio.

Pensar no tigre deixou Kunwar Singh nervoso, e ele estava se perguntando se seria melhor esperar até que o ataque começasse e então, sob a cobertura do barulho imenso, tentar atirar no cadeado, e em seguida matar o tigre. Ou simplesmente desistir da empreitada. O pátio fedia a esgoto, e o cheiro apenas reforçou os sentimentos de fracasso de Kunwar Singh.

Então Mary caminhou até as barras.

— Richard? — chamou. — Richard!

Por um momento houve silêncio. E então a resposta finalmente chegou:

— Garota?

O nervosismo de Kunwar Singh aumentou. Havia uma dúzia de soldados na muralha interna, imediatamente acima dele, e um sem-número de outras pessoas espiavam através de janelas ou sobre portas de estábulos. Ninguém ainda parecia desconfiado de seu grupo, mas parecia lógico que alguém com a autoridade que ele alegava pudesse entrar na masmorra.

— Precisamos ir embora — murmurou Kunwar Singh para Mary.

— Não podemos entrar aí! — gritou Mary para Sharpe.

— Você tem uma arma, garota? — gritou Sharpe em resposta.

Mary não podia vê-lo, porque a grade externa ficava longe o bastante da escadaria da masmorra para ocultar as celas.

— Tenho.

— Joga aqui para baixo, garota. Joga para o mais perto do fundo dos degraus que puder. Mas primeiro verifique se o negócio não está engatilhado.

Kunwar Singh balançou o portão de novo. O som do clangor do ferro provocou um rosnado no fundo do poço e, um momento depois, o tigre subiu os degraus, fitou Kunwar Singh de olhos vazios, e então se virou para os restos de uma meia carcaça de bode.

— Não podemos esperar! — insistiu Kunwar Singh para Mary.

— Joga uma arma para a gente, garota! — gritou Sharpe.

Mary remexeu as dobras de seu sári até encontrar a pistola com coronha de marfim que Appah Rao lhe dera. Ela a enfiou entre as barras e então, muito nervosa, tentou avaliar a quantidade de esforço necessária para jogar a arma no poço, mas não longe demais do fundo dos degraus. Kunwar Singh murmurou alguma coisa mas não tentou detê-la.

— Aqui, Richard! — gritou Mary, arremessando a pistola.

Foi um arremesso desajeitado, e a arma caiu longe da escadaria, mas seu impulso a levou até a borda, e então Mary pôde ouvir a arma rolar degraus abaixo.

Sharpe soltou um xingamento, porque a pistola parou três degraus antes do chão.

— Você tem outra? — gritou.

Mary virou-se para Kunwar Singh.

— Dê-me sua pistola.

— Não! — recusou o indiano. — Nós não podemos entrar. — Kunwar Singh estava à beira do pânico agora, e seus seis homens tinham sido tomados por seu medo. — Não podemos ajudá-los.

— Mary! — gritou Sharpe.

— Sinto muito, Richard.

— Não precisa se preocupar, garota — disse Sharpe, olhando para a pistola.

Ele não tinha dúvida de que era capaz de arrombar a fechadura da porta, mas será que poderia alcançar a arma antes que o tigre o alcançasse? E mesmo se conseguisse, uma pequena bala de pistola deteria um tigre de dois metros e meio?

— Jesus Cristo! — blasfemou.

— Sharpe! — ralhou McCandless.

— Eu estava rezando, senhor. Porque esta é uma enrascada daquelas.

Sharpe pegou a gazua e desdobrou uma de suas hastes. Passou as mãos através das barras e segurou o cadeado. Em seguida, usou a haste em gancho para explorar a fenda de chave. Era uma fechadura vagabunda que seria fácil de abrir, mas o mecanismo não estava adequadamente oleado e Sharpe temia que a gazua quebrasse em vez de empurrar os ferrolhos. Lawford e McCandless o observaram, enquanto do outro lado do corredor Hakeswill fitava com seus olhos azuis bem arregalados.

— Isso mesmo, garoto, bom garoto! — exclamou Hakeswill. — Tire a gente daqui, garoto.

— Cale essa sua boca imunda, Obadiah — murmurou Sharpe.

Sharpe movera um ferrolho, e agora restava apenas o segundo, mas ele estava muito mais duro que o primeiro. Suor escorria pelo rosto de Sharpe. Estava trabalhando meio cego, incapaz de puxar o cadeado para um ângulo que lhe permitisse ver o buraco da fechadura. O tigre parara de comer para observá-lo, intrigado pelas mãos que se estendiam através das barras. Sharpe manobrou a gazua, sentiu o gancho encostar no ferrolho e pressionou gentilmente. Quando aplicou mais força, o gancho escorregou do ferrolho. Sharpe praguejou.

E no instante em que Sharpe xingou, o tigre se mexeu e saltou. O ataque foi de uma rapidez espantosa, uma liberação repentina de músculos retesados finalizando numa patada que tentou rasgar uma das mãos entre as barras. Sharpe recuou, largando a gazua, e xingou ao ver que o tigre errara por poucos centímetros.

— Bastardo — xingou a fera.

Em seguida, Sharpe curvou-se e esticou o braço através das barras até a gazua caída que jazia a 1,5 metro. Ele se moveu depressa, mas o tigre foi mais rápido, e desta vez Sharpe recebeu um arranhão profundo nas costas da mão.

— Sargento Hakeswill — sussurrou Sharpe. — Chame a fera para o seu lado.

— Uma ova! — retorquiu Hakeswill, o rosto tremendo.

O tigre estava fitando Sharpe. Ele estava apenas a 3 metros do recruta, dentes desnudos e garras expostas, e um brilho assassino nos olhos amarelos.

— Você quer lutar com o tigre, Sharpezinho? — disse Hakeswill. — Então o problema é seu, não meu. Homem não deve lutar com gatos, está na Bíblia.

— Se repetir isso apenas mais uma vez, providenciarei para que nunca mais use divisas! — vociferou McCandless num surto de raiva repentina e inesperada. — Está me entendendo, homem?

Hakeswill foi surpreendido pela raiva do coronel.

— Sim, senhor — disse baixinho.

— E faça o que o recruta Sharpe está dizendo — ordenou o coronel McCandless. — E faça agora.

Hakeswill bateu as mãos contra as barras, o tigre virou a cabeça e Sharpe imediatamente pegou a gazua e se levantou. O tigre saltou contra Hakeswill, balançando as barras da cela com sua violência, e Hakeswill recuou apressado.

— Continue provocando o animal, sargento! — ordenou McCandless a Hakeswill.

O sargento cuspiu no tigre e jogou um punhado de palha em sua cara.

Sharpe continuou trabalhando no cadeado. Ele conseguiu novamente encostar o gancho no ferrolho. O tigre, incitado à fúria, levantou-se nas patas traseiras para se apoiar nas barras da cela de Hakeswill, enquanto Sharpe pressionava o ferrolho até enfim senti-lo se mover. Suas mãos tremeram e o gancho rangeu ao correr pela superfície do ferrolho, mas Sharpe se empertigou e pressionou com mais força. Estava segurando o fôlego, tentando levantar o ferrolho para abrir o cadeado. Suor ardia seus olhos. De repente, o ferrolho emitiu um clique e o cadeado abriu nas mãos de Sharpe.

— Esta foi a parte fácil — reconheceu Sharpe. Ele dobrou a gazua e guardou-a no bolso. — Mary! — gritou. Não houve resposta. — Mary! — gritou de novo, mas ainda não houve resposta.

Kunwar Singh tinha levado seus homens para longe das celas e agora estava num portal profundo no lado mais distante do pátio, dividido entre seu desejo de obedecer a Appah Rao e a aparente impossibilidade de fazê-lo.

— Para que você precisa dela? — perguntou o coronel McCandless.

— Nem sei se a maldita arma está carregada, senhor. Não me lembrei de perguntar a ela.

— Considere que está — disse McCandless.

— É fácil dizer, senhor, quando não se é a pessoa que deve sair e matar a fera — expressou respeitosamente Sharpe.

— Eu farei isso — ofereceu-se Lawford.

Sharpe forçou um sorriso e disse:

— O senhor e eu somos as únicas opções — disse Sharpe. — E, francamente, quem o senhor acha que tem as chances de fazer o melhor serviço?

— Você — admitiu Lawford.

— Foi o que calculei, senhor. Mas uma coisa, senhor. Como se atira num tigre? Na cabeça?

— Entre os olhos — disse McCandless. — Mas não muito em cima. Logo abaixo dos olhos.

— Mas que inferno — disse Sharpe.

Ele havia retirado o cadeado de seu fecho e agora pôde mover a porta para fora, embora fizesse isso com extremo cuidado, para não atrair a atenção do tigre. Fechou a porta novamente e se curvou para pegar sua casaca vermelha que jazia sobre a palha.

— Vamos torcer para o bicho ser um gato idiota — disse e então abriu a porta de novo.

As dobradiças guincharam. Ele estava com a porta em sua mão esquerda e a casaca vermelha embolada na direita. Quando a porta se abrira uns 30 centímetros, Sharpe reuniu todas as suas forças e arremessou a casaca em direção aos restos do bode na extremidade mais distante do corredor.

O tigre viu o movimento, deu as costas para a cela de Hakeswill e saltou na direção da casaca. A casaca vermelha tinha voado quase 6 metros e o tigre cobriu essa distância num único salto poderoso. O animal golpeou a casaca com suas garras, e então golpeou de novo, mas não encontrou nem carne nem sangue dentro do pano.

Sharpe havia passado pela porta, virado para a escadaria, e pegado a pistola. Virou-se de volta, torcendo para retornar à segurança da cela antes que o tigre o notasse, mas seu pé escorregou no degrau inferior e ele caiu de costas contra a escadaria de pedra. O tigre o ouviu, virou-se e ficou parado. Os olhos amarelos fitaram Sharpe. Ele retribuiu o olhar, e então puxou lentamente o cão da pistola. O tigre escutou o som seco e sua calda chicoteou o ar. Os olhos impiedosos vigiaram Sharpe, e então, muito lentamente, o tigre se acocorou. Sua cauda se mexeu mais uma vez.

— Não atire ainda — disse McCandless em voz baixa. — Chegue mais perto.

— Sim, senhor — disse Sharpe.

Ele manteve seus olhos nos do tigre enquanto se levantava e caminhava até a fera. O medo parecia uma coisa viva dentro de Sharpe. Hakeswill estava proferindo palavras de encorajamento, mas Sharpe não ouvia nem via nada além dos olhos do tigre. Sharpe se perguntou se devia tentar voltar para a cela, mas deduziu que o tigre daria o bote enquanto ele estivesse tentando abrir a porta. Era melhor encarar a fera e disparar nele dentro do corredor, decidiu Sharpe. O recruta segurou a pistola na extensão máxima de seu braço, mantendo a boca da arma apontada para um tufo de pelos pretos logo abaixo dos olhos do animal. Cinco metros de distância. Quatro. Suas botas faziam barulho no chão de pedra. Qual seria a precisão da pistola? Era uma arma bonita, toda feita de marfim e prata, mas será que era precisa? E o quanto a bala estava apertada contra o cano? Mesmo que tivesse a largura de uma folha de papel, uma brecha entre a parede interna do cano e a bala era suficiente para desviar uma bala quando ela saísse. Mesmo a 3,5 metros uma pistola poderia errar um alvo do tamanho de uma pessoa, quanto mais um tufinho de pelos negros entre os olhos de um tigre devorador de homens.

— Mata o desgraçado, Sharpezinho! — urgiu Hakeswill.

— Cuidado, homem! — sussurrou McCandless. — Mire com atenção. Muito cuidado!

Sharpe inclinou-se à frente. Seus olhos ainda estavam fixados nos do tigre. Torcia para que a fera permanecesse parada e recebesse de bom grado sua morte. Três metros. O tigre estava imóvel, apenas observando Sharpe. O suor ardia os olhos de Sharpe e o peso da pistola fazia sua mão tremer. Atire agora, pensou, atire agora. Aperte o gatilho, mate esse bicho, e ponha sebo nas canelas. Ele piscou, olhos ardendo com o suor salgado. O tigre nem piscava. Dois metros e meio. Sharpe podia sentir o cheiro da criatura e ver as garras expostas arranhando a pedra, o brilho em seus olhos. Dois metros. Perto o bastante, calculou Sharpe e estabilizou o braço para alinhar a mira rudimentar da pistola.

E o tigre deu o bote. Veio do chão tão depressa que estava praticamente em cima de Sharpe antes mesmo que ele tivesse percebido que a fera havia se movido. Sharpe teve um lampejo de garras imensas estendidas para longe das patas e de dentes amarelos e afiados alinhados numa bocarra aberta, e não percebeu que soltou um grito de pânico. Não percebeu, também, que apertara o gatilho, não com a suavidade planejada, mas num movimento desesperado, trêmulo. E então, instintivamente, Sharpe jogou-se ao chão e se enrodilhou com força para deixar o tigre passar por cima de seu corpo.

Lawford arfou. O estampido da pistola foi estrondoso no confinamento do poço da masmorra, subitamente impregnada pelo cheiro sulfuroso de fumaça de pólvora. Hakeswill estava acocorado num canto de sua cela, mal ousando olhar, enquanto McCandless orava em silêncio. Sharpe estava no chão, aguardando a agonia de ser retalhado por aquelas garras.

Mas o tigre estava morrendo. A bala havia acertado o fundo da boca da fera. Era apenas uma pequena bala, mas com força suficiente para penetrar os tecidos da garganta e entrar no tronco cerebral. As barras da cela foram salpicadas em sangue enquanto o salto gracioso do tigre terminava num colapso mortal. O grande felino caíra no sopé da escadaria, mas algum instinto vital terrível ainda animava a fera, que tentou se levantar. Suas patas roçaram a pedra, e sua cabeça se levantou para um rosnado curto enquanto a cauda chicoteava o ar. Então o animal vomitou sangue, deixou a cabeça pender para trás e ficou absolutamente imóvel.

Houve silêncio.

As primeiras moscas desceram para explorar o sangue que gotejava da boca do tigre.

— Valha-me, Deus — disse Sharpe, levantando. Tremia dos pés à cabeça. — Deus me livre e guarde.

McCandless não o censurou. O coronel conhecia uma oração quando ouvia uma.

Sharpe pegou sua casaca rasgada, abriu a porta da cela e passou rapidamente pelo tigre morto como se temesse que a fera voltasse à vida. McCandless e Lawford seguiram-no escada acima.

— E quanto a mim? — gritou Hakeswill. — Vocês não podem me deixar aqui. Isso não é cristão!

— Deixe ele aqui — ordenou McCandless.

— Estava planejando isso, senhor — disse Sharpe.

Ele achou novamente sua gazua e estendeu o braço até o cadeado no portão externo. Este cadeado era muito mais simples, meramente um mecanismo rude de um ferrolho. Sharpe levou poucos segundos para abrir aquela antiguidade.

— Para onde vamos? — perguntou Lawford.

— Buscar uma base, homem — respondeu McCandless. A liberdade repentina parecera atenuar a febre do coronel. — Precisamos achar um lugar onde nos esconder.

Sharpe empurrou o portão e sorriu ao ver Mary olhando para ele de uma porta do outro lado do pátio. Em seguida, viu que ela não estava sorrindo em resposta, e sim parecendo aterrorizada. Havia homens com ela, e eles também estavam paralisados de medo. E então Sharpe viu o motivo.

Três *jettis* cruzavam o pátio em direção à masmorra. Três monstros. Três homens com peitos nus oleados e músculos com força de tigres. Um carregava um chicote enrodilhado, enquanto os outros dois estavam armados com lanças muito compridas com as quais tinham planejado domar o tigre antes de abrir a cela dos prisioneiros. Sharpe praguejou. Deixou cair o casaco e a gazua.

— Você pode nos trancar de novo? — perguntou McCandless.

— Esses sodomitas são suficientemente fortes para arrancar os cadeados com os dentes, senhor. Precisamos matar os desgraçados.

Sharpe passou pelo portão e correu para a direita. Os *jettis* o seguiram, mas muito mais lentamente. Não eram homens rápidos, embora sua imensa força os enchesse de confiança enquanto formavam uma fila para encurralar Sharpe num canto do pátio.

— Jogue um mosquete para mim! — berrou Sharpe para Mary. — Depressa, garota. Depressa!

Mary tomou um mosquete de um dos homens de Singh e, antes que o homem atônito pudesse protestar, ela o jogou para Sharpe. Sharpe pegou o mosquete, empunhou-o à altura da cintura, mas não engatilhou a arma. Então investiu contra o *jetti* do meio. O homem tinha visto que o mosquete estava desengatilhado e sorriu. Antecipando uma vitória fácil, o *jetti* desferiu uma chicotada de modo que a ponta enrodilhada da correia envolveu a garganta de Sharpe. O *jetti* puxou, planejando tirar o equilíbrio de Sharpe, mas o recruta já estava correndo na direção dele, reduzindo a tensão do chicote. O *jetti* nunca havia encarado um homem tão rápido quanto Sharpe. Nem tão letal. O *jetti* ainda estava se recuperando de sua surpresa quando o cano do mosquete golpeou seu pomo de adão com a força de uma marreta. Sufocado, o *jetti* arregalou os olhos de pavor. Sharpe chutou-o na virilha e o homenzarrão cambaleou e caiu. Um dos grandões musculosos estava no chão, arfando desesperadamente para puxar ar aos pulmões, mas as lanças compridas agora voltavam-se para Sharpe que, com o chicote ainda enrolado em sua garganta, girou nos calcanhares para a direita. Com um golpe do cano do mosquete, rechaçou para o lado a lança do outro *jetti*. Em seguida, inverteu a arma e investiu. O *jetti* largou a lança e estendeu as mãos até o mosquete, mas Sharpe se esquivou. As mãos enormes do *jetti* se fecharam no nada. Brandindo o mosquete por seu cano, Sharpe arremeteu a coronha de bronze contra a têmpora do *jetti*, emulando o som do machado ao partir madeira macia.

Dois dos bastardos estavam caídos. Os canhoneiros das baterias dos baluartes internos estavam assistindo à luta, mas não interferindo. Estavam confusos, porque Kunwar Singh se postara ao lado da luta sem fazer nada, e suas joias conferiam-lhe a aparência de um homem de grande autoridade. Assim, os soldados seguiram o exemplo de Kunwar Singh e tentaram não intervir. Alguns dos soldados estavam até aplaudindo, porque embora os *jettis* fossem admirados, havia um ressentimento geral contra seus privilégios, muito acima das expectativas de qualquer soldado raso.

Lawford fizera menção de ajudar Sharpe, mas seu tio o contivera.

— Deixe-o, Willie — disse McCandless em voz baixa. — Ele está fazendo o trabalho do Senhor de um modo que poucas vezes na vida vi ser feito melhor.

O terceiro *jetti* avultou-se com sua lança sobre Sharpe. Ele avançou com cautela, confuso pela facilidade com que este demônio estrangeiro havia derrubado seus dois companheiros.

Sorrindo para o terceiro *jetti*, Sharpe levou o mosquete ao ombro, engatilhou o cão, disparou.

A bala se alojou no peito do *jetti*, fazendo todos seus grandes músculos estremecerem com a força do impacto. O *jetti* reduziu o passo, e então tentou investir novamente, mas seus joelhos cederam e ele caiu de cara no chão. O gigante se contorceu, suas mãos tremeram por um instante, e de repente ele estava imóvel. Dos baluartes acima, os soldados aplaudiram.

Sharpe desenrolou o chicote do pescoço, pegou uma das lanças desajeitadas, e deu cabo dos dois *jettis* que ainda viviam. Um estava atordoado e o outro praticamente incapaz de respirar, e agora ambos estavam com as gargantas cortadas. Das janelas dos prédios atarracados que envolviam o pátio, homens e mulheres fitavam Sharpe, chocados.

— Não fique parado aí! — rosnou Sharpe para Lawford, e então se apressou em acrescentar: — Senhor.

Lawford e McCandless passaram pelo portão, enquanto Kunwar Singh, como se libertado de um feitiço, subitamente correu para encontrá-los. Mary seguiu direto até Sharpe.

— Você está bem?

— Nunca me senti melhor, garota — disse ele.

Na verdade, ele estava tremendo enquanto pegava no chão sua casaca vermelha e os homens de Kunwar Singh fitavam-no como se ele fosse um demônio saído de um pesadelo. Sharpe enxugou o suor que lhe caía sobre os olhos. Ele não lembrava da maior parte do que acabara de acontecer porque lutara como sempre lutava, com rapidez e habilidade letal, mas fora o instinto que o conduzira, e não o raciocínio, de modo que a luta deixara-o com uma sensação de ódio. Ele queria livrar-se desse ódio matando mais homens, e talvez os soldados de Kunwar Singh tivessem percebido essa ferocidade, porque nenhum deles ousou mover-se.

Lawford caminhou até Sharpe.

— Acreditamos que o ataque é iminente, Sharpe — disse o tenente. — E o coronel McCandless está sendo levado para um refúgio seguro. Ele insistiu em que devemos ir com ele. O sujeito cheio de joias não está contente com isso, mas McCandless não irá sem nós. E devo tirar meu chapéu para ele por isso.

Sharpe fitou os olhos do tenente.

— Eu não vou com ele, senhor. Vou lutar.

— Sharpe! — repreendeu Lawford.

— Aquela mina é muito grande, senhor! — exclamou Sharpe, levantando a voz. — E está apenas esperando para matar nossos rapazes! Não vou deixar isso acontecer. Você pode fazer o que bem entender, mas vou matar mais alguns daqueles cretinos. Pode vir comigo, senhor, ou ficar com o coronel. Para mim não faz diferença. Você, rapaz! — Este era um dos soldados atônitos de Kunwar Singh. — Quero alguns cartuchos. Vamos, depressa!

Sharpe caminhou até o soldado, abriu sua bolsa e se serviu de um punhado de cartuchos que enfiou no bolso. Kunwar Singh não fez menção de detê-lo. A bem da verdade, cada pessoa no pátio parecia estarrecida pela ferocidade que reduzira três dos estimados *jettis* de Tipu a carne morta, embora o oficial ao comando da tropa na muralha interna agora tenha gritado, exigindo saber o que estava acontecendo. Kunwar Singh gritou em resposta que eles estavam agindo sob o comando de Tipu.

McCandless ouvira a conversa de Sharpe com Lawford.

— Se eu puder ajudar, recruta... — disse o coronel.

— Se me permite dizer, o senhor está muito fraco. Mas o sr. Lawford irá me ajudar.

Lawford não disse nada por um momento, e então fez que sim com a cabeça.

— Sim, claro que irei.

— O que vocês vão fazer? — perguntou McCandless, dirigindo-se a Sharpe, e não a Lawford.

— Explodir a maldita mina, senhor. Vamos mandá-la para o inferno.

— Deus o abençoe e guarde, Sharpe.

— Guarde suas preces para o inimigo, senhor — respondeu Sharpe.

Sharpe socou uma bala no mosquete e entrou num beco que conduzia para sul. Estava à solta na retaguarda do inimigo, estava furioso, e pronto para dar aos bastardos um gostinho de inferno na Terra.

O general de divisão Baird retirou um relógio enorme do bolso no fundo do qual estava presa a corrente, abriu a tampa e olhou os ponteiros. Treze horas do dia 4 de maio de 1799. Sábado. Uma gota de suor pousou no vidro do relógio e Baird cuidadosamente a enxugou com uma franja de sua cinta vermelha. Fora sua mãe quem fizera a cinta.

— Não nos decepcione, jovem Davy — dissera-lhe duramente ao presenteá-lo com a faixa de seda franjada, para não falar mais nada enquanto ele se afastava para se juntar ao exército.

A faixa agora tinha 20 anos, e estava desbotada e esfarrapada, mas Baird esperava que ela durasse mais que ele. Um dia iria levá-la de volta para a Escócia.

Seria bom, pensou, ir para casa e ver o novo século. Talvez os anos 1800 trouxessem um mundo diferente, talvez até melhor. Mas Baird duvidava que a nova era iria dispensar os soldados. Baird suspeitava de que até o fim dos tempos haveria utilidade para um homem e sua espada. Ele tirou seu chapéu bolorento e enxugou o suor da fronte com a manga. Estava quase na hora.

Ele espiou entre dois sacos de areia que formavam a borda dianteira da trincheira. O Cauvery do Sul gorgolejava entre seus seixos gordos, as trilhas por seu leito marcadas com as bandeirinhas brancas em seus mastros de bambu. Num momento ele enviaria homens através dessas trilhas, e depois pela lacuna na esplanada para então escalar a pilha de pedra, tijolos, lama e poeira. Ele contou 11 balas de canhão fincadas na brecha, parecendo para todo o mundo como ameixas num pudim. Tinha 270 metros de terreno para cobrir e um rio para cruzar. Ele podia ver homens espiando dentre as ameias arruinadas da cidade. Bandeiras tremulavam ali. Os bastardos deviam ter canhões montados transversalmente até a brecha e talvez uma mina enterrada nos destroços. Deus proteja as Últimas Esperanças, pensou, embora Deus não costumasse ser piedoso nessas questões. Se o coronel Gent tivesse razão, e houvesse uma mina enorme esperando pelos invasores, então as Últimas Esperanças seriam chacinadas, e depois o ataque principal teria de assaltar a brecha e escalar suas laterais até onde o inimigo estava aglomerado nos baluartes externos. Que seja. Era tarde demais para se preocupar.

Baird passou entre os homens que aguardavam até encontrar o sargento Graham. Este lideraria uma das duas Últimas Esperanças e, caso sobrevivesse, seria tenente Graham ao cair da noite. O sargento estava colhendo uma última concha de água de um dos barris que foram posicionados nas trincheiras para matar a sede dos homens que aguardavam as ordens para atacar.

— Não falta muito agora, sargento — disse Baird.

— Quando o senhor ordenar, senhor — disse Graham, derramando água sobre sua cabeça calva para em seguida colocar a barretina. Ele iria até a brecha com um mosquete numa das mãos e uma bandeira britânica na outra.

— Quando os canhões dispararem sua salva de despedida, sargento. — Baird abriu o relógio novamente e teve a impressão de que os ponteiros mal haviam se movido. — Em seis minutos, creio, se isto estiver certo. — Encostou o relógio no ouvido. — Ele costuma atrasar um ou dois minutos por dia.

— Estamos preparados, senhor — disse Graham.

— Tenho certeza de que estão — disse Baird. — Mas aguardem minha ordem.

— Claro, senhor.

Baird olhou para os voluntários, uma mistura de britânicos e sipaios. Eles sorriram de volta para ele. Patifes, pensou ele. Cada um deles, um patife. Mas patifes esplêndidos, valentes como leões. Baird sentiu uma pontada de sentimentalismo por esses homens, até pelos sipaios. Como muitos soldados, o escocês era um homem emotivo, e instintivamente antipatizava com homens desapaixonados, como o coronel Wellesley. A paixão, calculou Baird, era a força que conduziria estes soldados através da brecha. Maldita seja a ciência da guerra. A ciência da guerra de sítio abrirá a cidade, mas apenas uma paixão insana conduziria homens para seu interior.

— Deus esteja com todos vocês, meninos — disse Baird para a Última Esperança e eles lhe sorriram de novo.

Como todo homem que fosse atravessar o rio hoje, nenhum deles seria sobrecarregado com uma mochila. Todos também tinham recebido permissão para retirar suas gargalheiras. Carregariam armas e cartuchos, nada mais, e se fossem bem-sucedidos, seriam recompensados com os agradecimentos do general Harris e talvez um punhado de moedas.

— Há comida na cidade, senhor? — perguntou um dos voluntários.

— Muita comida, rapazes. — Baird, como todo o resto do exército, estava reduzido a meias rações. — Muita.

— E algumas *bibbis*, senhor? — indagou outro homem.

Baird revirou os olhos.

— Transbordando delas, rapazes, e todas elas tão sequiosas quanto vocês. — O lugar está apinhado de *bibbis*. Tem até o suficiente para velhos generais.

Eles riram. O general Harris dera ordens explícitas de que os habitantes não deveriam ser molestados, mas Baird sabia que a terrível selvageria de uma invasão a uma brecha quase exigia que os apetites dos homens fossem satisfeitos depois. Ele não se importava. No que dizia respeito ao general de divisão David Baird, os rapazes podiam fazer o que bem entendessem dentro da cidade, contanto que a invadissem.

Ele atravessou o grupo de homens até um local entre as duas Últimas Esperanças. O relógio ainda tiquetaqueava, mas novamente o ponteiro dos minutos parecia mal ter-se movido desde a última vez em que abrira o aparelho. Baird fechou a tampa, enfiou o relógio de volta no bolso e virou-se para olhar a cidade. As partes não danificadas da muralha reluziam brancas ao sol. Era, com suas torres, telhados reluzentes e palmeiras altas, uma cidade belíssima, ainda que fosse nela que Baird passara quase quatro anos como prisioneiro de Tipu. Ele odiava o lugar tanto quanto odiava seu regente. A vingança tardara, mas enfim chegara.

Baird desembainhou sua *claymore*, uma pesadíssima espada de dois gumes que não tinha nem um pouco da sofisticação das armas brancas mais modernas. Ainda assim, Baird, com seu 1,92 metro, tinha pouca necessidade de sofisticação. Ele carregaria sua faca de açougueiro até uma brecha de sangue para pagar a Tipu sua dívida de 44 meses de inferno.

Nas baterias atrás de Baird os canhoneiros sopraram suas tochas para manter a chama ardendo. O general Harris consultou seu relógio. O coronel Arthur Wellesley, que iria liderar a segunda onda de atacantes através da brecha, ajustou sua echarpe e pensou em suas responsabilidades. A maior parte de seus homens pertencia ao Régiment de Meuron, um batalhão suíço que já lutara pelos holandeses, mas que se pusera sob o comando da Companhia das Índias Orientais quando os britânicos capturaram o Ceilão. Os homens eram quase todos suíços, mas com uma licença dos estados germânicos, e formavam um batalhão sóbrio e estável que Wellesley planejava liderar até o Palácio Interno para proteger suas riquezas e seu harém da fúria dos invasores. Seringapatam devia cair e Tipu devia morrer, porém o mais importante era obter a amizade de Misore, e Wellesley estava determinado a garantir que nenhuma atrocidade desnecessária azedasse a nova aliança de seus cidadãos. Ajustou o gorjal prateado em torno do pescoço, puxou sua espada um ou dois centímetros, e então deixou-a cair novamente na bainha antes de fechar os olhos por um instante para pedir a Deus que protegesse a ele e aos seus homens.

Os soldados das Últimas Esperanças, mosquetes carregados e munidos de baionetas, mantiveram-se acocorados nas trincheiras. Os relógios dos oficiais continuaram a tiquetaquear, e a cidade a aguardar silenciosa.

— Tire a casaca — disse Sharpe a Lawford, instintivamente retomando o relacionamento informal que houvera entre eles quando serviam no batalhão de Gudin. — Não devemos exibir um uniforme britânico se não tivermos motivo para isso — explicou Sharpe, virando sua casaca pelo avesso.

Sharpe não a vestiu de novo, mas amarrou as mangas em torno do pescoço para que a casaca rasgada por garras de tigre pendesse sobre suas costas nuas e cicatrizadas. Os dois homens estavam de cócoras num estábulo perto do beco que os levara ao pátio. O coronel McCandless havia partido para a casa de Appah Rao, e Sharpe e Lawford estavam sozinhos.

— Eu nem tenho uma arma — disse nervoso o tenente.

— Remediaremos isso logo — disse Sharpe com confiança. — Vamos andando.

Sharpe foi na frente, mergulhando no labirinto intricado de ruazinhas que cercava o palácio. Um rosto de homem branco não era tão incomum em Seringapatam para atrair a atenção, porque havia muitos europeus a serviço de Tipu, mas mesmo assim Sharpe não queria que uma casaca vermelha reduzisse suas chances. Ele não acreditava que suas chances fossem grandes, mas preferiria morrer a abandonar seus companheiros soldados para a mina de Tipu.

Passou diante da oficina fechada de um ourives e vislumbrou, escondido na entrada umbrosa, um homem armado guardando a propriedade.

— Fique aqui — instruiu a Lawford.

Sharpe pendurou o mosquete no ombro e deu meia-volta. Ele empurrou uma vaca errante do caminho e caminhou até a entrada da ourivesaria.

— Como você está hoje? — disse agradavelmente ao homem que, incapaz de compreender uma palavra em inglês, apenas lhe dirigiu uma expressão confusa.

O guarda ainda parecia confuso quando Sharpe enfiou o punho esquerdo em sua barriga. O homem gemeu, mas então o punho direito acertou-o no osso do nariz e ele não teve condições de resistir quando Sharpe o aliviou do mosquete e da caixa de munição. Para garantir, Sharpe usou a coronha do mosquete para golpear a nuca do homem, e então voltou para a rua.

— Um mosquete, senhor, sujo para diabos, mas capaz de atirar. E cartuchos também.

Lawford abriu a caçoleta do mosquete para conferir se estava carregado.

— O que planeja fazer, Sharpe? — indagou o tenente.

— Não sei, senhor. Só vou saber quando chegarmos lá.

— Vai para a mina.

— Sim, senhor.

— Haverá guardas.

— Com certeza.

— E somos apenas dois.

— Sei contar, senhor. — Sharpe sorriu. — Ler é que eu acho difícil. Mas estou aprendendo minhas letras, não estou?

— Você está lendo bem — disse Lawford.

Provavelmente, pensou o tenente, tão bem quanto a maioria dos meninos de 2 anos, mas mesmo assim tinha sido gratificante ver o prazer que Sharpe extraiu do processo, mesmo que seu único material de leitura fosse uma página amassada do Apocalipse, cheio de monstros misteriosos com asas que cobriam seus olhos.

— Vou lhe dar livros bem mais interessantes quando sairmos daqui — prometeu Lawford.

— Eu apreciaria muito, senhor — disse Sharpe e então correu até uma encruzilhada.

O medo de uma invasão iminente servira para esvaziar as ruas de suas multidões usuais, mas os becos estavam entupidos com carroças estacionadas. Cães latiram enquanto os dois homens corriam para o sul, mas havia poucas pessoas ali para notar sua presença.

— Ali, senhor, está a nossa maldita resposta — disse Sharpe.

A rua pela qual estivera correndo deu numa pracinha, e agora ele retornou para as sombras. Lawford espiou pelo canto da parede para ver que o pequeno espaço aberto estava cheio de carrinhos de mão, e que esses carrinhos de mão estavam entupidos com foguetes.

— Esperando para serem levados para a muralha, arrisco dizer — palpitou Sharpe. — Há tantos lá em cima que eles precisam estocar o restante aqui embaixo. Vamos fazer o seguinte, senhor: pegar um carrinho, descer até a próxima rua, e declarar a nossa noite de Guy Fawkes, o rei do foguetório.

— Há guardas.

— Claro que há.

— Quero dizer, nos carrinhos de foguetes, Sharpe.

— Eles não são de nada — disse Sharpe com desprezo. — Se esses sujeitos fossem bons soldados estariam lá em cima, na muralha. Só podem ser homens aleijados e idosos. Lixo. Tudo o que temos de fazer é falar grosso com esses malditos. Está pronto?

Lawford olhou para o rosto do companheiro.

— Você está gostando disto, não está, Sharpe?

— Estou sim. O senhor não?

— Estou morrendo de medo.

Sharpe sorriu.

— Você não vai estar quando terminarmos, senhor. Tudo correrá bem. Só precisa se comportar como se fosse o dono deste lugar. Vocês oficiais são bons nisso, não são? Assim, eu pego um carrinho e você grita para esses guardas de meia-tigela. Diga que Gudin nos mandou. Vamos, senhor. O tempo urge. Simplesmente vá até lá como se fosse o dono do lugar.

Sharpe caminhou animadamente para a luz do sol, mosquete pendurado no ombro. Lawford acompanhou-o.

— Não vai dizer a ninguém que confessei estar com medo, vai? — perguntou o tenente.

— Claro que não, senhor. Acha que eu também não estou com medo? Meu Deus, quase borrei as calças quando aquele maldito tigre pulou em mim. Nunca vi nada se mover tão depressa. Mas eu não ia demonstrar medo na frente daquele patife do Hakeswill. Ei, você! É você que está no comando aqui? — gritou imperiosamente Sharpe para um homem acocorado ao lado dos carrinhos de mão. — Movimente esses ossos, homem, que eu quero o carrinho.

O homem pulou para o lado enquanto Sharpe segurava os punhos. Devia haver cinquenta foguetes no carrinho, mais do que o suficiente para o propósito de Sharpe. Dois outros homens gritaram protestos para Sharpe, mas Lawford fez um gesto para que se acalmassem.

— O coronel Gudin nos mandou fazer isto. Entendem? — disse Lawford. — O coronel Gudin. Ele nos enviou.

O tenente seguiu Sharpe pela rua que levava para o sul da praça.

— Aqueles dois homens estão vindo atrás de nós — disse, tenso.

— Grite com os sodomitas, senhor. É um oficial!

— Para trás! — berrou Lawford. — De volta aos seus deveres! Vão! Agora! Façam o que estou mandando, malditos! Agora! — Ele se calou por um instante, e então soltou uma risadinha deliciada. — Deus do Céu, Sharpe, funcionou!

— Se funciona conosco, senhor, precisa funcionar com eles.

Sharpe dobrou uma esquina e viu as imensas esculturas do templo hindu. Ele reconheceu onde estava agora e soube que o beco que conduzia à mina ficava apenas a alguns metros dali. Estaria apinhado de guardas, mas Sharpe agora tinha seu próprio arsenal.

— Não podemos fazer nada se não houver uma invasão — disse Lawford.

— Sei disso, senhor.

— Então o que faremos se não houver uma invasão?

— Vamos nos esconder, senhor.

— Onde, pelo amor de Deus?

— Lali irá nos acolher. Lembra de Lali, não lembra, senhor?

Lawford enrubesceu à lembrança de sua apresentação aos bordéis de Seringapatam.

— Realmente acredita que ela irá nos esconder?

— Ela acha o senhor uma gracinha — disse Sharpe com um sorriso. — Eu já a vi algumas vezes desde aquela primeira noite, e ela sempre pergunta pelo senhor. Acho que o senhor tem uma fã.

— Meu Deus, Sharpe, você não vai contar a ninguém, vai?

— Eu, senhor? — Sharpe fingiu estar chocado. — Nem uma palavra, senhor.

Então, muito subitamente, e muito ao longe, abafado pela distância de modo que soou agudo e oscilante, soou um trompete.

E cada canhão neste mundo de Deus pareceu disparar ao mesmo tempo.

Baird escalou a parede da trincheira, ficou de pé sobre os sacos de areia e se virou para encarar seus homens.

— Agora, bravos companheiros! — gritou em seu sotaque escocês, brandindo a espada em direção à cidade. — Sigam-me e provem que merecem ser chamados de soldados britânicos!

As Últimas Esperanças já estavam em movimento. No momento em que Baird desceu da trincheira, os 66 homens das duas Últimas Esperanças tinham pulado a borda e começado a correr. Seus pés chapinharam através do Pequeno Cauvery, e então se dirigiram para o rio maior. A atmosfera estava ruidosa. Cada canhão de sítio havia disparado quase no mesmo instante e a brecha estava coberta por uma nuvem de pó, enquanto os disparos dos canhões ecoavam da muralha. As bandeiras da Grã-Bretanha tremulavam enquanto a linha de frente corria para o Cauvery do Sul. As primeiras balas salpicaram a água, mas as Últimas Esperanças não notaram os disparos. Seus soldados gritavam brados de desafio e competiam entre si por quem seria o primeiro a chegar à brecha.

— Fogo! — gritou Tipu, e a muralha da cidade foi margeada com chamas e fumaça erguidas pelos mil mosquetes que despejavam chumbo no Cauvery do Sul e nas trincheiras.

Foguetes decolaram da muralha chiando e traçando desenhos enlouquecidos no ar. O trompete ainda soava. A fuzilaria dos defensores era infindável, pois os homens simplesmente largavam os mosquetes vazios para pegar armas carregadas e continuar disparando na nuvem de fumaça que guarnecia a cidade. O som das armas parecia o crepitar de uma fogueira gigante, o rio espumava com balas e um punhado de casacas vermelhas e sipaios debatiam-se enquanto afogavam ou sangravam até a morte.

— Vamos! — vociferou o sargento Graham enquanto escalava os restos da muralha de barro que haviam se acumulado na água atrás da esplanada. Um metro e meio de água lodosa ainda jazia no velho canal, mas Graham correu através dela como se tivesse asas. Uma bala perfurou a bandeira em sua mão esquerda. — Vamos, bastardos! — gritou ele.

O sargento Graham estava agora na parte inferior da ladeira da brecha, e seu mundo inteiro era apenas estrondos de tiros de canhão, fumaça e zumbidos de balas. Era um lugar apertado, esse mundo, um inferno de poeira e fogo sobre uma ladeira de cascalho. Graham não podia ver nenhum inimigo, porque aqueles acima dele estavam ocultos pela fumaça de seus próprios mosquetes, mas então os defensores na muralha interna, que podiam olhar direto para baixo pela garganta da brecha na muralha externa, viram os casacas vermelhas escalando a esplanada e abriram fogo. Um homem atrás de Graham caiu para trás com sangue esguichando da garganta. Outro tombou à frente com um joelho dilacerado.

Graham alcançou o cume da brecha. Seu verdadeiro objetivo era a muralha à esquerda, mas como alcançar o cume da brecha já parecia um grande triunfo, o sargento fincou o mastro da bandeira nas pedras e pó.

— Agora sou tenente Graham! — gritou exultante, e uma bala imediatamente derrubou-o do cume, arremessando-o de volta para seus homens.

Foi apenas nesse momento que os voluntários de Tipu atacaram. Sessenta homens emergiram de trás da muralha para enfrentar as duas Últimas Esperanças no cume da brecha. Eram os melhores homens de Tipu, seus tigres, os guerreiros de Alá a quem fora prometida uma posição privilegiada no paraíso, e eles gritaram com exultação ao atacar. Dispararam uma salva de mosquetes ao escalar, para em seguida largar as armas vazias para atacar os casacas vermelhas com reluzentes espadas curvadas. Canos de mosquetes apararam golpes de espadas, baionetas investiram e foram desviadas. Homens xingaram e mataram, xingaram e morreram. Alguns homens lutaram com mãos e botas, mordendo e enfiando dedos nos olhos dos inimigos enquanto se engalfinhavam com eles no cume poeirento. Um sipaio bengali apoderou-se de uma espada caída e abriu caminho até o sopé da muralha, de onde escalou da brecha até os baluartes na zona norte da cidade. Um voluntário misoriano lançou-se sobre ele, fazendo o sipaio aparar o golpe por instinto. O bengali contra-atacou com sua espada tão violentamente que a lâmina trespassou o elmo do adversário, indo se alojar profundamente em seu crânio. No fervor da batalha, ele abandonou sua espada no inimigo e, sem perceber que estava desarmado, tentou escalar o flanco destruído da muralha para atacar os defensores que aguardavam no bastião acima. Um tiro de mosquete, vindo do topo da muralha empurrou-o para trás e ele deslizou, sangrando e morrendo, até se alojar contra o ferido sargento Graham.

Baird ainda estava a oeste do rio. Sua missão não era morrer com os soldados das Últimas Esperanças, mas liderar o ataque principal pela trilha que eles haviam aberto. O ataque principal agora se formou em duas colunas de soldados.

— Avante! — berrou Baird e liderou as colunas gêmeas em direção ao rio.

O terreno à sua frente estava sendo bloqueado por balas como se ali houvesse uma parede invisível. Atrás de Baird, os tamborileiros soavam o avanço enquanto os engenheiros, carregando seus feixes de gravetos e escadas, caminhavam lado a lado com os pelotões. Foguetes ululavam no céu acima de Baird, suas trilhas traçando rastros de fumaça sobre o rio. Homens travavam combate corpo a corpo na brecha e a muralha da cidade cuspia labaredas através de colunas de fumaça.

O inferno chegara a Seringapatam e Baird corria até ele.

— Deus do Céu! — exclamou Sharpe ao ouvir o som repentino da batalha crescendo logo depois da muralha oeste.

Homens estavam morrendo lá. Homens invadiam uma brecha e a mina de Tipu os aguardava, suas toneladas de pólvora entupindo um túnel de pedra e posicionado de modo a aniquilar uma brigada inteira.

Ele parou na esquina de um beco que conduzia até a passagem antiquíssima que fora enchida com os explosivos. Espiou pela quina da parede e viu o sargento Rothière e dois franceses do batalhão de Gudin. Todos os três estavam parados ao lado de um barril, olhando para os baluartes internos, e ao redor dos europeus havia uma guarda de meia dúzia de *jettis*, todos armados com mosquetes e espadas. Ele se agachou e soprou a escorva para fora da caçoleta de seu mosquete.

— São apenas nove ou dez bastardos — comunicou a Lawford. — Portanto, vamos dar uma bela dor de cabeça a eles.

Os foguetes estavam empilhados de nariz para a frente no carrinho, de modo que suas compridas caudas de bambu sobressaíam dos pegadores do carrinho de mão. Sharpe caminhou até a frente do carrinho, pegou as tábuas finas que estavam pintadas com deuses e elefantes, e as puxou. Saíram facilmente, seus pregos pulando pelas laterais do carrinho. Sharpe varreu as últimas farpas de madeira de modo que agora não havia qualquer obstáculo na frente da carga letal. Virou o carrinho de modo a apontar cones de lata dos foguetes para o beco, embora tomando o cuidado de manter o carrinho e seu conteúdo ainda ocultos dos homens que aguardavam ao lado do detonador da mina.

Lawford não disse nada. Simplesmente observou Sharpe arrancar o fusível de papel de um dos foguetes. Ele torceu o papel até torná-lo um palito. Em seguida enfiou-o na trava vazia do mosquete, engatilhou a arma e apertou o gatilho. O papel impregnado com pólvora imediatamente começou a queimar.

Sharpe largou o mosquete e começou a acender os fusíveis da fileira de foguetes superior. O papel em suas mãos queimava furiosamente, mas conseguiu acender oito das armas antes de ser forçado a rasgar outro fusível e usá-lo em outros foguetes. Era difícil alcançar entre as varetas de bambu dos foguetes, mas ele acendeu mais dez enquanto os primeiros fusíveis ardiam e esfumavam. Lawford, vendo o que Sharpe estava fazendo, tirara a única página da Bíblia de seu bolso e a torcera até formar um palito que usou para acender mais mísseis. Súbito, o primeiro foguete aceso tossiu e cuspiu um jorro de fumaça. Sharpe imediatamente segurou o carrinho e o empurrou em torno da esquina, de modo a apontar os mísseis para o beco. Agachou-se ao lado do carrinho, protegido dos homens no beco pela quina do prédio, e puxou seu mosquete para si. Usou o mosquete para levantar o carrinho de modo que a base do veículo e os foguetes que ele continha ficassem horizontais.

O primeiro foguete estremeceu e decolou. O segundo partiu um instante depois. E mais dois. E, subitamente, o carrinho inteiro tremia enquanto os foguetes eram disparados. Uma bala de mosquete atingiu o carrinho, outra levantou poeira da quina do prédio, mas então não se ouviu mais tiros, apenas gritos de horror enquanto os mísseis uivavam entre as paredes apertadas do beco. Alguns dos foguetes possuíam pontas sólidas em seus cones de latão, enquanto outros tinham pequenas cargas de pólvora preta, e esses agora começaram a explodir. Um homem gritou. Mais foguetes explodiram, o som de suas detonações enchendo o beco com barulho enquanto os rastros de fogo dos mísseis enchiam a ruazinha com fumaça e chamas. Sharpe esperou até o último foguete aceso sair voando do carrinho.

— Agora é a parte difícil — avisou a Lawford.

Com uma pitada de pólvora de um cartucho novo, Sharpe recolocou a escorva no mosquete. Segurou o carrinho e o empurrou à frente beco abaixo. Pelo menos trinta foguetes tinham sido lançados, e o beco era agora um inferno de fumaça coleante no meio da qual um punhado de foguetes acesos ainda ricocheteava ou rodopiava loucamente enquanto carcaças de armas gastas ardiam na penumbra. Sharpe investiu para aquele caos, na esperança de que o carrinho cheio pela metade servisse como escudo caso algum homem ainda estivesse vivo no beco.

Lawford investiu junto com ele. Pelo menos quatro homens ainda estavam de pé, enquanto outro encontrara abrigo num pórtico profundo, mas todos estavam entorpecidos pela violência dos foguetes e meio cegos pela fumaça grossa. Sharpe empurrou com força o carrinho para enviá-lo sacolejando em direção aos soldados. Um dos *jettis* viu o carrinho, esquivou-se e investiu contra Sharpe, desembainhando um sabre. Lawford disparou seu mosquete, pegando o homem na garganta com a precisão e a rapidez com que acertaria um faisão no ar. O carrinho colidiu com dois dos homens de pé e os fez cambalear para trás. Sharpe socou a cabeça de um e chutou a virilha do outro. Ele desfechou uma coronhada de mosquete na nuca de um francês. Em seguida arremeteu o cano da arma contra a barriga de um *jetti*; enquanto o homem se dobrava em dois, Sharpe levantou bruscamente a coronha do mosquete, atingindo o queixo do brutamontes. O *jetti* gritou e cambaleou para trás. Lawford pegou uma espada caída no chão e usou-a para cortar com selvageria o pescoço de um *jetti*. Lawford estava tão inspirado e exaltado pela batalha que não sentiu a menor repulsa quando o pescoço emitiu um jorro de sangue e o líquido vital caiu nos restos flamejantes de um foguete, produzindo um chiado. O sargento Rothière estava no chão com uma das pernas quebradas pelo golpe de um foguete, mas ele engatilhou seu mosquete e apontou a arma contra Lawford. Então o sargento ouviu Sharpe às suas costas e tentou girar o mosquete em sua direção. Sharpe estava muito perto e era muito rápido. Com o mosquete, desfechou um golpe violento em Rothière, sentindo a coronha quebrar o crânio do sargento. A arma ainda estava carregada, e assim ele a inverteu e rosnou um desafio enquanto forçava os olhos para enxergar através da fumaça sufocante. Agora não conseguia ver nenhum perigo, apenas homens feridos, homens mortos, e cacos de foguetes ainda expelindo faíscas. O detonador da mina, um rastro coleante de pólvora de ignição rápida, de algum modo escapara do fogo dos foguetes e jazia descartado ao lado do barril virado no qual Rothière estivera mantendo o fogo aceso. Sharpe caminhou até o barril, e então escutou o clicar de uma arma sendo engatilhada.

— Não se mexa, Sharpe. — Quem estava falando era o coronel Gudin. Ele estava atrás de Sharpe. O coronel estivera esperando pelo sinal de Tipu no baluarte interno, bem ao lado da entrada fortificada, mas pulara para um telhado e dele para o beco, e agora apontava a pistola para Sharpe. Lawford, sabre em punho, estava a uma dúzia de passos de distância, longe demais para poder ajudar. Gudin balançou a pistola e disse calmamente:
— Largue o mosquete, Sharpe.

Sharpe havia se virado com o mosquete à altura do quadril. O coronel estava apenas a três ou quatro passos de distância.

— Solte a sua pistola, senhor — disse Sharpe.

Uma sutil expressão de arrependimento cruzou o rosto do coronel enquanto ele estendia o braço para fazer uma mira mais cuidadosa. Sharpe disparou no instante em que viu o pequeno movimento, e embora não tenha mirado o mosquete, mas disparado-o do quadril, sua bala acertou o coronel bem alto, no ombro direito, fazendo o braço com que Gudin atirava levantar reflexivamente.

— Sinto muito, senhor — disse Sharpe.

E então ele correu para onde um dos foguetes gastos ainda cuspia chamas fracas. Sharpe levou a carcaça flamejante até a ponta do estopim e ali parou para escutar. Ouviu disparos de canhões e deduziu que eram os de Tipu, porque nenhum artilheiro britânico ousaria atirar agora, com medo de atingir as tropas de invasão. Ouviu disparos de mosquetes, mas não ouviu os rugidos selvagens de soldados penetrando a brecha. Apenas a Última Esperança deveria estar lutando, e isso significava que ainda não havia soldados britânicos no espaço entre as muralhas externa e interna. Sharpe se curvou para encostar as chamas débeis do foguete no estopim, mas Lawford puxou seu braço. Sharpe levantou os olhos para o tenente.

— Senhor?

— É melhor não mexer na mina, Sharpe. Nossos homens podem estar próximos demais.

Sharpe ainda segurava o tubo flamejante.

— Só o senhor e eu, hein?

— Só você e eu, Sharpe? — perguntou Lawford, intrigado.

— Em cinco minutos, senhor, Tipu vai querer saber por que seus fogos de artifício não dispararam. Então vai mandar dúzias de homens para descobrir o que aconteceu. Você e eu? Nós vamos lutar contra todos aqueles pagãos sozinhos?

Lawford hesitou.

— Não sei — respondeu, indeciso.

— Eu sei, senhor — disse Sharpe e levou o foguete flamejante até o estopim.

Prontamente, um fogo rápido e forte começou a cintilar pela corda impregnada com pólvora. Gudin tentou apagar o estopim com o pé, mas Sharpe empurrou o francês para trás.

— Está muito ferido, senhor? — indagou a Gudin.

— Ombro quebrado, Sharpe. — Gudin parecia perto das lágrimas, não devido ao ferimento, mas porque falhara em seu dever. — Não tenho dúvida de que o doutor Venkatesh cuidará dele. Como você escapou?

— Matei um tigre, senhor. E alguns daqueles *jettis*.

Gudin esboçou um sorriso triste.

— Tipu deveria ter matado você quando teve a oportunidade.

— Todos cometemos erros, senhor — disse Sharpe enquanto observava o fogo queimar através da barricada de pedra que fora empilhada na frente do velho portão arqueado. — Creio que é melhor procurarmos um abrigo, senhor — disse Sharpe e puxou um relutante Gudin para um pórtico no qual Lawford já estava acocorado.

A fumaça no beco estava diluindo. Um *jetti* ferido engatinhava às cegas ao largo da parede oposta, outro vomitava, e o sargento Rothière gemia. Sangue borbulhava das narinas do sargento, e sua nuca estava escurecida com sangue coagulado.

— Creio que você acaba de ser promovido a sargento, Sharpe — disse Lawford.

Sharpe sorriu.

— Creio que sim, senhor.

— Muito bem, sargento Sharpe — disse Lawford, estendendo a mão. — Um bom dia de trabalho.

Sharpe apertou a mão do oficial.

— Mas o trabalho do dia ainda não acabou, senhor.

— Não acabou? — indagou Lawford. — Pelo amor de Deus, homem, o que mais você está tramando?

Mas Lawford não ouviu o que o sargento Sharpe respondeu, porque nesse momento a mina explodiu.

CAPÍTULO XI

Os engenheiros de Tipu tinham realizado um trabalho bem-feito. Nem toda a força da mina estava dirigida para norte, mas a maior parte estava, e essa parte foi devastadora. A explosão varreu o espaço entre as muralhas interna e externa, área que deveria estar
5. recheada com soldados britânicos.

Observando do pórtico recuado, Sharpe inicialmente teve a impressão de que o prédio pequeno e atarracado que constituíra a entrada fortificada desintegrara-se completamente; não em cascalho e pó, mas em suas pedras constituintes, porque os blocos de granito desmoronaram quando o
10. prédio antiquíssimo inchou devido à pressão imensa do incêndio interno. Cada ranhura do prédio expeliu poeira à medida que as pedras grandes separaram-se por inteiro, juntamente com suas juntas de argamassa. E subitamente Sharpe deixou de ver a entrada fortificada porque agora não havia nada além de poeira, fumaça, fogo e barulho. Recuou para o abrigo
15. e cobriu a cabeça com os braços quando o ruído ribombou por ele apenas um instante depois de que vira passar pelo pórtico recuado o chicote de poeira gerado pelos gases escapando do incêndio em expansão.

O barulho pareceu durar uma eternidade. Primeiro o estrondo crescente da pólvora explodindo, depois o clangor de pedras rachando e
20. desabando e o zumbido de fragmentos voando pela cidade, e finalmente um zumbido nos ouvidos de Sharpe e, sobre o zumbido, mas soando tão longínquos e agudos quanto a trombeta que anunciara o ataque, os gritos

dos homens pegos por fogo, explosão ou pedra. Depois disso veio um uivo de vento, um vento sobrenatural que soprou a palha dos telhados das casas, desalojou telhas e levantou redemoinhos de vento nas ruas num raio de 500 metros da explosão.

Os homens nas seções da muralha próximas à entrada fortificada não viram nada além do clarão que marcou o fim de suas vidas, porque a explosão colheu os defensores nos baluartes a sul da brecha. A muralha em si ficou ilesa, mesmo quando a explosão varreu a entrada fortificada, porque ali a velha passagem arcada foi estourada como uma rolha e uma imensa descarga de chama fumarenta saiu da muralha da cidade, ventilando por baixo dos baluartes a potência explosiva. Contudo, a torre de vigia atarracada sobre a velha passagem caiu. Ruiu lentamente, deslizando entre o espaço entre as muralhas interna e externa. Detritos de pedras e tijolos foram ejetados para cima e para longe, mergulhando no rio um pouco à frente das colunas em movimento de Baird. Mais fragmentos de pedra choveram sobre a cidade.

O barulho diminuiu lentamente. O zumbido nos ouvidos de Sharpe diminuiu pouco a pouco, até que ele conseguiu escutar um homem choramingando em algum lugar em meio ao horror. Ele olhou novamente para fora e viu que a explosão limpara o beco onde antes havia corpos de mortos e feridos. Também não havia qualquer sinal do carrinho de mão. Não havia nada além de pedra quebrada, palha em chamas e manchas de sangue.

A norte da brecha, onde a língua de chamas e o sopro da explosão tinham sido atenuados pela distância, os defensores estavam atordoados pelo barulho. A força da rajada retesou as bandeiras de seda dourada, escarlate e verde e homens acocoraram-se em seteiras ou cambalearam como bêbados enquanto lutavam para se manter de pé. Os heróis de Tipu que se apresentaram como voluntários para enfrentar as Últimas Esperanças na brecha foram mortos praticamente até o último homem, porque estavam no lado interno da brecha onde nada poderia salvá-los, enquanto os sobreviventes das Últimas Esperanças, empurrados para trás pelo primeiro ataque dos homens de Tipu, gozaram da proteção do ressalto esquerdo da muralha quebrada.

Na brecha propriamente dita havia um denso véu de poeira rodopiante. Uma imensa pira de fumaça queimou acima da muralha, mas a brecha, ao menos por um momento, ficou sem defesa. Os homens de Tipu que deveriam estar guardando os ressaltos da brecha ou estavam mortos ou chocados a ponto de serem incapazes de reagir, enquanto os homens na muralha interna tinham se acocorado ao serem atingidos pelo estrondo e pelo calor terrível. A maioria ainda estava agachada, com medo do silêncio estranho que sucedeu a explosão.

— Agora, rapazes, agora! — gritou um homem na brecha.

E então os sobreviventes das Últimas Esperanças subiram em direção à fumaça, e escalaram os destroços da muralha. Sufocaram na poeira que pairava no ar e esbranquiçava suas casacas vermelhas, mas esses eram homens que haviam se empedernido para enfrentar a maior provação da guerra, a invasão de uma brecha, e a pedra em suas almas era tão sólida que eles praticamente não lembravam do horror dos últimos segundos, concentrando-se apenas na necessidade de escalar a ruína e começar a matar. Aqueles que tomaram a direção sul encontraram uma muralha vazia, enquanto os que foram para norte subiram para se deparar com homens atordoados. Os casacas vermelhas e os sipaios não haviam esperado qualquer piedade da parte dos defensores, e estavam preparados a não mostrar nenhuma, de modo que iniciaram a chacina.

— Iniciar a caçada, rapazes! — gritou um cabo.

Com a baioneta, o cabo trespassou um homem de olhos aterrorizados. Em seguida, livrou a lâmina do estorvo representado pelo cadáver, balançando-o sobre a borda do baluarte interno. Seus companheiros trovejaram por ele, sangue fervendo com fúria e o medo de serem os primeiros a entrar na cidadela inimiga. Agora, no alto dos baluartes, eles mataram num frenesi para dar vazão ao seu medo numa torrente de sangue inimigo.

Baird ainda estava a oeste do rio quando a explosão ocorreu e sentiu uma pontada momentânea de horror quando a rajada varou a cidade. Durante um segundo horrível, pensou que a cidade inteira, todas suas casas, templos e palácios, estava prestes a se desintegrar diante de seus olhos, mas continuou se movendo, até mesmo apertando o passo de modo a entrar no Cauvery do Sul enquanto os destroços ainda caíam. Caminhou pelo trecho raso enquanto ao seu redor a água espumava com pedras cadentes, e gritou coisas incompreensíveis, desesperado por levar sua espada pesada até o inimigo de quem fora prisioneiro no passado. Quando um pé de vento soprou para o norte a poeira que obscurecia a brecha, Baird viu que suas Últimas Esperanças estavam agora na muralha. Viu alguns casacas vermelhas, estranhamente esbranquiçados, moverem-se para o norte e vislumbrou um grupo inimigo vir correndo dos bastiões ao sul para substituir os defensores varridos dos baluartes pela explosão. Esses reforços estavam correndo diante de uma enorme parede de fumaça branco-acinzentada em meio à qual chamas pálidas lambiam o céu. Baird deduziu que a explosão fora a temida mina do Tipu, mas o horror diante de sua potência tornou-se exultação quando ele compreendeu que a detonação fora prematura e que, em vez de chacinar seus homens, ela abrira a cidade para o ataque. Mas Baird também reconheceu que o inimigo estava agora despertando de seu pesadelo e enviando homens para conter o ataque. Assim, Baird saiu correndo do rio para atravessar a esplanada dilacerada e escalar a brecha que agora estava vividamente salpicada com grandes manchas de sangue fresco. Baird decidiu virar para o sul a fim de ajudar aquela Última Esperança a enfrentar os reforços de Tipu.

  Atrás de Baird as colunas gêmeas de casacas vermelhas avançavam pelo rio. Cada coluna consistia de três mil homens, e sua missão era circundar a cidade de modo a abarcar todo o anel da muralha, bastiões, torres de vigia e entradas fortificadas, mas os homens de Tipu começavam a recuperar seu equilíbrio e as torrentes de invasores finalmente estavam sendo enfrentadas. Mosquetes foram disparados dos baluartes, canhões ocultos foram desmascarados, e foguetes desceram dos parapeitos. Bombas e balas desciam sobre as duas colunas, os projéteis levantando pilastras de água ao atingir o rio. Sipaios e casacas vermelhas caíam. Alguns engatinhavam em busca de segurança, outros eram carregados corrente abaixo, enquanto os menos afortunados eram pisoteados pelas botas dos homens que atravessavam o rio. Os soldados que lideravam cada coluna subiram os ressaltos da brecha. Os engenheiros empurraram escadas contra esses ressaltos, e ainda mais homens subiram seus degraus até os baluartes.

E ali a luta mudou. Agora, no parapeito estreito na muralha externa, as colunas precisavam abrir caminho a força, porém os soldados de Tipu disparavam saraivadas de tiros nas fileiras de atacantes. Os disparos mais danosos vinham da muralha interna, porque ali os homens de Tipu estavam cobertos por uma sacada enquanto, no lado interno da muralha externa capturada, os britânicos e seus aliados indianos não desfrutavam desse tipo de proteção. Homens dispararam neles da frente da muralha, e uma torrente de balas chegava de seu flanco, mas mesmo assim eles continuavam avançando. Consumidos pelo ódio cego da guerra. A única forma de sobreviver era vencendo, e assim eles caminhavam sobre os mortos para disparar seus mosquetes, e em seguida agachavam-se para recarregar enquanto os soldados posicionados atrás continuavam avançando. Os feridos caíam, alguns despencando para o fosso interno, enquanto atrás deles, no rio espumante, as retaguardas das duas colunas apressaram-se em direção à batalha.

A brecha fora capturada, mas a cidade não caíra ainda. Sipaios e casacas vermelhas tinham tomado quase 100 metros da muralha externa em cada lado da brecha, porém os soldados de Tipu contra-atacavam com violência, e o sultão em pessoa liderava os defensores a norte da brecha. Tipu culpava Gudin por ter detonado a mina cedo demais, desta forma desperdiçando seu imenso poder de destruição. Agora tentava reanimar a defesa oferecendo seu exemplo pessoal. Estava na linha de frente de sua tropa enquanto às suas costas uma sucessão de ajudantes carregava rifles de caça incrustados de joias. Um a um, os rifles eram dados a Tipu, que apontava e disparava, apontava e disparava, abatendo um casaca vermelha depois do outro. Toda vez que um inimigo tentava correr ao longo dos baluartes, Tipu abatia esse homem, e em seguida passava a arma para trás, pegava outra, avançava um pouco através da fumaça de pólvora, e disparava mais uma vez. Balas de mosquete sibilavam sobre sua cabeça. Dois de seus ajudantes foram feridos e uma sucessão de soldados lutando ao lado de Tipu foram mortos ou incapacitados, mas a vida do sultão parecia protegida por um encanto. Ele pisava em sangue, mas o seu próprio fluido vital parecia não vazar. Era como se não pudesse morrer, apenas matar, e era o que fazia com sangue-frio, deliberação e prazer, defendendo sua cidade e seu sonho contra os bárbaros que tinham vindo roubar seu trono de tigre.

A luta na muralha intensificou-se, enquanto mais e mais homens alcançavam os baluartes ameaçados. Os homens de vermelho chegavam do rio e os homens com listras de tigre de várias partes da fortificação, e ambos vinham matar no topo da muralha: um lugar estreito com menos de cinco passos de largura, erguido no céu.

Onde os abutres voavam, farejando morte.

Sharpe recolheu três mosquetes do chão no fundo do beco, para onde a explosão os soprara. Verificou que suas novas armas não estavam danificadas, carregou as duas que estavam vazias, e então voltou para Lawford.

— Fique com o coronel, senhor, e desvire sua casaca — sugeriu Sharpe. — É melhor usá-la pelo lado certo agora. Nossos rapazes chegarão logo. E quando eles estiverem aqui, o senhor deve tentar encontrar Lali.

Lawford enrubesceu.

— Lali?

— Cuide dela, senhor. Prometi à garota que ela não sofreria nenhum mal.

— Você prometeu? — perguntou Lawford com uma pitada de indignação. Ele estava tentando adivinhar qual seria o grau de intimidade de Sharpe com essa jovem, mas decidiu que era melhor não perguntar. — É claro, cuidarei dela — garantiu Lawford, ainda enrubescendo. E então, notando que Sharpe, a despeito de seu próprio conselho, não desvirara a casaca, o tenente perguntou: — Para onde você está indo?

— Tenho um trabalho a fazer, senhor — respondeu vagamente Sharpe. — E, senhor? Posso agradecer-lhe? Não poderia ter feito nada disto sem o senhor. — Desacostumado a oferecer um elogio tão sincero, Sharpe falava sem jeito. — O senhor demonstrou muita bravura, senhor. Muita mesmo.

Lawford sentiu-se absurdamente satisfeito. Sabia que deveria ter impedido Sharpe de partir, porque esta não era hora para um homem perambular pelas ruas de Seringapatam, mas Sharpe já havia ido. Lawford tirou a casaca, virou o lado certo para fora e enfiou os braços pelas mangas. Gudin, ao lado dele, espantou uma mosca e se perguntou por que a poeira e a fumaça não afastavam aquelas pestes.

— O que eles farão comigo, tenente? — perguntou a Lawford.

— Irão tratá-lo bem, senhor. Tenho certeza. Provavelmente irão mandá-lo de volta para a França.

— Eu gostaria disso — retrucou Gudin, percebendo de repente que isso era tudo o que ele realmente queria. — O seu recruta Sharpe...

— Sargento Sharpe agora, senhor.

— O seu sargento Sharpe, então. Ele é um homem bom, tenente.

— Sim, senhor — disse Lawford. — É sim.

— Se ele sobreviver, irá longe.

— Se ele sobreviver, sim. — E se o exército permitir que ele sobreviva, pensou Lawford.

— Cuide dele, tenente — disse Gudin. — Um exército não é composto por seus oficiais, embora os oficiais gostem de pensar que é. Um exército não é melhor do que os seus homens, e quando você encontra bons homens, deve cuidar deles. Esse é o trabalho de um oficial.

— Sim, senhor — disse Lawford respeitosamente.

Agora os primeiros fugitivos da muralha estavam visíveis no fundo do beco, soldados de Tipu cobertos de poeira dos pés à cabeça que se afastavam da luta cambaleando ou capengando. O ruído dessa luta era um *staccato* contínuo de tiros de mosquete e gritos, e não devia faltar muito para que os primeiros atacantes assassinos invadissem as ruas. Lawford se perguntou se deveria ter pedido a espada de Gudin, e então ficou preocupado por ter deixado Sharpe sair sozinho.

Sharpe sobrevivera até agora. Considerara vestir sua casaca vermelha, mas decidira que não havia motivo para aumentar sua visibilidade, embora o casaco agora estivesse tão imundo que mal parecia um uniforme. Assim, amarrara no pescoço as mangas da casaca virada e, com os dois mosquetes dependurados de cada ombro, corria agora para o norte através da cidade. O crepitar dos mosquetes era constante, mas acima desse som ele também ouvia brados de homens furiosos encaminhando-se a uma luta brutal. Numa questão de minutos essa luta iria se espalhar para a cidade e Sharpe planejava aproveitar bem esses minutos. Atravessou a praça pequena onde os carrinhos de mão com foguetes ainda estavam estacionados, e então passou correndo diante do Palácio Interno, onde um guarda com túnica de listras de tigre, achando que Sharpe era um desertor das tropas europeias de Tipu, bradou-lhe uma ordem. Mas quando o guarda engatilhou seu mosquete, Sharpe já havia desaparecido no labirinto de becos e pátios que jazia a norte do palácio.

Trespassou uma multidão de mulheres assustadas, passou pelas jaulas de leopardos, e seguiu de volta para as masmorras. Os corpos de três *jettis* estavam cobertos de moscas e depois deles o portão externo das masmorras continuava aberto. Sharpe correu através do portão e pulou as escadas, caindo diante do tigre morto.

— Sharpezinho! — exclamou Hakeswill, aproximando-se das barras. — Você voltou, garoto! Sabia que ia voltar. E então, o que está acontecendo, rapaz? Não! Não faça isso! — Hakeswill vira Sharpe tirar um mosquete do ombro. — Gosto de você, garoto, sempre gostei! Posso ter sido um pouco duro com você de vez em quando, mas sempre foi apenas para o seu bem, Sharpezinho. Você é um bom rapaz, um soldado correto. — Sharpe mirou o mosquete. — Não!

Sharpe desviou a boca do mosquete de Hakeswill para o cadeado. Sem querer perder tempo com a gazua, simplesmente mirou no cadeado e premiu o gatilho. A argola de ferro estilhaçou-se e a porta da cela abriu.

— Vim te ver, Obadiah — disse ele.

— Sabia que você viria, Sharpezinho. Eu sabia. — O rosto de Hakeswill se contorceu. — Sabia que você não ia deixar seu sargento apodrecer.

— Então saia — disse Sharpe.

Hakeswill deu um passo para trás.

— Sem ressentimentos, rapaz?

— Não sou um rapaz, Obadiah. Sou um sargento como você. Tenho a promessa do coronel Wellesley. Sou um sargento, como você.

— Então você é, então você é, e sempre mereceu ser. — O rosto de Hakeswill se contorceu novamente. — Eu disse isso para o sr. Morris, não disse? Para mim, esse Sharpezinho dará um belo sargento. Um bom rapaz, foi o que eu disse a ele. Estou de olho nele, senhor. Foi isso que eu disse ao sr. Morris.

Sharpe sorriu.

— Então saia daí, Obadiah.

Obadiah recuou mais alguns passos até bater com as costas no fundo da cela.

— É melhor eu ficar aqui, Sharpezinho. Você sabe como os rapazes ficam quando seu sangue está fervendo. Nós podemos nos machucar lá fora. Acho melhor a gente ficar aqui embaixo por algum tempo, e deixar os rapazes se acalmarem primeiro.

Sharpe cruzou a cela em duras passadas e segurou Hakeswill pelo colarinho.

— Você vem comigo, seu bastardo — disse ele, puxando o sargento. — Devia te matar aqui, seu verme, mas você não merece uma morte de soldado. Você é podre demais para uma bala.

— Não, Sharpezinho, não! — gritou Hakeswill enquanto Sharpe o arrastava para fora da cela, diante da carcaça do tigre, e escadaria acima. — Não te fiz mal nenhum!

— Mal nenhum? — vociferou Sharpe enquanto se virava para Hakeswill. — Você mandou que eu fosse açoitado! E depois nos traiu!

— Nunca fiz isso! Juro por Deus que não fiz, Sharpezinho!

O Tigre de Sharpe

Sharpe empurrou Hakeswill contra a jaula externa da masmorra, espremendo suas costas nas barras de ferro. Então desferiu um soco no peito do sargento.

— Você vai morrer, Obadiah. Eu prometo. Vai morrer porque nos traiu.

— Eu não fiz nada! — jurou Hakeswill, arfante. — Juro pelo último alento da minha mãe, Sharpezinho. Eu não fiz nada. O açoitamento, sim. Eu te fiz isso, e estava errado! — Hakeswill tentou se ajoelhar, mas Sharpe obrigou-o a se empertigar. — Eu não traí você, Sharpezinho. Eu não faria isso com outro inglês.

— Você ainda estará contando mentiras quando passar pelos portões do inferno, Obadiah — disse Sharpe enquanto tornava a agarrar o sargento pelo colarinho. — Agora vamos, seu bastardo.

Sharpe empurrou Hakeswill através do portão externo da masmorra, através do pátio, e para o beco que conduzia para sul em direção ao palácio. Um esquadrão de soldados com túnicas de listras de tigre passou correndo pela boca do beco, seguindo para a muralha oeste, mas ninguém notou Sharpe. Mas foi visto pelo guarda no portão norte do palácio, que levantou seu mosquete. Sharpe bradou as palavras mágicas "Gudin! Coronel Gudin!" e tamanha era a confiança na voz de Sharpe que o guarda abaixou o mosquete e deu um passo para o lado.

— Para onde você está me levando, Sharpezinho? — perguntou Hakeswill.

— Você vai saber logo.

Mais dois guardas estavam postados no portão da arena interna e eles também apontaram seus mosquetes, porém Sharpe gritou para eles e mais uma vez o nome Gudin foi um talismã poderoso o bastante para aplacar suas superstições. Além disso, Sharpe trazia um prisioneiro casaca vermelha, e os dois guardas nervosos confundiram-no com um dos homens de Gudin e deixaram-no passar.

Sharpe levantou o fecho do portão e o abriu. Os seis tigres, já atiçados pelos sons horríveis que abalavam a cidade, saltaram para o portão aberto e retesaram suas seis correntes. Hakeswill viu os animais e gritou.

— Não, Sharpezinho! Não! Mãe!

Sharpe arrastou Hakeswill para a arena.

— Você pensa que não pode morrer, Obadiah? Eu penso diferente. Então, quando você chegar ao Inferno, seu bastardo, diga ao diabo que foi o sargento Sharpe que mandou você.

— Não, Sharpezinho! Não!

Esta última palavra foi proferida como um ganido de desespero quando Sharpe puxou Hakeswill para o centro da arena e ali, segurando-o pelo colarinho na ponta de seus braços estendidos, começou a girá-lo.

— Não! — berrou o sargento enquanto Sharpe fazia-o girar cada vez mais rápido. De repente, Sharpe largou o colarinho de Hakeswill. O sargento estava sem equilíbrio e sem controle. Cambaleou e agitou os braços, mas nada podia conter seu impulso. — Não! — berrou Hakeswill uma última vez ao cair e rolar pela areia até o local onde três tigres aguardavam.

— Adeus, Obadiah — disse Sharpe. — Seu bastardo.

— Eu não posso morrer! — berrou Hakeswill, e então seu grito foi cortado pelo rugido de uma fera imensa, de olhos amarelos, avultando-se sobre ele.

— Hoje o jantar foi servido mais cedo — disse Sharpe quando os guardas do portão fitaram-no assombrados. — Espero que eles estejam com bastante apetite.

Os guardas, sem entender uma palavra, sorriram em resposta. Sharpe deu uma última olhada para trás, cuspiu e se retirou. Uma dívida estava paga, concluiu. Agora tudo o que ele precisava era se esconder até que os casacas vermelhas chegassem. E então ele viu o palanquim adornado com pérolas e lembrou de outra dívida.

Durante algum tempo pareceu que Tipu seria capaz de defender a cidade. Ele próprio lutou como um tigre, sabendo que este vulcão de violência debaixo de um sol coberto por nuvens decidiria seu destino. Seria o trono de tigre ou o túmulo.

Tipu não sabia o que estava acontecendo na seção sul da muralha, exceto que a fúria distante dos disparos contínuos de mosquetes dizia-lhe que a luta ali ainda continuava. Tipu sabia apenas que ele e seus homens estavam pagando um preço alto demais nas mãos dos atacantes na ala norte da muralha. A superioridade numérica do inimigo, que inundava furiosamente os baluartes, forçara Tipu a se afastar lentamente dos baluartes a oeste, contornando as ruínas do bastião noroeste, e chegar à longa extensão de muralha norte que dava para o rio Cauvery. Mas ali sua retirada havia parado. Um *cushoon* de infantaria fora estacionado na Bateria do Sultão, o maior bastião na muralha norte, e essa guarnição correu ao longo da muralha para prestar reforço a Tipu, que agora possuía homens suficientes para suplantar a fuzilaria dos atacantes na estreita banqueta de tiro norte. Tipu ainda liderava o combate. Trajava uma túnica de linho branco e ceroulas largas de chintz com uma faixa de seda vermelha na cintura. Usava braceletes cravejados de joias e o grande rubi reluzia na base da pluma em seu capacete. Trazia colares de pérolas e um de esmeraldas pendurados no pescoço, e a espada com cabo de cabeça de tigre dependurada da cintura. Essas pedras berrantes faziam de Tipu um alvo visível para todo casaca vermelha e sipaio, e ainda assim o sultão insistira em permanecer na linha de frente, onde pudera despejar balas nos atacantes. Aparentemente os amuletos de Tipu haviam funcionado, porque embora as balas tivessem passado zunindo por ele, nenhuma o acertara. Ele era o tigre de Misore, ele não podia morrer, apenas matar.

  Os atacantes sofreram danos ainda piores causados pelos homens na muralha interna. Não tinha sido aberta uma brecha nessa muralha, e nem ao menos fora atacada, e um número cada vez maior de soldados com túnicas com listras de tigre subiam correndo suas ladeiras para reforçar os defensores. Eles atiravam através do fosso interno e suas balas de mosquete abatiam os atacantes acotovelados enquanto seus tiros de canhão varriam porções imensas da muralha externa. Apenas a fumaça cegante pairando entre as muralhas protegia os atacantes, que ou sofriam o terrível fogo de flanco ou ficavam acocorados atrás de canhões desmontados, rezando para que sua provação acabasse. Eles haviam capturado o canto noroeste da muralha externa, mas isso parecia tê-los premiado apenas com a morte, porque agora era a vez de os soldados de Tipu serem os açougueiros.

Baird, seguindo para o sul da brecha, encontrou resistência semelhante, mas não estava disposto a ser atrasado. Ele apertou o passo e passou pelos sobreviventes da Última Esperança. Gritando como um demônio, conduziu um ataque ensandecido pela torre de vigia arruinada onde os restos da mina de Tipu levantavam uma coluna de fumaça. Baird era um general de divisão, mas teria trocado de bom grado o laço dourado de seu uniforme por esta oportunidade de lutar como um soldado raso. Isto era vingança, e enquanto cortava soldados de Tipu com sua grande espada *claymore*, Baird bradava um grito de desafio que combinava fúria com a amargura causada pelas lembranças agonizantes de sua humilhação nessa cidade. Baird lutava como um possesso, pisando em cadáveres e escorregando no sangue deles enquanto conduzia a batalha muralha abaixo. Seus homens uivavam com ele. Estavam contagiados pela loucura de Baird. Nesse momento, enraivecidos pelo calor inclemente e embriagados pela araca e pelo rum bebido durante a longa espera nas trincheiras, os casacas vermelhas eram deuses da guerra. Ofertavam morte com impunidade, enquanto desciam uma muralha ensanguentada seguindo um escocês enlouquecido. Baird conquistaria esta cidade ou morreria em sua poeira.

Os *cushoons* de Appah Rao defenderam a esquina sul da cidade e ele observou atemorizado o escocês imenso vir em sua direção, abrindo caminho a golpes de espada. Appah Rao viu a torrente de casacas vermelhas enxameando atrás do gigante, escutou seus gritos e assistiu suas vítimas caírem do baluarte. A brigada que defendera este trecho da muralha estava sendo morta homem a homem, e os que sobreviveram recuavam. Alguns estavam até correndo para não enfrentar o horror, e os homens de Appah Rao eram os próximos candidatos ao abate.

Mas morrer em nome de quê?, perguntou-se Appah Rao. A cidade fora invadida e a dinastia de Tipu estava condenada. Appah Rao viu que seus homens estavam observando-no, esperando pela ordem que os arremeteria à batalha, mas em vez disso o general se virou para seu segundo em comando.

— Quando foi a última vez que os homens foram pagos? — perguntou.

O oficial franziu a testa, intrigado com a pergunta, mas finalmente conseguiu oferecer uma resposta.

— Há três meses, pelo menos, *sahib*. Quatro, creio eu.

— Diga a eles que haverá uma fila de pagamento esta tarde.

— *Sahib*? — retrucou embasbacado o subcomandante de Appah Rao.

O general levantou sua voz para que muitos de seus homens pudessem ouvi-lo.

— O pagamento está atrasado, mas esta tarde todos receberão seus soldos no acampamento! Homens não devem lutar sem pagamento!

Appah Rao ostensivamente embainhou sua espada e desceu com bastante calma do baluarte. Aqui, no Portão Misore, não havia fosso entre as muralhas interna e externa, e Rao atravessou com tranquilidade o portão interno. Por um segundo os soldados acompanharam seu general com o olhar, e então, no começo individualmente ou aos pares, e depois numa torrente, seguiram-no. Num momento a muralha estava apinhada de homens, no seguinte estava esvaziando de tal modo que Baird, abrindo furiosamente seu caminho através dos últimos guardas da ala oeste da muralha, de repente viu que a cidade era dele. Gritou novamente, desta vez comemorando sua vitória. Sua espada assassina estava pintada em vermelho, a manga direita encharcada com sangue. Um casaca vermelha, talvez esquecendo que o escocês era um general, deu-lhe um tapa carinhoso nas costas e Baird abraçou o homem por pura alegria.

Tipu ainda lutava e ainda achava que podia vencer, mas na ala norte da muralha, apenas a 18 metros do bastião norte, um único muro transversal ligava os baluartes interno e externo. O muro transversal servia como contraforte para a velha muralha externa, e um dia pensara-se em ampliar o muro transversal, e depois transformar o espaço que ele continha num bastião ainda maior, mas o trabalho nunca foi realizado e agora o muro, seu cume com apenas 20 centímetros de largura, oferecia-se como uma ponte perigosamente estreita para os casacas vermelhas e sipaios que estavam encurralados pelos disparos dos soldados do sultão. Se os invasores conseguissem atravessar essa ponte poderiam assaltar a muralha interna e varrer os soldados inimigos do mortal parapeito. Um soldado britânico tentou e foi abatido. Ele gritou enquanto caía no fosso. Um instante depois, outro homem correu pelo muro e conseguiu chegar à metade do caminho antes que uma bala de mosquete estilhaçasse a batata de sua perna. Ele largou seu mosquete e desequilibrou-se no cume do muro, praguejando enquanto tentava manter seu equilíbrio, mas então um segundo tiro atingiu-o na costela. Por um ou dois segundos ele conseguiu segurar-se no alto do muro, estremecendo enquanto a dor corria por seu corpo. E então também ele caiu.

Os homens de Tipu na muralha externa bradaram vivas e avançaram para afugentar o inimigo do muro transversal, mas foram frustrados por uma horda de sipaios. Seguiu-se uma nova saraivada de balas de mosquete da qual Tipu conseguiu sobreviver como se fosse um ser sobrenatural. Os sipaios dispararam rajada depois de rajada, avançaram, morreram, e mais homens apareceram para ocupar seus lugares.

A Companhia Ligeira do 12º Regimento do Rei seguiu os sipaios. Capitão Goodall, seu comandante, analisou o contraforte estreito. Conduzia diretamente até a muralha interna que estava infestada de defensores.

— Morte ou glória!

O clichê foi bradado por Goodall, mas foi um truísmo naquele momento. Em seguida, Goodall começou a andar pelo topo estreito do contraforte e disparou sua pistola contra a nuvem de pó de pólvora que obscurecia a extremidade mais distante da muralha.

— Vamos! — gritou Goodall, e então correu ao longo do topo do contraforte, miraculosamente sem perder o equilíbrio.

Goodall pulou para o parapeito da muralha interna e aterrissou com espada em punho. Um homem atirou nele, mas o sargento de Goodall, aproximando-se rapidamente por trás, empurrara seu capitão sem a menor cerimônia para fora do caminho. E assim Goodall caiu no parapeito da muralha interna e a bala não o acertou por um triz. O sargento foi o próximo a atravessar o parapeito, e então uma fila de soldados, esgoelandose de tanto gritar, seguiu Goodall em seu avanço para leste. Os disparos que chegavam da muralha interna começaram a diminuir, e subitamente uma multidão de casacas vermelhas, que haviam ficado agachados para se proteger da fuzilaria, correu para leste ao longo da muralha externa rumo a Tipu. Outros atravessaram a ponte improvisada para prestar reforço à 12ª Companhia Ligeira.

Tipu viu o inimigo reviver. Eles pareciam uma fera que tinha sido ferida, mas não morta, e agora estava mais feroz do que nunca. Feroz demais, pensou Tipu, compreendendo que os sonhos perturbadores da última noite tinham, afinal de contas, sido proféticos. O óleo turvo no caldeirão dissera a verdade. Hoje a cidade ia cair, e com ela seu trono, seu palácio, e seu harém de seiscentas mulheres, mas o desastre não significava que a dinastia estava morta. Havia grandes fortes nas colinas ao norte de Misore. Se ele conseguisse alcançar uma dessas fortalezas, poderia novamente lutar contra esses demônios de vermelho que estavam saqueando sua capital.

Tipu recuou rapidamente e sua guarda pessoal com ele. Deixaram outros homens para defender a muralha externa enquanto passavam correndo diante da Bateria do Sultão até a ladeira que descia até a Comporta e ali, no sopé da ladeira, os camaristas do palácio tinham pensado em deixar o palanquim de Sua Majestade preparado com seus portadores. Um dos camaristas, alheio às balas que zumbiam no céu, fez uma mesura para Tipu e convidou sua majestade a assumir seu lugar de direito nas almofadas de seda debaixo do toldo com listras de tigre do palanquim. Tipu virou-se e olhou para as muralhas para ver que progresso os atacantes estavam fazendo. Havia luta em ambas muralhas agora, e a cidade estava claramente condenada, mas os defensores ainda resistiam obstinadamente. Tipu sentiu uma pontada de culpa por abandoná-los, mas jurou que ainda iria vingá-los. Rejeitou o palanquim. Era um veículo lento para se usar numa retirada, enquanto dentro da cidade, do outro lado da muralha interna, ele possuía estábulos com os mais garbosos cavalos. Escolheria seu cavalo mais veloz, pegaria algum ouro para pagar os homens que continuavam leais, e então fugiria através do Portão Bangalore, que não estava ameaçado. Uma vez lá fora, rumaria para norte em direção às suas grandes fortalezas nas colinas.

 Acima de Tipu, os últimos defensores da cidade recuavam com lentidão. A cidade estava sendo tomada pelos casacas vermelhas, e Deus quisera assim, mas Deus também permitiria que Tipu lutasse outro dia. E assim, rifle em punho, o sultão encaminhou-se até a Comporta interna.

O palanquim era carregado por oito homens, dois para cada um de suas barras compridas e banhadas a ouro. Quando Sharpe o viu pela primeira vez, o veículo desajeitado estava sendo retirado do palácio e dois camaristas trajados em robes incitavam os portadores a fazê-lo com rapidez. Durante um segundo Sharpe pensou que Tipu estaria dentro do palanquim, mas então viu que as cortinas laterais estavam levantadas e que as almofadas em seu interior se achavam vazias. Ele seguiu o veículo.

 Sharpe agora podia perceber um sentimento de pânico na cidade. Ela estivera silenciosa até poucos momentos, agachada como um animal que não queria ser notado, mas agora a cidade parecia sentir que seu destino estava próximo. Mendigos ajuntavam-se para proteger uns aos outros, uma mulher chorava numa casa fechada com tábuas, e os cães vadios entoavam latidos lamurientos. Grupos de soldados de Tipu corriam pelas ruas, seus pés desnudos marcando a lama seca enquanto corriam em direção ao Portão Bangalore, que não estava sendo ameaçado por nenhum inimigo. O som da batalha ainda era intenso, mas a defesa estava enfraquecendo depressa.

 Os camaristas levaram o palanquim até a Comporta da muralha interna. O portão ficava perto do lago de água de esgoto fedorento que azedava o ar. Um pouco do esgoto, carecendo de escoamento adequado devido à pressa com que a muralha interna fora construída, vazara para a Comporta que era um túnel revestido com tijolos, com 15 metros de comprimento, varando a muralha interna. Um oficial mantinha guarda em suas portas internas, mas quando o palanquim começou a se aproximar, ele destravou os grandes portões de teca e os abriu. Ele gritou alguma coisa quando Sharpe seguiu o veículo desajeitado para o túnel baixo, mas Sharpe apenas gritou em resposta o nome do coronel Gudin e, mais uma vez, o oficial ficou confuso demais para impedi-lo. Assim, depois que o palanquim e o soldado europeu passaram pelo túnel, o oficial fechou as portas e olhou nervoso para a névoa de fumaça que traía o progresso dos atacantes na muralha acima dele.

Sharpe parou dentro do túnel enquanto o palanquim continuava avançando. O chão do túnel afundara em alguns lugares e o vazamento do esgoto acumulara-se nesses buracos. O lugar fedia como uma latrina de quartel que não era limpa havia semanas. Os portadores do palanquim tropeçaram e quase caíram ao passar através das poças, e então o veículo alcançou a luz no fim do túnel. Sharpe pôde ver soldados lá fora no espaço entre as muralhas. Usavam túnicas com listras de tigres e olhavam ansiosamente para oeste. Sharpe seguira o palanquim instintivamente, mas agora descobriu-se num lugar ruim. As portas grossas de teca foram fechadas às suas costas, o ar era fedorento e sufocante, e havia um inimigo à sua frente. Agachou-se ao lado da parede úmida, tentando decidir o que fazer. Tinha quatro mosquetes e, com exceção de um, estavam todos carregados. Porém, seus cartuchos sobressalentes estavam no bolso de sua casaca vermelha que, ainda amarrada em torno de seu pescoço, era difícil de alcançar. Levantou-se, encostou os mosquetes na parede curva, virou o lado certo da casaca para fora, e enfiou os braços nas mangas rasgadas pelo tigre. Era novamente um casaca vermelha. Carregou o único mosquete vazio e rastejou até a boca do túnel.

E viu o sultão Tipu.

Viu o homem baixo e trajado em roupas vistosas descer correndo a ladeira que chegava da muralha externa. Cercado por sua guarda pessoal e seus auxiliares, o sultão parou ao lado do palanquim. Sharpe viu Tipu virar-se para olhar para o combate, e então balançar a cabeça. Imediatamente um ajudante se separou do grupo e correu até o túnel onde Sharpe esperava. Tipu lançou um último olhar para oeste, e então seguiu o homem.

— Com mil diabos! — praguejou Sharpe.

O grupo inteiro estava vindo em sua direção. Sharpe recuou pelo túnel, engatilhou um de seus mosquetes, e se apoiou sobre um joelho.

O auxiliar entrou correndo no túnel, gritando uma ordem para que fosse aberto. Quando viu Sharpe na penumbra, o grito morreu em sua garganta. De uma cinta verde em sua cintura o auxiliar sacou uma pistola, mas tarde demais. Sharpe disparou. A fagulha de pólvora na caçoleta relampejou quase sobrenaturalmente na escuridão do túnel, e o estampido do mosquete foi ampliado para um estrondo ensurdecedor. Mas, através da fumaça repentina, Sharpe viu o auxiliar correr para trás. Sharpe pegou um segundo mosquete carregado e bem no instante em que a porta abriu às suas costas. Virou-se, mostrando os dentes, e o oficial que guardava o portão viu o uniforme vermelho e, sem pensar duas vezes, bateu as pesadíssimas portas de madeira de teca. Sharpe ouviu a trava ser alojada em sua posição.

O guarda-costas de Tipu correu até o túnel. Sharpe disparou seu segundo mosquete. Ele sabia que não poderia lutar contra todos eles, de modo que sua melhor chance de sobreviver seria impedindo-os de entrar no túnel. De repente, uma abençoada salva de tiros de mosquete anunciou que ele tinha ajuda. Com o terceiro mosquete na mão, Sharpe avançou através da fumaça densa para constatar que o guarda-costas de Tipu fora distraído por um novo inimigo. Alguns soldados britânicos haviam achado uma escadaria que descia para o espaço entre as muralhas. Esses soldados agora estavam avançando para a Comporta. O guarda-costas recuou dos novos atacantes, expondo a entrada do túnel, e Sharpe correu em direção à luz do dia. Agachou-se a uma pequena distância da boca do túnel e viu que Tipu fora encurralado em campo aberto. A um lado de Tipu estava o palanquim, com sua chance duvidosa de fuga lenta e titubeante; ao outro estava a Comporta ameaçada que conduzia através da muralha interna até seus cavalos. O guarda-costas estava disparando e recarregando, disparando e recarregando, enquanto o sultão parecia congelado em sua indecisão.

Um regozijo soou à esquerda de Sharpe. Mais mosquetes foram disparados, e de repente havia dois casacas vermelhas cobrindo o túnel interno. Um avistou Sharpe e girou nos calcanhares com um mosquete nivelado em posição de disparo.

— Oa! — berrou Sharpe. — Estou do seu lado!

O homem, rosto contorcido numa expressão furiosa, face direita chamuscada pelos disparos de seu mosquete, voltou-se novamente para a direção do inimigo.

— Qual é o seu regimento? — perguntou a Sharpe.

— Havercakes. E o seu?

— O Old Dozen. — O homem disparou e imediatamente moveu-se para o lado para começar a recarregar o mosquete. — Como este lugar fede! — comentou enquanto enfiava uma bala nova por seu cano.

Mais casacas vermelhas estavam ocupando a Bateria do Sultão na muralha externa. Como não tinham uma bandeira britânica para mostrar sua conquista desse bastião imenso, os soldados içaram uma jaqueta vermelha no mastro. A jaqueta tinha adornos amarelos pálidos, demonstrando que provinha do 12º, um regimento de Kent.

— Aquela casaca é nossa! — exultou o homem ao lado de Sharpe e então pareceu gorgolejar. Seus olhos arregalaram-se atônitos e ele lançou para Sharpe um olhar intrigado, quase acusativo, e tombou lentamente para trás, esparramando-se numa das poças fétidas. Sangue espalhou-se entre os adornos da frente de sua casaca. Lá em cima na muralha externa uma massa de homens com túnicas de listras de tigre avançava para recapturar a Bateria do Sultão e sua coragem deu novo alento aos defensores entre as muralhas que bradaram gritos de alegria e despejaram balas nos casacas vermelhas investindo contra a Comporta.

O casaca vermelha moribundo estremeceu. Seu companheiro disparou, e então xingou.

— Bastardos!

Ele hesitou por meio segundo e então saiu da sombra do túnel e correu de volta para oeste, de volta ao restante de seus camaradas que até há pouco avançavam para o túnel. O sultão Tipu finalmente chegara a uma decisão. Ele ignoraria o palanquim e tentaria alcançar seu cavalo. Com esse fim, ordenara ao seu guarda-costa que desobstruísse a entrada do túnel.

O guarda-costas agora estava investindo, gritando, e Sharpe, sabendo que estava encurralado, recuou para a fumaça que pairava na Comporta. Parando no meio do caminho, virou-se e disparou o mosquete contra a boca do túnel, onde podia ver os homens da linha de frente da guarda pessoal de Tipu silhuetados contra a luz do dia. Um homem gritou. Agora Sharpe estava apenas com um mosquete.

Balas de mosquete atingiram as portas de teca atrás dele. Sharpe disparou seu último mosquete, e então recarregou com uma pressa hábil, mas desesperada. Estava esperando que aparecessem homens na fumaça densa do túnel, mas ninguém chegou. Sharpe compreendia que ia morrer aqui, mas estava determinado a não morrer desacompanhado. Que os desgraçados viessem. Ele estava aterrorizado, e em seu medo cantarolava uma canção louca, sem palavras nem melodia. Mas seu medo não o impediu de carregar um segundo mosquete. Como ainda não havia aparecido ninguém para matá-lo, pegou um terceiro mosquete e com uma dentada arrancou o topo de mais um cartucho.

O guarda-costas ainda não entrara no túnel. Sharpe, em seu medo, não ouvira o som da batalha crescendo no fim do túnel, mas agora, acocorado e atento, apercebeu-se dos gritos e tiros. Os homens do 12º Regimento despejavam balas de mosquete na guarda pessoal do sultão. Os guarda-costas estavam cercando seu monarca e respondendo ao fogo. Casacas vermelhas atacaram do oeste e mais disparos da Bateria do Sultão. A tentativa de recapturar esse bastião havia fracassado, e uma mistura de sipaios e casacas vermelhas agora estavam abrindo caminho ao longo da ala norte da muralha externa. A ferocidade de seus disparos havia forçado a guarda pessoal de Tipu a se agachar perto de seu sultão, e Sharpe ganhara segundos preciosos para carregar seus mosquetes. Ele agora tinha três armas. Três balas, e queria dar uma delas ao pagão que passara sal em suas costas feridas, o bastardo que usava um rubi enorme no chapéu. Mais uma vez, Sharpe engatinhou através da fumaça, torcendo para que Tipu chegasse ao túnel.

Mas Tipu estava mais uma vez lutando contra os infiéis invasores. Alá dera-lhe esta última chance de matar casacas vermelhas, e assim ele estava tomando de seus ajudantes os rifles de caça cravejados com joias e calmamente atirando nos homens que estavam bem próximos de capturar a Comporta interna. Seus ajudantes estavam implorando para que ele fugisse pelo túnel e achasse um cavalo, mas Tipu ganhara este momento final de batalha e tinha a impressão de que não erraria nenhum de seus disparos, e a cada casaca vermelha empurrado para trás ele sentia uma alegria feroz. Descendo a ladeira ao lado da Comporta externa, uma nova horda de sipaios e casacas vermelhas juntou seus mosquetes àqueles que já ameaçavam a guarda pessoal cada vez menor de Tipu.

E assim que esses novos inimigos apareceram, a sorte de Tipu virou. Uma bala acertou sua coxa e outra perfurou seu braço esquerdo para deixar uma mancha de sangue vívida na manga de linho branco. Cambaleou, mas não perdeu o equilíbrio. Aparentemente não havia um único membro de sua guarda pessoal que não estivesse ferido, mas vários deles continuavam vivos e podiam andar. Contudo, em um momento o inimigo triunfaria e Tipu sabia que era hora de dizer seu adeus à cidade.

— Nós vamos embora — disse ele aos seus auxiliares e cambaleou em direção ao túnel.

Estava com o braço esquerdo paralisado, como se tivesse sido atingido por um martelo gigante, e sentia uma dor horrível em sua perna esquerda.

Um tiro explodiu da penumbra fumarenta da Comporta e o homem que abria caminho para a fuga de Tipu foi jogado para trás, afastando-se da entrada do túnel. Sangue gotejava de seu crânio fraturado. Contra a luz brilhante que reluzia no fim do túnel, as gotinhas de sangue pareciam rubis. Caído no chão, o homem gritou e esperneou até parar de se mover. Estarrecido com a morte inesperada de seu guarda-costas, Tipu parou, e atrás dele um rugido terrível soou enquanto os casacas vermelhas aproximavam-se da boca do túnel. A guarda virou-se para encarar seus atacantes com baionetas caladas.

— Vá, majestade! — bradou um auxiliar ferido, empurrando um rifle para as mãos de Tipu, e então o próprio monarca para o túnel.

BERNARD CORNWELL

O sultão Tipu se permitiu ser empurrado para as sombras, mas parou perto da boca do túnel e dali fitou a escuridão vaporosa. Haveria um inimigo ali? Ele não podia ver devido à fumaça. Às suas costas, Tipu podia ouvir sons de disparos e xingamentos enquanto sua guarda pessoal morria. À medida que tombavam, os corpos dos guarda-costas formavam uma barricada horrenda para proteger o sultão, mas o que esperava à sua frente? Tipu forçou os olhos, tentando enxergar na escuridão, relutante em entrar no túnel, mas então o auxiliar tomou o sultão pelo braço e o puxou para as profundezas da escuridão. Os poucos guarda-costas sobreviventes estavam defendendo o túnel com baionetas, desferindo golpes contra os casacas vermelhas ensandecidos que tentavam passar sobre a pilha de cadáveres.

— Abra o portão! — berrou o auxiliar.

Ao ver a sombra dentro da sombra no fim do túnel, o auxiliar se abaixou, apoiando-se num joelho, e mirou seu rifle cravejado de joias. Disparou, e o cão da arma, que tinha a forma de uma cabeça de tigre, martelou a caçoleta. Sharpe, que se atirou para o lado quase no mesmo instante em que a arma disparou, ouviu a bala talhar a parede e ricochetear para a porta de teca. Em seguida, viu o auxiliar sacar uma pistola comprida de sua cinta. Sharpe atirou primeiro, o estrondo de seu mosquete ecoando no túnel como um trovão do juízo final. A bala empurrou o auxiliar para uma poça funda, e subitamente restavam apenas Tipu e Sharpe.

Sharpe empertigou-se e sorriu para Tipu.

— Bastardo — disse ele, vendo o brilho de luz refletida no rubi no capacete de seu inimigo. — Bastardo — repetiu.

Restava a Sharpe um mosquete. Tipu estava empunhando um rifle. Sharpe caminhou à frente.

Tipu reconheceu as feições severas na escuridão. Sorriu. O destino era realmente estranho, pensou. Por que não matara este homem quando tivera oportunidade? Atrás dele, sua guarda pessoal estava morrendo e os casacas vermelhas vitoriosos saqueavam seus corpos, enquanto à sua frente se abriam a liberdade e a vida, exceto pelo único homem a quem Tipu oferecera misericórdia. O único homem.

— Bastardo — tornou a dizer Sharpe. Ele queria estar perto quando matasse Tipu, perto o bastante para ter certeza da morte do homem.

Atrás de Tipu a luz do dia era embaçada pela fumaça de pólvora que se levantava de onde homens moribundos arfavam e homens vitoriosos saqueavam.

— A misericórdia é prerrogativa de Deus, não do homem — disse Tipu em persa. — E eu jamais deveria ter sido misericordioso com você.

Apontou contra Sharpe e apertou o gatilho, mas a arma não disparou. No pânico dos últimos segundos, o auxiliar entregara a Tipu um rifle vazio e a pederneira faiscara numa caçoleta vazia. Tipu sorriu, jogou a arma no chão e desembainhou sua espada de cabo de tigre. Havia sangue em seu braço, e mais em suas calças de chintz, mas não demonstrou medo e até pareceu apreciar o momento.

— Como odeio sua maldita raça — disse com calma, desferindo um golpe de espada através do ar fumarento.

Sharpe não entendia Tipu mais do que Tipu entendia Sharpe.

— Você é um bastardo gordo — disse Sharpe. — E você tomou a minha medalha. Eu a quero de volta. É a única medalha que ganhei na vida.

Tipu apenas sorriu. Seu capacete fora mergulhado na fonte da vida, mas esse feitiço não havia funcionado. A mágica falhara e apenas Alá restava. Esperou que o rosnador casaca vermelha disparasse, e então um grito soou na boca do túnel e Tipu se virou, torcendo para que um último guarda-costas viesse salvá-lo.

Mas nenhum guarda-costas apareceu e Tipu virou-se novamente para Sharpe.

— Ontem à noite sonhei com morte — disse em persa enquanto capengava à frente e erguia a lâmina curva para desferir um golpe no casaca vermelha. — Sonhei com macacos, e macacos significam morte. Eu deveria ter matado você.

Sharpe disparou. A bala saiu mais alta do que ele planejara. Pensara em atingir o coração de Tipu, mas em vez disso acertou a têmpora do sultão. Por um segundo Tipu cambaleou. Sua cabeça fora empurrada para trás pela força da bala e sangue enchia seu capacete estofado com pano. Mas Tipu forçou a cabeça para a frente e fitou os olhos de Sharpe. A espada caiu de sua mão inerte e ele pareceu sorrir uma última vez. E então simplesmente tombou para o chão.

Como o eco ribombante do tiro de mosquete ainda golpeava os ouvidos de Sharpe, ele não percebeu que estava falando enquanto se agachava ao lado do sultão Tipu.

— É o seu rubi que eu quero — disse Sharpe. — Esse rubi grande e vermelho. Eu o quero desde o primeiro momento em que vi você. O coronel McCandless me disse que é a riqueza que faz o mundo girar, e quero a minha parte.

Tipu ainda vivia, mas não podia se mover. Seus olhos inexpressivos fitavam Sharpe, que achava que Tipu estava morto, mas então o moribundo piscou.

— Ainda está aqui? — perguntou Sharpe. Deu um tapinha na bochecha ensanguentada do sultão. — Para um bastardo gordo, você é corajoso, preciso reconhecer.

Sharpe puxou o rubi imenso do capacete ensanguentado, e em seguida subtraiu do moribundo cada joia que conseguiu achar. Tirou os colares de pérolas do pescoço do sultão, desenroscou de seu pulso um bracelete cravejado com pedras preciosas, puxou dos dedos anéis de diamantes, desenganchou o colar de esmeralda. Revistou a cinta de Tipu para ver se encontrava a adaga que ostentava no cabo o diamante grande conhecido como Pedra da Lua, mas a tira de tecido guardava apenas a espada com cabo de cabeça de tigre. Sharpe catou a espada numa poça de água de esgoto e colocou-a na mão de Tipu.

— Pode ficar com a espada — disse ao moribundo. — Você merece porque lutou bem. Como um soldado de verdade. — Sharpe levantou-se desajeitadamente, devido ao seu fardo de joias e ao fato de que repentinamente estava incomodado com o olhar do sultão. Com uma leve reverência ao sultão, Sharpe disse: — Leve sua espada para o paraíso e diga a eles que você foi morto por outro soldado de verdade.

Tipu fechou os olhos e recordou a prece que copiara em seu caderno naquela mesma manhã em sua belíssima caligrafia arábica. "Alá, sou um homem cheio de pecados, e vós sois um mar de piedade. Onde está vossa piedade e onde está o meu pecado?" Isso era um conforto. Não havia dor agora, nem mesmo em sua perna, e isso também era um conforto, mas ele não podia se mover. Era como um dos sonhos que registrava em seu caderno de sonhos todas as manhãs, e Tipu se maravilhou com o quanto tudo subitamente parecia pacífico, pacífico como se estivesse flutuando numa balsa dourada por um rio cálido sob um sol clemente. Este deve ser o caminho para o paraíso, e bem-vindo seja, pensou. Paraíso.

Sharpe sentiu uma pontada de pena do moribundo. Ele podia ter sido um inimigo assassino, mas tinha sido um inimigo corajoso. Tipu caíra com o corpo por cima do braço direito, e embora Sharpe suspeitasse de que houvesse outro bracelete naquela manga escondida, não tentou pegá-lo. O sultão merecia morrer em paz. Além disso, Sharpe já estava suficientemente rico, porque seus bolsos agora carregavam o resgate de um rei e uma bainha de adaga com safiras costuradas no couro estava escondida debaixo de sua casaca surrada. Sharpe pegou um dos seus mosquetes vazios e correu pelas poças ensanguentadas do túnel em direção à pilha de mortos que jazia na fumaça iluminada pelo sol. Um sargento do 12º, assustado com o surgimento de Sharpe do túnel, levantou sua baioneta, mas baixou a arma ao ver a casaca vermelha imunda de Sharpe.

— Alguém vivo lá? — indagou o sargento.

— Só um gorduchinho morrendo — respondeu Sharpe enquanto escalava a barreira de mortos.

— Ele tinha algum despojo?

— Nada — respondeu Sharpe. — Nada que valesse a pena o trabalho. Além disso, o lugar está cheio de merda.

O sargento olhou com desconfiança para a roupa desmazelada de Sharpe e seu cabelo não empoado.

— A qual regimento você pertence?

— Não ao seu — respondeu secamente e deu as costas para o sargento, caminhando através das multidões de casacas vermelhas e sipaios.

Nem todos os invasores estavam celebrando. Alguns estavam massacrando inimigos encurralados. A luta tinha sido breve e suja, e agora os vencedores usufruíam de uma vingança sanguinária. No lado mais distante da muralha interna o coronel Wellesley trouxera seus homens para as ruas e eles agora cercavam o palácio para protegê-lo de pilhagens. As ruas menores não tiveram a mesma sorte, e os primeiros gritos soavam à medida que sipaios e casacas vermelhas encontravam becos desprotegidos. Os soldados do sultão, aqueles que ainda viviam e que tinham escapado de seus perseguidores, fugiram para leste enquanto o próprio Tipu, sozinho, jazia à morte no túnel.

 O sargento Richard Sharpe pendurou o mosquete no ombro e contornou a base da muralha interna, procurando uma passagem para a cidade. Ele tinha apenas alguns momentos de liberdade antes que o exército o tomasse de volta em suas garras de ferro, mas ele havia conquistado sua vitória e tinha os bolsos cheios de joias para provar. E agora ia achar um lugar onde pudesse beber.

No dia seguinte choveu. Não foi a monção, embora pudesse ter sido, porque a chuva caiu com uma ferocidade que pareceu emular a do ataque no dia anterior. A chuva lavou o sangue das muralhas da cidade e limpou a sujeira das ruas. O rio Cauvery inundou enchendo suas margens. O rio subiu tanto que se o ataque fosse hoje, ninguém poderia tê-lo atravessado para alcançar a brecha na muralha. Se as preces do sultão Tipu tivessem sido atendidas e os britânicos houvessem esperado mais um dia, a enchente teria derrotado os invasores.

 Mas não havia um sultão em Seringapatam, apenas o rajá, que fora restituído ao seu palácio onde estava cercado por guardas de casacas vermelhas. O palácio, que fora protegido da cobiça dos grupos de ataque, agora estava sendo limpo pelos oficiais vitoriosos. A chuva tamborilava no teto de telhas verdes, escorria para as sarjetas e empoçava os pátios enquanto os oficiais de casacas vermelhas cerravam o grande trono de tigre no qual Tipu jamais se sentou. Giravam a maçaneta do órgão de tigre e riam da garra mecânica golpeando o rosto do casaca vermelha. Eles puxavam cortinas de seda das janelas, arrancavam pedras preciosas da mobília e se maravilhavam com a sala simples, vazia e pintada em branco que fora a alcova do sultão. Os seis tigres, rugindo porque não tinham sido alimentados e porque a chuva caía muito forte sobre eles, foram abatidos a tiros.

 O pai de Tipu, o grande Haidar Ali, jazia num mausoléu a leste da cidade. Depois que a chuva parou, e com o jardim em torno do mausoléu fumegando sob o repentino sol inclemente, Tipu foi carregado para repousar com seu pai. Os soldados britânicos formaram fila ao longo da rota e apresentaram armas à medida que o cortejo passava. Tambores entoaram uma marcha fúnebre lenta enquanto Tipu era levado em sua jornada triste por seus próprios soldados derrotados.

 Sharpe, com três listras brancas e reluzentes recém-costuradas na manga vermelha desbotada, aguardou perto do mausoléu cupulado.

 — Gostaria de saber quem o matou — disse o coronel McCandless, parando ao lado de Sharpe num uniforme novo e limpo e com os cabelos bem cortados.

 — Algum bastardo sortudo, senhor.

 — Sortudo e rico, sem dúvida — comentou o coronel.

 — Bom para ele, senhor — disse Sharpe. — Seja lá quem tenha sido.

 — Ele vai desperdiçar o despojo — disse McCandless. — Vai torrar a riqueza com mulheres e bebida.

 — Não me parece um desperdício, senhor.

 Ao ouvir o comentário leviano, McCandless franziu o cenho numa expressão severa.

 — Apenas o rubi valia dez anos do salário de um general. Dez anos!

 — É uma pena que tenha desaparecido, senhor — disse Sharpe.

 — É mesmo uma pena, Sharpe — concordou McCandless. — Mas ouvi dizer que você esteve na Comporta.

 — Eu, senhor? Não, senhor. Não eu, senhor. Fiquei com o sr. Lawford, senhor.

 Fulminando Sharpe com um olhar, o coronel disse:

— Um sargento do Old Dozen reportou que viu um sujeito muito desmazelado sair da Comporta. — O tom de McCandless era acusador. — Ele disse que o homem usava uma casaca com adornos escarlates e nenhum botão. — O coronel olhou com desaprovação para a casaca vermelha na qual Sharpe encontrara tempo de costurar as divisas de sargento, mas nenhum botão. — O homem parece muito certo do que viu.

— Ele provavelmente estava confuso por causa da batalha, senhor. Deve ter perdido o juízo.

— E quem jogou o sargento Hakeswill para os tigres?

— Só o bom Deus sabe, senhor. E Ele não dirá nada.

O coronel, farejando blasfêmia, franziu o cenho.

— Hakeswill disse que foi você — acusou Sharpe.

— Hakeswill é louco, senhor. O que ele diz não se escreve.

Mas, louco ou não, Hakeswill estava vivo. De algum modo ele havia escapado dos tigres. Nenhuma das feras atacara o sargento que fora descoberto babando na arena, chorando por sua mãe e declarando seu amor por tigres. Ele gostava de todos os gatinhos, dissera aos seus salvadores.

— Eu não posso ser morto! — gritara Hakeswill enquanto os casacas vermelhas retiravam-no gentilmente da arena. — Tocado por Deus eu sou! — clamara.

Em seguida exigira que Sharpe fosse preso por tentativa de assassinato, mas o tenente Lawford havia jurado, com o rosto todo vermelho de vergonha, que o sargento Sharpe não saíra de seu lado depois que a mina fora detonada. O coronel Gudin, agora um prisioneiro, confirmara a declaração. Os dois homens tinham sido descobertos num dos bordéis da cidade onde estavam protegendo as mulheres dos soldados vitoriosos bêbados.

— Hakeswill é um homem de sorte — comentou secamente McCandless, desistindo de tentar arrancar a verdade de Sharpe. — Aqueles tigres comiam carne humana.

— Mas Hakeswill não é humano, senhor. É um demônio. Os bichos devem ter cheirado Hakeswill e decidido que ele não era bom de comer.

— Ele ainda jura que foi você quem o atirou aos tigres — disse McCandless. — Tenho certeza de que tentará se vingar.

— Também tenho certeza, senhor. Mas estarei pronto para ele.

E da próxima vez, pensou Sharpe, ele iria se certificar de que o desgraçado estava morto.

McCandless virou-se quando a lenta procissão funeral apareceu no fundo da estrada comprida que conduzia ao mausoléu. De frente para ele, atrás de uma guarda de honra do 73º Regimento do Rei, Appah Rao, agora a serviço do rajá, também assistia à aproximação do cortejo. A família de Appah Rao havia sobrevivido, bem como sua criadagem. McCandless ficara sentado no quintal de Appah Rao, mosquete no colo, e afugentara cada casaca vermelha ou sipaio que tentara entrar na casa. Desta forma, Mary sobrevivera sem um arranhão e Sharpe ouvira que ela iria se casar com Kunwar Singh. Sharpe estava feliz por Mary. Ele lembrou do rubi que prometera dar a ela e o pensamento o fez sorrir. Talvez outra garota, talvez. O rubi de Tipu estava bem no fundo de sua algibeira, escondido como todas as outras joias saqueadas.

O tamborilar abafado se aproximou e a guarda de honra de casacas vermelhas assumiu posição de sentido. As pessoas que acompanhavam o caixão eram, em sua maioria, oficiais do sultão. Gudin estava entre eles. McCandless tirou sua barretina.

— Haverá mais luta no futuro, Sharpe — disse à socapa o coronel. — Temos outros inimigos na Índia.

— Com toda certeza, senhor.

O coronel olhou para Sharpe. Ele viu um homem jovem, com um coração duro como sílex, e a raiva que ardia nesse coração tornava Sharpe tão perigoso quanto sílex em contato com aço. Mas McCandless também podia ver um lado doce em Sharpe. McCandless vira esse lado na masmorra, e acreditava que ele indicava a existência de uma alma merecedora de ouvir:

— Posso ter tarefas para você, se estiver disposto.

Sharpe pareceu surpreso.

— Achei que estava voltando para casa, senhor. Para a Escócia.

O coronel deu de ombros.

— Há trabalho por fazer aqui, Sharpe. Trabalho por fazer. E o que poderei fazer na Escócia além de sonhar com a Índia? Acho que ficarei aqui mais algum tempo.

— Ficaria honrado em ajudá-lo, senhor. Ficaria realmente — disse Sharpe e então retirou sua barretina quando o caixão se aproximou. Sharpe assumiu posição de sentido, e seus cabelos, que ainda não tinham sido besuntados ou empoados, caíram soltos sobre o colarinho escarlate.

Lá longe, do outro lado do rio, a chuva banhava uma terra verdejante, mas aqui o sol deitava sua luz no domo branco do mausoléu onde, numa cripta escura sob tumbas cobertas com seda, jaziam os pais de Tipu. E agora Tipu iria se juntar a eles.

O caixão passou lentamente por Sharpe. Os homens que conduziam Tipu estavam vestidos em suas túnicas com listras de tigre. O próprio caixão estava coberto por uma pele de tigre, não curada e ainda suja de sangue, mas o melhor que pudera ser providenciado em meio ao caos que se seguira à queda da cidade. Num dos flancos da pele havia uma cicatriz longa e antiga, e Sharpe, ao vê-la, sorriu. Conhecia essa cicatriz. Vira-a todas as noites que passara na masmorra do sultão Tipu. E agora viu-a novamente, marcada na pele de tigre que cobria um rei corajoso e morto.

Era o tigre de Sharpe.

NOTA HISTÓRICA

O cerco e a queda de Seringapatam (hoje Sriringapatna) em maio de 1799 pôs fim em décadas de conflito bélico entre a dinastia muçulmana que regeu o estado de Misore e os invasores britânicos. Sob a liderança de lorde Cornwallis, os britânicos haviam capturado a cidade em 1792, e nessa época decidiram deixar o sultão Tipu em seu trono. Contudo, antagonismos mútuos e a preferência de Tipu por uma aliança com a França, levou à guerra final de Misore. O objetivo da guerra era simples: fazer o que não fora feito em 1792, destronar o sultão. Com esse fim, a Inglaterra inventou razões muito tênues para justificar uma invasão de Misore, ignorou as ofertas de paz de Tipu e marchou para Seringapatam. Foi um ato de agressão desavergonhado, mas bem-sucedido, porque com a morte do sultão Tipu o obstáculo mais formidável à soberania britânica no sul da Índia foi removido, e com ele a chance cada vez menor de que Napoleão, então no comando de um exército francês isolado no Egito, viesse a intervir no subcontinente.

No romance, a descrição da queda da cidade é quase totalmente precisa. Duas Últimas Esperanças, uma liderada pelo desafortunado sargento Graham, conduziram duas colunas de soldados invasores através do amplo rio Cauvery do Sul em direção à brecha aberta na muralha. Ao chegar à brecha, as colunas se separaram, uma indo para norte pelos baluartes externos da cidade e a outra para sul. O general de divisão David Baird comandou o ataque, e ele, julgando no calor da batalha que a resistência ao sul era mais formidável, tomou essa direção. Na verdade, a coluna norte encontrou a oposição mais ferrenha, provavelmente porque foi liderada pelo próprio sultão Tipu. Muitas testemunhas, de ambos os lados, presenciaram a bravura pessoal de Tipu. Ele estava trajado em vestes majestosas e coberto de joias, mas insistiu em lutar na linha de frente de seu exército. Os defensores que disparavam do parapeito coberto da muralha colaboravam para conter o avanço inglês. Foi apenas quando o capitão Goodall (comandante do 12º Regimento da Companhia Ligeira) liderou seus soldados através da passagem interna na muralha, assim começando a capturar os baluartes internos, que a defesa ruiu. A luta foi curta, mas excepcionalmente sangrenta, causando 1.400 baixas entre os atacantes e mais de 6.000 do lado de Tipu.

Tomei uma grande liberdade em relação aos fatos históricos do ataque. Não havia nenhum portão oeste em desuso, assim como não havia nenhuma mina, mas a ideia para a mina veio de uma explosão enorme e espetacular que ocorreu na cidade dois dias antes da invasão. Acredita-se que um projétil britânico de algum modo incendiou um dos arsenais de Tipu, que explodiu. Alterei a natureza dessa explosão e posterguei-a em dois dias, porque heróis fictícios precisam receber missões à sua altura.

Havia algumas tropas francesas em Seringapatam, mas a vitória de Nelson no Nilo pusera um fim em qualquer chance de uma intervenção francesa na Índia. O coronel Gudin é um personagem fictício, embora alguém muito parecido com ele tenha liderado um pequeno batalhão francês à batalha. Outros personagens do romance, como o coronel Gent, existiram de fato. O major Shee, um irlandês um tanto destemperado, comandou o 33º Regimento durante o período em que Wellesley serviu como um dos braços-direitos de Harris. O tenente Fitzgerald, irmão do Cavaleiro de Kerry, foi morto no confuso ataque noturno ao *tope* Sultanpetah, provavelmente por um golpe de baioneta. Esse revés foi a única derrota militar de Wellesley e gerou nele uma aversão por missões noturnas que carregou até o fim da vida. O general de divisão Baird realmente não gostava de Wellesley e se ressentia do fato de que o general Harris indicara o jovem para assumir como governador de Seringapatam após o cerco. Considerando o ódio declarado de Baird pelos indianos, a indicação foi sábia. O ciúme de Baird durou muitos anos, embora no final de sua vida o escocês tenha admitido que Wellesley era-lhe superior militarmente. Mas a essa altura, é claro, Arthur Wellesley tornara-se o primeiro duque de Wellington. Em 1815 apenas Napoleão nutria desprezo por Wellington, chamando-o pejorativamente de "General Sipaio". Mesmo assim, o General Sipaio infligiu uma bela derrota a Napoleão.

E, obviamente, o sultão Tipu existiu. Sua derrota foi celebrada na Grã-Bretanha, onde Tipu era considerado um déspota peculiarmente brutal e feroz. Nos anos que se seguiram, a despeito de muitas outras vitórias sobre inimigos muito mais formidáveis, os britânicos ainda se gabavam de ter derrotado e matado o sultão Tipu. O evento foi celebrado em numerosas publicações, gerou pelo menos seis peças, e ocupou muitos livros, todos tributos ao fascínio que Tipu exerceu sobre seus inimigos ocidentais. Ainda assim sua morte, a despeito de ter sido retratada e encenada tantas vezes, nunca foi explicada completamente porque ninguém jamais descobriu quem exatamente o matou (provavelmente foi um soldado da 12ª Companhia de Granadeiros). O corpo de Tipu foi achado, mas seu assassino jamais se apresentou e se presume que esta reticência tenha sido causada pela recusa do homem em admitir que se apossou das joias de Tipu. Ninguém sabe onde a maioria dessas joias se encontra hoje.

Boa parte da grandeza de Tipu ainda pode ser vista. Na verdade, o Palácio Interno de Seringapatam foi demolido no século XIX (os guias locais insistem em que ele foi destruído pela artilharia britânica, mas a construção sobreviveu intacta ao cerco) e tudo o que resta de seu esplendor são algumas paredes arruinadas e pilares que agora sustentam o toldo da estação ferroviária de Sriringapatna. Porém, o Palácio de Verão, o Daria Dowlat, ainda existe. O mural da derrota britânica em Pollilur foi restaurado por Wellesley, que morou nesse pequeno palácio belíssimo enquanto governou Misore. Agora é um museu. A mesquita de Tipu continua de pé e há outro pequeno palácio na cidade de Bangalore, e, talvez o mais comovente de tudo, o Gumbaz, o elegante mausoléu onde Tipu jaz com seus pais. Até hoje sua tumba fica coberta por um pano com o padrão de listras de tigre.

      O sultão Tipu reverenciava o tigre, e usava motivos de tigre em tudo que podia. Seu fabuloso trono de tigre realmente existiu, mas foi quebrado depois de sua morte, embora partes grandes dele ainda possam ser vistas, especialmente no Palácio de Windsor. Seu brinquedo sinistro, o órgão de tigre, está agora no museu Victoria and Albert, em Londres. O órgão foi danificado durante a Segunda Guerra Mundial e restaurado com maestria, embora o som produzido não seja mais o original. Tipu realmente mantinha seis tigres na arena de seu palácio. Wellesley ordenou que eles fossem fuzilados.

      A muralha externa de Sriringapatna ainda está de pé. A cidade, que hoje possui menos habitantes que em 1799, é um lugar bonito e o sítio da invasão, com vista para o Cauvery do Sul, é marcado por um obelisco erigido imediatamente ao norte da brecha reparada. Logo atrás da brecha, e preenchendo todo o canto noroeste das defesas, fica um imenso bastião de terra... tudo o que resta da muralha interna. O resto da muralha interna agora desapareceu por completo, provavelmente demolida por Wellesley logo depois do cerco. Mais tarde, durante o domínio britânico sobre a Índia, vários sítios foram identificados em Sriringapatna como localizações históricas importantes, mas acredito que a ausência da muralha interna tenha causado um pouco de confusão. Os visitantes modernos descobrirão placas ou memoriais exibidos como as masmorras de Tipu, na Comporta onde ele supostamente foi morto e, mais para leste, no local onde seu corpo foi achado. Mas desses três locais, desconfio que apenas o último seja correto.

      As assim chamadas masmorras ficam abaixo do bastião conhecido como Bateria do Sultão, e embora seja perfeitamente possível que tenham sido usadas como celas nos anos 1780 (sendo portanto o local onde Baird passou seus desconfortáveis 44 meses) elas não eram empregadas dessa forma em 1799. A essa altura a muralha interna fora construída (foi erguida às pressas depois do cerco do general Cornwallis em 1792) e é muito mais provável que as "masmorras" tenham sido usadas como arsenais (uso para o qual tinham sido obviamente projetadas). Todos os prisioneiros sobreviventes de Tipu testemunharam que foram mantidos dentro da muralha interna durante o sítio, de modo que foi ali que coloquei Sharpe, Lawford, McCandless e Hakeswill.

Uma placa marca a Comporta na muralha externa como o local da morte de Tipu, porém isto mais uma vez parece errado. As informações apresentadas pelos sobreviventes misorianos, alguns dos quais estavam perto de Tipu no fim, demonstram claramente que Tipu estava tentando entrar na cidade quando foi morto. Sabemos que ele esteve lutando na muralha externa e que quando abandonou o combate desceu até o espaço entre as muralhas, e ali a história ficou enevoada. Fontes britânicas alegam que Tipu tentou escapar da cidade através da Comporta na muralha externa, mas todos os testemunhos indianos concordam que ele tentou passar através da Comporta da muralha interna para a cidade propriamente dita. Essa segunda Comporta desapareceu posteriormente, mas suspeito de que foi ali que ele morreu e não no portão existente. Pode parecer lógico que ele deva ter tentado fugir da cidade, mas a Comporta remanescente levava, e ainda leva, para o fosso inundado dentro da esplanada, e mesmo se tentou transpor esses obstáculos (sob o fogo dos atacantes na muralha acima dele), Tipu só teria alcançado a margem sul do Cauvery que estava sob o ataque dos canhões das forças britânicas a norte do rio. Atravessando a cidade, ele teria alcançado o Portão Bangalore que ofereceria uma chance bem maior de uma fuga bem-sucedida. Na verdade, depois da morte de Tipu, ou talvez enquanto ele ainda estava morrendo, alguns de seus súditos leais encontraram-no, colocaram-no no palanquim, e levaram-no para leste, presumivelmente numa tentativa de alcançar o Portão Bangalore. Eles foram interceptados, o palanquim foi virado, e o corpo de Tipu ficou descoberto por várias horas. Pareceu-me uma pena abandonar a Comporta verdadeira como o local em que Tipu foi atingido, porque seu túnel escuro e úmido era um ambiente dramático, mas certamente a Comporta falsa, na muralha interna, era igualmente atmosférica.

O corpo de Tipu foi tratado com honra, e no dia seguinte, como é descrito no romance, ele foi sepultado ao lado de seus pais no mausoléu

Gumbaz. Nesse ínterim, Wellesley conteve o saque da cidade (ele enforcou quatro saqueadores, remédio que empregaria em cercos futuros), mas o que o soldado raso não podia pilhar, os oficiais de alta hierarquia podiam se apoderar alegremente. Os agentes do tesouro da Companhia das Índias Orientais avaliaram os tesouros de Tipu a um valor de dois milhões de libras (libras de 1799), e metade dessa fortuna fabulosa foi declarada dinheiro de prêmio, de modo que muitos oficiais tornaram-se homens ricos com apenas um dia de trabalho. A maior parte dos tesouros voltou para a Grã-Bretanha, onde permaneceram, alguns expostos ao público, mas muitos ainda em mãos particulares.

Hoje Tipu é um herói para muitos indianos que o consideram um precursor da luta pela independência. Este parece um julgamento perverso. A maioria dos inimigos de Tipu eram outros estados indianos, embora reconhecidamente seus combates mais ferozes tenham sido contra os britânicos (e seus aliados indianos), mas ele nunca pôde confiar inteiramente em seus súditos hindus. Ninguém sabe ao certo se ele foi traído no dia de sua morte, mas parece mais do que provável que muitos oficiais hindus, como o fictício Appah Rao, fossem deliberadamente mornos em seu apoio. A religião muçulmana de Tipu e sua preferência pela língua persa coloca-o fora da corrente principal da tradição da Índia moderna, que foi provavelmente o motivo que levou um indiano intelectual a me assegurar que Tipu havia sido realmente um hindu. Ele não foi, e nenhuma racionalização poderia torná-lo, um herói "indiano" aceitável. Da mesma forma, a história do sultão Tipu não precisa de qualquer embelezamento, porque ele foi realmente um herói, ainda que jamais tenha lutado pela independência da Índia. Ele lutou pelo domínio de Misore sobre a Índia, coisa absolutamente diferente.

Eu gostaria de agradecer a Elizabeth Carmale-Freedman, que vasculhou os arquivos da India House de Londres e fez muitas outras pesquisas para *O tigre de Sharpe*. Aproveito para me desculpar por todas as coisas úteis que ela descobriu e que deixei de fora. Também quero agradecer ao meu agente, Toby Eady, que excedeu suas responsabilidades ao me acompanhar a Sriringapatna. Fazer pesquisa poucas vezes foi mais agradável. Como sempre, quando escrevo Sharpe, devo minha mais sincera gratidão a Lady Elizabeth Longford por seu livro soberbo *Wellington, the Years of the Sword*, e ao falecido Jac Weller por seu indispensável *Wellington in Índia*.

    Sriringapatna ainda é dominada pela memória de Tipu. Ele foi um governante eficiente que os indianos reverenciam e que os britânicos consideram um tirano cruel. Tipu conquistou sua reputação de tirano, acima de tudo, por ter executado os 13 prisioneiros britânicos antes da invasão (apenas oito deles tinham sido capturados na escaramuça da noite anterior, tendo os outros sido aprisionados previamente). É improvável que as execuções tenham ocorrido no Palácio de Verão, mas elas foram realizadas pelos *jettis* de Tipu que realmente matavam da forma descrita no romance. Esses assassinatos foram condenáveis, mas mesmo assim não podem nos cegar para as virtudes de Tipu. Ele foi um homem corajoso, um soldado de habilidades consideráveis, um administrador talentoso, e um regente esclarecido que representou um adversário formidável para o jovem Richard Sharpe, que ainda tem uma estrada longa a percorrer sob as ordens de seu frio, mas astuto, general Sipaio.

REFERÊNCIAS

Alabarda — Arma antiga, constituída de uma longa haste de madeira rematada em ferro largo e pontiagudo, atravessada por outro em forma de meia-lua.

Almuadem (ou muezim) — Entre os muçulmanos, aquele que anuncia, do alto das almádenas (minaretes), a hora das preces.

Araca — Bebida de graduação alcoólica de aproximadamente 40°, produzida no Oriente e em alguns países do Mediterrâneo. É uma aguardente obtida a partir de vinho de arroz, cana-de-açúcar, leite de coco e melaços. Pode ser conhecida como Araki, Raki, Rakiya, Arak ou Araka ou Batávia, dependendo do país onde é produzida.

Arthur Wellesley, primeiro duque de Wellington (1760-1842) — O coronel Wellesley começou a conquistar um espaço de honra nos anais militares ao liderar a captura de Seringapatam, no sul da Índia, em 1799. Em 1803, Wellesley, então general, obteve outra vitória notável na Batalha de Assaye. Ao retornar à Inglaterra, Wellesley flertou com a política antes de retornar ao serviço militar em 1807. Durante as Guerras Napoleônicas foi postado em Portugal, então ocupado pelos franceses, e logo começou a conquistar uma série de vitórias. Em 1809, assumiu o comando do exército britânico na península Ibérica. Após sua vitória em Talavera, em 1809, foi sagrado visconde de Wellington e, depois de tomar Madri, em 1812, ascendeu a marquês. Depois de expulsar os franceses da península, pressionou a própria França até que Napoleão, espremido entre Wellington ao sul e uma aliança prussiana/russa/austríaca a norte e leste, foi forçado a abdicar em 1814. Em março de 1815, Napoleão escapou de seu exílio na ilha de Elba e mais uma vez ameaçou a Europa. O confronto entre Wellington e Napoleão em Waterloo foi um duelo de gigantes. Com Napoleão finalmente derrotado, Wellington retornou à política, campo no qual nunca se tornou popular. Mesmo assim, manteve-se uma figura pública respeitada até sua morte em 1852.

ASSAMÊS — Natural ou habitante de Assã. É também o grupo linguístico de Assã.

BAGAGEM (OU EQUIPAGEM) — Equipamento móvel do exército.

BATALHA DE BUNKER HILL — A primeira batalha importante da Revolução Americana, ocorrida em 17 de junho de 1775. Apesar de seu nome, o conflito ocorreu nas proximidades de Breed Hill, Charlestown, Massachusetts. O general William Howe recebeu ordens para tomar a colina, um ponto estratégico para a defesa de Boston. A milícia americana defendeu a colina até sua pólvora esgotar. Apesar de vitoriosos, os britânicos não conseguiram dissolver o cerco dos Patriotas a Boston.

BRIGADA ESCOCESA (94º Regimento de Infantaria) — Famoso regimento escocês que surgiu no século XVI como um bando de mercenários lutando ao lado dos holandeses contra os senhores feudais espanhóis. Em 1799, a Brigada Escocesa, então oficialmente o 94º Regimento de Infantaria, foi postada na Índia, onde ajudou a Grã-Bretanha a assegurar o controle do sul do país. A Brigada Escocesa permaneceu na Índia mesmo depois da tomada de Seringapatam, só retornando à Grã-Bretanha em 1807.

CAÇOLETA — Na arma de fogo, a cápsula de metal que envolve a escorva e se choca com a pedra de pederneira para produzir lume.

CLAYMORE — Espada de folha larga, grande e pesada, usada pelos habitantes da Alta Escócia.

Companhia das Índias Ocidentais — O sucesso da Companhia das Índias Orientais estimulou a criação, em 1621, da Companhia das Índias Ocidentais, uma organização nos mesmos moldes que agia na costa oeste da África, em todo o continente americano e no Pacífico até o estreito de Aniã.

Companhia das Índias Orientais — Conhecida popularmente como "Companhia John", a Companhia das Índias Orientais surgiu em 31 de dezembro de 1600 sob o reinado da rainha Elizabeth I. Projetada como uma empresa de corso, a companhia foi fundada por um grupo de 125 acionistas que a batizaram originalmente como "Governo e Companhia de Mercadores do Comércio de Londres nas Índias Orientais". No decorrer dos 250 anos seguintes, tornou-se um poderoso monopólio e um dos maiores empreendimentos comerciais de todos os tempos. A companhia concentrava suas atividades na Índia, onde frequentemente também exercia funções governamentais e militares. O enfoque britânico na Índia aumentou depois da independência dos Estados Unidos da América. A partir de meados do século XVIII a Companhia das Índias Orientais passou a enfrentar uma forte resistência da parte dos regentes indianos. A companhia perdeu seu monopólio comercial em 1813, e um ano depois do Motim Sipaio de 1858 cedeu suas funções administrativas para o governo britânico. Quando a companhia foi dissolvida em 1874, *The Times* reportou: "A Companhia das Índias Orientais cumpriu uma obra comercial sem paralelos na História da Humanidade."

Gargalheira — Colarinho alto, feito em couro, usado pelos soldados britânicos.

General Charles Cornwallis, primeiro marquês de Cornwallis (1738-1805) — Filho mais velho de Charles Cornwallis, quinto barão de Cornwallis, nasceu em Londres, embora as propriedades de sua família ficassem em Kent. Apesar do berço nobre, Cornwallis optou por uma carreira militar e assim, em 1756, comprou uma patente na Primeira Guarda de Granadeiros, para em seguida matricularse na academia em Turin, que era um dos poucos lugares da época em que se podia aprender teoria militar. Tornou-se membro do parlamento inglês em janeiro de 1760, entrando na Câmara dos Comuns pela aldeia de Wye, em Kent. Em 1781, durante a Guerra da Independência Americana, o então general Cornwallis foi vítima de um cerco de forças americanas e francesas e se rendeu às forças aliadas, colocando um ponto final da Batalha de Yorktown, desta forma terminando a Guerra da Independência Americana. Em 1786, aceitou o posto de governador-geral da Índia, onde sufocou uma rebelião do sultão Tipu contra um aliado do rei, o rajá de Travancore. Após um período na Irlanda, retornou em 1805 para a Índia, morrendo em Ghazipur logo depois de sua chegada. Foi sepultado às margens do rio Ganges, onde seu memorial ainda é mantido pelo governo indiano.

GUY FAWKES (1570-1606) — Liderou a Conspiração da Pólvora, tentativa de matar o rei Jaime I e explodir o parlamento em 5 de novembro de 1605, em reação contra a repressão aos católicos romanos na Inglaterra. Fracassado o atentado, foi preso e condenado à forca. A data de 5 de novembro é comemorada até hoje com fogos de artifício.

HAIDAR ALI (1722-1782) — Regente muçulmano da Índia. Nascido plebeu, ascendeu os postos militares até tornar-se, em 1761, regente do estado de Misore. Tentou expandir seu domínio, mas enfrentou a oposição britânica. Derrotou os britânicos em 1769, mas em 1781 foi sobrepujado nas proximidades de Madras. Apesar de analfabeto, Haidar Ali educou seu filho Tipu para ser não apenas um soldado, mas também um intelectual.

HAVILDAR — No exército britânico indiano, um oficial honorário comissionado de soldados nativos, equivalente a sargento.

ÍNDIA — País no sul da Ásia, a Índia abrigou uma das mais antigas civilizações do mundo, concentrada no vale do rio Indo de 2500 a 1500 a.C. Partes do território indiano foram invadidas pelos arianos e mais tarde ocupadas ou controladas por poderes diversos. A Grã-Bretanha assumiu autoridade sobre a região em 1857, embora a rainha Vitória não tenha adotado o título de imperadora até 1876. Conhecida como "a joia da Coroa" no auge do imperialismo britânico, apenas em 1947 a Índia conquistou sua independência.

ISQUEIRO — Pequeno estojo contendo pólvora.

CANARÊS — Grupo linguístico da Índia.

LASCAR — Soldado de infantaria ou marinheiro, nativo das Índias Orientais.

NIZAM DE HAIDERABAD — Título do regente de Haiderabad, um protetorado britânico na Índia. O título é derivado das palavras *nazim* (chefe) e *nizmat* (jurisdição).

OUVIDO — Nas antigas armas e peças de artilharia, o orifício por onde se comunica o fogo.

PARAPEITO — Parte superior de uma fortificação, destinada a resguardar os soldados e permitir que façam fogo por cima dela. Um tipo de baluarte.

REGIMENTO HAVERCAKES — O 33º Regimento do rei obteve esse apelido devido ao método curioso empregado por seus oficiais para arregimentar voluntários: fazer os soldados marcharem pelas ruas das cidades com bolinhos de aveia (*havercakes*) espetados nas baionetas para simbolizar a fartura de comida que eles alegavam ser comum no exército.

SIPAIO — Soldado hindu a serviço da Companhia das Índias.

SPORRAN — Bolsa de couro usada diante do *kilt* pelos escoceses.

SULTÃO TIPU (1750?–1799) — Filho de Haidar Ali, Tipu foi sultão de Misore de 1782 até sua morte no cerco de Seringapatam, em 1799. Seu governo foi marcado pela resistência à crescente influência militar britânica na Índia. Este adepto da religião muçulmana, culto e fluente em cinco línguas, passou para a história como uma figura controversa, odiado por uns, reverenciado por outros. Contudo, sua contribuição para a engenharia bélica é indiscutível. Tipu foi pioneiro no uso de foguetes no campo de batalha. Depois da tomada de Seringapatam, os britânicos colheram amostras de seus foguetes, e em 1806 introduziram essa arma em seu exército. Um dos foguetes do sultão Tipu encontra-se em exposição no Royal Ordnance Museum no Arsenal Woolwich, nas proximidades de Londres.

Este livro foi composto na tipografia New Baskerville
BT, em corpo 10,5/16, e impresso em papel off-white
no Sistema Digital Instant Duplex da Divisão
Gráfica da Distribuidora Record.